Leonhardt
Mord ist ihr Beruf

Ulrike Leonhardt

Mord ist ihr Beruf

Eine Geschichte
des Kriminalromans

Verlag C. H. Beck München

Mit 17 Abbildungen im Text

CIP-Titelaufnahme der Deutschen Bibliothek

Leonhardt, Ulrike:
Mord ist ihr Beruf : Eine Geschichte des
Kriminalromans / Ulrike Leonhardt. -
München : Beck, 1990
ISBN 3 406 34420 8

ISBN 3 406 34420 8

© C. H. Beck'sche Verlagsbuchhandlung (Oscar Beck), München 1990
Satz: Fotosatz Otto Gutfreund, Darmstadt
Druck und Bindung: Franz Spiegel Buch GmbH, Ulm-Jungingen
Printed in Germany

Inhalt

Teil 4: Variationen über ein klassisches Thema

Teil 5: Gruppenbilder

Anhang

> „...wird aber dieser Mensch (ein
> Dieb) zugleich Mörder, so ist er
> zwar moralisch noch viel verwerf-
> licher; aber ästhetisch wird er da-
> durch wieder um einen Grad
> brauchbarer."
>
> Friedrich Schiller
> (aus: „Gedanken über den Gebrauch
> des Gemeinen und Niedrigen in der
> Literatur", 1802)

Die schlimme Lust am Krimi-Mord

Mord ist das Lebenselixier des Kriminalromans. Blut fließt, oft in
Strömen, oft, noch unheimlicher, in einem dünnen Rinnsal unter
einer verschlossenen Tür hervor. Wenn die Mordwaffe ein vergif-
teter Pfeil oder die arsenhaltige Zuckerdose war, ist das Bild kaum
angenehmer. Nicht immer bleibt dem Leser der Todeskampf des
Opfers erspart.

Und solch eine Lektüre genießen Menschen, die sich zu den
Friedfertigen, den Gebildeten rechnen, empfänglich für alles
Schöne und Gute. Sie ergötzen sich an Scheußlichkeiten und
fühlen sich nur gestört, wenn sie von literaturbeflissenen Freunden
über einem Krimi ertappt werden. Hastig suchen sie das Um-
schlagbild zu verbergen und schämen sich kurz.

Doch bald schon kehrt der Krimi-Fan still und leise zu seinem
Laster zurück, zu den Mordgeschichten, die der deutsche Leser
auch lobend Mordsgeschichten nennen könnte. Das Wort hat bei
uns eine merkwürdige Funktion. Ein Mordskerl ist, wie jedes Kind
weiß, ein ganz toller Mann. In der umständlicheren Erklärung des
Duden ist es ein umgangssprachlicher Ausdruck, „der bewundernd
gebraucht wird für einen starken, pfiffigen, gewandten Burschen".
Wenn die Bayern einen besonders lauten Spaß miteinander treiben, dann ist das „a Mordsgaudi", auch wenn sie sich nicht dabei

umbringen. Überall in Deutschland hat man einen Mordshunger und zittert, wenn es mordskalt ist. Wenn uns ein Mordslärm stört, dann nur selten weil sich in der Nachbarschaft ein Mörder austobt.

Mit Hilfe des kleinen Wortes Mord verwandeln wir Alltägliches in etwas Besonderes, das uns in seiner Einmaligkeit bis zur Bewunderung hinreißt. Wie unmoralisch leichtsinnig von der deutschen Sprache, wie böse von uns, die wir sie sprechen! Den aufwertenden Charakter hat das Wort, so scheint es, nur im deutschen Sprachbereich. Unsere Vettern, die Engländer, stöhnen allenfalls einmal über mörderische Hitze („a murderous heat").

Die Lektüre von Mordgeschichten ist unter den sogenannten Kulturvölkern weit verbreitet, bis hin zu den fernen Chinesen. Die Freude am Mord auf dem Papier ist nicht totzukriegen. Seit 1955 ist der Umsatz von Kriminalromanen in der Bundesrepublik beharrlich gestiegen und steigt immer noch. Selbst in der DDR haben Krimi-Autoren Hochkonjunktur, obgleich die literarische Darstellung von Verbrechen der Tendenz zuwiderläuft, Kriminalität als einen Auswuchs des Kapitalismus hinzustellen.

Längst schon werden Kriminalgeschichten in Schulbücher aufgenommen, als Beispiele für ‚Trivialliteratur'. Trivial bedeutet nach allgemeinem Sprachgebrauch ‚gewöhnlich', ‚abgedroschen', und muß daher negative Assoziationen wecken. Vor sich sieht man Berge von knallbunten Groschenheften, sensationslüstern aufgemacht und voller Klischees. Von literarischen Qualitäten kann bei einer solchen Betrachtungsweise, wenn überhaupt, nur am Rande die Rede sein.

Dabei ist Mord und Totschlag seit Menschengedenken ein Thema, das die Dichter reizt. Den Mord, den ein berühmter Dramatiker mit der Feder begeht, läßt jeder wie selbstverständlich gelten, ebenso wie Mord als auslösenden Faktor oder tragischen Schluß eines Romans oder einer Novelle. Wo blieben sonst die großen klassischen Tragödien, wo Dostojewskis „Schuld und Sühne", wo „Die Judenbuche" der Annette von Droste-Hülshoff?

Nun ja, sagen die Kritiker, das sind eben wirkliche Kunstwerke, aber ein Krimi hat nichts mit Kunst zu tun, nicht einmal mit Literatur. Einem solchen Urteil mit Argumenten zu begegnen, soll, unter anderem, dieses Buch helfen. Vor allem soll es Lust und Mut machen, ohne schlechtes Gewissen Kriminalromane zu lesen.

Der Krimi-Freund soll wissen, daß er sich bei seiner Lektüre in guter Gesellschaft befindet.

Der amerikanische Präsident Abraham Lincoln bewunderte E. A. Poes Detektivgeschichten, ebenso wie Josef Stalin, viel später und andernorts. Präsident Roosevelt las nicht nur gern Kriminalromane, er erfand sogar das Plot für einen Roman, der dann in Gemeinschaftsarbeit von mehreren angesehenen Krimi-Autoren zu Papier gebracht wurde. Als „The President's Mystery Story. Plot by Franklin D. Roosevelt" erschien das Buch 1935 und zwei Jahre später in deutscher Übersetzung („Spurlos verschwunden").

Auch Bismarck und Adenauer entspannten sich bei Kriminalromanen. Der Eiserne Kanzler bevorzugte den Franzosen Gaboriau, während der erste Kanzler der Bundesrepublik sich von Edgar Wallace fesseln ließ. Zum Kreis der sich zu ihrer mörderischen Lektüre offen bekennenden Leser gehören nicht nur Politiker. Bertolt Brecht nannte für sein dichterisches Schaffen als seine beiden „Produktionsmittel die Zigarren und die (englischen) Kriminalromane".

Selbst Philosophen finden sich unter den Liebhabern der so oft geschmähten Gattung. Arthur Schopenhauer befand: „Kriminalgeschichten muß man lesen, um zu erkennen, was, in moralischer Hinsicht, der Mensch eigentlich ist." Bertrand Russell sah im Kriminalroman eine Möglichkeit, die von den Wilden, unseren Vorfahren, ererbten Kriegs- und Mordgelüste „auf harmlose Weise zu befriedigen. Ich jedenfalls finde ein ausreichendes Ventil in Detektivgeschichten, wo ich mich abwechselnd mit dem Mörder und mit dem von Jagdleidenschaft getriebenen Detektiv identifiziere."

Und noch ein letzter Zeuge soll zu Wort kommen: „Man kann nicht an Verbrechen interessiert sein, ohne an Psychologie interessiert zu sein. Es ist nicht der bloße Akt des Tötens, es ist das, was dahinter liegt, das den Experten reizt." Der zitierte Experte ist weder Politiker noch Philosoph, es ist der wohl berühmteste Detektiv nach Sherlock Holmes: Hercule Poirot. Friedrich Schiller – man verzeihe die Nachbarschaft zu Agatha Christie – formulierte die gleiche Überzeugung. Er wird im ersten Kapitel dieses Buches das Wort zur Verteidigung der Kriminalgeschichte erhalten.

Teil 1
Die Anfänge

1. Das Kainsmal und die Folgen

Die Geschichte des Menschen nach der Vertreibung aus dem Garten Eden beginnt mit einem Mord. Kain tötet seinen Bruder Abel, dessen Hüter er nicht sein wollte. Dieser Mord birgt kein Geheimnis, das enthüllt werden müßte. Kain ist der Täter, er bekennt sich sofort zu seiner Tat und bereut sie. Auch das Motiv ist klar. Es liegt in Kains fester Bindung an Gott, in einer Art religiöser Eifersucht. „Der Herr" hatte Kains Opfer nicht gnädig angesehen wie das Opfer Abels. „Der Herr" war parteiisch, denkt Kain und fühlt sich zu Unrecht gedemütigt.

Die über den Mörder verhängten Strafen sind Gottes Fluch – „unstet und flüchtig sollst du sein auf Erden" – und die Verbannung in das Land Nod, „jenseits von Eden". Selbst die Ungebildeten unter den Verächtern der Religion wissen, daß der Mörder von nun an ein Zeichen trug, das ihn kenntlich machte unter allen Menschen, das Kainsmal. Der Ausdruck wird heute noch gebraucht, wenn es gilt, einen Menschen zu brandmarken als Strafe für ein schweres Verbrechen, damit jedermann ihn erkenne als das, was er ist: die Verkörperung des Bösen.

Dieser Gebrauch des Wortes ist falsch. Als Kain über die Härte seiner Strafe klagte, in der Furcht, totgeschlagen zu werden, besann sich Gott „und machte ein Zeichen an Kain, daß ihn niemand erschlüge, der ihn fände". Auch versprach er, ein Mord an Kain solle siebenfach gerächt werden.

Die biblische Geschichte vom zweiten Sündenfall ist eine erstaunliche Geschichte, wenn man bedenkt, daß der Gott des Alten Testaments sein Volk hart und streng regierte; er war kein ‚lieber Gott'. Jene erste Schutzmaßnahme für einen Mörder kann auch den Leser von Kriminalromanen nachdenklich stimmen. Am Ende, wenn der Detektiv seine Arbeit getan hat, wartet auf den Mörder die Strafe für sein Verbrechen; auch heute noch bedeutet das in vielen Ländern den Tod. Die meisten Krimi-Autoren sparen diese letzte Phase des Geschehens bewußt aus. Einige wenige lassen ihren Helden unruhig nachdenken über die Folgen seines Tuns, zweifeln am Sinn der Strafe, wie Dorothy Sayers in „Busman's Honeymoon" (1937) ihren Lord Peter.

Im Alten Testament wie auch in späteren Geschichtensammlungen, etwa in den Erzählungen aus „Tausendundeine Nacht", finden sich viele Berichte von geheimnisvollen Verbrechen, deren Aufklärung durch weise Richter oder aufmerksame Spurensucher genau beschrieben wird. Von solchen Erzählungen ist es noch ein weiter Weg bis zu den ersten selbständigen, in sich abgeschlossenen Mordgeschichten. Seit es Zeitungen gibt, erscheinen dort Artikel über Verbrechen, in denen Täter und Opfer vorgestellt, der Hergang der Tat und auch das Motiv des Täters beschrieben werden. Die näheren Umstände, die zu seiner Verhaftung führen, und die Art der Bestrafung gehören mit zum Thema solcher Berichte. Sie erscheinen meist im Gerichtsteil der nicht zuletzt wegen dieser Rubrik aufblühenden Journale. Neben den oft sensationell aufgemachten Artikeln werden auch sachliche Prozeßberichte gedruckt, die sich auf das Aktenmaterial und die Mithilfe der beteiligten Juristen gründen.

Die bekannteste Sammlung berühmter Gerichtsfälle erschien 1734, herausgegeben von François Gayot de Pitaval, der selber Advokat am Pariser Gerichtshof war. Innerhalb von neun Jahren wurden zwanzig Bände veröffentlicht. Sie wurden illegal nachgedruckt, nachgeahmt und in viele Sprachen übersetzt. In Deutschland erschien 1792 eine vierbändige Ausgabe des ‚Pitaval', wie die Sammlung bald nach ihrem Verfasser genannt wurde. Die Einführung für die „berühmten und interessanten Gerichtsfälle" („Causes célèbres et intéressantes") schrieb Friedrich Schiller. Für die Geschichte des Kriminalromans ist seine kurze Vorrede wichtiger als der ganze ‚Pitaval'.

Schiller erwähnt keinen der berühmten Fälle der Sammlung, wie es eigentlich zu erwarten gewesen wäre. Was ihn bewegt, sind nicht Einzelheiten, es ist eine grundsätzliche Überlegung. Er verteidigt einen Lesestoff, der, wie viele glauben, nur die niedrigsten Instinkte des Menschen anspreche. Der junge Professor für Philosophie und Geschichte will „ein öffentliches Zeugniß" ablegen von dem Sinn, oder, wie er es nennt, von der „Brauchbarkeit" der geschmähten Lektüre. Er beginnt seine Argumentation mit einer Beschreibung der Lese-Szene seiner Zeit, die beherrscht wird „von mittelmäßigen Scribenten und gewinnsüchtigen Verlegern". Sie benutzen das wachsende Lesebedürfnis breiter Volksschichten, „ihre schlechte Waare, wärs auch auf Unkosten aller Volkskultur und Sittlichkeit, in Umlauf zu bringen".

Doch Schiller stimmt nicht ein in die allgemeine Klage, es gebe nicht genug gute Bücher. Er geht den Ursachen nach, die so viele Leser dazu führen, „an Geburten der Mittelmäßigkeit" Geschmack zu finden. Er sieht sie „in dem allgemeinen Hang der Menschen zu leidenschaftlichen und verwickelten Situationen gegründet, Eigenschaften, woran es oft den schlechtesten Produkten am wenigsten fehlt". Diese Neigung sollte zum „Vortheil der guten Sache" genutzt werden, fordert Schiller und betont, ein Buch, das den Leser unterhält, sei deshalb noch kein schlechtes Buch. Wenn es darüber hinaus nützliche Kenntnisse vermittelt und den Leser zum Nachdenken anregt, könne ihm der Wert nicht abgesprochen werden. Damit ist Schiller beim eigentlichen Gegenstand seiner Betrachtung angelangt:

„Von dieser Art ist das gegenwärtige Werk, für dessen Brauchbarkeit ich veranlaßt worden bin, ein öffentliches Zeugniß abzulegen, und ich glaube keine andre Gründe nöthig zu haben, um die Herausgabe desselben zu rechtfertigen. Man findet in demselben eine Auswahl gerichtlicher Fälle, welche sich an Interesse der Handlung, an künstlerischer Verwicklung und Mannigfaltigkeit der Gegenstände bis zum Roman erheben, und dabei noch den Vorzug der historischen Wahrheit voraus haben. Man erblickt hier den Menschen in den verwickeltsten Lagen, welche die ganze Erwartung spannen, und deren Auflösung der Divinationsgabe des Lesers eine angenehme Beschäftigung gibt... Die Unterhaltung, welche diese Rechtsfälle schon durch ihren Inhalt gewähren, wird bei vielen noch mehr durch die Behandlung erhöht. Ihre Verfasser haben, wo es angieng, dafür gesorgt, die Zweifelhaftigkeit der Entscheidung, welche oft den Richter in Verlegenheit setzte, auch dem Leser mitzutheilen, indem sie für beide entgegengesetzte Partheien gleiche Sorgfalt und gleich grosse Kunst aufbieten, die letzte Entwicklung zu verstecken, und dadurch die Erwartung aufs Höchste zu treiben."

Hinter Schillers Verteidigungsrede steht zweifellos auch die

Frage, die ihn schon seit seinen Studentenjahren beunruhigt hatte: Was macht einen Menschen zum Verbrecher? In seinem Drama „Die Räuber" und auch in seiner Erzählung „Der Verbrecher aus verlorener Ehre", die im gleichen Jahr wie die Vorrede zum ‚Pitaval' erschien, wagte er eine Antwort.

Die Frage, wieweit die Darstellung von Verbrechen in der Literatur gerechtfertigt ist, beschäftigte ihn bis zu seinem Tod. Im Jahr 1802 veröffentlichte er seinen Aufsatz „Gedanken über den Gebrauch des Gemeinen und Niedrigen in der Literatur". In dieser kleinen Schrift findet sich der bemerkenswerte Satz, der moralisch verwerflichere Mörder sei für die ästhetische Darstellung in der Dichtung „brauchbarer" als ein Dieb.

Trotz des großen Erfolgs war bald nach dem ersten Erscheinen des ‚Pitaval' Kritik laut geworden. Während Schiller die große Kunst der Verfasser lobte, das Ende nicht zu verraten und „dadurch die Erwartung aufs höchste zu treiben", fanden viele Leser die Erzählungen zu verworren und nicht spannend genug. Der Pariser Parlamentsadvokat Richer hielt es daher für notwendig, die Sammlung umzuarbeiten. Als Begründung für seine Änderungen führte er an, daß sich „jedermann über seine (Pitavals) Methode beschwert hätte, daß die Tatsachen ohne Ordnung untereinander geworfen wären, von einem Wuste Betrachtungen, die nicht zur Sache gehörten, verschlungen, und man sich oft in die Notwendigkeit gesetzt sähe, den wahren Verlauf der Sachen zu erraten". Richers Ziel war es, die Fakten so zu ordnen, daß „der Leser Ausgang und Urteil nicht sogleich voraussehen könne und bis zur Entwicklung des Stückes in Spannung bleibe".

Die oben zitierten Sätze Richers finden sich im Vorwort zu einem „Neuen Pitaval", den 1842 zwei Deutsche herausgaben, der Berliner Kriminaldirektor J. E. Hitzig und der Romanschriftsteller Wilhelm Häring, besser bekannt unter dem Pseudonym Willibald Alexis. In ihrem Vorwort setzen sich die beiden Herausgeber als oberste Richtschnur „die Kunst des ‚arranger les faits'". Der Erfolg gab ihnen recht: dreißig Bände konnten erscheinen.

Bemerkenswert ist die immer deutlicher in den Vordergrund rückende Tendenz, durch eine bestimmte Anordnung der Tatsachen eine ungebrochene Spannungskurve zu entwickeln, so daß die Lösung des Falles dem Leser bis zum Schluß verborgen bleibt. Trotzdem sind die Prozeßberichte aus dem ‚Pitaval' und ähnlichen

Sammlungen keine Vorläufer des Kriminalromans. Naturgemäß müssen manche Einzelheiten ungeklärt, andere sogar unverständlich bleiben. Nur in der Kunstform der Dichtung können sich alle Puzzlesteine des Rätselspiels zu einem lückenlosen, sinnvollen Bild zusammenfügen.

2. Ein Mord macht noch keinen Krimi

Zu einer Zeit, da die sachliche Beschreibung ungewöhnlicher Verbrechen eine große Lesergemeinde fand, war die Darstellung todbringender Leidenschaften auch in der Literatur weit verbreitet. Das Thema Mord, so alt wie die ältesten Dichtungen, die wir kennen, ist aus den Werken der großen Dichter nicht wegzudenken. Und doch fiele es niemandem ein, sie als Wegbereiter des Kriminalromans zu feiern. Das ironische Aperçu eines Kritikers, Hamlet sei der erste Detektiv der Weltliteratur, da er dem Mörder seines Vaters eine Falle stellt, um ihn der Tat zu überführen, hilft nicht wirklich bei der Überlegung, warum ein Mord noch keinen Krimi macht.

In vielen berühmten Mordgeschichten spielt die Aufklärung des Verbrechens eine Rolle. In der Literatur des 19. Jahrhunderts wird die Ordnungsmacht des Staates, die sich gerade erst etablierende Polizei, häufig in das Geschehen einbezogen. Wenn es um die persönliche Rache eines einzelnen geht, wie etwa in Prosper Mérimées Novellen („Colomba", 1840; „Carmen", 1845), kommt der Polizei eine eher negative Rolle zu; ihr Versagen dient als Rechtfertigung der Selbstjustiz.

In dem wohl berühmtesten Werk der Weltliteratur über einen Mörder nehmen die polizeilichen Ermittlungen wenig Raum ein. Fjodor M. Dostojewski erzählt in seinem Roman „Schuld und Sühne" (1866) die Geschichte des Studenten Raskolnikow, der zwei Frauen getötet hat. Versponnen in atheistisch-revolutionäre Ideen, sucht Raskolnikow einen Beweis für die absolute Freiheit des Individuums. Da es keinen Gott gibt, so argumentiert er, sind alle Moralgesetze das Werk von Menschen und also ohne allgemeine Gültigkeit. Der Mord „an sich", ohne ein persönliches Motiv, scheint dem jungen Mann der entscheidende Beweis, und er vollzieht ihn durch die Tat. Schon bald kommen ihm Zweifel an der Richtigkeit seiner Schlußfolgerungen, und er stellt sich der Polizei. In der großangelegten Szene des Verhörs wird deutlich, daß mit dem Eingestehen der Schuld die Sühne des Mörders begonnen hat. Sie ist mehr als die Verbüßung der Strafe; während der Verbannung in Sibirien wird Raskolnikow zum gläubigen Christen. Die Sühne des reuigen Sünders ist ein moralisch befriedigender, aber merkwürdig blasser und vage enttäuschender Schluß.

Eine Anmerkung zum Titel des Romans ist notwendig. Im russischen Original lautet er „Prestuplenije i nakasanije", das heißt „Verbrechen und Strafe". Engländer und Franzosen übersetzen wortgetreu „Crime and Punishment" und „Crime et châtiment". Man ist geneigt, an eine typisch deutsche moralisierende Betrachtungsweise zu glauben, und dennoch paßt „Schuld und Sühne" besser zu der Geschichte einer tiefgreifenden inneren Wandlung als der Originaltitel.

In Honoré de Balzacs Roman „Le père Goriot" (1834) tritt ein junger Mann auf, der, ähnlich wie Raskolnikow, zynische Reden über die unsinnigen Moralgesetze der Bürger hält und schließlich von der Polizei festgenommen wird. Das Vorbild für die Gestalt des Vautrin war jener historische Eugène Vidocq, der zu acht Jahren Zwangsarbeit verurteilt wurde, nach Paris entfloh, dort unter Verbrechern lebte und ihre Arbeitsweise studierte. Der ehemalige Galeerensträfling machte eine erstaunliche Karriere. Er bot sich der Polizei als Spitzel an und stieg auf bis zum obersten Leiter der Pariser Sicherheitspolizei. Auch diesem gewandelten Vidocq hat Balzac im gleichen Roman ein Denkmal gesetzt, in Monsieur Gondureau, der als Chef der Sûreté Vautrin verhaftet.

Die Weltstadt London war, noch mehr als Paris, eine Goldgrube für große und kleine Ganoven. Die braven Bürger hatten deshalb ein ganz persönliches Interesse an der Arbeit der Polizei. Aber erst 1829 wurde die ‚Metropolitan Police' gegründet, unter dem Innenminister Sir Robert Peel, nach dem noch heute die Londoner Polizisten freundlich ‚Bobbies' genannt werden. Bis dahin war das Oberste Kriminalgericht in der Bow Street für die Verbrechensbekämpfung zuständig gewesen. Sein bekanntester Richter, der Romancier Henry Fielding, kam als erster auf den Gedanken, nicht-uniformierte Männer einzusetzen. Diese Zivilfahnder wurden nach ihrer Einsatzzentrale ‚Bow Street Runners' genannt.

Wie die ‚Straßenläufer' arbeiteten, konnten die Londoner lesen, als 1827 die „Scenes in the Life of a Bow Street Runner" erschienen. Das dreibändige Werk ist kein englischer ‚Pitaval', sondern schildert die in Romanform aneinandergereihten Erlebnisse eines Ich-Erzählers, der, wie er sagt, selber ein solcher ‚Straßenläufer' gewesen war. Bemerkenswert an dem Werk dieses Mannes, der sich Richmond nannte, ist die sachkundige Darstellung kriminalistischer Arbeitsmethoden. Im ‚Bow Street Runner' ist das Bild des modernen Detektivs in groben Umrissen vorgezeichnet. Er war geübt in der genauen Beobachtung seiner Kundschaft, suchte am Tatort nach Spuren, verhörte Zeugen und zog Schlußfolgerungen aus den Ermittlungen. Die kleine Truppe wurde erst 1842 aufgelöst, und wenige Jahre später zog die ‚Metropolitan Police' um in ein großes Gebäude am Themseufer, dessen Name weltberühmt wurde und bis heute auch aus vielen Kriminalromanen nicht wegzudenken ist: Scotland Yard.

Charles Dickens kannte sein Lesepublikum und wußte, daß nicht nur eine spannende Handlung, sondern ebenso seine Kritik an sozialen Mißständen und an den unzulänglichen Arbeitsmethoden der Polizei Widerhall fanden. Er beschrieb die menschenunwürdigen Verhältnisse in den Schuldgefängnissen (in „Little Dorrit"), die Brutalität der Gangsterbanden, wenn sie Kinder anlernten und bei ihren Raubzügen einsetzten (in „Oliver Twist") und die Kinderarbeit, das Verbrechen der angesehenen Kaufleute (in „David Copperfield").

In seinem Roman „Bleakhouse" (1852) gehört zum umfangreichen Personal auch ein Polizeibeamter, Inspektor Bucket. Der Mord, den er aufklären muß, ist von Bedeutung für die Haupthandlung, doch er selber bleibt eine Randfigur. Er ist kein ‚gentleman' und begegnet den vornehmen Damen und Herren unterwürfig, wenn er sie befragen muß, während er sich heuchlerisch in das Vertrauen der kleinen Leute einschmeichelt, um ihnen belastende Aussagen zu entlocken. Langsam im Denken, hartnäckig in der Verfolgung von Verdächtigen, nähert sich Inspektor Bucket seinem Ziel mit zweifelhaften Methoden.

Dickens veröffentlichte in einer Wochenzeitung, deren Herausgeber er war, eine Reihe kleiner Skizzen, die 1986 in Deutschland unter dem Titel „Detektivgeschichten" neu aufgelegt wurden. Der deutsche Titel weckt falsche Erwartungen. Der Leser erlebt keine

„Das freundliche Benehmen des Mr. Bucket", Inspektor der Londoner Polizei. Zeitgenössische Illustration von PHIZ zu Charles Dickens Roman „Bleakhouse"

detektivischen Abenteuer, keine spannenden Szenen, sondern lernt in niederdrückenden Bildern die Unterwelt der großen Stadt in ihrer Verderbtheit und Verlorenheit kennen. Dickens beschreibt sachlich und genau, was er selber sah und hörte, als er einige Inspektoren der ‚Secret Police' auf ihren nächtlichen Runden begleitete. ‚Secret Police' überschrieb der Autor deshalb die Rubrik, in der seine Artikel erschienen. Dem heutigen Leser bleibt vor allem die Gestalt Inspektor Fields in Erinnerung, dessen persönlicher Mut und Scharfblick ihn eher zu einem Vorläufer der fiktiven Detektive machen, als es der ungeschlachte Inspektor Bucket sein kann.

Charles Dickens starb 1870 über der Arbeit an seinem Roman „The Mystery of Edwin Drood". So bleibt das Geheimnis ewig ungeklärt: Ist Edwin Drood ermordet worden, oder hat er selber sein plötzliches Verschwinden inszeniert? Mehrere Autoren haben später versucht, die Geschichte zu Ende zu schreiben, aber die

Lösungsversuche sind wenig überzeugend. Es muß offenbleiben, ob das Plot, wie Dickens es geplant hatte, unseren Vorstellungen von einem Kriminalroman nahegekommen wäre. Einiges spricht dafür. Da ist ein Geheimnis, um dessen Aufklärung sich mehrere Menschen und auch die Polizei bemühen. Es gibt einen engen Kreis von Verdächtigen, falls es denn Mord war, und auch genügend Indizien für eine zweite Theorie, den aus eigensüchtigen Motiven nur vorgetäuschten Mord.

Auch Thomas de Quinceys „Der Rächer" („The Avenger"; 1838) trägt Züge des Kriminalromans. Es ist die geradlinig und spannend erzählte Geschichte um eine unheimliche Mordserie, der Schauplatz eine kleine deutsche Stadt. Die Polizei verfolgt viele Spuren, doch keine führt zum Ziel, da ein Motiv fehlt. Nicht ihre Ermittlungen schließen den Fall ab, sondern das freiwillige Geständnis des Mörders. Der Titel verrät das Motiv. Der Täter rächte sich an allen Menschen, die seine Mutter in den Selbstmord getrieben hatten.

Für de Quincey war die Psyche des Mörders ein verteidigenswertes Thema der Literatur. Sein Essay „On Murder Considered as one of the Fine Arts" (1827) preist den Mord als eine der Schönen Künste. Geistreich und ironisch zeichnet der Autor in der feinsinnigen Sprache des Ästheten die Charakterbilder berühmter Mörder.

Wilkie Collins' „Mondstein" („The Moonstone"; 1863) ist, wie T. S. Eliot meinte, „der erste, längste und beste unter den modernen Detektivromanen". Das Urteil des großen englischen Lyrikers fordert zum Widerspruch heraus. Es scheint wenig sinnvoll, den Beginn des „modernen" Kriminalromans so früh anzusetzen – als nicht „modern" bliebe nur E. A. Poe übrig. Und dann die drei geradezu verwegen hingesetzten Superlative! Der zweite mag noch hingehen; die fünfhundert Seiten des „Moonstone" werden nur von Wilkie Collins selber überboten: Mit seinem anderen großen Roman, „Die Frau in Weiß" („The Woman in White"; 1860), brachte er es auf 750 Seiten. Das üppig wuchernde Rankenwerk überdeckt während langer Passagen die eigentliche Kriminalhandlung um den gestohlenen Diamanten, der einst die Statue eines indischen Mondgottes schmückte, und behindert die Entwicklung eines geradlinigen Plots, wie es für die Geschichten moderner Krimi-Autoren typisch ist.

Und doch kommen die beiden Romane unserer Vorstellung von einem Krimi näher als alle in diesem Kapitel genannten Werke der Literatur. Im Mittelpunkt des Geschehens steht das Verbrechen und seine Aufklärung. Sergeant Cuff von Scotland Yard, der große, nicht mehr junge Mann mit dem Adlerprofil und den traurigen Augen, leitet die Ermittlungen klug und beharrlich. Nebenbei findet er genügend Zeit, um Rosen zu züchten. Am Ende des „Moonstone" hat er sich vom Polizeidienst zurückgezogen und widmet sich auf dem Land nun ganz seinem Hobby. So wurde er ein Vorbild für viele fiktive Detektive, die nach ihm kommen sollten. Als Sherlock Holmes sich ins Privatleben zurückzieht, züchtet er Bienen. Miß Marple versteht viel von Blumen und ist eine leidenschaftliche Gärtnerin. Hercule Poirots erster Auftritt zeigt ihn beim Ernten von Kürbissen, und Nero Wolfe züchtet mit Leidenschaft Orchideen.

Eines verdanken alle späteren Krimi-Autoren dem Verfasser des „Mondstein" und der „Frau in Weiß": Wilkie Collins ist der Erfinder des erzähltechnischen Tricks, falsche Fährten auszulegen, damit der Verdacht auf immer wieder andere Personen gelenkt wird, ein Trick, ohne den der klassische Kriminalroman nicht lebensfähig wäre.

Auch wenn man T. S. Eliots Superlativ-Urteil nicht in allen Punkten zustimmen mag – ein geborener Geschichtenerzähler ist Wilkie Collins allemal. Mit Humor, leiser Ironie und einer immer spürbaren Kritik an den sozialen Verhältnissen seiner Zeit versteht er es, wie sein Freund Charles Dickens, Menschen durch das geschriebene Wort lebendig werden zu lassen. Das besondere Bauschema der beiden Romane ist dazu angetan, diese Kunst mit Bravour vorzuführen. Anstelle einer fortlaufend erzählten Handlung berichten eine Reihe von Augenzeugen über das Verbrechen und seine Begleitumstände. Jede Person hat ihren eigenen Standpunkt, ihre eigene Sichtweise und ihren eigenen Stil.

Wilkie Collins, 1824 als Sohn eines Landschaftsmalers geboren, hat seinen Beruf als Jurist nur kurze Zeit ausgeübt. Der Erfolg seiner Bücher war so groß, daß er bald als freier Schriftsteller leben konnte. Er arbeitete mit Dickens zusammen an dessen Magazin ‚Household Words' und schrieb eine Reihe von Artikeln für die Familienzeitschrift. In den letzten Jahren seines Lebens nahm er Opium, zunächst als Schmerzmittel, dann täglich, wie Thomas de

Quincey. Seine Erfahrungen mit der Droge verarbeitete er in die große Enthüllungsszene am Ende des „Moonstone".

Es ist bemerkenswert, daß im prüden viktorianischen England mehr Mordgeschichten geschrieben und gelesen wurden als in anderen Ländern. Oscar Wilde, der die vornehme Gesellschaft seiner Zeit mit ihrer Heuchelei, ihren Attitüden und Platitüden in seinen Komödien bloßstellte, nahm auch das modische Interesse an Mördern mit geistreicher Ironie aufs Korn. In „Lord Arthur Savile's Crime" (1891) erzählt er die Geschichte eines Mannes, der einen Mord begehen will, weil er einen Mord begehen muß. Ein Wahrsager prophezeite ihm dies harte Schicksal. Lord Arthur weiß, daß der Mensch nichts gegen das Schicksal vermag; also will er entschlossen und schnell das Ganze hinter sich bringen. Doch alle Versuche des unprofessionellen Mörders schlagen fehl. In gerechtem Zorn über den Urheber seines Unglücks wirft er schließlich den Wahrsager in die Themse, wo dieser glücklicherweise ertrinkt. Lord Arthur kann beruhigt und unangefochten der Zukunft entgegensehen.

Es gibt in der Literatur des 19. Jahrhunderts noch mehrere solcher skurrilen Mordgeschichten. Drei kommen aus Nordamerika und führen als ausgefallene Mordinstrumente Tiere vor. In Ambrose Bierces „Lieblingsmord" („My Favourite Murder") ist es ein stoßfreudiger Ziegenbock, in Jack Londons „Geschichte des Leopardenmannes" („The Leopard Man's Story") ein braver Zirkuslöwe, der seinem Herrchen allabendlich erlaubt, den Kopf in seinen Rachen zu legen. Die Mordmethode ist einfach. Man braucht dem Dompteur nur unauffällig etwas Niespulver ins Haar zu streuen. Auch Löwen niesen. In einer anderen Geschichte läßt Jack London einen apportierfreudigen Hund auftreten, der auch nicht vor tickenden Zeitbomben zurückschreckt. Der Mörder setzt das Tier zielstrebig ein, um seinen Todfeind aus sicherer Entfernung in die Luft zu jagen. Der Roman „The Assassination Bureau Ltd." blieb unvollendet, doch Jack Londons Idee eines Vermittlungsbüros für Mord und Totschlag lebt fort in Agatha Christies Kriminalroman „Das fahle Pferd" („The Pale Horse").

Skurrile Mordgeschichten ähneln in ihrem straffen Handlungsablauf eher dem modernen Krimi als die breitangelegten Romane eines Wilkie Collins. Doch fehlt ihnen die Gestalt des Detektivs. Er ist überflüssig, denn das Geschehen bewegt sich geradlinig auf eine

Schlußpointe zu, die es meist offenläßt, ob ein Hüter des Gesetzes eingreifen wird. Ein ähnliches Bauschema haben viele der kurzen Kriminalgeschichten, die sich heute neben dem Kriminalroman steigender Beliebtheit erfreuen.

Deutschland kann nicht wie England, Frankreich und die Vereinigten Staaten auf eine lange Tradition des Kriminalromans zurückblicken. Eine Reihe von großen Mordgeschichten aus der Feder deutscher Dichter zeigen jedoch, daß es nicht an den Grundlagen für eine Entwicklung der Gattung fehlte. Friedrich Schiller beginnt seine Erzählung „Der Verbrecher aus verlorener Ehre" (1792) mit allgemeinen Überlegungen, die an die im gleichen Jahr erschienene Vorrede zum ‚Pitaval' erinnern:

„In der ganzen Geschichte des Menschen ist kein Kapitel unterrichtender für Herz und Geist als die Annalen seiner Verirrungen. Bei jedem großen Verbrechen war eine verhältnismäßig große Kraft in Bewegung. Wenn sich das geheime Spiel der Begehrungskraft bei dem matteren Licht gewöhnlicher Affekte versteckt, so wird es im Zustand gewaltsamer Leidenschaft desto hervorspringender, kolossalischer, lauter; der feinere Menschenforscher... wird manche Erfahrung aus diesem Gebiete in seine Seelenlehre herübertragen und für das sittliche Leben verarbeiten."

Erst nach dieser Einleitung setzt die eigentliche Handlung ein, die Geschichte des Christian Wolf, die Schiller im Untertitel der ersten Fassung „eine wahre Geschichte" nennt. Von den Dorfmädchen wegen seiner Häßlichkeit verspottet, sieht der junge Mann nur eine Möglichkeit, ernstgenommen zu werden, „nur einen Ausweg vor sich: honett zu stehlen". Er wird Wilddieb, wie die meisten Männer im Dorf. Als ihn ein Nebenbuhler bei der Polizei anzeigt, fühlt er sich in seiner Ehre beleidigt. Nach der Verbüßung seiner Strafe wird er Anführer einer im ganzen Land gefürchteten Räuberbande. „Ich wollte mein Schicksal verdienen", läßt Schiller seinen Helden sagen. Nach dem Mord an einem Rivalen stellt sich der Räuberhauptmann, wie sein Bruder im Geiste Karl Moor, den Behörden. Sachlich, ohne jedes Pathos, beschreibt Schiller die Wandlung eines harmlosen jungen Dorfburschen zum „Verbrecher aus verlorener Ehre" als einen nachvollziehbaren Weg in die Verzweiflung.

Fünfzig Jahre später, in der Zeit des beginnenden Realismus, entstand Annette von Droste-Hülshoffs Novelle „Die Judenbuche"

(1842). Man könnte die Lebensgeschichte des Friedrich Mergel ebenfalls die Geschichte eines Verbrechers aus verlorener Ehre nennen. Sie setzt ein mit der Schilderung eines Mordes, an dem Friedrich, fast noch ein Kind, nur indirekt beteiligt ist. Als er von der Polizei der Tat verdächtigt wird, ist er in seiner Ehre gekränkt und flieht. Er fühlt sich moralisch, aber nicht vor dem Gesetz schuldig und beschließt, sich an der Gesellschaft zu rächen, indem er einen Mord begeht. Jahre später, verzweifelt über ein verpfuschtes Leben, kehrt er in seine Heimat zurück und erhängt sich an der Stelle seiner Untat, an der Judenbuche.

Die Ordnungsmacht des Staates, verkörpert durch den Gutsherrn und den Amtsschreiber, spielt nur eine untergeordnete Rolle. Trotzdem finden sich im Text viele Vokabeln, die uns aus Kriminalromanen vertraut sind. Da werden Wagenspuren und „Fußstapfen" untersucht, Zeugen verhört; eine „gerichtliche Leichenschau" wird angeordnet, ein „Corpus delicti" sichergestellt.

„Die Judenbuche" ist oft eine frühe Kriminalgeschichte genannt worden. Doch der Untertitel erklärt, was die Droste geben wollte: „Ein Sittengemälde aus dem gebirgigen Westfalen". Nüchtern, im Chronikstil, beschreibt sie die ihr vertraute Landschaft und den, der hier heranwächst. Friedrich Mergel ist geprägt von einem armseligen Elternhaus und den zweifelhaften Moralbegriffen seines Heimatdorfes, die es ihm unmöglich machen, zwischen dem geltenden Gesetz und dem Gewohnheitsrecht zu unterscheiden. Mit keinem Wort nimmt die Dichterin Stellung zu dem Geschehen. Nur zwischen den Zeilen ist die Mahnung zu lesen, die sie als Motto über ihre Novelle setzte:

> „. . . Du Glücklicher, geboren und gehegt
> Im lichten Raum, von frommer Hand gepflegt,
> Leg hin die Waagschal, nimmer dir erlaubt!
> Laß ruhn den Stein – er trifft dein eignes Haupt!"

In Theodor Fontanes Erzählung „Unterm Birnbaum" (1885) ist nichts zu spüren von der Gesellschaftskritik des frühen Schiller oder einer Annette von Droste-Hülshoff. Hier geht es um eine andere Art von Mord und um einen ganz anderen Mörder. Der Gastwirt Abel Hradschek tötet den Handlungsreisenden Szulski aus Geldgier. Raffiniert verwischt er mit der tätigen Hilfe seiner Frau alle Spuren seiner Tat und führt die Polizei an der Nase herum. Nur durch einen Zufall wird das Verbrechen schließlich aufgeklärt. Als der Gastwirt eines Tages vermißt wird, findet man ihn in seinem Weinkeller tot neben der Leiche seines Opfers. Die durch ein zurückrollendes Faß verschlossene Kellerluke wird zum Werkzeug einer höheren Gerechtigkeit.

Auch Fontanes Erzählung ist kein früher Krimi. Der Leser weiß von Anfang an, wer den Mord begangen hat, wie er begangen und wie er vertuscht wurde. Eine solche Erzählweise gibt es auch im modernen Kriminalroman. Doch Fontanes Geschichte eines perfekten Verbrechens hat nichts Geheimnisvolles und bleibt vordergründig in der Zeichnung der Personen. Alles wirklich Schreckliche, das den Leser einbeziehen könnte in Ängste und Leidenschaften, wird ausgespart: der langsame Tod des Mörders neben der verwesenden Leiche seines Opfers und die Seelenqualen seiner unwilligen Komplizin nach der Tat.

An Spannung im üblichen Sinn fehlt es auch in Wilhelm Raabes Roman „Stopfkuchen" (1890), obgleich der Untertitel „Eine See- und Mordgeschichte" verheißt. Es ist ein herrliches Buch, das nur den Leser enttäuscht, der die listige Ironie des Untertitels für bare Münze nimmt. Eine „Seegeschichte" ist es allein durch die schmale Rahmenhandlung. Auf der Rückfahrt nach Afrika schreibt der Ich-Erzähler Eduard in tagebuchartigen Notizen „die Kriminalgeschichte Stopfkuchen" auf, seine Erlebnisse in der alten Heimat. Doch diese „Mordgeschichte" nimmt nur einen kleinen Teil der breit angelegten, liebevoll ausgesponnenen Handlung ein.

Eduard läßt den dicklichen Jugendfreund mit dem Spitznamen ‚Stopfkuchen' seine Lebens- und vor allem seine Ehegeschichte mit vielen geruhsamen Abschweifungen schildern. Erst spät berichtet Stopfkuchen, wie er „beiläufig und fast ohne mein Zutun" den Mörder eines reichen Viehhändlers entdeckte. Anlaß für die detektivische Spurensuche des dicken Helden war nicht Abenteuerlust, sondern ein ganz persönliches Engagement. Der Vater seiner Frau Tinchen war des Mordes verdächtigt, zweimal verhaftet und zweimal aus Mangel an Beweisen wieder freigelassen worden. Jahrelang führte er mit seiner kleinen Tochter das Leben eines Geächteten, bis Stopfkuchen den Mörder findet, den alten Landbriefträger und Kinderfreund des Ich-Erzählers. Daß Stopfkuchen den Täter nicht an die Polizei ausliefert, scheint dem Leser ganz selbstverständlich.

Der einzige deutsche Dichter neben Goethe, Schiller und Heinrich Heine, dessen Einfluß auf die Literatur über die Grenzen hinwegreichte, ist E. T. A. Hoffmann. Seine Erzählungen, in denen das Ungewöhnliche, das Schaurige aus dem Alltäglichen erwächst, beeinflußten E. A. Poe und Dostojewski wie auch die frühen russischen Kriminalschriftsteller. Seine berühmteste Mordgeschichte ist die Novelle „Das Fräulein von Scudery" (1819). Angeregt hatte Hoffmann ein Prozeßbericht aus dem ‚Pitaval', doch er verknüpfte die Gestalt der Marquise de Brinvilliers, einer berüchtigten Giftmischerin, nur lose mit der Haupthandlung. Schauplatz des Geschehens um eine Serie von mysteriösen Mordfällen ist das Paris des 17. Jahrhunderts. In leidenschaftlich bewegten Szenen entwickelt sich allmählich ein Bild des Mörders, dessen Identität erst auf den letzten Seiten enthüllt wird.

Der berühmte Goldschmied Cardillac liebt seine Kunstwerke so abgöttisch, daß er ihren Verkauf nicht erträgt und immer erst dann Ruhe findet, wenn er sie den neuen Besitzern mit Gewalt entrissen hat. Mit dem wachsenden Begreifen des Motivs sieht der Leser den Mörder am Ende nicht mehr als eine der vielen Hoffmannschen Schreckensgestalten, sondern als einen bemitleidenswerten Menschen, einen großen Künstler, der sich, am Rande des Wahnsinns, selber zerstört.

Betrachtet man die Lebensläufe der in diesem Kapitel vorgestellten Schriftsteller, so fällt auf, daß nicht wenige von ihnen mit den Gesetzen ihrer Zeit in Konflikt gerieten. Oscar Wilde wurde 1895, auf der Höhe seines Ruhms, nach drei aufsehenerregenden Prozessen wegen Homosexualität zu zwei Jahren Zuchthaus verurteilt – ein Urteil, das ihn nicht nur gesellschaftlich vernichtete. Nach Verbüßung der Strafe beschrieb er seine Erfahrungen in dem langen Gedicht „The Ballad of Reading Gaol" (1898), das er unter dem Pseudonym „C. 3. 3." veröffentlichte, seine Zellennummer im Zuchthaus zu Reading.

De Quincey und Wilkie Collins hielten sich mit dem, was wir heute Drogenmißbrauch nennen, zwar damals noch innerhalb der Grenzen der Legalität, doch ihre Abhängigkeit vom Opium machte sie nicht gerade zu Stützen der Gesellschaft.

Ambrose Bierce, Soldat im amerikanischen Bürgerkrieg, starb nicht den Tod auf dem Schlachtfeld. Er schlug sich auf die Seite des rebellischen Generals Villa, trieb sich in üblen Spelunken herum

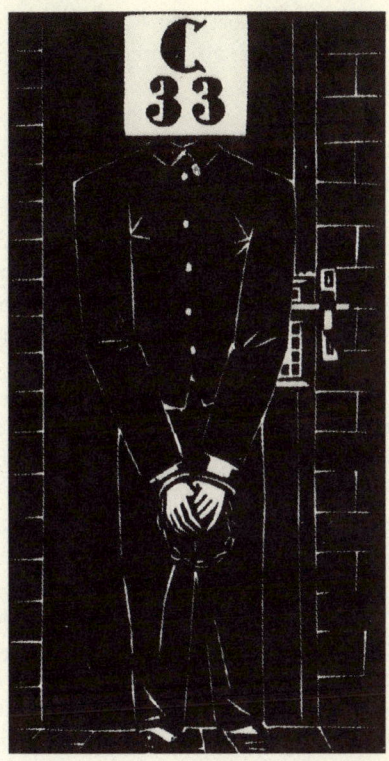

Holzschnitt Frans Masereels zu einer Ausgabe von Oscar Wildes „The Ballad of Reading Gaol". Wilde hatte die Ballade unter dem Pseudonym C.3.3. veröffentlicht, seiner Zellennummer im Zuchthaus

und starb, niemand weiß wann, wo und wie, wahrscheinlich betrunken, vielleicht ermordet, in irgendeiner Gosse. Seine Leiche wurde nie gefunden.

Dostojewski wurde als Mitglied eines revolutionären Kreises zum Tode verurteilt und erst im letzten Augenblick, auf dem Hinrichtungsplatz, zu zehn Jahren Zwangsarbeit in Sibirien begnadigt.

Die deutschen Dichter von Mordgeschichten waren alle ehrbare

Bürger und blieben es. Selbst der exzentrischste unter ihnen, E. T. A. Hoffmann, war bis zu seinem Tod Regierungsrat am Berliner Kammergericht.

3. C. Auguste Dupin, der erste literarische Detektiv

Als Edgar Allan Poe im Jahr 1841 den Chevalier C. Auguste Dupin den geheimnisvollen Doppelmord in der Rue Morgue aufklären ließ, wußte er nicht, wen er da auf die Spurensuche geschickt hatte. Das Wort Detektiv (aus dem englischen ‚detective') gab es noch nicht. Als 1843 in London die Sondereinheit der ‚Detective Police' gegründet wurde, war das Wort ganz neu und wurde zunächst nur als Adjektiv verwendet. So stellt sich Inspektor Bucket in Dickens' „Bleakhouse" als ‚detective officer' vor. Erst vier Jahre später (1856) taucht das Wort als Substantiv auf, als Abkürzung für einen Beamten der ‚Detective Police', deren Aufgabe es war, Verbrechen aufzudecken oder zu enthüllen – ‚to detect'.

Unter dem Stichwort ‚Detektiv' erklärt der ‚Brockhaus' von 1892 seinen deutschen Lesern das noch weithin unbekannte Wort als „die erst neuerlich in England und Nordamerika aufgekommene und von da aus auch in Deutschland hier und dort eingeführte Bezeichnung des offen oder heimlich vorgehenden Polizeibeamten für die Aufdeckung entweder nur erst geplanter oder bereits verübter Verbrechen... Unter Privatdetektivs (sic!) versteht man Personen, die von jedem beliebigen sich dazu dingen lassen, das Thun und Treiben bestimmter anderer zu überwachen, deren Verhältnisse auszukundschaften u. s. w. "

Ein neues Wort entsteht, wenn ein neues Phänomen eine besondere Benennung erfordert. Die berufsmäßige Aufklärung von Verbrechen gibt es noch gar nicht so lange, wie man es sich gerne vorstellt. In der frühen Strafrechtspflege war nur eines ausschlaggebend für eine Verurteilung: das Geständnis des Angeklagten. Gestand er die Tat nicht, war Gewalt das wirksamste Mittel, die Sache zu klären und damit ein Urteil zu ermöglichen.

Einen besonders krassen Fall stellten die mittelalterlichen Hexenprozesse dar. Die Angeklagten wurden der Entscheidung dessen unterworfen, den sie gelästert hatten in ihrem Bündnis mit dem Satan. Das ‚Gottesurteil‘ beruhte auf einer pseudo-logischen Überlegung. Wirft man einen gefesselten Menschen ins Wasser, so geht er unter und ertrinkt. Kann er sich aber auf der Wasseroberfläche halten, ist das gegen die Naturgesetze und damit ein Beweis für die Beihilfe des Teufels. Die Angeklagte war der Ketzerei überführt, das Todesurteil die unausweichliche Folge. Ging sie unter, war das ein Beweis der Unschuld, aber tot war sie trotzdem.

Die gängige Methode, ein Geständnis zu erzwingen, war im Mittelalter die Folter. Wie wir aus den Prozeßakten wissen, bekannte sich die Jungfrau von Orleans schon beim bloßen Anblick der Folterwerkzeuge schuldig. Noch heute sagen wir leichthin: ‚Du spannst mich aber wirklich auf die Folter!‘ Doch wer einmal das sogenannte Streckbett mit seinem technischen Raffinement selber gesehen hat, wird den Ausdruck nicht wieder gebrauchen. Auch wird er niemandem mehr drohen, ihm die Daumenschrauben anzulegen oder ihn anzuprangern.

Als erstes europäisches Land schaffte Preußen im Jahr 1740 nach einer Kabinettsorder Friedrichs II. die Folter ab. Im Großherzogtum Sachsen-Coburg-Gotha wurde die Tortur (vom lateinischen ‚torquere‘ = drehen, quälen) erst 1828 verboten. Nach der Abschaffung der Folter wurde es notwendig, neue Methoden für die Aufklärung von Verbrechen zu entwickeln. Und schließlich fand man auch ein Wort für die Männer, die die neuen Aufgaben zu erfüllen gelernt hatten. Die ersten Detektive begannen ihre mühevolle Erforschung des Neulands.

Ahnherr aller literarischen Detektive ist der Chevalier Dupin, der noch gar nicht wußte, daß er ein ‚Detektiv‘ war. Die eigentliche Geschichte des Kriminalromans muß also mit Edgar Allan Poe anfangen. Die Entstehung der neuen Literaturgattung war kein allmählich ablaufender Prozeß; es gab kein vorsichtiges Abtasten einer neuen Erzähltechnik, kein Theoretisieren über neue Intentionen des Erzählers. Poes erste Detektivgeschichte erschien mit einem Paukenschlag, und das Publikum horchte überrascht auf. Die Käufer rissen sich um das Magazin, in dem „The Murders in the Rue Morgue“ (1841) veröffentlicht wurde.

Zu dem unmittelbaren Erfolg der Geschichte trug zweifellos auch die Beschreibung eines außerordentlich brutalen Verbrechens bei. Doch bevor sich dem Leser die Haare sträuben können, muß er sich durch sieben Seiten einer Art Einleitung hindurcharbeiten, wie sie heute kein Krimi-Autor seinen Lesern zumuten würde. Zunächst wird Monsieur Dupin vorgestellt, in einer Kurzbiographie, die der Ich-Erzähler mitteilt:

„Als ich den Frühling und einen Teil des Sommers 18.. in Paris verbrachte, machte ich die Bekanntschaft eines Herrn C. Auguste Dupin. Dieser junge Herr war aus bester, ja sogar berühmter Familie, aber verschiedene widerwärtige Ereignisse hatten ihn in solche Armut versetzt, daß seine Willenskraft unterlag und er aufhörte, sich in der Gesellschaft zu bewegen und sich um die Wiederherstellung seines Vermögens zu kümmern. Durch die Gutmütigkeit seiner Gläubiger blieb ein kleiner Rest seines Erbes in seinem Besitz, und durch die strengste Sparsamkeit gelang es ihm, mit dem daraus gewonnenen Einkommen sich das Nötige zum Leben zu beschaffen; auf Überflüssiges verzichtete er. Tatsächlich waren Bücher sein einziger Luxus, und diese sind in Paris leicht zu bekommen."

Ebenso breit wird die erste Begegnung der beiden jungen Männer beschrieben und ihr Entschluß, gemeinsam eine Wohnung zu mieten. Dort genießen sie, die Gesellschaft anderer Menschen meidend, das Nachtleben in des Wortes ursprünglicher Bedeutung. Dupin liebt „die Nacht um ihrer selbst willen", er haßt den hellen Tag. Mit dem ersten Morgengrauen schließen die Freunde alle Fensterläden und träumen beim Schein wohlduftender Kerzen, bis der Abend kommt und sie ihre Spaziergänge durch das nächtliche Paris wieder aufnehmen können. Auf einem dieser Spaziergänge erfährt der Ich-Erzähler zum erstenmal von den ungewöhnlichen Fähigkeiten seines seltsamen Zimmergenossen.

Doch bevor auch der Leser davon hört, muß er eine Abhandlung über die Bedeutung der „analytischen Fähigkeit" durchstehen. Die Eigenart dieser besonderen Geisteskraft wird an einigen Beispielen demonstriert. Dabei schneidet das Schachspiel schlecht ab, da es „in seinen Wirkungen auf den Geist erheblich überschätzt wird... In neun Fällen von zehn ist der aufmerksamste Spieler, nicht der scharfsinnigste, der Gewinner." Doch ist die analytische Fähigkeit mehr als bloßer Scharfsinn, wie der Erzähler betont. „Man wird finden, daß die Scharfsinnigen immer phantasievoll und die wirklich Einbildungsreichen nie anders als analytisch sind."

Dann erst folgt der Bericht über den nächtlichen Spaziergang, der „dem Leser fast wie ein Kommentar der eben aufgestellten

Behauptung erscheinen wird". So eingestimmt, vernimmt er folgenden Beweis von Dupins analytischer Denkweise.

Nachdem die beiden Nachtwandler eine Zeitlang schweigend nebeneinander durch die Straßen geschlendert sind, überrascht Dupin den Freund mit einer Bemerkung, die den Schlußstein in dessen Gedankenkette setzt. Der Freund ist verwirrt und hält Dupin für einen Zauberer und Gedankenleser. Doch der beweist ihm überzeugend, wie er durch Beobachtung und Assoziationen Schritt für Schritt die geheimsten Gedanken des Freundes verfolgen konnte.

Nach dieser langen Einleitung, die sich auf drei Erzählebenen abspielt, hält der Autor seinen Leser für genügend vorbereitet, die Geschichte des Doppelmordes und Dupins Schlußfolgerungen zu verstehen, die zur Ergreifung des Täters führen.

„The Murders in the Rue Morgue" ist nicht nur die erste Detektivgeschichte der Weltliteratur, es ist auch die erste Darstellung eines ‚locked room mystery', wie die Engländer das Geheimnis um einen Mord in einem völlig verschlossenen Raum nennen. Diese verwirrende Ausgangssituation, seither von zahllosen Krimi-Autoren in immer neuen Variationen nachgespielt, klärt Dupin durch die ebenso einfache wie logische Überlegung: Da der Mord zweifellos in dem Zimmer der beiden Opfer geschehen ist, kann es nicht hermetisch verschlossen gewesen sein. So entdeckt er den verrosteten Nagel, durch den eines der Fenster nur scheinbar verschlossen war, und damit den Fluchtweg des Täters.

Den überzeugendsten Beweis seines Scharfsinns liefert Dupin bei der Analyse der Zeugenaussagen. Da die Tür des Mordzimmers fest verschlossen war, hatte es keine Augenzeugen, aber sozusagen Ohrenzeugen gegeben. Sie hatten eine Stimme gehört, über deren Sprache sie sich nicht einigen konnten. Dupin kennt ihre Aussagen nur aus den Polizeiprotokollen und pickt sofort aus den vielen unwichtigen Einzelheiten das einzig Ungewöhnliche heraus. Alle zehn Zeugen sind verschiedener Nationalität, und jeder hat die Worte für die einer ihm unbekannten Sprache gehalten. Dupins Schlußfolgerung führt ihn geradewegs zur Lösung des ungewöhnlichen Falles. Die Laute waren gar keine Worte, sondern das aufgeregte Schnattern eines Menschenaffen.

Auch Fingerabdrücke spielen in dieser ersten Detektivgeschichte eine Rolle, obgleich die Daktyloskopie noch nicht entdeckt war.

Dupin beweist seinem Freund mit Hilfe eines einfachen Experiments, daß die Abdrücke am Hals des einen Opfers nicht von einer menschlichen Hand stammen können. Mit dem Erkennen der ungewöhnlichen Kraft und Brutalität des Mörders fügen sich alle Puzzlesteine zu einem sinnvollen, schaudererregenden Bild zusammen.

Nicht allein die Gestalt des scharfsinnigen und genau beobachtenden Detektivs wurde zum Leitbild für alle späteren Verfasser von Kriminalromanen. „Der Doppelmord in der Rue Morgue" weist auch schon die wichtigsten Strukturmerkmale der neuen Gattung auf.

1. Das Verbrechen ist vor dem Einsetzen der eigentlichen Handlung geschehen. Der Detektiv erfährt davon erst aus zweiter Hand – hier, wie so oft auch später, aus Zeitungen und Polizeiberichten.

2. Alle wichtigen Hinweise, die ‚clues', werden dem Leser offen vorgelegt. Dieses ‚fair play' ist charakteristisch für den später so genannten klassischen Detektivroman.

3. Es werden Einzelheiten geschildert, die den Leser in die Irre führen sollen. Erst dieser Trick macht die Lösung des Rätsels zu einer Denksportaufgabe.

4. Um den Täter überführen zu können, stellt der Detektiv ihm eine Falle, hier, wie auch später oft, durch eine Zeitungsannonce.

5. Die Entlarvung des Täters erfolgt erst am Schluß und kommt als ein Schock für den auf falscher Fährte irrenden Leser.

6. Der Detektiv ist die zentrale Gestalt. E. A. Poe hatte den genialen Gedanken, seinem Helden einen Gefährten zu geben. Ihm kann der Detektiv seine Beobachtungen und Überlegungen mitteilen, so daß der Leser mit Hilfe dieses erzähltechnischen Tricks über alles Wichtige ins Bild gesetzt wird. Damit erschöpft sich die Funktion des Gefährten. Seine Gestalt bleibt farblos; Poe gönnt ihr nicht einmal einen Namen. Vor dem Hintergrund des naiv-dümmlichen Gefährten hebt sich die Gestalt des Detektivs um so strahlender ab. Sherlock Holmes und Dr. Watson, Hercule Poirot und Captain Hastings, Nero Wolfe und Archie Goodwin, Perry Mason und Della Street, sie alle verdanken ihr Dasein letzten Endes E. A. Poe. Das vorläufig jüngste dieser ungleichen Paare rief Umberto Eco ins Leben: den Franziskanermönch William von Baskerville und den Novizen Adson von Melk.

7. Dupin begegnet der Polizei mit freundlicher Herablassung.

Er klagt seinem Freund: „Die Pariser Polizisten, die so sehr wegen ihres Scharfsinns gelobt werden, sind schlau, weiter nichts. Es ist keine Methode in ihrem Vorgehen." Er greift sogar den Chef der Sûreté an: „Vidocq z. B. war ein guter Rater und ein ausdauernder Mann. Aber ohne ausgebildetes Denkvermögen irrte er sich immerzu gerade durch die übertriebene Genauigkeit seiner Nachforschungen. Er verlor den Blick, weil er den Gegenstand zu nahe hielt. So geht es, wenn man zu tief sein will. Die Wahrheit steckt nicht immer in einem Brunnen." Auch die verächtliche Einstellung des Detektivs der Polizei gegenüber fand später viele Nachahmer.

Diese charakteristischen Merkmale finden sich auch in Poes anderen Dupin-Geschichten, in der kurzen Erzählung „Der verschwundene Brief" („The Purloined Letter"; 1845) und in „The Mystery of Marie Rogêt" (1842).

Bei der Suche nach dem verlorenen Brief zeigt sich nicht nur Dupins Scharfsinn, sondern auch sein Einfallsreichtum. Die Erzählung enthält, als einzige in Poes Gesamtwerk, keine grausigen Elemente. An die Stelle von ‚Action' tritt das reine Denkvergnügen. Nachdem der Polizeipräfekt bei seiner Suche kläglich versagt hat, findet Dupin das wichtige Staatspapier mit Hilfe seiner besonderen Methode, die er „die Identifizierung des Verstandes mit dem des Gegners" nennt. Ein kluger Mann wird einen Brief nicht da verstecken, wo er gesucht werden wird: nicht in den Stuhlkissen, nicht in den Füßen der Bettpfosten. Der Brief steckt ganz offen zwischen anderen Briefen in einem unscheinbaren Behälter. Diese Methode des Sich-Hineindenkens in die Überlegungen des Täters ist, wie viele spätere Krimis lehren, auch bei Mord von Erfolg, und selbst nicht-fiktive Polizeibeamte kommen ohne sie nicht aus.

Am deutlichsten sichtbar wird Dupins Fähigkeit, durch reines Denken, also ohne kriminalistische Spurensuche, einen Fall zu lösen, in der Geschichte um die Ermordung der jungen Marie Rogêt. Die lange und eigentlich nicht sehr spannende Erzählung ist aus einem besonderen Grund erwähnenswert. Hier stellt nicht nur Dupin, sondern auch der Autor selber seine analytischen Fähigkeiten unter Beweis. E. A. Poe beschreibt nicht einen Fall, dessen Lösung mit der Erfindung des Autors vorgegeben ist. Er benutzt einen aufsehenerregenden Mordfall, der noch nicht gelöst war, als

*Edgar Allan Poe, ein Jahr vor seinem Tod. Holzstich nach einer
Daguerrotypie*

er seine Version des Geschehens veröffentlichte. Poe kannte die
Fakten nur aus mehreren Zeitungsartikeln.

Er versetzt seinen Detektiv in die gleiche Lage, in der er sich
selber befindet. Dupin, wieder einmal vom Polizeipräsidenten um
Rat und Hilfe gebeten, löst den Mordfall, ohne sein Zimmer zu
verlassen. Ihm genügt für seine Rekonstruktion des Verbrechens
allein das, was er den sich zum Teil widersprechenden Schilderungen und den ähnlich widersprüchlichen Theorien der Journalisten
entnehmen kann.

E. A. Poe übernimmt für seine Darstellung alle bekannten Einzelheiten des in der Nähe von New York begangenen Mordes, doch
verlegt er den Schauplatz der Handlung nach Paris, denn dort
wohnen ja Dupin und sein Freund, der wieder der Erzähler der
Geschichte ist. So erhalten alle Akteure des Dramas französische

Namen, wobei der Name des Opfers, Mary Cecilia Rogers, nur leicht französisiert wurde.

In einer späteren Buchausgabe der Erzählung, die zuerst in einer Zeitschrift erschienen war, liefern die Herausgeber nicht nur in Fußnoten die authentischen amerikanischen Namen, sondern machen ihre Leser mit einer verblüffenden Tatsache bekannt. Die Geständnisse zweier Personen, versichern sie, hätten inzwischen die Schlußfolgerungen des Autors bestätigt, nicht nur, was die Person des Mörders anlangt, sondern auch eine Reihe von Einzelheiten, die er in seiner Rekonstruktion erschlossen hatte.

Was den Erfinder der ersten Detektivgeschichten reizte, war nicht die Psyche des Mörders, nicht ein Verständlichmachen des Motivs. Ohne Mitgefühl für den Täter legt E. A. Poe dessen Schuld offen. Ihn lockte das Rätsel schlechthin – und seine Auflösung. Als Motto stellte er über den „Doppelmord in der Rue Morgue" die Worte eines englischen Philosophen des 17. Jahrhunderts:

„Welches Lied die Sirenen sangen, oder welchen Namen Achill annahm, als er sich bei den Frauen verbarg – Rätselfragen, aber doch nicht jeder Lösung entzogen."

4. Die lösbaren und die unlösbaren Rätsel in der Lebensgeschichte des Edgar Allan Poe

In Poes Gesamtwerk nehmen die Detektivgeschichten nur einen kleinen Raum ein. Doch die Lösung scheinbar unlösbarer Rätselfragen beschäftigte ihn auch, wenn er nicht dichtete. Ihn reizte jede Art von Geheimschrift. In seiner Erzählung „Der Goldkäfer" („The Gold Bug"; 1843) demonstriert er schulmäßig genau und allgemeinverständlich, wie man bei der Entschlüsselung eines Codes vorgehen muß. Eine Decodierung erfordert auch eine detektivische Arbeit, und sie wird nicht nur von berufsmäßigen Spionen geleistet. In der Literatur wie in der Wirklichkeit stolpern Kriminalkommissare und Privatdetektive häufig über geheimnisvolle Schriftzeichen.

E. A. Poe stolperte nicht. Gleichzeitig mit dem Erscheinen seiner ersten Dupin-Geschichte veröffentlichte er in der Zeitschrift eine ungewöhnliche Aufforderung an die Leser: Man möge ihm Kryptogramme, also Geheimschriften, einsenden, er verpflichte sich, sie zu entschlüsseln. Das Echo war groß. Wir wissen nicht, wieviele Kryptogramme eingeschickt wurden, aber es heißt, Poe habe alle ihm gestellten Aufgaben lösen können.

Er löste auch Aufgaben, die ihm niemand gestellt hatte. Als Charles Dickens 1841 seinen Roman „Barnaby Rudge" zu veröffentlichen begann – wie immer als Fortsetzungsgeschichte in einem Magazin – las auch E. A. Poe die ersten Folgen. Der Roman beginnt mit der Schilderung eines Mordes, dessen Aufklärung im letzten Kapitel beschrieben wird, das Poe noch nicht kennen konnte. Er las, kombinierte und schrieb Dickens einen Brief. Der war höchst überrascht über die Mitteilungen aus Amerika und vielleicht insgeheim etwas enttäuscht: Poe hatte den Mörder richtig identifiziert.

Wie hoch dieser Beweis von Poes detektivischen Fähigkeiten einzuschätzen ist, läßt sich schwer sagen. Es ist nicht bekannt, wieviele Kapitel er gelesen hatte, als er seine „Lösung" einschickte. Es sollen die ‚first instalments' gewesen sein, und jede Folge bestand aus drei Kapiteln. Da alle ausschlaggebenden Fakten über den Mord dem Leser in den ersten sechs Kapiteln geliefert werden, haben Poe wohl die ersten beiden Fortsetzungen für seine Schlußfolgerungen genügt.

Ich habe den Anfang des „Barnaby Rudge" daraufhin kritisch gelesen, und die Lösung fiel mir nicht schwer. Ein an Kriminalromanen geschulter heutiger Leser hat es leichter, dem Täter auf die Spur zu kommen. Für diejenigen, die sich an der Spurensuche beteiligen möchten, folgt im nächsten Absatz ein kurzes Resümee des Geschehens.

Mr. Haredale, Herr eines großen Besitzes, wird in seinem Schlafzimmer erstochen aufgefunden. Eine Kassette mit einer beträchtlichen Geldsumme ist verschwunden. Der jüngere Bruder des Ermordeten erbt den ganzen Besitz. Die Polizei verdächtigt zwei Mitglieder des Haushalts, den Steward Rudge und den Gärtner, denn beide sind in der Mordnacht verschwunden. Monate später wird in einem See auf dem Grundstück eine Leiche entdeckt, mit einer tiefen Wunde in der Brust. Sie wird aufgrund der Kleidung, einer Uhr und eines Ringes als die des Stewards identifiziert, dessen Sohn Barnaby der Titelheld des Romans ist. Der Mörder ist also der Gärtner, schließt die Polizei, obwohl sie Reinhard Meys Lied nicht kannte. Der Mord bleibt ungesühnt, der

Gärtner verschwunden. – Wer den Mörder Mr. Haredales nicht gefunden hat, mag die Lösung in Dickens' Roman nachlesen – die Lektüre lohnt sich, allein schon wegen des sprechenden Raben, der hier zwar nur eine Nebenrolle spielt, aber Vorbild für E. A. Poes berühmtestes Gedicht wurde.

Der früheste Beleg für Poes privat-detektivische Tätigkeiten betrifft einen schon vom Thema her ungewöhnlichen Fall. Da hatte in Wien ein Herr Maelzel – er ist der Erfinder des Metronoms – von einem berühmten Automatenbauer einen „Schachautomaten" gekauft. Nicht nur in Wien, sondern auch in Paris, London, Petersburg und New York führte er einem staunenden Publikum das Wunderding vor. Die Zeitungen waren voll von den Siegen der schachspielenden Maschine, und so erfuhr auch Poe davon. Sie bestand aus einem schreibtischähnlichen Kasten, hinter dem eine lebensgroße Kunstfigur saß, einen Turban auf dem Kopf und auch sonst türkisch gewandet – der Herausforderer für Freiwillige aus dem Publikum.

Hin und wieder verlor der schachspielende Türke eine Partie, was seine Gegner zu immer wieder neuen Versuchen reizte. Auch E. A. Poe reizte die Tatsache, daß der Türke gelegentlich eine Niederlage einstecken mußte, aber aus einem anderen Grund. Er wurde mißtrauisch. Die Fehler paßten nicht in die vom Optimismus des gerade beginnenden Maschinenzeitalters beflügelte Idee eines „Automaten". „Wenn das Prinzip entdeckt ist", überlegte er, „nach dem eine Maschine konstruiert werden kann, die fähig ist, Schach zu spielen, dann würde eine Erweiterung desselben Prinzips sie fähig machen, zu gewinnen, und eine nächste Erweiterung, alle Spiele zu gewinnen."

Der Mensch irrt, die Maschine aber ist unfehlbar. Auf diese – wie wir es heute leider besser wissen – falsche Voraussetzung gründete Poe weitere Überlegungen, die zu einem richtigen Ergebnis führten, zur Entlarvung des getürkten Türken.

Das Essay „Maelzels Schachspieler", fünf Jahre vor dem ersten Auftreten Monsieur Dupins erschienen, enthält die Beweisführung für die Aufdeckung des Betrugs, von Poe übersichtlich in siebzehn Punkte gegliedert. Daß schon andere vor ihm Herrn Maelzel des Betrugs verdächtigt hatten, berührte ihn nicht. Er untersuchte nüchtern, was ihm die Zeitungsberichte an Fakten geliefert hatten. Der Türke bewegt die Figuren immer mit seiner

Zeitgenössische Darstellung von Maelzels Schachautomat.
Edgar Allan Poe wies in seinem gleichnamigen Essay nach,
daß sich darin ein Mensch verborgen halten müsse

linken Hand, der Gegenspieler ist angewiesen, seine Figur genau in die Mitte des Feldes zu setzen. Auch Herr Maelzel hält sich an ein festes Schema bei seinen Vorführungen. Vor Spielbeginn öffnet er die dem Publikum zugewandte Seite des Spieltisches, weist auf geheimnisvolle Zahnräder, Hebel und Walzen, die keinen Platz für einen Menschen zu lassen scheinen. Nachdem er die verschiedenen Innenabteilungen mit einer Kerze ausgeleuchtet hat, schließt Herr Maelzel die Türen, nimmt dem Türken die lange Pfeife aus der Hand und gibt das Zeichen zum Spielbeginn. Der mechanische Arm schnarrt eindrucksvoll, die mechanische Hand greift präzise nach den Figuren, und wenn der Gegenspieler aus dem Publikum einen besonders dummen Zug gemacht hat, schüttelt der Türke mißbilligend den Kopf. Das Publikum ist hingerissen.

Poe hat den Berichten entnommen, daß Maelzel die verschiedenen Abteilungen immer in einer ganz bestimmten Reihenfolge vorführt. Und er stellt, nach den Abbildungen, fest, daß der freie Raum groß genug ist, einen kleinwüchsigen Menschen aufzunehmen. Poe bestimmt die Zeitspanne zwischen den einzelnen Beleuchtungsaktionen und findet, daß einem körperlich gewandten Menschen Zeit genug bleibt, von einem Abteil ins andere zu schlüpfen. Später, wenn die Türen wieder verschlossen sind, kann er die Hebel für die Armbewegungen der Puppe betätigen. Wie das im einzelnen funktionierte, war für Poe unwichtig, er wußte, daß er recht hatte. Interessenten können Genaueres in jeder Geschichte des Schachspiels nachlesen, denn die Partien des kleinen Schachmeisters wurden weltberühmt.

Nicht nur C. Auguste Dupin konnte also schwierige Probleme lösen, sein Schöpfer stand ihm darin nicht nach. Das größte Problem jedoch konnte Edgar Allan Poe nicht bewältigen: den Weg zu finden aus dem düsteren Labyrinth seines eigenen Lebens. Da half ihm keine analytische Fähigkeit, kein rettender Ariadne-Faden wies ihm den Weg.

Schon der Anfang war nicht leicht gewesen. Mit zwei Jahren stand Poe allein auf der Welt. Seine Eltern, eher Schausteller als Schauspieler, waren kurz nacheinander gestorben. Ein Mr. Allan, von dem Edgar später seinen zweiten Vornamen übernahm, holte das Kind in sein Haus und ließ es gut erziehen. Aber das Kind war nicht glücklich im Haus des wohlhabenden Kaufmanns, und die gute Erziehung schlug nicht so an, wie Mr. Allan es sich erhofft hatte.

Als der junge Edgar die Universität besucht, gibt es erste Schulden, und nach nur achtmonatigem Studium wird er deshalb relegiert. Eine frühe Verlobung zerbricht, als Mr. Allan die Hand von seinem Pflegesohn abzieht. Der ehemalige Student versucht eine militärische Laufbahn, zunächst erfolgreich. Doch dann wird der Zweiundzwanzigjährige vom Militärgericht der berühmten Akademie von Westpoint „wegen Dienstvernachlässigung und Ungehorsams" aus der Armee entlassen.

Poe lebt in armseligen Verhältnissen bei seiner Tante, einer Mrs. Clemm, und ihrer kleinen Tochter. Jetzt hat er Zeit für das, was er am liebsten tut: Gedichte und Geschichten schreiben. Als eine seiner Geschichten einen Preis erhält und veröffentlicht wird, scheint es endlich aufwärtszugehen. Poe wird Redakteur und heiratet seine Cousine Virginia Clemm, die mit ihren dreizehn Jahren auch für damalige Zeiten eine ungewöhnlich junge Braut ist. Aber Virginia ist unheilbar krank. In Verzweiflung über ihr langsames Dahinsiechen sucht Poe Zuflucht bei Alkohol und Drogen. Die Zuflucht wird zum Alptraum, und er fürchtet sich davor, wahnsinnig zu werden. In seinen Alpträumen sieht er die Bilder, hört er die Stimmen, denen er in seinen großen Erzählungen Gestalt verleiht. Aber durch sein Schreiben kann er sich nicht von dem Grauen seiner Visionen befreien. Im Jahr 1847 stirbt Virginia an Schwindsucht. Poes berühmtestes Gedicht „The Raven" läßt die hoffnungslose Verzweiflung deutlich werden in den heiser gekrächzten Worten des Raben: „never more".

Ein versuchter Selbstmord, Alkohol- und Drogenmißbrauch, Annäherungsversuche bei verschiedenen Damen, darunter auch seine erste Verlobte – so kündigt sich das Ende eines großen Dichters an. Eines Tages wird Poe betrunken und krank in einer verrufenen Kneipe aufgefunden. „Das Gesicht war verstört, aufgedunsen und ungewaschen, die Haare ungekämmt, das ganze Aussehen abstoßend. Die hohe Stirn, die weiten und beseelten Augen, die für ihn so charakteristisch waren, als er noch er selbst war – jetzt waren sie ohne Glanz, überschattet von einem zerfetzten Hut, der fast keine Krempe mehr hatte." So beschreibt ihn Dr. Snodgrass, den man als Arzt und Freund Poes herbeigerufen hatte. Er bringt den Bewußtlosen ins Krankenhaus. Dort stirbt Edgar Allan Poe am 7. Oktober 1849, erst vierzig Jahre alt.

Die Nachfahren des C. Auguste Dupin leben in ungezählten Detektivgeschichten weiter als dramatis personae einer neuen Literaturgattung. „Wenn jeder Autor", schrieb Arthur Conan Doyle 1907, „der ein Honorar für eine Geschichte erhält, die ihre Entstehung Poe verdankt, den Zehnten für ein Monument des Meisters abgäbe, dann ergäbe das eine Pyramide so hoch wie die des Cheops." Sir Arthur, der Vater von Sherlock Holmes, hat mit diesen Worten sein Scherflein für die Pyramide beigesteuert.

5. Die großen und kleinen Kinder des Monsieur Dupin

Unter den Nachkommen des ersten fiktiven Detektivs ist zweifellos Sherlock Holmes der größte. Er hatte jedoch zahlreiche ältere Brüder und Schwestern. Ihre Namen sind, wie die ihrer Schöpfer, zum größten Teil vergessen. Einige sind der Erinnerung wert, wenn es gilt, die allmähliche Entwicklung der neuen Literaturgattung anschaulich darzustellen. Schon neun Jahre vor Mr. Holmes' erstem Auftritt läßt in Frankreich Emile Gaboriau seinen Polizeidetektiv Lecoq auf Verbrecherjagd gehen. In der „Affäre Lerouge" („L'affaire Lerouge"; 1866) darf der junge Polizist nur am Rande mitwirken, während Père Tabaret, ein Privatmann, die Hauptarbeit leistet. In den folgenden fünf Romanen wird Lecoq zur zentralen Gestalt, einmal sogar zum Titelhelden: „Monsieur Lecoq" (1869). Hier finden wir ihn als einen jungen Polizeibeamten, der es, wie so viele seiner späteren Kollegen, schwer hat mit seinem Vorgesetzten. Das Bild des begriffsstutzigen, ängstlich auf die Würde seines Amtes bedachten Polizeichefs erhält bei Gaboriau weitere charakteristische Züge. Lecoq wird zum Inspektor befördert, nachdem er einen schwierigen Fall um einen Diamantendiebstahl bravourös aufklären konnte. Er ist ein großer Meister der Verkleidungskunst und ständig unterwegs auf der Spur der Verbrecher, um die Unschuldigen zu beschützen, wie er oft betont.

Gaboriaus Romane sind heute mühsam zu lesen. Die Fälle, die Lecoq bearbeitet, sind nicht von der Art, daß sie ein Detektiv durch reines Nachdenken lösen könnte. Die vielfältigen, kunstvoll ineinander verflochtenen Handlungsstränge entsprachen dem Zeitgeschmack, doch für einen Detektivroman ist eine solche Bauform gewagt. Die Enthüllungen am Schluß ziehen sich über viele Seiten hin, so daß die Aufnahmebereitschaft des Lesers erlahmt. Allein die komplizierten Verwandtschaftsverhältnisse überfordern das Gedächtnis: Wer war noch wessen illegitimes Kind, und wie war sein richtiger Name?

Bemerkenswert ist eine scheinbare Kleinigkeit. Gaboriau läßt seinen Monsieur Lecoq in den ersten Jahren nach der Französischen Revolution leben. Für den 1832 geborenen Autor bedeutete das zwar keine große zeitliche Distanz, doch eine Reise in die Vergangenheit hat den Reiz des Ungewohnten. Viele moderne Verfasser von Kriminalromanen folgten der Verlockung, auf diese Weise dem tristen Einerlei zeitgenössischer Mordszenerie zu entfliehen, wie es etwa Umberto Eco in seinem mittelalterlichen Klosterkrimi „Der Name der Rose" wagte.

Die eigentliche Bedeutung Gaboriaus liegt darin, daß seine Bücher eine große Lesergemeinde in aller Welt erreichten. Er fand Hunderte von Nachahmern und machte so den Kriminalroman populär. Selbst in Amerika, in Japan und Rußland bewunderte man Lecoqs Heldentaten, und sein Ruhm blieb lange lebendig. Noch in den zwanziger Jahren unseres Jahrhunderts war sein Name ebenso bekannt wie der Sherlock Holmes'.

„,Schluck runter, Lecoq!', sagte der Graf, indem er die Gläser ein zweites Mal vollschenkte." Dieser markante Satz steht nicht in einem Groschenheftchen, sondern stammt von Anton Tschechow. „Ein Drama auf der Jagd" (1884) zeigt, daß auch er seinen Gaboriau gelesen hat. Der Ich-Erzähler der Geschichte wird mehrmals spöttisch mit ‚mein lieber Lecoq' angeredet – schließlich ist er Untersuchungsrichter und mit der Aufklärung eines Mordfalles betraut. Richter Kamyschow nennt seine Aufzeichnungen einen ‚Kriminalroman', und so liest sich zunächst auch die Geschichte seiner Ermittlungen. Da gibt es einen aufsehenerregenden Mord im attraktiven Milieu einer Jagdpartie, ein ebenso attraktives Opfer, die schöne Olga, Zeugen werden verhört, und schließlich verhaftet Kamyschow den Hauptverdächtigen. Wie heute noch in vielen Krimis, geschieht ein zweiter Mord, an eben dem Hauptverdächtigen.

Bald merkt der Leser, daß dieser ‚Kriminalroman' ungewöhnliche Züge trägt. Der erste Mord läßt lange auf sich warten. In vielen farbigen Episoden werden die Hauptpersonen vorgestellt, die ebenso schöne wie leichtlebige Olga, ihr liebender, wenn auch ältlicher Gatte und der ebenfalls recht leichtlebige Graf. Kamyschow als der Ich-Erzähler bleibt eine eher farblose Gestalt. Er nimmt teil am munteren Landleben, fühlt sich als vertrauter Freund des einflußreichen Grafen und ist geschmeichelt, wenn der große Herr ihn einen zweiten Lecoq nennt. Erst als, nach fast zweihundert Seiten, Olga ihr blutiges Ende findet, wird Kamyschow zu einer wichtigen Persönlichkeit.

Dem kriminalistisch geschulten Leser bleibt nicht verborgen, daß der Untersuchungsrichter nicht gerade vorbildlich in seinen Ermittlungen vorgeht. Er unterläßt es, Zeugen zu befragen, ist schnell mit Verdächtigungen bei der Hand und kann sich, wie es scheint, nicht recht entscheiden. So steckt er schließlich gleich zwei Männer ins Gefängnis, den Hauptverdächtigen, einen Waldarbeiter, und Olgas eifersüchtigen Ehemann. Der eine hat ein Motiv für den Mord, und der Arbeiter wurde blutbefleckt in der Nähe der Leiche aufgegriffen. Er beteuert seine Unschuld und will am folgenden Tag eine Aussage über den wirklichen Mörder machen. Doch er wird noch in der Nacht in seiner Zelle ermordet. Kamyschow stellt fest, daß die Zelle des nebenan untergebrachten zweiten Verdächtigen nicht verschlossen war. Der Untersuchungsrichter spricht sein Urteil. Olgas Gatte ist beider Morde überführt, seine Strafe die Verbannung nach Sibirien.

Tschechows ‚Kriminalroman' hat also, wie alle klassischen Krimis, einen ‚double twist'. So heißt im Englischen jene überraschende Wende, die den Leser schockt, weil ihm gerade erst eine überzeugende andere Lösung präsentiert wurde. Dem großen russischen Dramatiker genügt das nicht, er gibt der Spannungsschraube noch einen dritten ‚twist', und das macht diese Mordgeschichte zu einer ungewöhnlichen Lektüre.

Die Erzählung des Untersuchungsrichters ist in eine Rahmenhandlung eingebettet. Auch sie ist in der Ich-Form geschrieben. Ein junger Journalist berichtet, wie ihm eines Tages ein ehemaliger Richter ein umfangreiches Manuskript aufdrängt, mit der Bitte um Veröffentlichung. Abschließend heißt es: „Kamyschows Novelle hat die Seiten meiner Zeitung nicht erblickt – aus Gründen, die am Ende meiner Unterredung mit dem Leser dargelegt werden. Ich werde dem Leser nämlich noch einmal gegenübertreten. Jetzt indes, da ich mich für längere Zeit von ihm verabschiede, empfehle ich ihm Kamyschows Novelle zur Lektüre."

Der Leser, offenbar zu kritischer Lektüre aufgefordert, liest – und findet sich mit Fußnoten konfrontiert, in denen der Journalist Stellung nimmt zu einzelnen Passagen. Unterzeichnet sind sie mit den Initialen „A. T." – unschwer als die Initialen des Autors zu erkennen, auch wenn man nicht weiß, daß Anton Tschechow damals Mitarbeiter einer Zeitung war. In der angekündigten letzten „Unterredung mit dem Leser" begründet „A. T." seinen Verdacht, der ‚Kriminalroman' beruhe auf einer wahren Begebenheit, der wahre Mörder sei Kamyschow.

An klassischer Literatur gebildete Leser denken da gleich an Heinrich von Kleists Dorfrichter Adam, der im Fall „Der zerbrochne Krug" am Ende selber als der Schuldige überführt wird. Der belesene Krimi-Fan denkt an Agatha Christies Roman „Alibi", wo der Ich-Erzähler den Mord begangen hat.

Die Unterschiede in der Erzähltechnik bei Tschechow und der großen Lady of Crime sind bemerkenswert. Beide sind sich einig in der Überzeugung, daß es unfair wäre, den Ich-Erzähler Lügen auftischen zu lassen, um seine Schuld zu verschleiern. Doch die Verschleierungstaktik ist verschieden. Deutlicher gesagt: Tschechows Schleier ist außerordentlich dünn gewebt. Auch ein nicht sonderlich aufmerksamer Leser wird bald den Mörder und sein Motiv erkennen. Hilfestellung bei seiner Ermittlungsarbeit geben ihm die zahlreichen Pünktchen, die weggelassene Passagen bezeichnen. Verräterisch sind die diesen Pünktchen zugeordneten Fußnoten. Oft heißt es nur lapidar: „Hier sind zwei Zeilen gestrichen. A. T." Häufig finden sich auch Anmerkungen zu den Untersuchungsmethoden des Richters: „Ich lenke die Aufmerksamkeit des Lesers auf einen Umstand, der... Ich denke, dieses Versäumnis ist vorsätzlich. A. T.", oder: „Dieses Ausweichen vor der Kardinalfrage hatte nur den einzigen Sinn: Zeit zu gewinnen. A. T."

Wenn man Tschechows Geschichte ohne die Fußnoten druckte, wäre sie auch heute noch ein wirklich spannender, ungewöhnlicher Kriminalroman. Vielleicht waren vor hundert Jahren die hilfreichen Anmerkungen nötig für den im Lösen von Kriminalrätseln noch nicht geübten Leser, wirkten mehr als Mystifizierung, weniger als Wink mit dem Zaunpfahl. Vielleicht, und vieles spricht dafür, hat sich auch im Laufe der Zeit der Begriff ‚Spannung' geändert, bedeutet er nicht mehr die neugierige „Erwartung" des Kommenden, von der Schiller sprach. Der Geschmack hat sich nicht verfeinert; er ist abgestumpft, die Zunge verlangt nach immer stärker gewürzter Speise.

Wie ein Schock wirkt dagegen auch heute noch der Schluß von Tschechows „Drama auf der Jagd". „A. T." konfrontiert den Untersuchungsrichter mit dem Ergebnis seiner eigenen detektivischen Arbeit. Kamyschow gesteht ihm heiter die beiden fast verjährten Morde. „A. T." unternimmt nichts gegen den Mörder. Olgas unschuldig verurteilter Mann ist längst in Sibirien gestorben.

Tschechow erwähnt in seiner Novelle nicht nur Gaboriau und dessen Inspektor Lecoq, er nennt auch einen zu seiner Zeit sehr populären Kriminalschriftsteller mit dem zungenbrecherischen Namen Tschklarewski. „Mord ohne Spuren" und „Zwei Verbrecherinnen" sind die verlockenden Titel, die dem Autor die Ehrenbezeichnung ‚der russische Gaboriau' eintrugen. Großen Erfolg hatten auch Tschklarewskis „Erzählungen eines Untersuchungsrichters", die vermutlich den jungen Anton Tschechow zu seinem „Drama auf der Jagd" anregten.

Neben dem russischen Gaboriau gab es auch zahlreiche englische Autoren von Detektivgeschichten aus der Zeit vor Sherlock Holmes' erstem Auftritt. Ein Jahr vor diesem einschneidenden Ereignis erschien „The Mystery of a Hansom Cab" (1886) des bis dahin unbekannten Fergus Hume. Das Buch wurde ein Bestseller. In einem einzigen Jahr wurden 340000 Exemplare verkauft, doch verdiente der in Neuseeland lebende junge Rechtsanwalt daran nicht mehr als eine kümmerliche Pauschale von 50 Pfund. Immerhin: er wurde mit einem Schlag ein berühmter Mann.

Seinen Erfolg verdankte Hume letzten Endes Emile Gaboriau. Als er eines Tages beschloß, Schriftsteller zu werden, fragte er einen Buchhändler, was sich denn so am besten verkaufe. Da hörte er den Namen Gaboriau zum erstenmal, erstand alle Romane und setzte sich hin, um auch eine Mordgeschichte zu schreiben. So entstand die geheimnisvolle Geschichte um eine Pferdedroschke. Hume veröffentlichte bis zu seinem Tod 150 Detektivgeschichten und Thriller, doch der sensationelle Erfolg seines Erstlings wiederholte sich nicht. Er blieb ein glückloser und armer Mann bis an sein Lebensende. Hume ertrug dieses Schicksal mit Fassung, war ihm doch hundert Jahre zuvor weit Schlimmeres zugestoßen. Im festen Glauben an die Seelenwanderung erinnerte er sich genau an seine vorige Existenz als französischer Edelmann. Er hatte die Schrecken der Revolution am eigenen Leibe kennengelernt und entsann sich schaudernd seines blutigen Endes auf der Guillotine. So konnte er, arm, aber getrost, auf ein glücklicheres Schicksal in einem nächsten Leben hoffen.

In einer seiner weniger bekannten Detektivgeschichten („The Amber Beads") läßt Fergus Hume eine Frau über die Londoner Polizei triumphieren. Hagar, Besitzerin eines Pfandhauses, überführt einen Mörder mit Hilfe einer Bernsteinkette, die sie in ihrem Laden als Zahlung angenommen hatte. „Sie sollten ein Mann sein, so klug wie Sie sind", sagt der Polizeibeamte bewundernd zu Hagar, „Sie sind zu gut, eine Frau zu sein!" – „Und nicht schlecht genug, ein Mann zu sein!" läßt der Autor seine stolze Heldin antworten.

Er wußte, wovon er sprach. Zu seiner Zeit gab es schon mehrere bekannte literarische Privatdetektivinnen und Autorinnen von

Kriminalgeschichten. Seeley Regester, deren Namen man heute nur noch in Nachschlagewerken liest, ist in die Geschichte des Kriminalromans eingegangen als „The First Lady of Crime", die erste Krimi-Autorin. Zwanzig Jahre vor Sherlock Holmes schrieb sie in Amerika „The Dead Letter" (1867). In der Geschichte um den ‚toten Brief' geht es ähnlich turbulent und verwirrend zu wie in den Romanen Gaboriaus. Sie endet, und das ist erwähnenswert, mit einer großen Schlußszene, die Vorbild für alle klassischen Kriminalromane wurde. Der Detektiv versammelt die Verdächtigen um sich, um ihnen in einer eindrucksvollen Ansprache den Gang seiner Ermittlungen offenzulegen und am Ende den Täter zu verhaften.

Den Ruhm, die erste Detektivin auf die Spurensuche geschickt zu haben, kann Anna Katharine Green für sich verbuchen. Sie erfand gleich zwei weibliche Spürnasen, die freundliche alte Jungfer Amalia Butterworth, klug und unerschrocken wie ihre Urenkelin Miß Marple, und eine jüngere, aber ebenso tüchtige Dame namens Violet Strange. Den Ruhm ihrer Zeit errang Anna K. Green, die Tochter eines Strafverteidigers, mit zwei männlichen Helden. In „The Leavenworth Case" (1878) tritt nicht nur ein Polizeidetektiv auf, sondern auch ein Detektiv aus Liebe. Liebe als überzeugendes Motiv für die Entlastung eines Verdächtigen benutzen auch moderne Autoren gern, bringt es doch etwas Abwechslung in die endlose Reihe von berufsmäßigen Schnüfflern.

Der Roman hat ein doppelt glückliches Ende. Der Mörder wird entlarvt, und das junge Paar heiratet. Ein deutscher Verleger fand das Buch offenbar spannend – und vielleicht auch sentimental – genug, um es 1944 in neuer Übersetzung herauszugeben: „Der Fall Leavenworth". Dazu kam, daß es, obwohl weitschweifiger geschrieben als der inzwischen etablierte „klassische Detektivroman", schon alle Eigenschaften der Gattung zeigt. Da ist ein enger Kreis von Verdächtigen, die Frage nach dem ‚cui bono' – wer profitiert vom Tod des reichen Erbonkels? –, und da ist das Doppelgespann von Berufsdetektiv und seinem Freund, der über die Ereignisse in der Ich-Form berichtet. In einer handlungsstarken Schlußszene geht der Mörder in die ihm gestellte Falle.

Wichtiger als die Strukturelemente der neuen Gattung scheint mir etwas anderes. Schon im 19. Jahrhundert gab es eine erstaunlich große Zahl von Damen der sogenannten guten Gesellschaft, die sich in ihrer Freizeit mit dem Erdichten von Mordgeschichten vergnügten, und nicht selten war der Detektiv eine Detektivin. Ist das nicht eigentlich ein unpassender Beruf für eine Frau, „An Unsuitable Job for a Woman", wie P. D. James hundert Jahre später ihren ersten Kriminalroman um die junge Privatdetektivin Cordelia Gray nannte (deutscher Titel: „Ein reizender Job für eine Frau")? Frauen spielen heute auf dem Krimi-Markt eine dominierende Rolle. Die Gründe für ihre Überlegenheit in diesem Metier sind vielfältig. Das ist ein weites Feld, aber ein kleines Stück davon werden wir auf den Seiten dieses Buches noch beackern.

6. Der unsterbliche Sherlock Holmes

Der Chevalier C. Auguste Dupin ist tot, sein Name vergessen. Mr. Holmes lebt. Die Adresse Baker Street 221 B ist nicht nur Londonern bekannt. Alljährlich treffen dort rund zweitausend Briefe ein, Zeichen der Verehrung und Bewunderung, Bitten um einen Ratschlag oder um ein Autogramm des Meisters.

Einmal wäre der große Detektiv beinahe gestorben. Auf einer Verbrecherjagd im Jahr 1893, von seinem Biographen Dr. Watson schon als „The Final Problem" betitelt und beschrieben, als „Sherlock Holmes' Untergang" ins Deutsche übersetzt, stürzte Mr. Holmes mit seinem Erzfeind Professor Moriarty in den Tod, genauer: in die Reichenbachfälle bei Meiringen in der Schweiz. Glücklicherweise irrte hier Watson, der sich auch sonst oft irrte. Sein Herr und Meister hatte den Sturz wunderbarerweise überlebt, sich aber aus Furcht vor der Rache des professoralen Verbrecher-Syndikats mehrere Jahre lang im Ausland verborgen gehalten.

Und da er nicht gestorben ist, lebt er heute noch. Das liegt nicht nur an seinem Schein-Tod, an dem volkstümlichen Glauben, ein einmal Totgesagter erfreue sich eines besonders langen Lebens, sondern an Sherlock Holmes' ungeheurer Vitalität. Diese Lebenskraft verlieh ihm sein Erzeuger Arthur Conan Doyle, der selber ein Ausbund an Vitalität gewesen sein muß.

Er studierte Medizin in Edinburgh, wo er 1859 geboren worden war. Nach bestandenem Examen machte er als Schiffsarzt zwei Reisen in die Arktis, eine nach Afrika. Danach eröffnete der junge Arzt hoffnungsvoll eine eigene Praxis im Süden Englands. Doch nur wenige Patienten fanden den Weg zu dem unbekannten Mr. Doyle. Der benutzte die so gewonnene freie Zeit zum Schreiben von historischen Romanen und zur Beendigung seiner Doktorarbeit. Als sich herausstellte, daß seine Romane ebensowenig beachtet wurden wie seine Praxis, entsann er sich der Lieblingsdichter seiner Teenagerjahre: E. A. Poe, Wilkie Collins und Emile Gaboriau. Er versuchte sich selber an einer Detektivgeschichte und sandte sie an das bekannte ‚Strand Magazine'. Ein Jahr lang verstaubte das Manuskript dort in einer Schublade. Endlich, 1887, erbarmte sich der Verleger und zahlte dem jungen Mediziner 25 Pfund.

Mr. Doyle, der mit sechsundzwanzig Jahren Dr. Doyle geworden war, wurde, zu seinem eigenen Erstaunen, ein Erfolgsautor. Im Jahr 1902 konnte er seinem Namen einen weiteren Titel hinzufügen, er wurde geadelt. Sir Arthur Conan Doyle hatte sich diese Ehrung nicht etwa deshalb verdient, weil er inzwischen durch Sherlock Holmes weltberühmt geworden war; er hatte sich ums Vaterland verdient gemacht. Während des Burenkrieges arbeitete er mit anderen freiwilligen Helfern in einem Feldlazarett bei Bloemfontein. Nach Kriegsende verfaßte er, und das wog vermutlich schwerer in der königlichen Gunst, eine flammende Verteidigungsschrift der englischen Südafrikapolitik.

Sir Arthur blieb ein überzeugter, wenn auch etwas abenteuerlicher Patriot. Seinem Meisterdetektiv verlieh er die Gabe, mit gezielten Pistolenschüssen formschön die königlichen Initialen VR in der Wand seines Zimmers zu plazieren. Er selber besuchte während des Ersten Weltkriegs, wie weiland Goethe während der „Campagne in Frankreich", die Schlachtfelder in Frankreich und Flandern. Sechs Bände veröffentlichte er über „The British Campaign in France and Flanders". Er schrieb aktuelle Berichte für Tageszeitungen, bewarb sich zweimal, wenn auch vergeblich, um die Wahl ins Unterhaus und kämpfte in Leserbriefen leidenschaftlich gegen Justizirrtümer. In Wien studierte Dr. Doyle neue Methoden der Augenchirurgie und absolvierte in den Vereinigten Staaten eine ausgedehnte Vortragsreise. Neben diesen vielfältigen Aktivitäten zeichnete er sich auch als Sportler aus. Er war ein begeisterter Cricket-Spieler und erkundete als einer der ersten Skifahrer die Berge um Davos.

In Davos hielt er sich auf, weil seine an Tuberkulose erkrankte

Frau dort Heilung suchte. Der Erfolg ihrer Kur war nicht anhaltend, doch für ihren Mann trug die Schweizer Reise unerwartete Früchte. Als Conan Doyle die Gelegenheit zu einer Besichtigung der berühmten Reichenbachfälle nutzte und in die von tosender Gischt erfüllte Schlucht hinabblickte, faßte er einen plötzlichen Entschluß. Hier, an eben dieser Stelle, würde er Sherlock Holmes umbringen.

„Ein wunderbarer und schrecklicher Ort", schrieb er in sein Tagebuch, „ein Ort, von dem ich gleich wußte, daß er ein würdiges Grab für Sherlock Holmes abgeben könnte, auch wenn ich mein Bankkonto gleich mit zu Grabe tragen würde." Nach zwei langen Romanen und dreiundzwanzig Erzählungen schien das Maß voll zu sein. Sherlock Holmes, der Liebling des Publikums, war nie ein Lieblingskind seines Erzeugers gewesen. Die historischen Romane, mit gründlichem Quellenstudium vorbereitet und mit viel Engagement zu Papier gebracht, das waren seine Lieblingskinder. Der ehrgeizige Autor hoffte, als ein zweiter Sir Walter Scott in die Literaturgeschichte einzugehen. Da war es sehr ärgerlich, daß alle Welt nur von diesem Detektiv sprach. Mord war das einzige Mittel, sich seiner ein für allemal zu entledigen.

Als Sherlock Holmes' tragischer Tod im Kampf für Recht und Ordnung bekannt wurde, brach ein weltweiter Sturm der Empörung aus. Das durfte doch nicht wahr sein! Von allen Seiten – von seinem Verleger, von seinem literarischen Agenten und vor allem von seinen Lesern – wurde der Autor gedrängt, den Helden wiederauferstehen zu lassen. Selbst die Londoner Finanzmakler schlossen sich der Protestbewegung an, indem sie ihre traditionellen Zylinderhüte mit einem Trauerflor durch die City trugen. Als ihm schließlich aus Amerika 45 000 Dollar für die Auferstehung des Toten geboten wurden, sah Conan Doyle ein: es durfte wohl wirklich nicht wahr sein.

Zähneknirschend setzte er sich hin und schrieb die Geschichte jenes unheimlich leeren Hauses („The Empty House"; 1894), in dem er Sherlock Holmes unversehrt wieder auftauchen, die Story seiner Rettung erzählen und gleich noch ein neues Rätsel lösen ließ. Ein Aufatmen ging durch die Welt. Erst 1927 wird er, nach der Erledigung seines letzten Falles, in den Ruhestand gehen, übrigens bei bester Gesundheit. Drei Jahre später starb Arthur Conan Doyle einundachtzigjährig in seinem Landhaus in Sussex.

Sherlock Holmes und Professor Moriarty stürzen im Kampf auf Leben und Tod engumklammert in die Reichenbachfälle. Die Illustration von S. E. Paget zu Conan Doyles Erzählung „The Final Problem" stammt aus der ersten Veröffentlichung im „Strand Magazine". Daher die schlechte Qualität der auf billigem Zeitungspapier gedruckten Abbildung

Wie ist die ungeheure Popularität einer fiktiven Gestalt zu erklären? Die Faszination einer neuen Literaturgattung, einer spannenden und abwechslungsreichen Lektüre können die Breite der Resonanz erklären, nicht aber ihre Beständigkeit und ihre Intensität. Es muß die Persönlichkeit des Helden gewesen sein, die den Leser in Bann schlug. Wer kennt nicht Sherlock Holmes' lange, hagere Gestalt, sein kantiges Profil, die fahle Blässe seines Gesichts, seine karierte Schirmmütze. Wir sehen ihn seine Shag-Pfeife rauchen (die Tabak-Marke: Arcadia Mixture), hören sein virtuoses Geigenspiel und leiden mit ihm, wenn er in Zeiten detektivischer Arbeitslosigkeit zu seinem besonderen Tröster greift, dem Kokain.

Conan Doyle gab seinem Detektiv eine Biographie mit auf den Weg, wie das auch schon E. A. Poe getan hatte. Aber er machte es anders als sein Vorbild. In seiner ersten Detektivgeschichte hatte Poe in einem langen Absatz einen summarischen Lebenslauf Dupins gegeben; Conan Doyle dagegen verstreute die einzelnen Stationen und Denkwürdigkeiten in Holmes' Karriere über alle Geschichten. So entstanden lebendige Momentaufnahmen, die sich der Erinnerung des Lesers einprägen.

Abgesehen von diesem Unterschied in der Charakterzeichnung blieb Conan Doyle dem Vorbild seiner Jugendjahre treu. Dupin und Sherlock Holmes ähneln sich in vielem wie Vater und Sohn. Beide haben gute Schulen besucht und sind geborene Gentlemen. Lässig nehmen sie ein Honorar von ihren Klienten entgegen, verfügen aber immer über genügend Zeit und Geld, einen Auftrag auch ohne Bezahlung zu erledigen, sofern er interessant genug ist. Frauen haben in ihrem Leben keinen Platz; weibliche Wesen begegnen ihnen nur als arme, hilflose Opfer, denen man edelmütig beistehen muß, ohne an Lohn zu denken. Beide, Dupin und Holmes, finden einen Freund, der ihr Biograph wird. Man bezieht eine gemeinsame Wohnung, und auch der Grund, der für die Notwendigkeit einer Wohngemeinschaft angegeben wird, ist der gleiche: so lebt sich's billiger. Außerdem genießen es beide Detektive, auch wenn sie es nie offen eingestehen, daß ihr Gefährte ebenso treu ergeben wie naiv und dümmlich ist.

Der Beginn der Abenteuer vollzieht sich nach dem gleichen Schema. Ein Klient kommt hilfesuchend in die gemeinsame Wohnung, der Detektiv brilliert mit scharfsinnigen Bemerkungen über

Beruf, Eigenschaften und Familienverhältnisse des. Unbekannten, während der Freund bewundernd danebensteht wie beim Anblick eines Zauberkünstlers, der ein Kaninchen nach dem anderen aus dem Zylinderhut zieht. In wörtlicher Rede folgt der Bericht des Klienten über sein spezielles Problem. Es muß nicht immer Mord sein, Diebstahl tut es auch. Schließlich macht man sich zu dritt auf den Weg zur Tatortbesichtigung. Die Hauptarbeit, das logische Durchleuchten, die letzte Klärung des Falles leistet der Detektiv immer allein, zu Hause in seinem Lehnstuhl.

Das ist das Strickmuster von Detektivgeschichten, entworfen von E. A. Poe, nachgestrickt in neuen Farbtönen von Conan Doyle und hundert Jahre lang von den Nachfahren immer wieder hervorgeholt, aufgeputzt mit modischen Accessoires. Das Grundmuster hatte sich als praktisch und unkompliziert erwiesen, in seiner genialen Einfachheit dem Ei-Trick des Columbus ähnlich.

In England zitiert man heute noch Sherlock Holmes fast so selbstverständlich wie Shakespeare oder Alice im Wunderland. Für den Nicht-Briten kann das mitunter verwirrend sein. Da liest der deutsche Krimi-Fan von einem jungen Mann, der, gerade erst aus Amerika eingetroffen, zum erstenmal in einem englischen Zug fährt. Ihm gegenüber sitzt ein Fremder, der ihn zu seiner Überraschung mit den Worten anredet: „Guten Abend. Sie sind der junge Rampole, nicht wahr?" Dann heißt es im Text weiter: „Wenn der Fremde hinzugefügt hätte: ‚Wie ich sehe, kommen Sie aus Afghanistan', hätte Rampole nicht überraschter sein können."

Der junge Amerikaner kam nicht aus Afghanistan. Trotzdem wußte er, daß er gerade Zeuge einer detektivischen Glanzleistung geworden war. Der allwissende Fremde ist Gideon Fell, die bekannteste Detektivfigur des Engländers John Dickson Carr, der auf diese Weise in seinen Krimi eine Hommage à Conan Doyle eingeflochten hat. Jeder Engländer kennt die Szene, auf die hier angespielt wird. Bei der ersten Begegnung zwischen Holmes und Watson sagt der Detektiv nach der formellen Vorstellung: „Sehr erfreut. Sie kommen aus Afghanistan, wie ich sehe." Und der große Kombinierer sah richtig. Der denkwürdige Augenblick ist festgehalten in Doyles Roman „Späte Rache" („A Study in Scarlet"; 1887).

Es ist überhaupt ein denkwürdiger Augenblick. An diesem Tag betrat Sherlock Holmes die Weltbühne – Grund genug, um genau hundert Jahre später, am 6. Januar 1987 um 9.30 Uhr, auf das

Wohl Sherlocks des Großen das Glas zu erheben. Die Feierstunde fand im Restaurant des britischen Unterhauses statt, die Geburtstagsrede vor hundert geladenen Gästen hielt der ehemalige britische Innenminister Merlyn Rees.

In seinem ersten Detektivroman erwähnt Conan Doyle sein großes Vorbild. Er läßt Watson zu seinem neuen Bekannten sagen: „Sie erinnern mich an Edgar Allan Poes Dupin. Ich ahnte gar nicht, daß solche Menschen auch außerhalb von Geschichten existieren." Holmes' Antwort erschreckt den guten Watson, der glaubte, ein Kompliment gemacht zu haben. „Meiner Meinung nach war Dupin nicht gerade ein überragender Bursche. Dieser Trick da, als er die Gedanken seines Freundes nach einer Viertelstunde Schweigen mit einer hingeworfenen Bemerkung unterbrach, ist allzu angeberisch (,showy') und oberflächlich. Er war keineswegs ein solches Phänomen, wie Poe sich das offenbar vorstellte."

Watson fragt darauf, ob Holmes denn auch Gaboriau gelesen habe, in der Hoffnung, Lecoq werde eher vor des Freundes Auge bestehen als Dupin. Aber nun wird Holmes wirklich ärgerlich: „Lecoq war ein jämmerlicher Stümper; nur eines spricht für ihn: seine Energie." Man sollte doch Lecoqs Methoden, fügt er bissig hinzu, in einem Lehrbuch für Detektive beschreiben, damit sie früh lernen, wie man es nicht machen soll.

Bei der Bewältigung seines ersten Falles zeigt sich Sherlock Holmes allerdings selber nicht von seiner besten Seite. Über lange Strecken verschwindet er ganz aus dem Blick des Lesers, denn den zweiten Teil des streng gegliederten Romans „A Study in Scarlet" läßt Conan Doyle den Mörder in der Ich-Form berichten. Die Handlung kommt nur langsam in Gang, und die „Späte Rache" kommt erst sehr spät. Der anspruchsvolle englische Titel – wörtlich übersetzt „Eine Studie in Scharlachrot" – muß im Text erklärt werden, sonst wüßte sich der Leser keinen Reim darauf zu machen: „Es läuft der scharlachrote Faden des Mordes durch das farblose Gewebe des Lebens, und es ist unsere Pflicht, ihn herauszulösen und zu isolieren und jedes Stückchen bloßzulegen." So pompös wird Sherlock Holmes später nicht mehr reden.

Während seines Studienaufenthaltes in Wien hatte Conan Doyle etwas Deutsch gelernt. Davon profitiert sein Detektiv. Als er zusammen mit der Polizei den Tatort besichtigt, entdeckt Holmes die Buchstaben RACHE, mit Blut an die Wand geschmiert. Inspek-

Sherlock Holmes untersucht eine blutige Inschrift und beweist dabei seine Deutschkenntnisse. Zeitgenössische Illustration zu Conan Doyles „A Study in Scarlet" im „Strand Magazine"

tor Lestrade schließt stracks, eine Dame namens Rachel sei in den Mord verwickelt, der Name nur nicht vollendet worden. Holmes weiß es besser. „‚Rache' ist das deutsche Wort für ‚revenge'", bedeutet er dem unwissenden Inspektor, „also vertrödeln Sie nicht Ihre Zeit damit, nach Miss Rachel zu suchen." Später läßt Conan Doyle seinen Helden sogar an „old Goethe" denken und ihn zwei Zeilen deutsch zitieren.

Das war drei Jahre später. So lange nahm sich Conan Doyle Zeit, bis er seinem Detektiv einen zweiten Auftritt in der Öffentlichkeit erlaubte. In dem Roman „Das Zeichen der Vier" („The Sign of Four"; 1890) treten Holmes und Watson als Berater und Beschützer einer jungen Dame auf. Miss Marston hat, zunächst jedenfalls, kein größeres Problem, als daß ihr alljährlich von einem Unbekannten eine kostbare Perle geschickt wird. Doch dann folgen Raub und Mord; Verbrechen, die erst nach der Aufdeckung einer exotischen und recht verzwickten Vorgeschichte geklärt und gesühnt werden können. Der Autor selber gibt, in ironischer Selbstkritik, eine Zusammenfassung des abenteuerlichen Geschehens, die er Miss Marstons alter Tante in den Mund legt: „Das ist ja eine wahre

Romanze, eine Dame in Not, eine halbe Million in Form eines Schatzes, ein schwarzer Kannibale und ein holzbeiniger Schurke." Die Nichte ergänzt das Bild: „. . . und zwei edle Ritter, die ihr zu Hilfe eilen." Mit den edlen Rittern sind Holmes und Watson gemeint, vor allem der letztere, denn am Ende der Geschichte werden Watson und Miss Marston ein glückliches Paar.

Holmes, der Frauenfeind, ist entsetzt, als er von der bevorstehenden Hochzeit hört, Watson leicht beschämt. Er erhält die Hand der Dame als Belohnung, während sein Freund, der alle Arbeit getan hat, leer ausgeht. „‚Was bleibt nun für dich?' fragt er besorgt. ‚Für mich', sagte Sherlock Holmes, ‚bleibt immer noch die Kokain-Flasche', und er streckte seine lange weiße Hand danach aus."

Mit diesem überraschend unsentimentalen Schlußsatz fügt der Autor Anfang und Ende seines Romans zusammen. Im ersten Satz des ersten Kapitels beschreibt er das schöne Etui aus marokkanischem Leder, in dem Holmes seine Injektionsspritze aufbewahrt, und beschreibt ebenso genau die zahllosen Einstiche im Unterarm. Manchmal ist es Morphium, meist Kokain, berichtet Dr. Watson besorgt, dreimal am Tag gespritzt, über viele Monate hinweg, „a seven-per-cent-solution", eine siebenprozentige Lösung.

Die ausführliche Beschreibung der Drogenabhängigkeit wirkte damals wohl nicht so befremdlich wie heute. Sie dient, so scheint es, der Charakterisierung dieses ungewöhnlichen Detektivs. Holmes, der kalte Analytiker, der Asket, der Frauenverächter, braucht ein Ventil für die im detektivischen Alltag unterdrückten Gefühle. So spielt er stundenlang in sich versunken auf seiner Geige und flüchtet, wenn die Klienten ausbleiben, in die Arme und Träume jenes Morpheus, der dem Morphium seinen Namen gab.

Erst als sich Conan Doyle vom Roman weg und der kurzen Detektivgeschichte zuwandte, fand er die ihm angemessene literarische Form. Auf zehn oder zwölf Seiten ist es glücklicherweise nicht möglich, eine komplizierte Vorgeschichte mit romantischen Verwicklungen unterzubringen. Alle sechsundfünfzig Erzählungen sind klar im Aufbau; knappe Dialoge wechseln mit anschaulichen Beschreibungen der Schauplätze. Die Lösung ist immer kurz gehalten und immer einleuchtend.

Die Erzählungen erschienen in fünf Sammelbänden: „The Adventures of Sherlock Holmes" (1892), „The Memoirs of Sherlock Holmes" (1893), „The Return of Sherlock Holmes" (1905), „His Last Bow" (1917) und „The Case-Book of Sherlock Holmes" (1927). Jede Geschichte hat ihren eigenen Charakter, ihre eigene Atmosphäre. Über vielen der immer wieder wechselnden Schauplätze liegt eine düstere, unheimliche Stimmung. Ebenso abwechslungsreich wie die Tatorte sind die Fälle. Da geht es um die Entführung eines wertvollen Rennpferdes („The Silver Blaze") oder um einen verschwundenen Bräutigam („A Case of Identity"), um den Diebstahl eines blauen Karfunkelsteins („The Blue Carbuncle") oder auch um einen im friedlichen Sussex herumgeisternden Vampir („The Sussex Vampire").

Um Mord geht es nur in wenigen Fällen. In der Geschichte „The Yellow Face" stellt sich am Ende gar heraus, daß überhaupt kein Verbrechen begangen worden war. Das gelbe Gesicht, das starr und unheimlich am Fenster eines Landhauses erscheint, wird von Holmes im wahren Sinne des Wortes demaskiert. Hinter einer Maske verbirgt sich das vergnügte Gesicht eines kohlschwarzen Negerkindes. Die Mutter, eine Weiße, hatte Angst, ihrem Mann von der Tochter aus ihrer ersten Ehe zu erzählen, und sie in ihrer Nähe verborgen gehalten. Ein Happy Ending für das kleine Negermädchen, seine liebende Mutter und den edlen, von Rassenvorurteilen freien Stiefvater beschließt die ungewöhnliche Detektivgeschichte.

Noch zweimal versuchte sich Conan Doyle in der Form des Kriminalromans. „Das Tal des Grauens" („The Valley of Fear"; 1915) ist heute vergessen, „Der Hund von Baskerville" („The Hound of the Baskervilles"; 1902) wird jedoch mit Recht immer noch zu den besten Werken des Autors gezählt. Es ist der bei weitem kürzeste der vier Romane, ähnlich klar im Aufbau wie die Kurzgeschichten, ohne exotisches Beiwerk, mit einem überraschenden Plot.

Im Jahr 1984 konnte der feuerspeiende Hund in England ein großes Comeback feiern, zwei Jahre später auch in Deutschland. Simon Goodenough hat eine Art Bilderbuch geschaffen für Leute, die sich gerne einmal selber als Detektiv betätigen möchten. Die Lösung des Falles um den rätselhaften Tod des Sir Charles Baskerville ist am Ende des Buches verschlossen eingeheftet.

In bräunlich getönten Fotografien wird der Schauplatz lebendig, das düstere, karge Dartmoor mit seinem berüchtigten Zuchthaus.

Wir sehen Sir Henry Baskerville, den Erben des großen Besitzes, in stolzer Pose vor dem Kamin des Herrenhauses stehen. Und natürlich sehen wir auch dem Mörder ins Auge, falls wir ihn identifiziert haben.

Diese Neufassung bedeutet keine Vergewaltigung der alten Geschichte. Der Originaltext besteht überwiegend aus Dokumenten: Watsons Briefe an Sherlock Holmes, seine Tagebucheintragungen, Telegramme, Zeitungsausschnitte und Briefe anderer in den Fall verwickelter Personen. Der Text bietet sich geradezu für eine solche Behandlung an.

Schon sehr früh gab es Bearbeitungen von Sherlock-Holmes-Geschichten. Wenige Jahre nach den ersten Übersetzungen wurde Deutschland von Groschenheften überschwemmt, ihr Preis: zwanzig Pfennig, ihr Titel: „Sherlock Holmes. Aus den Geheimakten des Weltdetektivs". Vom alten Sherlock Holmes ist nichts geblieben als sein Name. Er ist zu einem wilden Draufgänger vom Typ James Bond geworden, und auch sein Freund hat sich arg verändert. Der naiv-treue Watson hat nicht einmal seinen Namen behalten dürfen. Ein ebenso schöner wie cleverer Jüngling, Harry Taxon, ist Sherlock Holmes' ständiger Begleiter.

Im Ersten Weltkrieg wurden diese Groschenhefte in Deutschland verboten. Man fürchtete offenbar, das Bild des allwissenden großen Briten könnte das Image des Erzfeindes England ungebührlich aufhellen. Patriotismus war die Parole des Tages. Dabei hätte es genügend objektive Gründe gegeben, gegen den Pseudo-Holmes einzuschreiten: die juristisch nicht vertretbare Übernahme einer literarischen Figur, die Verfälschung ihres Charakters und, last but not least, das starke Übergewicht von brutalen und sadistischen Szenen.

Der echte Sherlock Holmes hingegen spielte während des Ersten Weltkrieges eine wichtige Rolle in der englischen Spionageabwehr. Conan Doyle erwies seinem Helden die Ehre, ihn seinen letzten Fall im Dienste des Vaterlandes lösen zu lassen. Sherlock Holmes macht seine letzte Verbeugung („His Last Bow") vor dem Publikum, nachdem er auf den Klippen von Dover den deutschen Geheimagenten von Bork enttarnt hat. Von Bork war zusammengebrochen, als er von dem vermeintlichen Mit-Agenten statt des erwarteten Geheimpapiers eine Schrift erhielt, deren Titel ihm schlagartig seine Niederlage klarmachte: „Praktisches Handbuch

POST OFFICE TELEGRAPHS.
(Inland Telegram.)

ERRITTE	DRINGEND	ANTWORT	AUF	MEINE
BRIEFE	STOP	HABE	ALLE	NACHBARN
KNEIPEN	KIRCHEN	STEINE	BESUCHT	STOP
VERDÄCHTIGE	MORTIMER	MIT	SEINEN	MORBIDEN
SKELETTEN	UND	UNSICHTBARER	FRAU	STOP
WATSON				

From: Watson, Baskerville Hall — Holmes, 221 B Baker Street, London

Telegramm von Watson an Holmes, 221 B Baker Street, London.
Eines der „Dokumente" zum Fall „Der Hund von Baskerville" aus
DuMonts Sherlock Holmes Rätsel

der Bienenzucht, mit zusätzlichen Anmerkungen über die Absonderung der Königin". Überreicher und Verfasser der Schrift ist der große Detektiv selber, der sich von der Welt zurückgezogen hat in sein kleines Landhaus in Sussex und dort Bienen züchtet – bis das Vaterland ihn rief.

Sherlock Holmes' Ruhm fand nicht nur in Groschenheften ein Echo. Viele Schriftsteller benutzten seine Figur als Vorlage für ihre Detektive, erfanden neue Abenteuer des alten Helden oder vergnügten sich in Parodien. J. M. Barrie, der Schöpfer Peter Pans und ein Freund Conan Doyles, veröffentlichte schon 1893 eine geistreiche Geschichte, „The Late Mr. Holmes", in der Watson und Doyle als die Mörder des Meisterdetektivs entlarvt werden. August Derleth bat 1929 den von ihm bewunderten Sir Arthur ganz offiziell um die Erlaubnis, in seinem Sinne weiterzuschreiben. Sein Detektiv Solar Pons wohnt in der Praed Street 7 B, um Sherlock Holmes nahe zu sein. Sehr viel origineller ist Henry Fitzgerald Heards Roman „Die Honigfalle" („A Taste for Honey"; 1941). Zwei Bienenzüchter sind die Hauptfiguren, der eine ist mit seinen Killerbienen ein übler Mörder, der andere, ein Mr. Mycroft, züchtet nur, um den Mörder mit seinen eigenen Waffen zu überführen. Das Ganze ist ein kunstvoll gebauter Schlüsselroman, den die Leser in den vierziger Jahren leicht entschlüsseln konnten. Auch der heutige Sherlock-Holmes-Fan erkennt in „Mr. Mycroft" auf Grund verschiedener Indizien unschwer den großen Meisterdetektiv (Holmes' Bruder hieß bekanntlich Mycroft).

Nicht den privatisierenden Bienenzüchter, sondern den kokainsüchtigen Sherlock Holmes stellt Nicholas Meyer in den Mittelpunkt einer spannenden Geschichte, die mehr ist als eine fröhliche Parodie: „Die siebenprozentige Lösung. Ein Nachdruck aus den Erinnerungen des Dr. John H. Watson, herausgegeben von Nicholas Meyer" („The Seven-Per-Cent Solution, Being a Reprint from the Reminiscences of John H. Watson, M. D., as Edited by Nicholas Meyer"). Das 1974 erschienene Buch ist ein weiterer Beweis für das ewige Leben des Sherlock Holmes.

Übrigens werden die anfangs erwähnten Briefe an den Unsterblichen, wohnhaft Baker Street 221 B, London, gewissenhaft beantwortet. Dort residiert heute eine Hypotheken-Gesellschaft, und die Londoner Geldleute zeigen sich ihrer trauerflortragenden Vorgänger in ihrer Liebe zu Sherlock Holmes würdig. Sie beauftragten eine ihrer Sekretärinnen mit der Erledigung der Posteingänge für Mr. Holmes. So kann der Briefeschreiber befriedigt die Antwort aus der Baker Street lesen: „Vielen Dank für Ihren Brief. Sherlock Holmes genießt zur Zeit seinen Ruhestand in Sussex und züchtet Bienen."

7. Der große Boom der Detektive

In den Jahren nach Sherlock Holmes' spektakulärem ersten Auftritt (1887) schossen allerorten die Detektive wie Pilze aus dem Boden. Es sind keineswegs lauter kleine Sherlocks, die mit der Lupe in der Hand durch die literarische Landschaft streifen. Der Schatten des großen Meisters berührt seine frühen Rivalen bemerkenswert wenig. Sie stellen ihr Licht nicht unter den Scheffel und lösen unbeschwert die ihnen gestellten Aufgaben nach ihren eigenen Methoden.

Mehr noch als durch die farbige Vielfalt ihrer Geschöpfe beeindrucken die Kriminalschriftsteller jener Zeit durch die Anwendung neuer Erzähltechniken. Die Frauen unter ihnen sind offenbar unabhängiger von Vorbildern, bessere Pfadfinder auf neuen Wegen als ihre männlichen Kollegen.

Lillie Thomasina Meade war vierzig Jahre alt, als sie sich nach der erfolgreichen Produktion von Jungmädchenbüchern dem Verbrechen zuwandte. Seit 1894 veröffentlichte sie im ‚Strand Magazine‘ eine Serie von Kriminalstories, deren Held der Polizeiarzt Vandeleur ist. Sie arbeitete mit mehreren Ärzten zusammen, die ihr für die ausgefallenen Mordmethoden das Rüstzeug liefern mußten. In der bekanntesten Geschichte, „Madame Sara" („The Sorceress of the Strand"; 1903), klärt Dr. Vandeleur einen Mord auf, den Madame Sara, eine berühmte „Schönheitskünstlerin", nebenberuflich als Dentistin tätig, mit einer vergifteten Zahnfüllung begangen hat. Die medizinischen Details und die sorgfältige Vorbereitung eines raffinierten, fast perfekten Verbrechens füllen den größten Teil der Erzählung. Der detektivische Polizeiarzt bleibt neben der schönen Mörderin eine recht farblose Gestalt. Am Ende erlebt er eine Niederlage: Madame Sara wird aus Mangel an Beweisen freigesprochen.

Mit ihren medizinisch aufbereiteten Mordgeschichten kreierte Mrs. Meade eine neue Methode. Es wurde schick, mit Spezialkenntnissen zu brillieren, die den Laien in verwirrte Bewunderung stürzen. So ziehen in langer Reihe Ärzte und Krankenschwestern in die Krimi-Literatur des 20. Jahrhunderts ein; das Krankenhaus wird zum beliebten Schauplatz verbrecherischer Tätigkeiten. Die Amerikanerin Mary Roberts Rinehart ließ mit großem Erfolg Hilda Adams, eine Krankenschwester, zahlreiche Mordfälle aufklären. Ihre ungewöhnlichen Aktivitäten wären unglaubwürdig, wenn die Autorin sich nicht einen Trick ausgedacht hätte. Hilda Adams ist nicht zufällig am Tatort, wenn wieder einmal eine Leiche entdeckt wird. Sie wird von der Polizei gezielt eingesetzt als inoffizielle Beobachterin und Helferin. Inspektor Fuller nennt die liebenswerte alte Jungfer gern „Miß Pinkerton", nach der weltberühmten Chicagoer Detektivagentur.

Mrs. Rinehart war selbst Krankenschwester und mit einem Arzt verheiratet. Sie begann schon als junge Frau zu schreiben, da der Haushalt mit drei kleinen Kindern mehr Geld verschlang, als der Familienvater verdiente. Ihr erster Kriminalroman, „Die Wendeltreppe" („The Circular Staircase"; 1908) wurde zu einem Riesenerfolg für die noch unbekannte Autorin. Er wurde dreimal verfilmt, zum erstenmal 1915, später auch von Alfred Hitchcock. Zwei Jahre lang war die unheimliche Wendeltreppe auf dem Broadway in einer Bühnenfassung zu sehen („The Bat") und lehrte in zwei Fernsehfassungen auch noch spätere Generationen das Gruseln.

Bühnenfassung und Film verdecken jedoch eher das wirklich Neue, die besondere Erzählhaltung des Romans. Die Ereignisse in dem alten, einsamen Landhaus, in dem nicht weniger als fünf Morde geschehen, werden in der Ich-Form erzählt. Miss Rachel, eine andere liebenswerte alte Jungfer, blickt zurück auf ihre unheimlichen Erlebnisse, und sie macht kein Hehl daraus, daß sie die Lösung des Rätsels kennt. Doch sie gibt ihr Wissen nur nach und nach, in vorsichtigen Andeutungen auf Kommendes, preis. Da die Autorin ihre Heldin die Ereignisse in chronologischer Reihenfolge erzählen läßt, ergibt sich eine besondere Spannung aus dem ständigen Wechsel des Standpunktes: Jetzt weiß ich ja, was wirklich vorging, damals sah ich so vieles falsch. Auf diese Weise werden schon die ersten Tage im Landhaus und die heitere Ferienstimmung verdunkelt von nahendem Unheil, das seine Schatten vorauswirft.

Diese besondere Form der Ich-Erzählung hat ihre Vor- und Nachteile. Es ist die natürliche Art zu erzählen. Welcher unbefangene Berichterstatter kann aus seinen Worten seine Kenntnis vom weiteren Fortgang der Ereignisse heraushalten? In Raymond Chandlers Kriminalromanen ist der Ich-Erzähler offenbar ohne jede Ahnung von dem, was kommen wird, er erzählt im Augenblick des Erlebens, als spräche er seine Worte auf ein Tonband. Bei Agatha Christie vermischen sich beide Erzählformen gelegentlich. Mary Roberts Rineharts Trick, mit geheimnisvollen Andeutungen und düsteren Vorahnungen Spannung zu erzeugen, muß sich notwendigerweise in einer langen Geschichte abnutzen. Der Leser wird ungeduldig, weil er die Absicht erkennt. Und so merkt er auch die kleinen Schäden im kunstvollen Gewebe. Manche Geheimnisse werden nur durch einen Zufall enthüllt, andere bleiben über Gebühr lange rätselhaft, nur weil alle Beteiligten groß sind im Verschweigen wichtiger Fakten. Für logische Deduktionen im Stil von Dupin und Sherlock Holmes ist kein Platz. Alles löst sich schließlich von selbst auf. Die Polizei ist nur mitteltüchtig, und Miss Rachel ist nicht die große Detektivin, die sie gerne sein möchte: „Irgendwie, vielleicht noch von einem halbwilden Vorfahren her, der sich mit Schaffellen kleidete und seine Nahrung als Beute verfolgte, trage ich den Jagdinstinkt in mir. Wäre ich ein Mann, dann würde ich Verbrecher jagen und ihnen genauso unbarmherzig nachspüren wie mein schaffellbekleideter Vorfahre dem Keiler."

So charakterisiert sich die mehr ihren Ahnungen als ihrem Verstand folgende Amateurdetektivin selbst gleich am Anfang ihrer Geschichte. „Hätte ich doch damals gewußt, was ich heute weiß!" Dieser in leichten Variationen immer wieder zu Papier gebrachte Stoßseufzer trug ihr und ihrer Schöpferin einen Spitznamen ein. Mary Roberts Rinehart und ihre zahlreichen Nachfolgerinnen gingen unter der Bezeichnung ‚Had-I-but-known-school' in die Geschichte des Kriminalromans ein.

Die aus Ungarn stammende Baroneß Orczy gehört nicht zu dieser Schule. Das lassen schon die nüchternen Titel ihrer Geschichten erkennen: „Der Fall der Miss Elliot" („The Case of Miss Elliot"; 1905) oder „Der Mann in Grau" („The Man in Grey"; 1918). Mit dem Titel vorgestellt werden auch „Die Frau mit dem großen Hut" und „Der Mann im Inverness Cape", als wären es alte Gemälde. Am berühmtesten unter den so Porträtierten wurde „Der alte Mann in der Ecke" („Old Man in the Corner"; 1901). Er sitzt immer in der gleichen Ecke einer kleinen Teestube, grübelt friedlich vor sich hin und löst nebenbei verzwickte Kriminalfälle. Er ist ein ‚armchair detective' der alten Schule, denn er verläßt seinen Platz nur selten. Häufig ist es die Journalistin Polly Burton, die ihm von einem neuen, rätselhaften Fall berichtet. Seine Informationsquellen sind Zeitungsberichte oder Gespräche, die er in seiner Ecke mitangehört hat. So löst er auch das Rätsel um den Mord in der Stadtbahn und erzählt Polly, wie er die Lösung fand. „Ich wußte inzwischen über alle Einzelheiten des Verbrechens so genau Bescheid, als hätte ich es selber begangen."

Der Einfall der ungarischen Baroneß, die schon mit acht Jahren nach London kam, war ungewöhnlich. Sie setzt die Schilderung eines Kriminalfalles in eine mit eigenem Leben erfüllte Rahmenhandlung. Die kleine Teestube, das Kommen und Gehen der Gäste ist ein Teil der Geschichten des alten Mannes, der in leichtem Plauderton, mit vielen Unterbrechungen, von ungeheuerlichen

Dingen berichtet. Indirekt nur, gespiegelt in der Persönlichkeit des Erzählers, sieht die junge Journalistin, und mit ihr der Leser, wie sich das Geschehen entwickelt. Noch einmal gebrochen wird die Erzählung dadurch, daß der namenlose Alte seine Kenntnisse nur aus zweiter Hand hat.

Die Geschichten um „The Old Man in the Corner" füllen drei Bände. Baroneß Orczy schuf noch mehrere andere Detektivgestalten, die bemerkenswerteste unter ihnen ist „Lady Molly of Scotland Yard" (1910). Die ruhige Sachlichkeit der Darstellung, die Frische der Sprache wirken lebendiger auf den heutigen Leser als der Wortreichtum einer Mrs. Rinehart oder einer Mrs. Meade.

Mary Belloc Lowndes, die Schwester des bekannten englischen Lyrikers und Essayisten Hilaire Belloc, schrieb neben zahlreichen historischen Romanen auch Kriminalgeschichten. Eine von ihnen, „Der sanfte Untermieter" („The Lodger"; 1913) ist in der Intensität der Beschreibung ein kleines Meisterwerk. Der besondere Reiz der unheimlichen Geschichte liegt in der Erzählperspektive. Aus der Sicht eines älteren Ehepaares erlebt der Leser mit, wie der neue Untermieter unerklärliche Schrullen entwickelt. Die anfängliche Freude über einen ruhigen, anspruchslosen Hausgenossen verwandelt sich in wachsende Besorgnis, als Mr. und Mrs. Bunting Zeugen der merkwürdigen Gewohnheiten des immer höflichen, unscheinbaren Mr. Sleuth werden. Vor allem beunruhigen sie die nächtlichen Spaziergänge ihres Mieters. Aus den Zeitungen wissen die beiden alten Leute von einer Mordserie in ihrer nächsten Umgebung, die die Bewohner von Whitechapel allnächtlich in Angst und Schrecken versetzt. Mr. und Mrs. Bunting bringen es nicht über sich, auszusprechen, was sie beunruhigt, jeder lebt in seiner eigenen Angstwelt.

Die Geschichte „The Lodger" basiert auf den Jack-the-Ripper-Morden, die das viktorianische London aus seiner zweifelhaften Sicherheit aufschreckten. Doch sagt diese Feststellung zu wenig. Mr. Sleuth, der sanfte Untermieter, ist Jack the Ripper. Für jeden, der die Geschichte gelesen hat, wird das undeutliche Bild des psychopathischen Massenmörders aufgehen in der erschreckend faßbaren Gestalt des Mr. Sleuth. Kein Detektiv verhilft hier dem Guten zum Sieg, die Polizei ist machtlos. Mr. Sleuth wird nie gefaßt, so wie Jack the Ripper nie gefaßt wurde.

„The Lodger" ist ein frühes Beispiel dessen, was wir heute

Psycho-Thriller nennen. Es verwundert nicht, daß Meister Hitchcock dem Untermieter auf der Leinwand unheimliches Leben verlieh.

Die Amerikanerin Carolyn Wells ist nicht wegen ihrer zahlreichen Kriminalromane erwähnenswert, in denen sie den Privatdetektiv Fleming Stone unermüdlich von Fall zu Fall eilen läßt, nachdem er in „The Clue" (1909) sein Debüt gegeben hatte. Sie war in der Theorie des Schreibens besser als in der Praxis. „The Technique of the Mystery Story" (1913) ist ein erster und noch immer brauchbarer Leitfaden für Krimi-Autoren.

In keiner der hier genannten Kriminalgeschichten tritt eine Gestalt auf, die Sherlock Holmes ähnlich sieht. Doch da gibt es noch den Privatdetektiv Sexton Blake, der deutlich die Züge des Meisters trägt. Er hat einen hilfreichen und treu ergebenen Gefährten, spult seine Fälle nach der altbewährten Methode ab und wohnt, deutlichstes Indiz, in der Baker Street. Die Geschichte seines ersten Falles erschien 1893, von einem gewissen Henry Blyth verfaßt, der es vorzog, sie unter einem Pseudonym zu veröffentlichen. Er tat gut daran, denn literarischen Ruhm konnte er mit seiner stilistisch wie inhaltlich wenig originellen Darstellung kaum erhoffen. Doch sein Held wurde berühmt und fand ein Millionenpublikum, das hungrig war nach leichtester Unterhaltung. Immer wieder andere Autoren nahmen sich seiner an und gaben sich die Feder in die Hand, um die große Nachfrage zu befriedigen. Es waren an die zweihundert Schreiber, die Sexton Blake viertausend Auftritte ermöglichten. Nur einer konnte eine ähnlich auflagenträchtige Popularität erreichen, der amerikanische Detektiv Nick Carter. Er erblickte schon vor Sherlock Holmes das Licht der Welt, doch seine Hauptaktivitäten fallen in den Beginn des 20. Jahrhunderts. Sie reichen bis in unsere Zeit, wo die Bücherstände in Kaufhäusern und Kiosken reich bestückt sind mit seinen Heldentaten.

„Nick Carter, Detective" (1891) hatte seine Laufbahn als ein in jeder Hinsicht untadeliger Kämpfer für Recht und Ordnung begonnen. Als deutsche Leser ihn 1906 kennenlernten, hatte sein Image sich schon leicht getrübt. Seine gerühmten geistigen Gaben – er sprach Dutzende von Sprachen – traten immer mehr in den Hintergrund. Mit den ständig wechselnden Autoren wurden die Geschichten zusehends gewalttätiger und brutaler. Nick Carter erreichte in unseren Tagen den Höhepunkt seiner Karriere als Agent des amerikanischen CIA, der vor keiner Bluttat zurückschreckt. Er ist der immer noch lebendige Urgroßvater von James Bond und ein naher Verwandter der amerikanischen harten Privatdetektive, der ‚tough guys', die so oft den Krimi in eine Arena für Faustkämpfer verwandeln.

Von der Massenproduktion um Sexton Blake und Nick Carter hebt sich als ein echter Rivale Sherlock Holmes' der Professor Augustus S. F. X. van Dusen ab. Sein geistiger Vater ist ein Amerikaner mit dem französisch klingenden Namen Jacques Futrelle. Bekannt wurde der Journalist mit seiner Kurzgeschichtensammlung „The Thinking Machine" (1907). DIE DENKMASCHINE, in Großbuchstaben, ist der Ehrentitel, den der professorale Detektiv erhielt, als er in Boston gegen einen Schachmeister gewann, obgleich er nie zuvor Schach gespielt hatte.

Ähnlich unrealistisch wie diese erste Denkmaschinenleistung wirken die eigentlichen Kriminalfälle, die Jacques Futrelle mit knappen, immer leicht ironischen Worten erzählt. In der Geschichte „Das Problem der Zelle 13" gewinnt der auch von der Polizei hochgeschätzte Professor eine Wette. Als freiwilliger Gefangener bricht er, wie versprochen, ohne jedes Hilfsmittel aus einer absolut sicheren Todeszelle aus – um zu demonstrieren, was ein gut funktionierendes Gehirn zu leisten vermag.

Futrelle verzichtet auf ausschmückende Details und auf jeden Stimmungszauber. Der Professor mit dem stolzen Namen erinnert an den anderen großen Analytiker unter den fiktiven Detektiven, den Chevalier C. Auguste Dupin, nicht nur durch seinen Vornamen. Er ist der verkörperte Verstand, man vergißt beinahe, daß er ein Mensch ist. Der Autor nennt sein Geschöpf meist nur DIE DENKMASCHINE, und das Fürwort ‚er' erscheint dem Leser seltsam unpassend für dieses körperlose Wesen.

Sir Hugh Greene, wie sein Bruder Graham ein Liebhaber früher Detektivgeschichten, veröffentlichte in seiner Sammlung „The Rivals of Sherlock Holmes" (1973) erstmalig eine Geschichte von Jacques Futrelle, die einen ganz anderen Charakter hat. „The Mystery of Room 666" zeichnet sich durch den kunstvollen Aufbau einer spannungsgeladenen Handlung aus und überrascht den Leser mit einem auch heute noch schockierenden ‚double twist'. Überraschend ist auch der Stil. Anders als in den Fallgeschichten der DENKMASCHINE entsteht durch schmückende Beiwörter und mit viel Liebe zum Detail eine unheimliche Stimmung, die auch den heutigen Leser in ihren Bann zieht.

Die Geschichte von dem rätselhaften Mord im Hotelzimmer Nr. 666 geriet lange in Vergessenheit, ihr Autor starb kurz nach ihrer Abfassung. Jacques Futrelle ging 1912 mit der 'Titanic' unter, vor den Augen seiner Frau, die dank der berühmt gewordenen Order 'Ladies first' die Schiffskatastrophe überlebte.

Wie die 'Denkmaschine' erblickte ein anderer Nachfolger Sherlock Holmes' das Licht der Welt nicht in dessen Mutterland. Asbjörn Krag ist wie sein Schöpfer Sven Elvestad Norweger. Die Geschichte eines seiner zahlreichen Fälle las ich in einem Alter, wo Märchen eine angemessenere Lektüre gewesen wären. „Der eiserne Wagen" („Jernvogn"; 1909) war mir als der unheimlichste Krimi in Erinnerung, den ich je gelesen hatte, bis ich ihm in einer deutschen Neuausgabe (1988) wiederbegegnete. Schade – die achtzig Jahre alten Gruseleffekte hatten ihre Wirkung verpufft.

Unter den Gaslaternen des viktorianischen London läßt Richard A. Freeman den Gerichtsmediziner Dr. Thorndyke nach Spuren suchen. Er selber wurde alt genug, um noch 'the blitz' über der von ferngelenkten Raketen getroffenen Stadt mitzuerleben. Sein erster Kriminalroman mit dem medizinisch versierten Dr. Thorndyke und seinem dümmlichen Gefährten, „Der rote Daumenabdruck" („The Red Thumb Mark"; 1907), ist wie die folgenden Geschichten ein eher fader Aufguß der Holmes-Watson-Mixtur. Nur einmal wagte Freeman etwas Neues. In „The Singing Bone" (1912) stellte er den Mörder gleich zu Anfang vor und damit den traditionellen 'Whodunit' auf den Kopf. 'Wer hat es getan?' – die Frage hat hier keine Bedeutung mehr, eine neue Erzähltechnik war geboren.

Die beiden Engländer A. E. W. Mason und E. C. Bentley hielten sich in ihren Kriminalromanen an das übliche Schema und waren trotzdem – oder gerade deshalb – ungeheuer populär. Mason, Mitglied des Unterhauses und während des Ersten Weltkriegs Angehöriger des Secret Service, hielt es für klug, seine bekannteste Detektivfigur im Ausland anzusiedeln. Inspektor Gabriel Hanaud ist ein Beamter der Pariser Sûreté und löst, unter vielem anderen, das Geheimnis um „Die Tote in der Villa Rosa" („At the Villa Rosa"; 1910).

E. C. Bentleys erster Kriminalroman, „Trents letzter Fall"

Raub und Totschlag im viktorianischen London. Zeitgenössische Illustration zu Conan Doyles „A Study in Scarlet" von George Hutchinson

(„Trent's Last Case"; 1913) erweist sich paradoxerweise nicht als der letzte Fall, sondern als der Anfang der detektivischen Laufbahn des Philip Trent, der im Hauptberuf Maler ist. Nach dem mißlungenen Versuch, den Mord an einem reichen Geschäftsmann aufzuklären, schwört Trent, in Zukunft lieber Bilder zu malen als Verbrecher zu jagen. Drei weitere Krimis legen Zeugnis ab von einer schließlich doch erfolgreichen Jagd.

In einem Punkt unterscheidet sich Bentley von seinen zeitgenössischen Krimi-Kollegen, und auch von vielen späteren. Sein Mitgefühl gilt, wie schon „Trent's Last Case" zeigt, nicht dem Opfer, einem reichen Geschäftsmann. Er steht auf der Seite der kleinen Leute, wie G. K. Chesterton, dem er seinen ersten Kriminalroman widmete.

Der Beginn des 20. Jahrhunderts wird nicht nur belebt durch

eine Vielzahl der verschiedenartigsten Detektive und Detektivinnen. Mit Erskine Childers' Roman „The Riddle of the Sands" betritt 1903 der erste fiktive Spion die Weltbühne. Der Spionageroman ist geboren. Neben den ernsthaften Helden tummeln sich eine Menge liebenswerter Gauner, angeführt von A. J. Raffles, dem der Engländer E. W. Hornung zu großen literarischen Ehren verhalf. Raffles' Abenteuer waren um die Jahrhundertwende fast ebenso berühmt wie Sherlock Holmes' Abenteuer auf der anderen Seite des Gesetzes. Der Tradition des alten Schelmenromans folgt auch der Franzose Gaston Leroux, dessen leichtfüßiger Held Rouletabille zum Publikumsliebling wurde, als er, im Alter von nur achtzehn Jahren, „Das Geheimnis des gelben Zimmers" („Le mystère de la chambre jaune"; 1907) löst. Noch berühmter wurde Arsène Lupin, der Gentleman-Gauner, als Maurice Leblanc 1907 die Geschichtensammlung „Arsène Lupin, Gentleman-Cambrioleur" herausgab.

Die kaltblütigen Spione und die liebenswerten Schwindler sind nur Randfiguren in der Welt der Detektive, aber ihre Aktivitäten berühren sich. Das Lesepublikum schätzte diese schillernden Gestalten, vielleicht als notwendigen Kontrast zu den ach so rechtschaffenen Detektiven.

„Ich vergöttere Arsène Lupin", sagte kein Geringerer als Jean-Paul Sartre. Auch Thomas Mann hielt die Abenteuer des Hobby-Gauners für bemerkenswert und nahm sie in seine Sammlung „Romane der Welt" auf. „Die Bekenntnisse des Hochstaplers Felix Krull" ist seine eigene Version des klassischen Schelmenromans.

Ob sie nun auf der Seite des Gesetzes agierten oder die Polizei an der Nase herumführten, die ungleichen Helden der Jahrhundertwende waren die Lieblinge einer großen Lesergemeinde in vielen Ländern. Für den heutigen Leser liegt ein besonderer Reiz über den alten Geschichten. Das trübe Licht der Gaslaternen, das dem Übeltäter die Flucht und dem Detektiv das Anschleichen erleichterte, die zur Verbrecherjagd eingesetzten Pferdedroschken, die Extrazüge, die man mieten konnte, um einen ebenfalls im Extrazug dahinratternden Mörder zu verfolgen – alle diese Ingredienzien schmecken uns Nostalgie-Süchtigen.

Man lernt so manches über die gute alte Zeit. Das Telefon – heute unabdingbares Requisit von Film-Krimis – war schon erfunden, aber Verfolger und Verfolgte benutzten es offenbar nur selten.

Schließlich gab es überall Botenjungen, die zuverlässig und schnell wie der Blitz Nachrichten in jeden Stadtteil brachten. Es gab Telegramme und Rohrpostsendungen und natürlich die normale Postzustellung, deren Zeitpunkt immer genau berechenbar war. Nur einmal am Tag Post zu bekommen – das wäre damals eine erschreckende Zukunftsvision gewesen. Überhaupt ging es bei der literarischen Verbrecherjagd kaum langsamer als heute zu, auf jeden Fall stimmungsvoller, wenigstens für den Leser.

Teil 2
Die Entstehung des modernen Kriminalromans

8. Ein nicht an irdischer Gerechtigkeit
interessierter Detektiv

„In das Zimmer stolperte eine unförmige kleine Gestalt, die mit dem eigenen Hut und Schirm nicht fertig zu werden schien, als wären sie eine nicht zu bewältigende Menge Gepäck. Der Schirm war ein schwarzes, prosaisches Bündel, längst aller Reparaturen entwachsen; der Hut, ein breitkrempiger, schwarzer Hut von kirchlicher Form, aber in England nicht gebräuchlich; der Mann war die wahre Verkörperung alles Schlichten und Hilflosen."

Die „unförmige kleine Gestalt" wird vorgestellt als ein katholischer Geistlicher namens Brown. Einen Vornamen scheint er nicht zu besitzen, und auch sonst besitzt er nicht viel. Seine Kirche ist winzig und liegt in einer ärmlichen Straße am Rande der Stadt.

Bei der Beschreibung seines Helden betont G. K. Chesterton immer wieder die Unbeholfenheit, die Hilflosigkeit und das unscheinbare Äußere des kleinen Mannes. Die Absicht des Autors ist deutlich, fast schon überdeutlich zu erkennen. Er entwirft das Gegenbild zu der landläufigen Vorstellung von einem Detektiv, das Gegenbild zu der hageren, scharfprofilierten Gestalt des stets tadellos gekleideten Sherlock Holmes und zu dessen Vorgänger Dupin.

Die Erfindung eines hilflosen Detektivs erweist sich von großem Vorteil für die Dramaturgie der Handlung. Pater Brown wird von seinen Gegenspielern verkannt, da sie ihn für schwerfällig, einfältig und weltfremd halten. Das Auseinanderklaffen von Schein und Sein erzeugt eine Spannung, die sich erst mit der enthüllenden Schlußszene löst.

Chestertons Entwurf eines Anti-Detektivs und Anti-Helden wirkte so überzeugend, daß in den modernen Kriminalromanen kaum noch Gestalten agieren, die Sherlock Holmes äußerlich ähneln. Mit dem gewichsten Schnurrbart, dem tiefschwarz gefärbten Haar, dem fehlerhaften Englisch und all seinen kleinen Manieriertheiten ist Hercule Poirot eine lächerliche Gestalt für alle diejenigen, die seine kleinen grauen Zellen noch nicht kennengelernt haben. Miss Marple ist eine zierliche alte Jungfer und strickt ständig Babyjäckchen. Eine der beliebtesten amerikanischen Fernseh-Krimi-Serien lebt von einem Detektiv, der sich verspricht, stolpert, immer wieder etwas vergißt und ohne seinen zerknautschten Regenmantel nicht zu denken ist.

Alle drei, Poirot, Miss Marple und Columbo unterscheiden sich von Pater Brown in einem nicht unwichtigen Punkt. Ihre Hilflosigkeit ist gespielt und wird von ihnen bewußt eingesetzt, um den Gegner in Sicherheit zu wiegen. Nie spricht Poirot falscher, nie strickt Miss Marple emsiger, als wenn das letzte Stadium der Überrumpelungstaktik erreicht ist.

Pater Brown ist hilflos. Er drängt sich niemandem auf, und er will niemanden überrumpeln. In seine kriminalistischen Abenteuer gerät er eher durch Zufall. Irgendeine Kleinigkeit erregt seine Neugier – ein seltsames Geräusch, eine leere Flasche in einem ordentlichen Vorgarten. Einmal hörte er auf dem Weg zu seiner Kirche aus einem Haus ein unterdrücktes Lachen, oder war es das Zischen beim Öffnen einer Sodawasserflasche? Er konnte sich das Geräusch nicht erklären, ging ihm nach und verhinderte so einen Mord. In dieser Geschichte („Der Salat des Oberst Gray") beschreibt der Autor den neugierigen Pater als „einen Mann, dessen Gedanken immer in dem einzig vernünftigen Sinn des Wortes freie Gedanken waren. Er konnte nicht anders, als sich, wenn auch nur unbewußt, alle irgendwie möglichen Fragen zu stellen und so viele davon zu beantworten, wie er eben konnte; all dies ging mit der Selbstverständlichkeit des Atmens oder des Blutkreislaufs vor sich. Aber vorsätzlich ließ er sich durch seine Handlungen niemals über den Bereich seiner Pflichten hinausführen."

Der Charakter dieses ungewöhnlichen Detektivs bestimmt den Handlungsablauf und damit auch das Bauschema der Geschichten. Nur selten ist das Verbrechen schon geschehen, bevor die Handlung einsetzt, und nie steht an ihrem Ende der Triumph des Detektivs über die Entdeckung des Täters. Pater Brown ist ein Spezialist in der Verhütung von Verbrechen. Er wird tiefsinnig, wenn er einen Mord nicht verhindern konnte und den Täter überführt hat. „Er sah niedergeschlagen aus", heißt es in der Geschichte „Das schlimmste aller Verbrechen", „aber das war oft bei ihm zu beobachten, wenn er ein Verbrechen aufgeklärt hatte. Er war niedergeschlagen, nicht weil ihm die Aufklärung mißlungen, sondern weil sie ihm gelungen war."

Wenn er es irgend vermeiden kann, übergibt Pater Brown den Täter nicht der Polizei. Er ist erleichtert, wenn der Täter entkommt, wie am Schluß der Geschichte vom vergifteten Salat des Oberst Gray. Sein größter Triumph ist es, wenn ihm der Beweis gelingt, daß gar kein Verbrechen begangen wurde, etwa bei der mysteriösen „Abwesenheit des Herrn Glass".

Für einen Detektiv ist ein solches Verhalten paradox, so scheint es. Und Chesterton, der ihn erschuf, ist oft als Meister des Paradoxen gerühmt worden. Das Paradoxon löst sich auf, wenn man den Mann, der die Pater-Brown-Geschichten schrieb, kennt. Gilbert Keith Chesterton wurde 1874 als Kind sehr wohlhabender Eltern in London geboren. Er erhielt schon als Schüler den ‚Milton Prize for English Verse' und studierte in Oxford. Neben Gedichten und literaturhistorischen Studien veröffentlichte er eine Abhandlung über „The Victorian Age" (1913). Hier faßt er in deutliche Worte, was ihn an der viktorianischen Ära abstößt: die selbstgerechte Besserwisserei und der allgemeine Egoismus. Seine politischen Essays zeigen ihn als orthodoxen Liberalen, der aus seinem Mißvergnügen am industriellen Kapitalismus kein Hehl macht.

Das wichtigste Ereignis in Chestertons Leben war wohl sein Übertritt zum Katholizismus im Jahr 1922. Doch sein Werk läßt sich nicht in eine prä-katholische und eine katholische Periode einteilen. Dorothy Sayers verachtete ihre Kriminalromane, nachdem sie „fromm" geworden war; Chestertons Beschäftigung mit kriminalistischen Themen zieht sich durch sein ganzes Leben. Es begann mit dem „Mann, der Donnerstag war" („The Man who was Thursday"; 1908), eine abenteuerliche Geschichte um einen Dichter, der sich selber einen „philosophical policeman" nennt und in dieser Eigenschaft gegen eine Gruppe von Anarchisten kämpft.

Drei Jahre später erschien der erste Pater-Brown-Band („The Innocence of Father Brown"; 1911). Es folgten „The Wisdom of Father Brown" (1914), „The Incredulity of Father Brown" (1926), „The Secret of Father Brown" (1927) und, ein Jahr vor Chestertons Tod, „The Scandal of Father Brown" (1935). Eine Kriminalgeschichte ohne den rührigen Pater erschien im Jahr seines Todes: „The Paradoxes of Mr. Pond" (1936).

Was bewog den überzeugten Katholiken dazu, sich Verbrechen auszudenken und sie von einem Pater aufklären zu lassen? „Nun ja, ich habe jedes Verbrechen genau überlegt und geplant. Ich habe mir genau ausgedacht, wie so etwas wohl angepackt werden müßte, in welcher Verfassung ein Mensch sein muß, der wirklich zu einer solchen Tat fähig ist... Ich dachte unablässig nach, wodurch ein Mensch zum Mörder werden kann, bis ich schließlich selber in einer solchen Verfassung war, daß nur noch der letzte Schritt fehlte. Diese Methode ist mir einmal von einem Freund als eine Art religiöser Übung empfohlen worden. Meines Wissens hat sie dieser Freund von Papst Leo XIII., der schon immer mein Vorbild war."

Der hier spricht, ist nicht Chesterton, sondern Pater Brown, in der Titelgeschichte des Bandes „The Secret of Father Brown". Die Versuchung, einen Autor mit seiner Hauptfigur zu identifizieren, ist gefährlich und führt oft in die Irre. Hier scheint die Gleichsetzung jedoch gerechtfertigt. In seiner Autobiographie (1937) schreibt Chesterton ähnliches, und er nennt auch den Namen jenes „Freundes": den Jesuitenpater O'Connor. Die Geschichte, in der Pater Brown sein „Geheimnis" enthüllt, hat kein Verbrechen zum Thema. Seine Erklärungen füllen zwölf Seiten und sind eingebettet in eine Art Rahmenhandlung, die nur dazu dient, eine dem Autor wichtige Überlegung zu entwickeln.

Er führt einen Besucher ein, der von dem detektivischen Pater gehört hat und das Geheimnis seines Erfolgs erfahren möchte. Pater Brown verurteilt zornig die Auffassung, die Aufklärung von Verbrechen sei eine Wissenschaft: „Man versteht darunter, einen Menschen von außen her zu studieren, als wäre er ein riesiges Insekt, und das nennt man dann eine objektive und unparteiische Betrachtung. Ich möchte es lieber eine mitleidlose Leichensektion nennen!... Was Sie als mein Geheimnis bezeichnen, ist das genaue Gegenteil einer solchen Betrachtungsweise. Ich versuche nicht, von einem Menschen Abstand zu gewinnen. Ich versuche vielmehr, in die Haut des Mörders zu schlüpfen... Ich stecke tatsächlich in seiner Haut, bewege seine Arme und Beine. Und dann warte ich, bis ich weiß, daß ich in einem Mörder stecke."

Der Besucher ist entsetzt: „Und das nennen Sie eine religiöse

Übung?" Ja, Pater Brown nennt das eine religiöse Übung: „Kein Mensch taugt in Wirklichkeit etwas, ehe er nicht weiß, wie schlecht er ist oder doch sein könnte." Er klagt die Überheblichkeit der Wissenschaftler an, die von ‚Verbrechertypen' und ‚anomalen Schädeln' reden und das Wichtigste nicht sehen. Man müsse endlich zu der Erkenntnis kommen, erklärt er dem verwirrten Besucher, „daß jeder Mensch zum Verbrecher werden kann und daß es seine Aufgabe ist, den in ihm schlummernden Verbrecher niederzuhalten und nicht ausbrechen zu lassen".

In der Geschichte von Pater Browns Geheimnis ist einer der Gesprächspartner sein alter Freund Flambeau. Der Name ist ein Signal: Flambeau, die Fackel. Unter diesem Decknamen führte er jahrelang einen flammenden Krieg gegen eine Gesellschaft, die er verachtete. Wie Robin Hood bestahl er die Reichen und gab das Geld den Armen, ständig auf der Flucht vor der Polizei. Als er Pater Brown zum erstenmal begegnete, fand er einen Freund, der seine Beweggründe erkannte und verstand. Von diesem Augenblick an wurde er ein anderer Mensch, und das ist sein Geheimnis, das er in einer ihm gewidmeten Geschichte enthüllt („Flambeaus Geheimnis"). Er wird ein scharfsinniger Detektiv, der gelegentlich auch für die Polizei arbeitet, am liebsten aber seinem Freund, dem Pater, in einem kniffligen Fall zur Seite steht (wie in der Geschichte „Caesars Kopf"). Doch er führt sein eigenes Leben, oft unter falschem Namen, eine Zeitlang als angesehener Schloßbesitzer in Frankreich. Dieser ungewöhnliche Freund und Helfer hat mit dem dümmlichen Watson ebensowenig gemein wie Pater Brown mit Sherlock Holmes.

G. K. Chesterton schlägt mit seinen Detektivgeschichten einen völlig neuen Ton an. Seine Auffassung, jeder Mensch sei unter bestimmten Voraussetzungen eines Verbrechens fähig, findet sich, sehr viel später, wieder in Kriminalromanen, die den Verbrecher und nicht den Detektiv in den Mittelpunkt stellen, so daß der Leser sich mit ihm identifizieren muß, ob er will oder nicht.

Chesterton war ein großer Ankläger und ein noch größerer Verteidiger. „Ich habe mir eingebildet, daß die Hauptaufgabe eines Menschen, so gering er auch sein mag, die Verteidigung ist." Der Satz steht im Vorwort zu seiner Essay-Sammlung „The Defendant", die in Deutschland unter dem Titel erschien: „Verteidigung des Unsinns, der Demut, des Schundromans und anderer mißachteter Dinge". Es sind sechzehn geistreiche, ironische und vehemente Verteidigungsreden. Da gibt es nicht nur die „Verteidigung des Unsinns", es gibt auch die „Verteidigung unüberlegter Gelübde", die „Verteidigung der Kitschfiguren" und die „Verteidigung von Gerippen". In seine Zusammenstellung von zu Unrecht verachteten Dingen nahm Chesterton auch die „Verteidigung von Kriminalromanen" auf. Er nennt die geschmähte Gattung „eine vollkommen berechtigte Form der Kunst" und klagt ihre Kritiker an:

„Es ist nicht wahr, daß die Leute schlechte Literatur guter vorziehen und zu Kriminalromanen greifen, weil sie schlechte Literatur sind. Der bloße Mangel an künstlerischer Feinheit macht ein Buch nicht beliebt... Das Schlimme bei der Sache ist, daß so viele sich gar nicht klar darüber sind, daß es so etwas wie einen guten Kriminalroman gibt; es kommt ihnen so vor, als ob man von einem guten Teufel spräche."

9. Das Fesselnde an Edgar Wallace

Im Klappentext einer deutschen Neuauflage (1984) stellt der Verlag seinen prominenten Autor vor: „Mit 173 Romanen und rund 1000 Kurzgeschichten ist Edgar Wallace der erfolgreichste Kriminalschriftsteller aller Zeiten. Als der ‚King of Crime' 1932 starb, läuteten die Glocken von ganz London. Diese Ausgabe läutet seine Renaissance ein."

Forscht man genauer nach, waren es nur die Glocken im Zeitungsviertel um die Fleetstreet, die dem großen Mann das Grabgeläut gaben. Edgar Wallace hatte als Reporter für mehrere Zeitungen gearbeitet, bevor er berühmt und reich wurde. Sein letztes Werk war das Drehbuch zu dem Monsterfilm „King Kong", seine letzte Reise die Fahrt zu den Dreharbeiten in Amerika. Das Schiff mit dem Sarg des Toten wurde feierlich empfangen, alle Fahnen im Hafen von Southampton standen auf halbmast.

In Deutschland war Edgar Wallace schon immer ein großer Mann. Als er 1928 nach Leipzig kam, standen Hunderte von Menschen am Bahnhof Spalier, um ihm ihre Reverenz zu erweisen. In den Berliner Kabaretts der zwanziger Jahre lachte auch noch der letzte Zuschauer verständnisvoll über die Anspielungen auf das neueste Werk des Meisters. Wallace war mehrfach und gern in Deutschland, vielleicht aus Dankbarkeit, weil sich niemand daran zu erinnern schien, wie er während des Ersten Weltkrieges von den Deutschen gesprochen hatte. „Hunnen", „dekadente Affen", „Bestien ohne Mut und Verstand", so hatte er sie in patriotischen Zeitungsartikeln genannt.

Der Goldmann-Verlag, der als erster in Deutschland eine lange Serie von Wallace-Taschenbüchern veröffentlichte, druckte in jedes Exemplar den Werbeslogan: „Es ist unmöglich, von Edgar Wallace nicht gefesselt zu sein." Die Versuchung, den einprägsamen Satz ohne viel Federlesen umzudrehen, ist groß: Es ist durchaus möglich, von Edgar Wallace nicht gefesselt zu sein. Doch so leicht sollte man es sich nicht machen. Ich las einige der Kriminalromane, mit dem festen Vorsatz, mich fesseln zu lassen. Zuerst nahm ich mir den „Hexer" vor („The Ringer"; 1926). Doch bald schon stockte ich und geriet ins Grübeln, anstatt gespannt dem Helden auf seinen Abenteuern zu folgen.

„Hatte der Hexer England erreicht?" fragt mich der Autor rhetorisch. „Cora Ann Milton liebte diesen verwegenen Mann, der nur tötete, weil er sich rächen oder weil er strafen wollte, und der jetzt ein Ismael und ein Wanderer auf der Erde war, gegen den sich die Hände aller Männer erhoben und dessen Fährte Hunderte von Polizisten folgten..." Wenig später lerne ich des Hexers Gattin kennen: „Mary stand überrascht auf. Das war unglaublich. Dieses schöne Geschöpf war die Frau eines Mannes, der ständig im Schatten des Galgens wanderte."

Ich versuchte mir den Hexer vorzustellen, wie er „ständig im Schatten des Galgens wanderte". Es muß eine mühsame Wanderung gewesen sein. Voller Mitgefühl sehe ich den Verfolgten von Galgenschatten zu Galgenschatten huschen, eine Meute von Polizisten auf seiner Fährte. Mühsamer noch erscheint seine Flucht, wenn man in Betracht zieht, daß der Hexer offenbar ganz allgemein, sozusagen grundsätzlich, „ein Wanderer auf der Erde war", ein „Ismael". Ich schlage das Wort im Lexikon nach: „Ismael, Angehöriger eines Nomadenstammes im alten Israel, Abrahams Sohn, der später Ahnherr von zwölf Fürsten nomadischer Stämme wurde." Ob die biblische Metapher auf ein glückvolles Ende der Wanderung hindeuten soll?

Ich lese weiter, nun doch ein bißchen gefesselt. Ich habe ihn liebgewonnen, den Wanderer Arthur Milton, den „schonungslosen Mörder seiner Feinde", schlau, verwegen und furchtlos, der „nur" tötet, um seine von einem Lüstling verführte Schwester zu rächen. Auf die letzte Seite des Romans freue ich mich besonders, da ich sie durch die Wiederholungen einer Wallace-TV-Serie noch deutlich vor Augen habe. Der bravouröse Abgang des Helden enttäuscht auch auf dem Papier nicht. Von allen Seiten umzingelt, überlistet er die Polizei in der Uniform eines Polizisten. So gelingt ihm die Flucht in die Freiheit, zusammen mit Frau Cora:

„Und dann fielen Helm und Umhang des Polizisten zu Boden, und die Arme des Mannes umfaßten sie. – ‚Schnell, Cora!' rief er und wies nach dem Geheimgang. ‚Komm, Liebste!' Er küßte sie und schob sich durch die Täfelung, die sich unhörbar hinter ihnen schloß. Niemand sah den Hexer wieder, weder in dieser Nacht noch in den vielen Nächten, die dieser folgten."

Ich bin gerührt und befriedigt. In der Hoffnung, brutale Killer und gewissenlose Falschspieler kennenzulernen, beginne ich den Roman „Der Zinker" („The Squeaker"; 1927) zu lesen. Die Geschichte setzt ein mit einer eher beschaulichen Szene im Londoner Schneegestöber. Obgleich immer wieder Namen von Straßen und Plätzen auftauchen, wird die Geburtsstadt von Edgar Wallace nie lebendig. Die Akteure der Handlung, dem Leser mit wenigen Worten vorgestellt, bleiben ähnlich schemenhaft wie das verschneite Putney. Es sind alles nette Leute, Bösewichter scheint es unter ihnen nicht zu geben.

Die Haupthandlung um den „Zinker", dessen Identität niemand kennt, wird umrankt von der Liebesgeschichte zwischen der hübschen, aber anderweitig verlobten Beryl und Captain Leslie. Beryl fürchtet jedoch, wie der Leser, daß der liebenswerte Captain der Zinker ist, gesucht von der Polizei, gefürchtet von der Unterwelt. Auf den letzten Seiten wird es dann fast atemraubend. Beryls Verlobter, ein angesehener Geschäftsmann, entpuppt sich als der Zinker. Böse, wie er insgeheim immer war, zwingt er seine Braut erpresserisch zu einer Blitzhochzeit. Glücklicherweise ist die Ehe ungültig, da der Zinker nebenher auch noch als Heiratsschwindler arbeitete. Der tüchtige Chief Inspector John Leslie Barrabal von Scotland Yard, dem Übeltäter lange schon auf den Fersen, ist mit der Verhaftung so schnell bei der Hand, daß die Ehe noch nicht vollzogen wurde, wie der Autor zart andeutet. Einem glücklichen

Ende steht nichts im Wege, denn der Inspektor ist natürlich niemand anders als Captain Leslie.

Unbefriedigt bin ich nur, weil ich nach der Lektüre immer noch nicht weiß, was ein „Zinker" eigentlich ist. Auf dem Klappentext las ich: „Der Zinker geht wieder um. Diesmal spielt er nicht mit gezinkten Karten." Die Information erwies sich als irreführend, wie so manches, was die Verlage auf die Rückseite ihrer Taschenbücher drucken. Wenig später lernte ich aus einer Kriminalgeschichte von Cyril Hare, daß ein ‚Zinker' in der Gaunersprache einen Banknotenfälscher meint. Beryls verbrecherischer Verlobter hat jedoch nie Banknoten gefälscht und auch nicht mit gezinkten Karten gespielt. Er ist nämlich kein ‚Zinker', sondern ein ‚squeaker', wie der englische Titel erklärt. Als Hehler en gros verpfeift er seine Lieferanten bei der Polizei, wenn sie nicht nach seiner Pfeife tanzen. Er ‚singt' (‚squeaks'), wenn sie zu hohe Preise für ihre Ware verlangen.

„Der Frosch mit der Maske" („The Fellowship of the Frog"; 1925) ähnelt dem „Zinker". Auch hier hat ein Verbrecher viele kleine Halunken fest im Griff, ohne seine Persönlichkeit zu demaskieren. Auch hier zieht sich eine Liebesgeschichte durch die Haupthandlung. Und auch hier steht am Ende, neben der Demaskierung, das Glück der Liebenden.

„Die Tür mit den sieben Schlössern" („The Door with Seven Locks"; 1926) erfüllte mich nicht mehr mit dem angenehmen Schauder, den ich als jugendlicher Krimi-Fan bei der Lektüre empfunden hatte. Vielleicht lag es auch daran, daß ich, dank der Initiative des Scherz-Verlags, heute die Romane des Edgar Wallace ungekürzt lesen kann, „in der ersten werkgetreuen Neuübersetzung seit mehr als vierzig Jahren". Vielleicht war die Arbeit der früheren Lektoren, die einen sehr langen Roman zurechtstutzten, oft auf die Hälfte des Umfangs, gar nicht so schlecht. Selbst in den so gekürzten Romanen finden sich noch viele unnötige Wiederholungen. Und in der neuen Ausgabe, „original – ungekürzt – neu übersetzt", werden die Charaktere und die Schauplätze nicht deutlicher.

Edgar Wallace hat auch Bühnenstücke geschrieben, nicht weniger als achtzehn. Waren sie erfolgreich, machte er Romane aus ihnen, wie er auch Romane für die Bühne umschrieb. Seine Erfahrungen mit dem Theater und die ursprüngliche dramatische

Fassung mancher seiner Romane erklären, warum sich so viele Filmemacher seiner Bücher annahmen. Möglicherweise ist es die besondere Erzähltechnik des Edgar Wallace, die den an TV-Krimis gewöhnten Leser gerade heute ‚fesselt'.

Die Handlung der Romane wird nach einem festen Schema abgespult. Ein Verbrechen geschieht und wird aufgeklärt, so scheint es jedenfalls. Aber es steckt mehr dahinter. Der Leser merkt es spätestens, leicht verstört, wenn nach einigen Seiten eine neue Handlung einsetzt, mit neuen Akteuren und einem neuen Schauplatz. Wieder ist die Aufklärung des Falles nur ein Scheinmanöver des Autors. Ein dritter Handlungsstrang wird eingeführt, manchmal ein vierter und fünfter. Erst auf den letzten Seiten werden alle Stränge zusammengeflochten. Ungereimtheiten der Handlungsführung fallen dem gefesselten Leser nicht auf; eine psychologische Motivierung wird nicht notwendig, weil die Figuren so dürftig charakterisiert sind, daß sie ohne Schwierigkeiten in jede Schablone passen.

Fesselnder als seine Bücher ist das Leben ihres Verfassers. Als uneheliches Kind einer Schauspielerin wurde Edgar Wallace 1875 geboren. Ein Fischhändler adoptierte den Jungen und erwarb so eine nützliche, unbezahlte Hilfskraft. Mit zwölf Jahren verließ das Kind die Schule und hatte nur den einen, noch ziellosen Ehrgeiz, dem Fischgestank und den anderen Armseligkeiten seiner Umgebung für immer zu entfliehen. Als Botenjunge und Zeitungsausträger verdiente er sich einige Pennies, aber das genügte ihm nicht. Was er als kleiner Vagabund im Cockney-Land erlebte, schien ihm lehrreicher als die Schule – seltsam, daß der erwachsene Edgar Wallace die Erfahrungen aus dieser Zeit nicht in seinen Romanen verwertete. Er hatte sie wohl allzu gut verdrängt.

Er nahm, wie der sechzehn Jahre ältere Conan Doyle, am Burenkrieg teil und lernte die britischen Konzentrationslager in Südafrika kennen; er hielt sie für zu mild. Seine Reportagen vom Kriegsschauplatz fanden Anklang in der Heimat und erleichterten dem Heimkehrer den Zugang zur Fleet Street. Bald wurde sein Name als Journalist bekannt, als Serienschreiber, Theaterkritiker, Sportreporter und vor allem als Verfasser von patriotischen Leitartikeln.

Oft ließ er dabei seiner Phantasie auf Kosten der Wahrheit freien Lauf. Seine wahre Meinung, wenn er sie einmal sagte, ist erschreckend: „Ich hasse den britischen Arbeiter, ich habe kein Mitgefühl mit ihm; ob er lebt oder stirbt, zu essen hat oder hungert, interessiert mich nicht im geringsten." Ein angemessenes Feld für seine unerschöpflichen Einfälle fand der Journalist in seiner Nebenbeschäftigung, dem Verfassen von Kriminalromanen und Theaterstücken. Sein erster Krimi, „Die vier Gerechten" („The Four Just Men"), erschien 1905. Erst als der Hexer 1926 im Theater auftrat („Der finstere Fremde"), begann das große Geschäft.

Und Edgar Wallace blieb am Ball. Wie Napoleon, der mehrere Briefe gleichzeitig diktieren konnte, schrieb er oft mehrere Bücher nebeneinander. Damit die Produktion schneller vonstatten ging, benutzte Wallace, Pionier auch auf diesem Gebiet, ein Diktaphon. Dabei rauchte er eine Zigarette nach der anderen und trank den Tee, den ihm sein Butler alle halbe Stunde frisch servieren mußte. Freimütig gab er zu, daß er keine literarischen Ambitionen habe. Er schrieb – non olet –, um Geld zu verdienen.

Zeitweilig brachte es dieser Akkordarbeiter auf 250000 Dollar pro Jahr. Schon früh wurden seine Kriminalromane übersetzt, und vor allem aus Deutschland flossen die Tantiemen in Strömen. Edgar Wallace gab das Geld aus, wie er es einnahm: mit vollen Händen. Der eigene Rennstall, den er sich, wenn auch nicht lange, leisten konnte, zeugt von seiner Liebe zu Pferden, mit denen man Geld machen, aber auch verlieren kann. Er verlor häufig. Als er starb, am Beginn einer Hollywood-Karriere, hinterließ er so viele Schulden, daß die Londoner Bankiers die Hände über dem Kopf zusammenschlugen.

Im Jahr 1986 schrieb ein junger deutscher Schriftsteller, Wolfgang G. Fienhold, bekannt geworden durch den Film „Die flambierte Frau", eine Parodie: „Edgar Wallatze – Der Frosch mit der Glatze". Das reimt sich optisch hübsch, und es ist auch witzig, daß der Chef von Scotland Yard ‚Sir Edgar' heißt. Die Parallelen zum Original sind jedoch selbst für den Frosch-Experten schwer zu finden, vor allem, da man über dem kessen Jargon des Parodisten den Parodierten ganz vergißt. Hier liegt der Hase im Pfeffer. Man kann keine Parodie schreiben, ohne nicht auch den Stil des Originals durch Übertreibung und Verzerrung kenntlich zu machen. Edgar Wallace hatte keinen Stil, nicht einmal einen, der für eine Parodie hätte herhalten können.

10. Die Pfarrerstochter und ihr Lord

Der Reverend Henry Sayers hatte Grund, auf seine Tochter stolz zu sein. Schon früh erkannte er ihre Begabung und ließ sie eine gute Schule besuchen. Nach dem Abschlußexamen kehrte die 1893 in Oxford geborene Dorothy in ihre Geburtsstadt zurück, wo sie als eine der ersten Frauen an der berühmten alten Universität ihr Studium beginnen durfte. Von 1912 bis 1915 beschäftigte sie sich am Somerville College mit der französischen Literatur des Mittelalters.

Der englische Landgeistliche hätte mit dem besten Willen eine solche Ausbildung nicht selber finanzieren können, doch seine Tochter hatte wegen ihres ausgezeichneten Abschlußzeugnisses ein Stipendium bekommen. Auch der Abschluß ihres Linguistikstudiums war ehrenvoll: „With Honours". Mehr konnte eine Frau damals nicht erreichen. Es war schon ein großes Zugeständnis, daß Frauen zu Vorlesungen und Seminaren zugelassen wurden und die von ihnen belegten Fächer mit einem Examen abschließen durften. Ihnen die Möglichkeit zu geben, sich für einen gehobenen akademischen Grad zu qualifizieren, schien den Oxforder Professoren im Jahr 1915 ein Ding der Unmöglichkeit.

Aber Dorothy Sayers war nicht nur klug, sondern auch zäh. Sie las, schrieb Gedichte und wartete. Fünf Jahre später zeigte sich der Einfluß der Frauenemanzipation auch an der ehrwürdigen University of Oxford. Man gestand dem ‚weaker sex‘ immerhin eine gewisse Stärke des Geistes zu, und so konnte die junge Miß Sayers nach einem weiteren Examen die begehrten Buchstaben M. A. hinter ihren Namen schreiben, im stolzen Bewußtsein, den Magistertitel mit „First Class Honours" erworben zu haben.

Stolz war auch der Vater, und nicht nur wegen des Titels seiner Tochter. Schon als Studentin hatte sie zwei schmale Bände mit Gedichten vorwiegend religiösen Inhalts veröffentlicht. Ihrem ersten Opus würden weitere folgen, da war sich die Autorin ganz sicher und nannte es daher selbstbewußt „OP I". Die ihr von Kindheit an vertraute Beschäftigung mit der Bibel reizte sie, den alten Geschichten eine neue Form zu geben, zunächst in lyrischen Versen, dann in dramatischen Szenen. Das waren nicht nur die literarischen Fingerübungen einer jungen Studentin, sondern Zeichen einer fast schon missionarischen Berufung der Pfarrerstochter, die mit einer solchen Verfremdung des Alten neuen Lesern einen Zugang zur Bibel öffnen wollte.

Viel später schrieb Dorothy Sayers im Auftrag der BBC eine Folge von Hörspielszenen, „Zum König geboren" („The Man Born to be King"). Sie wurden 1941 und 1942 gesendet und erreichten ein großes Publikum. Das Echo war jedoch nicht nur positiv. Es war nicht nach dem Geschmack der Frommen im Lande, das Leben Jesu in kleinen alltäglichen Begebenheiten und in der Sprache der Gegenwart als hörbare Wirklichkeit zu erleben. Miß Sayers sah noch einen anderen Grund für die Kritik. Die konservativen unter den Radiohörern wollten sich nicht von einer Frau belehren und erbauen lassen.

„Unpopular Opinions" nannte sie deshalb eine Sammlung von Essays, die 1946 erschien, nachdem einige der Aufsätze von den Auftraggebern zurückgewiesen worden waren. Darunter befand sich auch ein Essay, das die BBC mit der Begründung zurückgeschickt hatte: „Unser Publikum wünscht nicht von einer Frau ermahnt zu werden" („Our public do not want to be admonished by a woman").

Bis zu ihrem Tod arbeitete Dorothy Sayers an einer Versübertragung von Dantes ‚Divina Commedia', mit dem Ziel, Dante leichter lesbar zu machen. Sie war davon überzeugt, große Literatur müsse jedermann zugänglich gemacht werden, nicht nur den ‚happy few' der sogenannten Gebildeten. Acht Jahre vor ihrem Tod im Jahr 1957 erhielt sie den Ehrendoktortitel der Universität Durham wegen ihrer Verdienste auf einem ganz anderen Feld: dem englischen Kriminalroman. Der Reverend Sayers wäre vermutlich nicht glücklich gewesen über diese Ehrung seiner Tochter, wenn er sie noch miterlebt hätte, und sie selber war es wohl auch nicht. Vor zwanzig Jahren schon hatte sie sich entschieden abgewandt von den Produkten ihrer Phantasie, die zugleich auch Produkte ihres scharfen Verstandes waren. Immer wieder hatte sie betont, ihre Detektivgeschichten habe sie nur geschrieben, um Geld zu verdienen.

Es fällt schwer, ihr dies ganz abzunehmen. Dorothy Leigh Sayers – auf das ‚L.' in der Mitte ihres Namens legte sie großen Wert – war nicht nur eine ungewöhnliche, sondern auch eine schwer zu durchschauende Frau, die selbst ihren Freunden keinen Einblick in ihre Gefühle erlaubte und Interviews ebenso entschieden ablehnte wie den Wunsch eines Verlegers nach Memoiren. Viele ihrer Zeitgenossen nannten sie exzentrisch. Aber das sagt zu viel und zu wenig.

Aus dem Foto blickt den Betrachter ein Gesicht an, das mit den millimeterfein nach oben gezogenen Mundwinkeln an das Rätsellächeln der Mona Lisa erinnert. Doch damit hört die Ähnlichkeit auf. Dorothy Sayers war nicht schön, nicht einmal ‚apart‘. Die Nase ist plump, und die Stirn wirkt zu hoch unter dem straff zurückgekämmten Haar. Die Augen blicken scharf und kritisch durch einen Kneifer, der durch ein goldenes Kettchen gehalten wird. Der überreiche Schmuck und das auffällige weiße Muster des Ärmels lenken den Blick weg vom Gesicht auf die affektierte Pose der Hand, die das spitze, energische Kinn halb verdeckt.

Das dunkle Kleid geht über in den Schatten des Hintergrundes, die Figur der Trägerin gnädig verhüllend. Einen ‚refined elephant‘ hatte sie einmal ein schreibender Kollege genannt, einen kultivierten Elefanten. Dorothy Sayers aß gern und gut. Schon als Studentin trug sie mit Vorliebe extravagante Kleider, selbstentworfen und selbstgenäht, völlig unbekümmert darum, ob sie ihr standen.

Die vorgezeichnete Laufbahn für eine Pfarrerstochter mit akademischem Grad führte in damaliger Zeit geradewegs zur Schule. Aber Miß Sayers sah sich, vermutlich zu Recht, nicht in der Rolle einer verständnisvollen Jugenderzieherin, einer Lehrerin, die sich auf das geistige Niveau von Kindern einstellen muß. Außerdem wußte sie, daß Lehrer erbärmlich bezahlt wurden. Sie wählte einen anderen, ungewöhnlicheren Beruf, um das notwendige Geld zu verdienen. Als Copywriter in der Londoner Werbeagentur S. H. B. Benson Ltd. dichtete sie, statt religiöser Lyrik, nun Werbesprüche. Das tat sie acht Jahre lang, bis 1931, als sie sicher war, eine andere einträgliche Geldquelle gefunden zu haben.

Sie brauchte Geld noch dringlicher als früher, für sich und den Mann, den sie inzwischen geheiratet hatte. Die meisten Biographen nennen ihre Ehe mit Captain Fleming unglücklich, den ehemaligen Kriegshelden einen Schwächling und Taugenichts. Wie so viele seiner Generation hatte es der Hauptmann nicht geschafft, im Nachkriegsengland festen Boden zu finden. Er konnte seine kriegerische Vergangenheit nicht bewältigen, die Erfolgserlebnisse

Dorothy L. Sayers

nicht und nicht die schlimmen Erlebnisse, von denen man nicht sprach. Immer wieder suchten ihn in schweren Alpträumen seine Erinnerungen heim. Dorothy, das ist bekannt, sorgte für ihren Mann mit großer Geduld und Zuneigung bis zu seinem Tod.

Geld brauchte sie auch für das Kind, das zwei Jahre vor ihrer Ehe geboren wurde. Die wenigen Eingeweihten glaubten, Miß Sayers habe nur deshalb geheiratet, um das Kind adoptieren zu können. Das klingt im nachhinein unglaubwürdig, denn sie ließ es bei entfernten Verwandten aufwachsen und hat seine Existenz bis zu ihrem Tode geheimgehalten.

Diese Kurzbiographie der Dorothy L. Sayers scheint meine Behauptung zu widerlegen, sie habe ihre Kriminalromane nicht nur um des Geldes willen geschrieben. Sehen wir uns an, was sie schrieb, wann sie es schrieb und wie sie es schrieb. Ihr erster Kriminalroman entstand 1923, im Jahr ihrer beginnenden Schwangerschaft. „Der Tote in der Badewanne" – der englische Titel heißt weniger reißerisch und treffender „Whose Body?" – stellt den Helden fast aller ihrer Geschichten und Romane vor, Lord Peter Wimsey, mit seinen Eigenheiten, seinen Schwächen und seiner unwiderstehlichen Liebenswürdigkeit.

Ihr Idealbild eines nicht mehr ganz jungen Mannes aus bester Familie, geistreich, belesen, witzig und klug, empfindsam und mitfühlend unter einer Schutzschicht von Bildung und Erziehung, ist das Gegenbild des glücklosen, angeschlagenen, ehemaligen Soldaten, den sie heiratete. Nur in einem, nicht unwichtigen Detail weist das Bild des Lords Züge des Captain Fleming auf. Wimsey hat am Weltkrieg teilgenommen, der noch nicht der Erste hieß, war lange verschüttet, von seinem Burschen Bunter gerettet und mit einem schweren Nervenschock in ein Militärhospital eingeliefert worden. Nach der Heimkehr ins Schloß seiner Väter überfallen ihn nachts immer wieder die Erinnerungen an seine Kriegserlebnisse. Wenn er von Schüttelfrost, Fieber und Todesangst gemartert um Hilfe schreit, ist nur einer da, der ihm beizustehen weiß: sein Kammerdiener Bunter.

All das erfährt der Leser nur nebenbei und vergißt es wieder über seinem Bild vom stets zu lustigen Späßen und geistreichen Aperçus aufgelegten Lord Peter. Seine Schöpferin hält jedoch dessen Kriegserfahrungen für wichtig genug, sie in die Kurzbiographie ihres Helden aufzunehmen. Schon bald stellte sie nämlich ihren Detektivromanen eine Eintragung voraus, die in Aufbau und Stil dem berühmten ‚Who's Who' nachgebildet ist:

„WIMSEY, Peter Death Bredon, D. S. O., geboren 1890, zweiter Sohn des Mortimer Gerald Bredon Wimsey, 15. Herzog von Denver, und von Honoria Lucasta, Tochter von Francis Delagardie von Bellingham, Hants.

Erziehung: Eton College und Balliol College, Oxford (1st Class Honours, Moderne Geschichte, 1912), diente unter Seiner Majestät dem König 1914/18 (Major Rifle Brigade). Autor von ‚Notizen über das Sammeln von Incunabeln', ‚Des Mörders Vademecum' etc."

Nach der Aufzählung der Hobbys (Bibliographie und Cricket), der Clubs und der Adressen (gleich zwei, wie es sich gehört, der Landsitz und die Stadtwohnung) wird das herzogliche Wappen beschrieben und das darauf eingravierte Motto zitiert: „As my whimsy takes me". Nomen est omen. „Wohin mich meine Laune trägt" ist ein leichtfertiger Wahlspruch, ebenso leicht hingeschrieben wie die fiktive Biographie des Amateurdetektivs, der, ohne Geldsorgen, nur seinen Neigungen lebt. Wie in Biographien üblich, wird auch der Orden erwähnt, der ‚D. S. O.' (‚Distinguished Service Order').

Nicht erwähnt wird Lord Peters liebstes Hobby: Mord. In der Geschichte seines ersten Falles zeichnet die Autorin gleich am Anfang ein Bild ihres vielseitigen Helden. Als er zum Tatort gerufen wird, kann er sich nur schwer von seinem eigentlichen Hobby, dem Sammeln von Erstausgaben, trennen. Während er sich rasch umkleidet, redet er munter vor sich hin: „Ein grauer Anzug, denke ich; adrett, aber nicht zu elegant, und ein Hut, der dazu paßt, das wird besser zu meinem anderen Ich passen. Der Bibliophile geht ab; neues Motiv, intoniert durch ein Solofagott; Sherlock Holmes tritt auf, als spazierengehender Edelmann verkleidet." Seine größte Sorge ist, daß er nun Bunter losschicken muß auf die Auktion. „Hoffentlich bekommt er die Bücher. Sonst findet man sie vielleicht anderswo, wohingegen eine Leiche in einer Badewanne nicht mehr als einmal im Leben vorkommt. Jedenfalls keine, die nur einen Zwicker anhat. Du meine Güte! Es ist ganz verkehrt, zwei Steckenpferde zu reiten."

Aber Lord Peter reitet munter weiter. Als Texter schleicht er sich in eine Werbeagentur ein, um dort einen Mord aufzuklären: „Mord braucht Reklame" („Murder Must Advertise"; 1933). Und wieder ist er erfolgreich, ebenso erfolgreich wie die Autorin, die in diesem Roman mit ihren Kenntnissen brilliert und gleichzeitig die ganze Werbebranche mit freundlichem Spott und eleganter Ironie übergießt. Nicht Lord Peters Triumph setzt sie an den Schluß, sondern einen elf Zeilen langen Absatz, in dem sie Werbeslogan an Werbeslogan reiht: „Sagt es England. Sagt es der Welt. Eßt mehr Haferflocken. Gebt acht auf euren Teint. Nie wieder Krieg. Popps Pillen geben Pep. Whiffeln Sie sich ins Glück. Wirb oder stirb."

Ernst wird es erst für den Lord, als er eine wegen Giftmordes Angeklagte vor dem Galgen rettet. „Geheimnisvolles Gift" („Strong Poison"; 1930) ist eigentlich die Geschichte der Harriet Vane, einer jungen Frau, die viele Züge der Autorin trägt, auch wenn das Bild idealisiert ist. Harriet hat in Oxford studiert, ist eine bekannte Schriftstellerin und lebt mit einem jungen Maler zusammen. Die Handlung setzt ein, als sie, des Mordes an ihrem Freund angeklagt, vor Gericht steht. Peter Wimsey, von einem Freund auf den Fall angesetzt, lernt die Angeklagte erst im Gefängnis kennen. Er verliebt sich in sie und macht ihr seinen ersten Heiratsantrag, den sie ablehnt. Er ist überzeugt von ihrer Unschuld und trägt in verzweifelter Zeitnot die Indizien zusammen, die schließlich zu ihrem Freispruch führen.

Die Geschichte von der Liebe Lord Peters zu der emanzipierten, stolzen Harriet Vane ist damit nicht zu Ende. Sie zieht sich durch mehrere Romane hindurch, am Rande der Kriminalfälle, denen sich der detektivische Lord gerade widmen muß. Harriet, verbittert durch die Vorurteile einer prüden Gesellschaft, hält den unverdrossen um sie werbenden Freier jahrelang hin, in berechtigtem Mißtrauen gegen einen reichen Adligen, der bisher nichts und niemanden so recht ernst zu nehmen schien. Briefe und Telegramme gehen hin und her, die Telegramme oft auf lateinisch, die Briefe mit langen Passagen in französischer Sprache. Sie werden dem Leser nicht vorenthalten, obgleich sie nichts mit dem gerade anstehenden Kriminalfall zu tun haben. Für den Verleger waren sie ein Problem; er wünschte eine Übersetzung, wenigstens in einer Fußnote. „Miss Sayers does not deign to translate", merkte eine englische Kritikerin knapp an – die Autorin hielt es für unter ihrer Würde, dem unwissenden Publikum mit einer Übersetzung unter die Arme zu greifen.

In „Lord Peters schwerster Fall" („Clouds of Witness"; 1926) ist das wichtigste Indiz in einem drei Seiten langen französischen Brief versteckt. Das mag an Thomas Mann und Madame Chauchat erinnern, aber dem Verleger ging diese Art von Snobismus zu weit. Er bestand auf einer Übersetzung. Doch die Fußnote wirkt aufgeklebt und unmotiviert – sicherlich war dies die Absicht der verärgerten Autorin.

In kritischen Betrachtungen über den Kriminalroman ist Dorothy Sayers' ‚literarischer Snobismus' oft getadelt worden. Snobismus, an sich schon tadelnswert, entstelle den Charakter einer simplen Detektivgeschichte auf unangemessene Weise. Die Hartnäckigkeit, mit der die Autorin auf ihrem Stil beharrte, zeigt, wie wichtig ihr diese Kinder ihres Geistes waren.

Der „Aufruhr in Oxford" („Gaudy Night"; 1935) wird entfacht von einem mysteriösen Mordanschlag auf ein Mitglied der Universität. Nebenbei aber dürfen sich Harriet und Peter in einer romantischen Szene während einer Bootsfahrt nahekommen. Harriet nimmt den 28. oder 34. Heiratsantrag des Lords an.

Es folgt „Lord Peters Hochzeitsfahrt" („Busman's Honeymoon"; 1937). Der nicht mehr ganz junge Hochzeiter wird während der Flitterwochen wider seinen Willen in einen rätselhaften Mordfall verstrickt, jenem Busfahrer gleich, der in der englischen Redewendung auch in den Ferien keinen wirklichen Urlaub von seinem Job nehmen kann. Im Untertitel heißt dieser letzte Lord-Peter-Roman „A Love Story with Detective Interruptions". Dem deutschen Leser wird die lächelnde Selbstironie der Autorin vorenthalten, obgleich „Eine Liebesgeschichte mit detektivischen Unterbrechungen" auch im Deutschen eine Verlockung zur Lektüre gewesen wäre. In der Neuausgabe des Fischer-Verlages fehlt der Untertitel, und es fehlen die jedem Kapitel vorangestellten Zitate aus der älteren englischen Literatur, die eine geistreiche, wenn auch manchmal weitgespannte Beziehung zum Inhalt haben. Auch in unserer Zeit ist literarischer Snobismus offenbar nicht gefragt, jedenfalls nicht im Kriminalroman.

In seinem letzten Fall gelingt es Lord Peter, den Mörder zu überführen, obgleich der sich ein besonders raffiniertes Alibi für die Tatzeit beschafft hat. Er ist nicht an Ort und Stelle, als sein Opfer durch einen riesigen stacheligen Kaktus getötet wird. Das monströse Mordwerkzeug wird in Bewegung gesetzt durch einen Mechanismus, der durch ein Radio ausgelöst wird, das der Unglückliche immer zu einer bestimmten Zeit am Abend einzustellen pflegte. Eindrucksvoller als die Erfindung einer skurrilen Mordmethode ist der Schluß des Romans. Nicht die geglückte Überführung des Mörders durch den stolzen Detektiv füllt die letzten Seiten. Lord Peter erlebt in der Nacht vor der Hinrichtung des Täters einen Alptraum, der fürchterlicher ist, als es seine Träume von Krieg und lebendigem Begrabensein gewesen waren, einen Alptraum, den er bei vollem Bewußtsein erleidet. Er zweifelt am Sinn seiner Arbeit als Detektiv, die er freiwillig, nicht als Broterwerb leistet. Ihm bleibt kein billiger Trost; er zweifelt an der irdischen Gerechtigkeit und zählt die Glockenschläge eine lange Nacht hindurch. Nicht Bunter ist es, der ihm diesmal beisteht; er weint in Harriets Armen und „verbarg seinen Kopf, so daß er nicht hörte, wie es acht schlug".

Mit „Lord Peters Hochzeitsfahrt" endet auch dessen Laufbahn als Privatdetektiv. Die Autorin fand wohl keinen Ausweg aus dem Zwiespalt, in den sie ihren Liebling gestürzt hatte. Seine Leidenschaft, rätselhaften Verbrechen auf den Grund zu gehen, ist unvereinbar geworden mit dem wachsenden Gefühl seiner Verantwortung, des Bewußtseins, für den Tod eines Menschen verantwortlich zu sein. Dorothy Sayers veröffentlichte noch ein paar Kurzgeschichten, in denen der Leser Peter und Harriet als glückliche Eltern wiederfindet. Er hört von der Geburt des ersten Sohnes und einer merkwürdigen Mordgeschichte, die sich in nichts auflöst, als der frischgebackene Vater noch einmal seine detektivischen Fähigkeiten unter Beweis stellt. In einer zweiten Geschichte ist er in seiner Funktion als Vater von zwei munteren Söhnen in einen Pfirsichdiebstahl verwickelt.

Selbst in den großen Kriminalromanen der Dorothy Sayers gibt es verhältnismäßig wenig Leichen. Um die Seelenruhe Lord Peters nicht unnötig zu gefährden, läßt die Autorin oft den Täter Selbstmord begehen, „the gentleman's way out". In „Fünf falsche Fährten" („Five Red Herrings"; 1931) erweist sich der mutmaßliche Mord als Unfall. Auch benutzt sie nicht, wie andere Krimi-Autoren, die Schockwirkung eines zweiten Mordes, um ihre Leser bei der Stange zu halten. Es scheint ihr wenig daran zu liegen, durch Zugeständnisse an den Publikumsgeschmack höhere Auflagen zu erzielen.

Den Ehrendoktortitel für ihre Verdienste um den Kriminalroman hat Dorothy L. Sayers sich verdient, nicht nur wegen des anspruchsvollen Niveaus ihrer Geschichten, ihres sicheren Gefühls für das, was Sprache zu leisten vermag. Sie hat auch Maßstäbe gesetzt, wie sich ein Autor vorbereiten sollte für einen Roman, dessen Daseinsberechtigung nicht allein in der Erzeugung der größtmöglichen Spannung liegt. Nur was sie genau kennt, beschreibt sie, ein Oxforder College, eine Werbeagentur oder ein kleines schottisches Dorf, in dem sie ihre Ferien verbrachte. Sie rennt, im langen Flattergewand, Wegstrecken ab, um die Zeit des flüchtigen Mörders genau zu messen. Sie studiert tagelang die Fahrpläne, wenn es um ein besonders ausgeklügeltes Alibi geht. Ihrem Roman „Fünf falsche Fährten" stellt sie die Bemerkung voran: „Alle Orte sind wirkliche Orte, und alle Züge sind wirkliche Züge" – und sie bedankt sich bei den Bahnhofsvorstehern, die ihr bei den Recherchen geholfen haben. Ihr Einfall, das entscheidende Indiz für einen Mord in den kunstvollen Ablauf eines Glockenspiels einzubauen, bringt sie zu einem gründlichen Studium des „Wechsel- und Variationsläutens", so daß der deutsche Herausgeber dem Roman „Der Glocken Schlag" („The Nine Tailors"; 1934) eine „Kleine Campanologie für Uneingeweihte" beigab.

In ihren „Unpopular Opinions" nennt Dorothy Sayers als Grundregel für den Kriminalroman die Kunst, den Leser in die Irre zu führen. So wird er dazu gebracht, „den wirklichen Mörder für unschuldig, eine harmlose Person für schuldig zu halten. Das falsche Alibi hält er für hieb- und stichfest, die Anwesenden für abwesend, die Toten für lebendig, die Lebenden für tot." Das scheint ein einfaches Rezept, aber wie bereitet man die Ingredienzien so zu, daß nicht nur ein ausgehungerter Dümmling zum Schmaus verführt wird? Dorothy Sayers beherrscht die Kunst, aber gelegentlich führt sie ihre Leser so sehr in die Irre, daß ihnen der Kopf schwirrt. Plötzlich vermissen sie den dümmlichen Watson, den Lord Peter nicht nötig hat, um mit ihm bewundernd, aber leicht verstört, zu sagen: Ja, so muß es wohl gewesen sein.

11. Dame Agathas Geheimrezept

Während eines feierlichen Dinners im Londoner ‚Detection Club' hörten die Gäste, wie Miß Sayers ihrem Gegenüber mit lauter Stimme zurief: „God, I'm sick of Wimsey. Aren't you sick of Poirot, Agatha?" Mrs. Christies Antwort ist nicht überliefert. Wenn sie jedoch Hercule Poirot nicht mehr ausstehen konnte, war das für sie kein Grund zur Verzweiflung. Erstens war der eierköpfige kleine Detektiv nicht als liebenswerte Gestalt angelegt, und zweitens stand Agatha Christie ein ganzer Stab von emsigen Spurenlesern zur Verfügung, unter denen sie nach Lust und Laune auswählen konnte.

Wenn sie den eingebildeten Poirot leid ist, holt sie die bescheidene Miß Marple hervor. Langweilen sie ältliche Jungfern, steht schon das muntere Ehepaar Tommy und Tuppence Beresford bereit, mit Erfahrungen im Secret Service während des Ersten Weltkriegs. Wieder ein anderer Typ ist der kahlköpfige Mr. Parker Pyne, der in einem Büro für Statistik gearbeitet hat und nach der

Pensionierung seinen Klienten wie ein guter Familienvater beisteht. Im Hintergrund wartet Mr. Satterthwaite, der nach einem eintönigen Leben auf der Suche nach Abenteuern ist, besonders wenn es dabei um die Aufklärung von Verbrechen geht. Er ist kein großer Denker und auch kein großer Spürhund, doch er hat einen Helfer, den geheimnisvollen Mr. Quin, Vorname Harley. Wie der Harlekin (englisch ‚harlequin‘) in der alten Commedia dell'arte taucht er plötzlich auf, verschwindet ebenso plötzlich wieder, und keiner weiß, wer er wirklich ist. Ein Geist aus einer anderen Welt, so scheint es, stellt er Frieden und Harmonie auf Erden her – eine verwirrend mystische Gestalt, jedenfalls für den Leser von Detektivgeschichten. Beruhigend nüchtern löst dagegen Superintendent Battle von Scotland Yard seine Fälle, die allerdings nicht sehr zahlreich sind.

Sicher kam es oft vor, daß Agatha Christie alle ihre Detektive und Detektivinnen leid war, leid die Publicity, die Interviewjäger, die nach Autogrammen lechzenden Leser, auf deren Lobesworte sie nie die rechte Antwort wußte. Dann griff sie auf Mrs. Ariadne Oliver zurück. Sie hatte die rundliche, überschwengliche, unordentliche Dame dem stets pedantisch auf Ordnung bedachten Poirot als alte Freundin zugesellt, zu seiner und der Leser Erheiterung wie auch zu ihrem eigenen Vergnügen: Sie machte Mrs. Oliver zu einer berühmten Kriminalromanschreiberin.

So kann Agatha Christie mit fröhlicher Selbstironie all die kleinen Ärgernisse einer Autorin beschreiben: die Unbotmäßigkeiten einer eigentlich sanftmütig angelegten jugendlichen Heldin, die medizinischen Tücken allzu ausgefallener Gifte, die schwierige Beschaffung von falschen Alibis und die Klagen über ihren Detektiv. Warum habe ich ihn nur einen Finnen sein lassen, klagt Ariadne, die so oft den Faden im Labyrinth ihrer Geschichten verliert, ich kann den Kerl nicht ausstehen, und überhaupt weiß ich gar nichts über Finnland.

Hercule Poirot ist Belgier. Über Belgien erfährt der Leser ebensowenig wie die fiktiven Leser der fiktiven Mrs. Oliver über Finnland. Das erübrigt sich auch, denn schon bei seinem ersten Auftritt lebt M. Poirot in einem Dorf in Südengland, zusammen mit einigen anderen belgischen Flüchtlingen. Finanziell unterstützt werden die ‚refugees‘ von der reichen Mrs. Inglethorpe. Als seine Wohltäterin ermordet wird, zieht es Poirot nicht nur aus detektivischer Neugier, sondern auch aus Dankbarkeit an den Tatort. „Das fehlende Glied in der Kette" („The Mysterious Affair at Styles"; 1920) ist Agatha Christies erster Kriminalroman.

Wie Athene dem Haupt ihres Vaters Zeus entsprang, in leuchtender Rüstung, den Speer schwingend, einen lauten Schlachtruf ausstoßend, so entsprang der kleine Mann mit dem großen Namen der Phantasie seiner Schöpferin. Fix und fertig steht er da, wie er dem Christie-Fan aus fast vierzig Romanen bekannt ist. Makellos gekleidet, in den immer drückenden Lackschuhen, streicht er über den kunstvoll gezwirbelten Schnurrbart, über die verdächtig tiefschwarzen Haare und verwirrt seine Gesprächspartner durch unenglische Eitelkeit und unenglisches Englisch.

Sein Schlachtruf ähnelt dem der Göttin: Auf in den Kampf! Während Athenes Gegner der ersten Stunde nicht recht auszumachen ist, läßt Hercule Poirot keinen Zweifel aufkommen, wen oder was er bekämpft. Er hat etwas gegen Mord und Mörder, wie er immer wieder in doch recht englischem Understatement betont. Seine Waffen sind jene kleinen grauen Zellen, die ihn berühmt gemacht haben. Sie ermöglichen ihm, jeden Fall von innen her zu entwirren. „This affair must all be unravelled from within", läßt die Autorin ihren Helden schon während seines ersten Abenteuers erklären, jenen Helden, den sie eigentlich als Parodie angelegt hatte.

Doch ihre Leser schlossen den kleinen Herkules ins Herz, genauso wie dessen Freund Captain Hastings, der hier ebenfalls fix und fertig vor uns steht: brav und dümmlich, eifrig und voreingenommen, hilfsbereit im Kampf für die verfolgte Unschuld und immer auf dem Holzweg. Da ist auch schon Inspektor Japp von Scotland Yard, der die Ermittlungen in Styles leitet und Poirot als inoffiziellen Beistand duldet.

Ausgebreitet vor uns liegt das Strickmuster Modell Agatha, von dem die Geschichtenstrickerin auch nach dem Jahr 1920 selten abweichen wird. Der Mord geschieht am Beginn der Handlung, nachdem der Leser mit Ort (alter englischer Landsitz), Zeit (Erster Weltkrieg) und Personen (die Bewohner von Styles Court) vertraut gemacht worden ist – eine klassische Exposition. Das Drama kann beginnen. Der Kreis der Verdächtigen ist klein, sieben an der Zahl, unter ihnen der Hauptverdächtige, Mr. Alfred Inglethorpe. Als Gatte und Alleinerbe der Ermordeten ist er nicht nur für die

Polizei, sondern auch für den Leser ein übler Halunke mit dunkler Vergangenheit, dem man das Schlimmste zutraut.

Am Ende des Dramas – Inspektor Japp hat gerade den sympathischen Sohn des Opfers verhaftet – lädt M. Poirot in seinem französischen Englisch alle Beteiligten zu einer „little réunion in the salon" ein. Mit der schwungvollen Handbewegung des gelernten Zauberkünstlers stellt er der Versammlung den Mörder vor: „Messieurs, mesdames, let me introduce you to the murderer, Mr. Alfred Inglethorpe!"

Diese Enthüllung kommt für die Anwesenden wie ein Schock, vor allem für den verwirrten Hastings und den ebenso verwirrten Leser, denn – aber das ist das Geheimrezept der jungen Mrs. Christie wie auch der alten Dame Agatha. Nachdem sie auf den ersten Seiten ihrer Geschichte den Hauptverdächtigen auf dem Präsentierteller hingehalten hat, verwendet sie die folgenden 170 Seiten darauf, den Leser mit vielen listigen Täuschungsmanövern, den sogenannten ,red herrings', von der richtigen Fährte wegzulocken. Er hat viele Spuren verfolgt, der Reihe nach alle Mitglieder und Freunde der Familie Inglethorpe auf ihre Verwendbarkeit als Mörder abgetastet und festgestellt: Jeder hat irgendwann einmal aus irgendwelchen Gründen gelogen, jeder hat irgendeinen Dreck am Stecken, jeder hat ein Motiv, das Ende der alten Dame herbeizuwünschen.

Captain Hastings ist nach Poirots Entschleierungstrick empört und wirft seinem Freund hinterlistige Geheimniskrämerei vor, wie es wohl auch der Leser tun mag. Mrs. Christie nimmt solchen Vorwürfen den Wind aus den Segeln mit der schon in der römischen Rhetorik beliebten Gedankenfigur der ,praemunitio'. Sie beugt dem erwarteten Einwand des Lesers vor, indem sie den Detektiv erklären läßt: „Ich habe Sie nicht getäuscht, mon ami, ich habe es nur zugelassen, daß Sie sich selber getäuscht haben." Schließlich hatte Poirot seinem Freund schon auf Seite 74 vorgeworfen: „Sie lassen Ihrer Phantasie die Zügel schießen. Phantasie ist ein guter Diener, aber ein schlechter Herr. Die einfache Erklärung ist immer die wahrscheinlichste."

In dieser Überzeugung und in der Demonstration dieser Überzeugung durch ihre Geschichten liegt die Größe der Agatha Christie. Die meisten ihrer berühmten Konkurrenten in der Kunst des Krimi-Schreibens sind ihr überlegen in Stil und Charakterzeichnung, oft auch im Erzeugen einer unheimlichen Stimmung. Man hat Dame Agatha die Meisterin des ‚cozy murder' genannt, des gemütlich anheimelnden Mordes in der guten Stube des guten Bürgers, eines Mordes, der dem Leser nicht wirklich kalte Schauer über den Rücken jagt.

‚Cozy Murder' – es ist ein Ausdruck der Ablehnung, gebraucht von denen, die sich weigern zu vergessen, daß Mord eine schreckliche Sache ist. Sie haben recht, natürlich; doch sie, die Anhänger des ‚harten' Kriminalromans, müssen dann die Brutalitäten und all die abstoßenden Begleitumstände ertragen, die Agatha Christie ihren Lesern erspart. Sie mag das nicht, und sie will das nicht. Für sie, die Liebhaberin von Kreuzworträtseln, ist eine Detektivgeschichte ein Puzzlespiel – der Vergleich taucht immer wieder auf –, ein Spiel, das Phantasie und Verstand gleichermaßen anspricht. Die Vielzahl der unterschiedlichsten Detektive beweist ihre Phantasie; ihren Verstand beweist die Entwicklung des raffiniert geknüpften Plots, in dem der wahre Täter in einem tarnenden Gespinst versteckt wird.

Wie kommt eine junge Frau, die sich in nichts von anderen jungen Frauen ihres Alters, ihrer Zeit und ihrer Gesellschaftsklasse unterschied, dazu, einen Kriminalroman zu schreiben? Agatha Mary Clarissa Miller wurde am 15. September 1890 in dem englischen Seebad Torquay geboren. Nach einer unbeschwerten Kindheit in einer unkonventionell glücklichen Familie studiert die Sechzehnjährige in Paris Musik und träumt von einer Karriere als Sängerin. Als der Erste Weltkrieg ausbricht, kehrt sie nach England zurück und lernt dort den jungen, hochdekorierten Offizier Archibald Christie kennen, einen waghalsigen Flieger und leidenschaftlichen Tänzer. Beides weiß Agatha zu schätzen, sie heiratet ihren Kriegshelden noch 1914.

Sie vergißt ihre Gesangsstudien in Paris, aber nicht das Französisch, das sie dort gelernt hat; es wird M. Poirot zugute kommen. Es ist für sie selbstverständlich, sich zum freiwilligen Kriegsdienst zu melden. Das Schicksal will es, daß sie in einem Hospital des Roten Kreuzes eingesetzt wird, in der ‚dispensary', wo sie die Medikamente verwaltet und austeilt. Hier lernt die junge Mrs. Christie ihre erste Lektion in Sachen Gift. Sie beschließt, eine Detektivgeschichte zu schreiben, in deren Mittelpunkt ein Giftmord steht.

Agatha Christie, ein Jahr vor ihrem Tod. Photographie von Lord Snowdon

In ihrer Autobiographie, die erst nach ihrem Tode erscheinen durfte („An Autobiography", 1977; dt.: „Meine gute alte Zeit"), wird dieser Abschnitt ihres Lebens deutlich. Sie beschreibt ihre Vorüberlegungen, ihre Grübeleien zwischen Medizinflaschen und auf ausgedehnten Spaziergängen. Lange bevor sie das erste Wort zu Papier brachte, stand die ganze Handlung in ihrem Kopf fertig da, mit allen Verästelungen, allen falschen Fährten, allen Dialogen. Das machte sie auch später so, ihre Arbeitsweise änderte sich nicht. „Ich brauche drei Wochen bis neun Monate, um mir das ‚plot' auszudenken; für das eigentliche Schreiben dann nur ungefähr drei Monate."

Agatha Christie war also keine Schnellschreiberin im üblichen Sinn, auch wenn sie durchschnittlich jedes Jahr ein Buch veröffentlichte. Ihr Erstlingswerk hatte mehrere Jahre auf einen Verleger warten müssen, aber dann ging es Schlag auf Schlag. Nach Poirots Debüt in Styles führen Tommy und Tuppence Beresford ihren ersten Kampf gegen einen gefährlichen Gegner („The Secret Adversary"; 1922). Schnell aufeinander folgen „Der Mord auf dem Golfplatz" („Murder on the Links"; 1923), „Der Mann im braunen Anzug" („The Man in the Brown Suit"; 1924) und die Kurzgeschichtensammlung „Poirot rechnet ab" („Poirot Investigates"; 1924). Ein Jahr später schlägt Superintendent Battle seine erste Schlacht („The Secret of Chimneys"; 1925). Mit dem Roman „Alibi" („The Murder of Roger Ackroyd"; 1925) kommt der erste große Erfolg. Das Schockierende am Alibi des Dr. Sheppard soll später in einem anderen Zusammenhang untersucht werden.

Nach zwei weiteren geheimnisvollen Fällen („The Mystery of the Blue Train"; 1928, und „The Seven Dials Mystery"; 1929) betätigt sich das Ehepaar Beresford als „Partners in Crime" (1929). „The Mysterious Mr. Quin" mystifiziert 1930 die Krimi-Leser, und noch im selben Jahr erfolgt Miß Marples erster Auftritt anläßlich eines Mordes im Pfarrhaus („The Murder at the Vicarage"; 1930).

Agatha Christie hat nie ein Hehl daraus gemacht, daß sie das ältliche Fräulein mit dem schlichten Namen Jane Marple dem aufgeblasenen Hercule Poirot („he bores me to death") vorzog. Der „Mord im Pfarrhaus" hat, wie die vielen Geschichten um Miß Marple, die noch folgen sollten, eine ganz andere Atmosphäre als die, in denen Poirot agiert. Doch der beschauliche Frieden des englischen Landlebens trügt. Miß Marple weiß nur zu gut, wieviel Schlimmes sich hinter den weißen Gardinen verbirgt, wieviel Wahrheit in allem Dorfklatsch steckt, wie viele kleine und auch größere Vergehen gerade auf dem Land nie aufgeklärt werden. Sie hat keine sehr gute Meinung von den Menschen, die so harmlos aussehende alte Jungfer, deren scharfen Augen auch beim Stricken von Babyjäckchen nichts entgeht. „I know you all", scheint sie mit Shakespeare zu sagen. Sie hat die verschiedensten Menschentypen kennengelernt, vergleicht Ähnlichkeiten und findet so den ersten Hinweis auf den Täter.

Ihr Zaubertrick ist anderer Art als der ihres großen Rivalen, der sich nur auf seine kleinen grauen Zellen verläßt. Miß Marple urteilt nach Präzedenzfällen aus ihrer eigenen Erfahrung – ein Verfahren, wie es im englischen Recht noch heute üblich ist.

Die zehn Jahre seit dem Erscheinen ihres ersten Kriminalromans hatten Agatha Christie nicht nur den frühen Ruhm als „Lady of Crime" beschert, sie entschieden auch über ihr ganz persönliches Schicksal. 1926 starb ihre Mutter, die sie sehr liebte; 1928 wurde die Ehe zwischen der enttäuschten Mrs. Christie und dem allzu lebenslustigen Mr. Christie geschieden. Agatha begab sich auf Reisen und lernte in Ur, im alten Chaldäa, den zwölf Jahre jüngeren Max Mallowan kennen, einen Archäologen, der am Beginn einer glänzenden Karriere stand. Sie heirateten 1930, und diese Ehe blieb glücklich bis zum Tod (1976) jener Mrs. Mallowan, die auf den Buchrücken und in den Herzen ihrer Leser immer Agatha Christie geblieben ist.

Eine Episode ihres Lebens soll noch nachgetragen werden. Der Scheidung von Archibald Christie war ein Kriminalschauspiel vorausgegangen, das England, und nicht nur England, zwölf Tage lang in Atem hielt. Die Hauptrolle spielte Mrs. Agatha Christie, Schriftstellerin, 36 Jahre alt, Größe 5 Fuß, 7 Inches, Augen grau, Haare rötlich. So lautete der Steckbrief, der von der Polizei überall im Land verbreitet wurde. Die berühmte Autorin war unter mysteriösen Umständen verschwunden. Man hatte ihren grünen Morris nicht weit von ihrem ehelichen Heim in Südengland gefunden, leer; einen Abschiedsbrief gab es nicht. Man befürchtete das Schlimmste.

Eine Truppe von 550 Polizisten, eine Meute Bluthunde, Flugzeuge, Traktoren – offenbar um unzugängliches Dickicht zu durchforschen – und 15000 Freiwillige beteiligten sich an der Suchaktion. Darunter befanden sich auch ein Inspektor von Scotland Yard und Mr. Edgar Wallace. Ein Hotelgast in Harrogate, der das Fahndungsfoto der Polizei gesehen hatte, glaubte die Gesuchte im selben Hotel entdeckt zu haben. Nur hieß die erkannte Dame Miß Tessa Neele, und sie benahm sich auch gar nicht wie eine berühmte Schriftstellerin, die Grund hat, über der Untreue ihres Ehemannes zu verzweifeln. Miß Neele tanzte und sang ausgelassen in der Hotelhalle, oft begleitet von der Musik der kleinen Hotel-Band.

Die Polizei erschien, taktvoll, aber nicht ganz unauffällig, und identifizierte Miß Neele als Mrs. Christie. Die offizielle Version ist bis heute: Gedächtnisverlust, verursacht durch die Streßsituation einer gescheiterten Ehe. Tessa Neele war der Name von Archibald Christies Geliebter. Mißtrauische glaubten an einen Werbegag der Autorin, die auf diese abenteuerliche Weise ihrem Erfolg noch etwas nachhelfen wollte. Andere vertraten die Meinung, Agatha sei nie in jenem Hotel gewesen, sondern habe heimlich Zuflucht bei einer reichen Verwandten gesucht.

Im Jahr 1978 wurde das geheimnisvolle Verschwinden neu aufbereitet, und zwar in Romanform, genauer, Kriminalromanform: „AGATHA – The Agatha Christie Mystery", von Kathleen Tynan. Der Verfasserin, wie auch dem nach dem Buch gedrehten Film, gelingt es nicht ganz, psychologisches Einfühlungsvermögen und den Wunsch nach einer mord- und selbstmordträchtigen Handlung in Einklang zu bringen. In ihrer Autobiographie war Agatha Christie still und leise über diesen Abschnitt ihres Lebens hinweggegangen. Lassen wir ihr doch wenigstens ein ungelöstes Geheimnis.

12. Ein Kommissar ohne Methode

Die Zeit zwischen den beiden Weltkriegen ist oft „The Golden Age of the Detective Story" genannt worden. Das Goldene Zeitalter war eingeläutet worden mit Agatha Christies „The Mysterious Affair at Styles"; Chestertons Geschichten um Pater Brown erschienen weiter, ebenso wie die Krimis des Edgar Wallace. Nachdem auch Dorothy Sayers' Lord Peter dazugestoßen war, tummelte sich am Ende der zwanziger Jahre schon eine eindrucksvolle Schar sehr unterschiedlicher Detektive auf der Verbrecher-jagd.

Bis dahin hatte das Goldene Zeitalter nur in England stattgefunden. Das änderte sich, als ein junger Belgier beschloß, am Goldrausch teilzuhaben. Der 1903 in Lüttich geborene George Simenon war schon als Zwanzigjähriger nach Paris übergesiedelt. Nachdem er sich in wechselnden Berufen – als Konditorlehrling, Buchhandlungsgehilfe, Sekretär, Reisebegleiter – umgesehen hatte, versuchte er sich ebenso unermüdlich in den verschiedensten Formen der Literatur. Er schrieb Essays, Kurzgeschichten, Erzählungen, Groschenromane, Interviews und Reportagen. Bis 1930 hatte sich die Zahl seiner Veröffentlichungen der Tausendergrenze genähert. Aber das alles wäre vergessen, wenn ihm nicht im Jahr 1929 der große Wurf gelungen wäre: die Erfindung des Kommissar Maigret.

In schneller Folge schrieb Simenon die ersten achtzehn Maigret-Romane hin, „gewissermaßen um mein Metier zu erlernen und um meinen Lebensunterhalt zu verdienen". Erst 1931 findet er einen Verleger für seine Manuskripte, so daß die Leser den funkelnagelneuen Maigret gleich auf achtzehn Abenteuern begleiten können. Das Wort ‚Abenteuer' hatte schon bei Conan Doyle („The Adventures of Sherlock Holmes") einen leicht ironischen Klang, doch zur Beschreibung von Maigrets Tätigkeit weckt es falsche Erwartungen. Maigret besteht kein Abenteuer, das dem Leser den Atem stocken läßt. Es gibt keine wilden Verfolgungsjagden, keine brutalen Szenen. „Mein Leben lang hatte ich einen physischen Ekel vor der Gewalt ... Ich hasse die Grausamkeit. Ich kann auch keinen Stierkampf ansehen." Bei Simenon gibt es kein Puzzlespiel, dessen Lösung Scharfblick und Konzentration erfordert, und nie kommt der Leser in die Versuchung, schnell einen Blick auf die letzten Zeilen des Romans zu werfen.

Vom ersten Maigret-Roman („Pietr-le-Letton"; 1929) bis zum letzten („Maigret et M. Charles"; 1972) ziehen die Geschichten den Leser in ihren Bann, und doch sind sie nicht spannend auf die Weise, wie man es eigentlich von einem Krimi erwartet. Wir erleben Maigrets Paris: einen sanften Regentag in Montmartre, den durchsichtigen Frühlingshimmel über dem Quai des Orfèvres, das Tuten der Schleppkähne auf der Seine, die leisen Straßengeräusche, die durch ein offenes Fenster am Boulevard Richard-Lenoir dringen. Unvergeßlich sind die Gerüche: Maigrets nasser Wintermantel, der nach Hund riecht; der würzige Geruch aus Madame Maigrets Kochtopf; der Weißweingeruch eines kleinen Bistros.

Zwischen diesen Gerüchen, Geräuschen und Bildern bewegt sich die massige Gestalt des Kommissars. Langsam läßt er die Dinge an sich herankommen, nimmt sie in sich auf, bis er eins wird mit der Atmosphäre eines Platzes, einer Straße, eines Flusses – mit der kleinen Welt der Menschen, deren Spuren er folgt. Schließlich kommt der Augenblick, wo er sich in den anderen so hineinversetzen kann, daß er der andere wird, wie es auch Pater Brown gelang.

Auf diese Weise einen Verbrecher aufzuspüren, ist eine Methode, die eigentlich keine Methode ist. Hier gibt es keine Deduktionen à la Sherlock Holmes oder Dupin, die beide nicht ohne Grund ihre Fälle gern im Zimmer lösen. Maigret ist kein Detektiv, der die Fakten aus zweiter Hand erhält, aus Zeitungsberichten oder Polizeiprotokollen. Er haßt jede Schreibtischarbeit und läßt noch im tiefsten Winter ein Fenster nach draußen offen, wenn er schon drinnen bleiben muß.

Wenn es irgend geht, ist er unter den ersten am Tatort, spricht mit den Leuten und versucht, sich ein Bild zu machen, ein Bild des Opfers, ein Bild des Täters. Vieles ergibt sich von selbst, wie zufällig daraus, wo der Kommissar seinen Calvados trinkt und welche Leute er dort trifft. „Wenn ich wüßte, wie meine Romane beschaffen sind, wenn ich ein Konzept entwerfen, meine Romane anhand eines methodischen Fadens entwickeln würde, hätte ich keine Angst. Ich weiß aber nicht, ob womöglich die zweite Zeile der dritten Seite zum Kernsatz des ganzen Romans wird. Meine Romane entstehen also, ich will nicht sagen unbewußt, aber zumindest in einem Zustand der geistigen Abwesenheit."

Die Arbeitsweise Simenons, sichtbar im Vorgehen Maigrets, bestimmt den Handlungsablauf und die Form des Romans. Es scheint glaubhaft, was gelegentlich in den Journalen behauptet wird: daß Simenon, wenn er zu schreiben anfing, selber nicht wußte, wer am Ende der Täter sein würde. Schließlich wäre das die äußerste Konsequenz der Art, eine Geschichte zu erfinden, zu finden. Am Anfang der Untersuchung kennt der Kommissar den Täter nicht – also darf ihn auch der Autor nicht kennen.

Die Identifikation des Autors mit seinen Figuren scheint ein fruchtbarer Ansatz für einen Verfasser von psychologischen

Romanen – und das war Simenon ja auch –, aber es ist doch eine recht verblüffende Taktik für den Krimi-Schreiber Simenon. Anders als Agatha Christie grübelt er nicht wochen- oder monatelang über einem kunstvollen Plot, er braucht keine falschen Fährten zu legen und keinen tückischen ‚double twist' vorzubereiten, um den Leser noch im letzten Augenblick auszutricksen.

Was für ein geringer Arbeitsaufwand, was für eine leichte, fast leichtsinnige Art des Schreibens, denkt man unwillkürlich. „Ich kann vier oder fünf Tage lang mit dem Roman schwanger gehen, aber länger als vierzehn Tage kann ich den Prozeß des Gebärens nicht zurückhalten." Doch so leicht, wie es klingt, kann es nicht sein, sonst gäbe es mehr Simenons, gäbe es Heerscharen von schnellschreibenden Nachahmern. Was sich während der so angenehm kurzen Schwangerschaft entwickelt, ist nichts Geringeres als die Wahrheit, die überzeugende Wahrheit eines erdachten Geschehens, erdachter Menschen. Wir würden Maigret nicht so bedingungslos, so vertrauensvoll folgen, wenn wir nicht gewiß wären, daß sein Weg zum Ziel führt. „Mein wirklicher Ehrgeiz ist der, die Wahrheit zu erfassen, vielleicht sogar die getarnten Wahrheiten: Sonst könnte ich gar nicht existieren, sonst wäre alles sinnlos. Da meine Bücher weder grandiose Stilübungen noch fabelhafte psychologische Konstruktionen sind, bleibt die Annäherung an die Wahrheit meine einzige Sorge."

Als George Simenon 1929 zum erstenmal in die Haut jenes Mannes schlüpfte, der ihn weltberühmt machen sollte, ahnte er nicht, wie dominierend die Gestalt Maigrets werden, wie sie von ihm selber und seinen Lesern Besitz ergreifen sollte. Noch im Jahr des Erscheinens der ersten achtzehn Maigret-Romane schrieb Simenon zehn weitere um den Kommissar, 1932 waren es sieben; erst dann verlor die Gestalt den Reiz des Neuen. In den Jahren 1933 und 1934 erschien nur je ein ‚Maigret' – und dann wandte sich Simenon eine Zeitlang von der Kriminalliteratur ab.

Doch er kam von diesem Kommissar Maigret nicht los. Nach dem Zweiten Weltkrieg schrieb er noch einmal mehrere Maigret-Romane, neben einer beträchtlichen Zahl von Psycho-Thrillern. Damit der Leser gleich weiß, woran er bei Simenon ist, tragen die Kriminalromane ihr Markenzeichen im Titel: MAIGRET. Da gibt es „Maigret nimmt Urlaub" („Les vacances de Maigret"; 1948), „Hier irrt Maigret" („Maigret se trompe"; 1953), „Maigret als

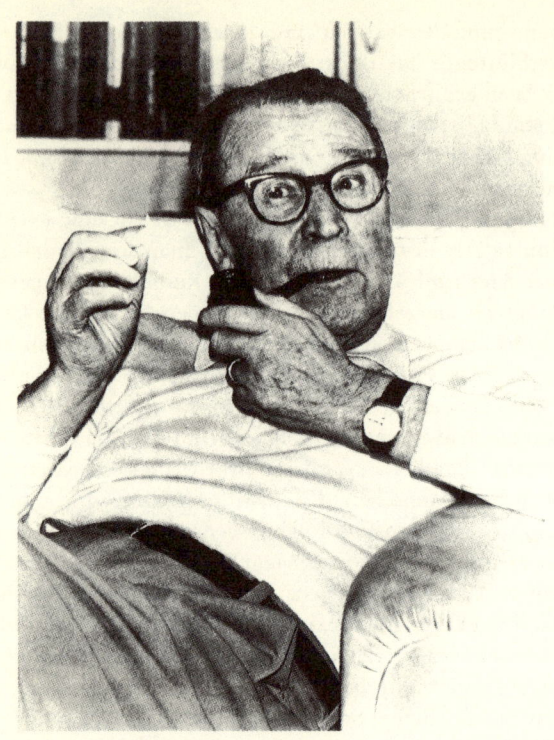

Georges Simenon im Jahre 1978

möblierter Herr" („Maigret en meublé"; 1951), „Maigret amüsiert
sich" („Maigret s'amuse"; 1957) und so fort.

Die Titel der ersten Maigret-Romane verraten, daß der Autor
die Güte seines Markenzeichens noch nicht erkannt hatte. „Maigret in Holland" heißt der Titel der deutschen Ausgabe, doch der
französische Originaltitel lautet „Un crime en Hollande" (1931).
Aus „Monsieur Gallet décédé" (1931) wird in Deutschland „Maigret und der tote Herr Gallet", aus „Pietr-le-Letton" (1931) „Maigret und Pietr der Lette".

Schon in dieser frühen Serie darf Maigret zweimal Paris verlassen, um im Ausland zu recherchieren. In „La danseuse du Gai-
Moulin" ist Lüttich, Simenons Heimatstadt, der Schauplatz. Doch
der Kommissar kommt nicht gut zurecht mit der belgischen Poli-

zei, als er endlich, sehr spät, in das auch den Leser verwirrende Geschehen eingreifen kann. Von dem farblosen Fall um eine Nachtclubtänzerin hebt sich strahlend Maigrets erfolgreiche Tätigkeit in Holland ab. Hauptverdächtiger der Polizei ist ein Franzose, Professor an der Universität von Nancy, also ein wichtiger Mann. Deshalb wird zu seiner Unterstützung der berühmte Kommissar nach der kleinen Stadt Delfzijl entsandt.

Die Idee zu Maigrets Hollandreise war Simenon gekommen, als er 1929 mit seinem Segelboot auf einem Nordlandtörn unterwegs war und am Strand von Delfzijl zu einer kurzen Rast vor Anker ging. Dem besessenen Milieu-Erforscher wäre es nie in den Sinn gekommen, seine Figuren in einem luftleeren, erdichteten Raum anzusiedeln. Simenon ist unzufrieden, wenn die Charaktere der Personen zwar ausgereift sind, „aber noch keine genaue Adresse und Telefonnummer besitzen. Dann hole ich mir Telefonbücher und ein großes Lexikon und beginne Namen zu suchen. Ich zeichne mir auch in groben Zügen die Wohnung oder das Haus auf, weil ich wissen muß, ob die Türen nach rechts oder links aufgehen, ob die Sonne durch dieses oder jenes Fenster einfällt, ob morgens oder abends Sonne im Raum ist. Das alles *muß* sein: ich muß mich in diesem Haus bewegen können, als wäre ich da zu Hause."

Es traf sich für Maigret glücklich, daß sein Schöpfer 1945 für zehn Jahre in die Vereinigten Staaten zog. So darf der Kommissar New York kennenlernen („Maigret à New York"; 1947) und Arizona („Maigret chez le coroner"; 1949). Wir erleben einen ganz anderen Maigret, der sich verwirrt und mißtrauisch in einer ihm fremden Welt zurechtzufinden sucht, in einem Land, dessen Sprache er nicht versteht. Ab und zu darf Maigret auch Urlaub machen in der französischen Provinz („Les vacances de Maigret"; 1948) oder zur Kur gehen („Maigret à Vichy"; 1968).

Am besten ist Maigret im heimischen Paris. Das heißt, am besten ist Simenon, wenn er im gar nicht mehr heimischen Paris – er lebte nach seiner Rückkehr aus den USA in der Schweiz – Menschen lebendig werden läßt. Besonders lebendig werden die Toten, die Opfer, deren Schicksal der Kommissar Schritt für Schritt aus dem Dunkel holt. Aus der blassen Gestalt eines toten Mädchens entsteht allmählich das farbige Bild einer jungen Frau, die man nicht vergißt, auch wenn man ihren Mörder längst vergessen hat („Maigret et la jeune morte"; 1954).

Ein Romantitel macht Maigrets besonderes Verhältnis zum Opfer des Verbrechens deutlich: „Maigret und sein Toter" („Maigret et son mort"; 1948). Und der Kommissar hat viele Tote, deren er sich annimmt, als wären es seine Kinder. Da sind „Maigret und die kopflose Leiche" („Maigret et le corps sans tête"; 1955), „Maigret und der faule Dieb" („Maigret et le voleur paresseux"; 1961), „Maigret und der Clochard" („Maigret et le clochard"; 1963) und noch viele andere Romane, in denen das scheinbar unbedeutende Opfer wichtiger ist als sein Mörder – eine ungewohnte Erfahrung für den allzu routinierten Krimi-Leser.

In Simenons Romanen muß sich der Leser allein zurechtfinden. Da gibt es keine bekannten Spielregeln, nicht den dümmlichen Gefährten des klassischen Detektivs, der die Handlung freundlich kommentiert. Es gibt keinen Ich-Erzähler. Das Ich ist Maigret, mit dessen Augen wir sehen, mit dessen Ohren wir hören, und wir riechen mit seiner Nase.

Es war ein genialer Einfall des jungen Simenon, den Menschen, aus dessen Sicht das Geschehen berichtet wird, nicht zum Ich-Erzähler zu machen. Charles Dickens hat einmal gesagt, die Erzählform in der 1. Person Singular berge geheime Tücken, da das „Ich" sich meist von seiner besten Seite zeige und das Charakterbild deshalb allzu positiv ausfalle. Von Maigret heißt es oft, daß er schlecht gelaunt, mürrisch und kurz angebunden sei. Seine Untergebenen kennen den schnellen Stimmungswechsel des Chefs und nehmen seine Eigenheiten mit Verständnis auf. Er ist für sie der ‚patron', den sie wegen seiner Unbestechlichkeit schätzen, und sie hören es nur allzu gern, wenn er sie väterlich ‚mes enfants' nennt.

Auch Madame Maigret nimmt alle Stimmungen und Verstimmungen ihres Mannes gelassen hin. Das Verhältnis zwischen Monsieur und Madame Maigret muß die Feministinnen in aller Welt mit den Zähnen knirschen lassen. Immer wieder sagt der Kommissar per Telefon das Mittagessen ab, kommt spät und verdrossen nach Hause, läßt sich ohne ein Wort des Dankes die Pantoffeln zum Lehnsessel und morgens den Kaffee ans Bett bringen. Kaum einmal verliert er ein Wort über den Fall, an dem er gerade arbeitet, selbst dann nicht, wenn Madame Maigret persönlich involviert ist, wie in der Geschichte des jungen Mannes, der Maigrets Revolver gestohlen hat („Le revolver de Maigret"; 1952) oder während der Ereignisse um Madame Maigrets seltsame Freundin („L'amie de Madame Maigret"; 1950).

Sie scheint die Gleichgültigkeit ihres Mannes gar nicht zu bemerken, ist immer für ihn da, putzt die Wohnung, schleppt die Einkaufstüten herbei und steht stundenlang in der Küche, um sein Lieblingsessen zu kochen. Der Braten verbrutzelt, sie wartet, immer auf dem Sprung und bereit, die Tür zu öffnen, noch bevor Maigret seinen Schlüssel aus der Tasche ziehen kann. Selbst im Schlaf erkennt sie seinen Schritt auf der Treppe zum dritten Stock der Wohnung am Boulevard Richard-Lenoir, denn sie liebt ihn offenbar.

Und auch der Leser liebt ihn, fast wider Willen, den großen, brummigen Mann mit den Lebensgewohnheiten eines Kleinbürgers, Maigret, den menschlichsten aller Detektive. Wie macht es Simenon, die Eigenschaften seines Helden sichtbar, lesbar zu machen? Maigret spricht nie über sich selbst, er mag seine Gefühle nicht zeigen und erst recht nicht aussprechen. Der Autor verzichtet darauf, seine Hauptfigur psychologisch zu sezieren, er läßt sie handeln und sprechen. Dialoge nehmen einen großen Raum ein. Aber da gibt es keine präzise formulierten Fragen, wie sie etwa M. Poirot stellt, nicht die geschliffenen Pointen eines Lord Peter. Maigrets Sätze sind kurz, oft bestehen sie nur aus einem einzigen Wort: „Je vois" – „Continuez" – „Pourquoi?". Und dies eine Wort genügt, den anderen weitersprechen zu lassen. Es gibt keine erklärenden Zwischentexte, kein „sagte Maigret stirnrunzelnd", kein „erwiderte der Angeklagte reumütig", kein schreckliches „lachte die junge Frau". Die Dialogszenen sind wie ein Theaterstück geschrieben, nur hin und wieder ist eine kurze Regieanweisung eingeschoben: Maigret zündet seine Pfeife an, der Verhörte trinkt einen Schluck Bier.

Simenon wählt, wenn er Maigrets Charakter beschreiben will, die indirekte Methode. So läßt er etwa in „Le revolver de Maigret" den Kommissar einige Zeitungsartikel entdecken, die der des Mordes verdächtige M. Lagrange gesammelt hat, Artikel über den Kommissar Maigret. Hier wird seine Verteidigung des Schuldigen gerühmt, sein Verständnis und seine Nachsicht gegenüber dem Verbrecher. Maigret, und mit ihm der Leser, liest die Schlagzeilen der Reporter: „Le commissaire est bon enfant" und „L'humanité de Maigret", die Sätze, wo von seiner „indulgence et compréhension" die Rede ist. In einem anderen Roman („Maigret et le client du samedi") werden in ähnlicher Weise Reporter zitiert, die Maigret einen „policier humain" nennen, fähig, „de tout comprendre".

Dieser ungewöhnliche Diener der Justiz steht nie auf der Seite derer, die leichten Herzens den ersten Stein werfen. Nie verurteilt er, sondern er versucht zu verstehen, halb Beichtvater, halb Psychotherapeut. „Maigret wird von der Gesellschaft bezahlt, um den Verbrecher, den er nie verurteilt, festzunehmen. Ich habe immer noch ausgezeichnete Beziehungen zur Kriminalpolizei in Paris; viele Kommissare erzählen mir ihre Geschichten. Wissen Sie, daß ein Verbrecher nach langen Stunden des Verhörs sich nicht gedemütigt, sondern befreit fühlt, wenn er endlich gesteht? Daraus entstehen Bindungen zwischen dem Polizeibeamten und dem Schuldigen."

Nicht ohne Grund hat Simenon seinen Kommissar ein paar Semester Medizin studieren, seine Freundschaft mit dem Arzt Dr. Pardon pflegen lassen. Arzt und Kommissar fühlen sich beruflich verbunden. Wie sein Freund Dr. Pardon stellt Maigret Symptome fest, diagnostiziert die Krankheit, um dem Patienten helfen zu können.

„Was ist ein Verbrecher?" fragte George Simenon in einem Interview, das er 1956 fünf Ärzten gab; es ist das Interview, aus dem alle in diesem Kapitel zitierten Sätze stammen („Sur le gril"; deutsch, 1985: „Simenon auf der Couch"). „Was ist ein Verbrecher? Nehmen wir einen Mann, er ist 45 Jahre alt. Heute, am Sonntag, ist er noch ein Mensch wie jeder andere, ein Mitglied der Gesellschaft. Fünf Minuten später begeht dieser selbe Mann aus irgendeinem Grund, einem nichtigen Anlaß, ein Verbrechen. Von diesem Augenblick an gehört er nicht mehr zur menschlichen Gemeinschaft, er wird zum Monstrum... Ich weiß gar nicht, ob Sie schon Prozessen beim Schwurgericht beigewohnt haben, aber die Einsamkeit dieses Menschen, der zwischen zwei Polizeibeamten steht, ist beeindruckend; er weiß, daß ihn keiner mehr versteht. Niemand spricht mehr dieselbe Sprache wie er."

Simenons Maigret findet die Sprache, die auch den Verbrecher erreicht. Doch in gewisser Hinsicht ist der Kommissar gut dran. Er braucht nicht zu verurteilen, das ist Sache des Richters. Daß Maigret mit seinen Beweisen, seiner Zeugenaussage den Täter der

Justiz ausliefert – darüber will Maigret offenbar nicht nachdenken. Aber Simenon tut es:

„Ich weiß, daß ich da ein bißchen gemogelt habe, daß Maigret sein Spiel nicht zu Ende spielt. Insbesondere war Maigret nie Zeuge in einer Sache, die er eingeleitet hatte. Da habe ich ihn zum Schwurgericht vorgeladen (in: „Maigret aux assises"; 1960), damit er wenigstens einmal sieht, was da läuft; aber ich habe sofort gemerkt, daß er das haßt."

Simenon spricht von seiner Romanfigur wie von einem lebendigen Menschen, wie von einem alten Freund. Ein alter Freund, das ist Maigret für viele Millionen geworden, nicht nur für die Fern-Seher, die ihn in den verschiedensten Gestalten über die Bildschirme flimmern sahen. Maigret ist vor allem ein Freund des Lesers, denn nur das geschriebene Wort gibt jedem die Freiheit, seinen eigenen Maigret zu sehen, der nicht aussieht wie der freundliche Heinz Rühmann, wie der schurkische Charles Laughton oder wie Kinya Aikawa, der japanische Film-Maigret.

Zur Gemeinde der süchtigen Simenon-Leser gehört viel Prominenz. Konrad Adenauer, Charlie Chaplin, Sir Winston Churchill, C. G. Jung stehen an der Spitze der langen Liste. Auch berühmte Schriftsteller bekannten sich zu ihrer Lektüre: Heinrich Böll, Alfred Andersch, Arno Schmidt, Jean Cocteau, William Faulkner, Ernest Hemingway. Vicco von Bülow alias Loriot findet sich neben Josephine Baker, Picasso neben Fellini, alle in guter Gesellschaft mit zwei Damen von fachmännischer Kompetenz: Agatha Christie und Patricia Highsmith.

13. Wachtmeister Studer oder Was ist ‚ein Glauser'?

Kommissar Maigret kann schon auf eine stattliche Reihe von Erfolgen zurückblicken, als Jakob Studer, Fahnderwachtmeister bei der Berner Kantonspolizei, 1936 seinen ersten Mordfall löst. Obgleich ihn eine Art Seelenverwandtschaft mit dem großen Kollegen in Paris verbindet, wird er es nie zum Kommissar bringen.

Auch seinem geistigen Vater blieb der Erfolg versagt. Was ist ‚ein Glauser'? mögen sich im Juni 1989 manche Zeitungsleser gefragt haben, als sie Einzelheiten über die erste deutsche ‚Criminale' erfuhren. In West-Berlin verlieh der ‚Krimizüchterverein', wie sich die Mitglieder gelegentlich in freundlicher Selbstironie nennen, erstmalig einen Preis. Ein undotierter ‚Glauser' ging an Hansjörg Martin für sein „kriminalistisches Lebenswerk", ein mit 10000 DM dotierter ‚Glauser' an Bernhard Schlink für den Krimi „Die gordische Schleife" (1988).

In den Vereinigten Staaten gibt es den ‚Edgar Award', einen Preis, der an den Mann erinnert, mit dem die Geschichte des Kriminalromans beginnt: Edgar Allan Poe. Die Redakteure des Berliner ‚Tagesspiegel', die der Berichterstattung über die ‚Criminale' eine ganze Seite einräumten, erklärten ihren Lesern mit keinem Wort, wem der deutsche Krimi-Oskar seinen Namen verdankt. Vielleicht schwiegen sie, weil die Erklärung allzu lang geworden wäre. Der Schweizer Friedrich Glauser, geboren als Frédéric Charles Glauser am 4. Februar 1896 in Wien, gestorben am 8. Dezember 1938 in Italien, ist für die meisten Krimi-Freunde ein unbeschriebenes Blatt.

Ein anderer Schweizer Schriftsteller, Peter Bichsel, nannte das Leben seines Landsmannes eine „wunderbar romantisch kaputte" Existenz. „Kaputt" im Sinn der so schrecklich vereinfachenden neudeutschen Vokabel war das Leben des Friedrich Glauser allemal. Romantisch war es nicht.

Die Mutter, Österreicherin, stirbt, als er vier Jahre alt ist. Der Vater, Schweizer, Dr. phil., Französischlehrer, hält Strenge für eine besondere Tugend, nachdem er dem Alkohol abgeschworen hat. Der Sohn, dreizehnjährig, entflieht der Enge und Strenge; die Haushälterin hatte ihn, offenbar zu Unrecht, des Diebstahls bezichtigt. In Ungarn wird der Junge von der Polizei aufgegriffen und zurückbefördert. Nach häufigem Schulwechsel Unterbringung in einem Schweizer Landerziehungsheim; erste Bekanntschaft mit Rauschzuständen. Abitur in Zürich, anschließend ein Semester Chemie. Auf Antrag des Vaters wird der gerade mündig Gewordene 1918 entmündigt, seines angeblich liederlichen und ausschweifenden Lebenswandels wegen. Noch im selben Jahr wird er von der Polizei als Morphiumsüchtiger registriert und verhaftet, weil er Rezepte gefälscht hat. Zwangseinweisung in eine psychiatrische Anstalt. Ausbruch und Flucht, bis nach Frankreich und Deutschland. Weitere Rezeptfälschungen, weitere Internierungen und Entziehungskuren. Zwei Jahre als Fremdenlegionär, mit Billigung des Vaters, in Nordafrika. Ausmusterung des Siebenundzwanzigjährigen wegen Tuberkulose; Ausheilung in einem Pariser Krankenhaus. Gelegenheitsarbeiten als Tellerwäscher, Krankenwärter, Bergwerksarbeiter. Malaria und Leberkoliken verführen immer wieder zum Griff nach dem Morphium. Erneute Zwangseinweisungen und Entziehungskuren. Arbeit in einer Schweizer Baumschule; Abschluß mit Diplom. In Zürich enge Verbindung mit den Dadaisten; anderthalb Jahre als freier Schriftsteller in Paris, gelegentlich finanzielle Unterstützung durch den Vater. Das Mädchen, das er liebt, verläßt ihn – ein weiterer Grund, zum ‚Mo‘ zu greifen, wie er sein Flucht-Mittel aus der Verzweiflung und den Schmerzen nennt. Eine neue Bindung gibt Hoffnung. Berthe Bendel, Pflegerin in einer der Anstalten, in der Glauser interniert war, hat Mitleid mit dem Patienten, sorgt für ihn, liebt ihn. Sie leben zusammen, reisen zusammen. In Nervi, bei Genua, beschließen sie zu heiraten. Die Hochzeit wird auf den 7. Dezember 1938 festgesetzt. Am Vorabend bricht Glauser plötzlich zusammen und fällt in ein dreißigstündiges Koma, aus dem er nicht mehr erwacht. Die amtliche Todesursache: Herzversagen.

Vielleicht irrte der Arzt. Im ‚Spiegel‘ erschien 1989 eine ausführliche Würdigung des Schriftstellers Friedrich Glauser, anläßlich der Neuausgabe seiner Kriminalromane. Der Verfasser des Artikels hält einen Selbstmord nicht für ausgeschlossen. Das Herz des Zweiundvierzigjährigen sei zwar geschwächt gewesen, durch die zahlreichen Entziehungskuren ebenso sehr wie durch den Drogenmißbrauch; das lange Koma lasse jedoch eher auf eine schwere Vergiftung schließen als auf einen akuten Herztod.

Für diese These spricht, wie ich glaube, auch der Zeitpunkt des ‚Zusammenbruchs‘. Es war der Abend vor dem Tag, an dem Glauser auf dem Standesamt das Wort sagen sollte, das gute Staatsbürger für das entscheidende Ja zum Leben halten. Aber was hatte er noch vom Leben zu erwarten? Er wußte, daß er vom ‚Mo‘ nicht mehr loskommen würde, wußte, daß jede weitere Internierung die Qualen des Entzugs vergrößern würde. Fünfmal hatte er versucht, sich das Leben zu nehmen, zum erstenmal als Schuljunge. Vielleicht fand er den Tod, als er ihn am Abend vor der Hochzeit suchte.

Als Schriftsteller hatte Glauser allenfalls das errungen, was man einen Achtungserfolg nennt. Schon früh begann er zu schreiben, und er schrieb auch während seiner langen Internierungen weiter.

Am 10. 3. 1934 notierte Dr. Jakob Klaesi, Direktor der psychiatrischen Anstalt Waldau, im Protokoll der Aufnahmeuntersuchung sein Urteil über den Patienten Glauser: „Moralischer Defekt. – Maßlose Überheblichkeit bei so geringer Intelligenz, daß sie gerade für eine schriftstellerische Tätigkeit seiner Gattung noch ausreicht." Mit „seiner Gattung" meint der Anstaltsleiter, grammatikalisch nicht gerade vorbildlich, den Kriminalroman. Ein „moralischer Defekt", so dachte er wohl, sei für diese Gattung kein Hindernis.

Der Patient Glauser war jedenfalls klug genug, für seine Geschichten immer ein Milieu zu wählen, das er genau kannte. Sein erster Krimi, „Der Tee der drei alten Damen", spielt in Genf; ein mit verständnisvoller Liebe porträtierter Gymnasiast, der dauernd die Schule schwänzt, trägt Züge des Autors. Die einzig blasse Gestalt im turbulenten Geschehen bleibt Kommissar Pillevuit, der die Ermittlungen eher behindert als fördert. In den folgenden Kriminalromanen wird er vom Autor ersetzt durch einen besseren Mann.

„Wachtmeister Studer" (1936) beweist bei seinem Debüt die Unschuld des Erwin Schlumpf, der als Lehrling in einer Baumschule arbeitet. Das dunkle Reich, wo „Matto regiert" (1936), lernt der Wachtmeister kennen, als er einen Mordfall in einer Irrenanstalt aufklären muß. In Studers drittem Fall erweist sich „Die Fieberkurve" (1938) als ein so wichtiges Indiz, daß er seine Ermittlungen bis nach Marokko ausdehnt, wo er unter Soldaten und Offizieren der Fremdenlegion den Hintergrund des Verbrechens aufspürt und nebenbei auch, wie es im Text heißt, die „Wonnen des Haschischrausches" kennenlernt.

„Der Chinese" (1938) hat zwar schrägstehende Augen, ist aber ein gebürtiger Schweizer. Er fürchtet, leider zu Recht, ermordet zu werden, und erklärt Wachtmeister Studer vorsorglich, wo seine zukünftigen Mörder zu suchen seien: unter den Lehrern oder Schülern einer Gartenbauschule. „Krock & Co." (1941) steht auf dem Schild einer Auskunftei in St. Gallen, deren üble Machenschaften der Fahnder von der Berner Kantonspolizei außerdienstlich, während eines Urlaubs, aufdeckt.

Friedrich Glauser hat nur diese sechs Kriminalromane geschrieben. In seinem Nachlaß fanden sich zwölf unveröffentlichte kurze Kriminalgeschichten, die teils in der Schweiz, teils in der Fremdenlegion spielen. Auch das finstere Treiben der drei teetrinkenden alten Damen fand erst nach dem Tod des Autors einen Verleger, im Jahr 1939. Der letzte Krimi, „Krock & Co.", erschien ebenfalls postum. Daß der Roman Jahrzehnte später verfilmt werden würde (1976), hätte sich der glücklose Verfasser nicht träumen lassen. „Der Chinese" unterhielt 1980 ein deutsches Fernsehpublikum, das ihn inzwischen wohl längst wieder vergessen hat.

Als erster Glauser-Krimi war 1939 „Wachtmeister Studer" verfilmt worden. Der Regisseur folgte bei der Wahl des Titels dem Redakteur der ‚Zürcher Illustrierten'. Der hatte, drei Jahre zuvor, seinen Lesern eine Fortsetzungsgeschichte angekündigt, die ihm, bis auf den Titel, gut gefiel:

„Der neue Roman, der in der nächsten Nummer beginnt, wurde von seinem Autor Friedrich Glauser, einem jungen, hochbegabten Schweizer, dessen Namen man sich merken muß, ursprünglich mit dem etwas düsteren Titel versehen: ‚Schlumpf Erwin Mord'. Das sind die Worte, die auf der Aktenmappe eines Untersuchungsrichters im ‚Bernbiet' in schöner Rundschrift hingeschnörkelt sind. Der Roman gibt den Inhalt dieser Akten preis und viel Hintergründiges dazu. Wir haben den Titel für die ‚Zürcher Illustrierte' umgeändert in ‚Wachtmeister Studer', weil dieser Detektiv-Wachtmeister hier als vollständig neuartige und höchst beachtenswerte Gestalt in der schweizerischen Romanliteratur auftaucht. Er ist ein Kollege des Herrn Sherlock Holmes von Conan Doyles Gnaden und jener anderen Meister der Logik, denen Edgar Wallace spürsinnige Kombinationsgabe verlieh. Unser Wachtmeister Studer aber steht diesen grundgescheiten Geheimnistüftlern und Verbrecherjägern als ganz und gar Eigenartiger, Besonderer, Neuer, nämlich als warmblütiger Mensch und einfacher Schweizer gegenüber."

Das ist schön gesagt. Inhaltlich scheinen mir ein paar kleine Korrekturen notwendig: Glauser war mit seinen vierzig Jahren ein nicht mehr gar so junger Autor. Edgar Wallace mag sich manche Verdienste erworben haben, aber kaum als „Meister der Logik"; mit Glauser hat er nichts gemeinsam. Ein ähnlich ungleiches Paar sind Wachtmeister Studer und Sherlock Holmes. Glauser hat seinen unheldischen Helden bewußt als Gegenbild zu den superklugen klassischen Detektiven angelegt, für die jeder Fall nichts anderes ist als eine Denksportaufgabe. Und ein letztes: Ich halte den ursprünglichen Titel für besser. Nicht „düster", sondern sachlich knapp stimmt er den Leser auf das eigentliche Thema des Romans ein: die vorverurteilende Ermittlungsarbeit von Polizeibeamten und Untersuchungsrichtern, für die Menschen zu Aktenbündeln werden.

Die Titel der noch folgenden vier Kriminalromane sind nie geändert worden. Wachtmeister Studer bleibt der ruhende Pol im oft recht verwirrenden Geschehen, stattlich, geduldig, zuverlässig, einer jener wohlbeleibten Männer, die schon Shakespeares Julius Caesar gerne um sich sehen wollte. Anders als die klassischen Krimi-Autoren legte sich Glauser nicht von Anfang an in der Figur seines Serien-Detektivs fest. In vier der frühen Kriminalgeschichten begegnet uns ein jüngerer Jakob Studer: klein, schmächtig und unscheinbar. Als Kommissär der Stadtpolizei Bern steht er im Dienstrang deutlich höher als der alte, fast sechzigjährige Studer.

Die auf den ersten Blick befremdliche Änderung brauchte der Autor keinem Leser zu erklären – die Kurzgeschichten hatten ja keinen Verleger gefunden. Was er hingegen ausdrücklich erklärt, in jedem der fünf Studer-Romane, ist die Degradierung des Kommissärs zum Wachtmeister. Studer mußte seinen Abschied nehmen, weil er den Schuldigen in einem großen Berner Bauskandal ermittelte, einen Schuldigen, der in den Augen des obersten Polizeibeamten und der feinen Gesellschaft nicht der Schuldige sein durfte. Als einfacher Fahnder, so erfährt der Leser, macht Studer einen neuen Anfang auf dem Land, unter einfachen Leuten, und wird bald zum Wachtmeister befördert. Aber weiter bringt er es nicht bis zu seiner Pensionierung.

Jakob Studer bleibt ein unbequemer Mann. Immer wieder entdeckt er den ‚falschen' Schuldigen, sei es nun einer der Dorfhonoratioren oder ein einflußreicher Geschäftsmann. Wenn er die Großen laufen lassen muß und die Kleinen nur mit Mühe vor einem Fehlurteil rettet, zweifelt er am Sinn seiner Arbeit. Sein Mitgefühl gehört den Armen, den Sonderlingen, den Verirrten und Verwirrten, all denen, die im Leben zu kurz gekommen sind und von einer selbstgerechten Gesellschaft in Pflegeheime, psychiatrische Anstalten und Armenhäuser abgeschoben werden.

Daß Friedrich Glauser sein Land und seine Zeit mit kritischen Augen sah, mag für die Mitglieder der ‚Criminale' ein Grund gewesen sein, dem ersten deutschen Krimi-Preis seinen Namen zu geben. Und doch sind die Kriminalromane nicht in dem Sinn gesellschaftskritisch wie die des schwedischen Autoren-Duos Sjöwall/Wahlöö oder des Deutschen -ky. Glauser sagt mit leiser Stimme, was er für richtig hält, und versucht auch die Argumente der Gegenseite zu verstehen.

Nur einmal, in dem 1936 erschienenen Roman „Matto regiert", läßt er in einem Bild sichtbar werden, was er wirklich von der Welt denkt. Matto, das ist der Geist des Wahnsinns, die Verkörperung des Bösen, das die Persönlichkeit des Menschen unwiderruflich zerstört. Sein Reich ist die Heil- und Pflegeanstalt Randlingen, der Tatort des Krimis. In dem Schlüsselkapitel, ‚Matto erscheint' überschrieben, sprechen Wachtmeister Studer und der Nervenarzt Laduner darüber, daß der Wahnsinn wie eine ansteckende Krankheit auf die Gesunden übergreift. „Wo hört Mattos Reich auf, Studer?" läßt der Autor den Arzt fragen. „Am Staketenzaun der Anstalt Randlingen? Sie haben einmal von einer Spinne gesprochen, die inmitten ihres Netzes hockt. Die Fäden reichen weiter. Sie reichen über die ganze Erde . . . "

Während die beiden sich leise unterhalten, erklingt aus dem Radio plötzlich ein lauter Marsch, Militärmusik. Dann erfüllt eine fremde Stimme das Zimmer, „eindringlich, aber von einer unangenehmen Eindringlichkeit". Und die Stimme spricht:

„Zweihundert Männer und Frauen sind versammelt und jubeln mir zu. Zweihundert Männer und Frauen haben sich eingefunden als Vertreter des ganzen Volkes, das hinter mir steht. Leicht wird es mir, die Verantwortung zu tragen, wenn ich weiß, und das weiß ich sicher, daß das ganze Volk hinter mir steht." Es folgen noch fünf weitere Sätze des Mannes, dessen Namen Glauser nicht nennt, wie man es auch vermeidet, den Teufel beim Namen zu nennen – Hitler.

Als mitten im Zweiten Weltkrieg, 1943, in Zürich die zweite Auflage von ‚Matto regiert' erschien, wurden die oben zitierten Sätze und alle anderen Anspielungen auf Hitlers Deutschland gestrichen. Eine vielleicht verständliche Reaktion des Verlags: Die Schweiz bemühte sich als neutrales Land, auch in der Literatur neutral zu bleiben. Nicht ganz so verständlich: Die gestrichenen Passagen fehlten immer noch, als 1973 der vierte Band der Gesamtausgabe im Zürcher Arche Verlag erschien. Der Verlag entschuldigte sich sechzehn Jahre später, es sei aus „nicht mehr erklärlichen Gründen" geschehen. Das war im Jahr 1989, als derselbe Verlag eine Neuauflage von Glausers Kriminalromanen herausbrachte. Und wieder fehlen – der verblüffte Leser traut seinen Augen nicht – die 1943 gestrichenen Stellen, noch immer aus „technischen Gründen", wie es im Nachwort heißt. In einem Anhang werden sie nachgereicht, eine unbefriedigende, mühsame Lektüre.

Alle sieben Bände dieser Neuausgabe stellen den Autor, in großem Druck, als den ‚Simenon der Schweiz' vor. Wachtmeister Studer wäre, wenn man die Parallele weiterzieht, ein zweiter Maigret. Ich glaube nicht, daß man dem Schriftsteller Glauser mit einem solchen Vergleich einen Gefallen tut. Er muß falsche Erwartungen wecken. Glauser hat seine eigene Art zu erzählen, beschaulich, ruhig, farbig in den Einzelheiten, oft verwirrend in der Vielzahl des Personals oder der langatmigen Auflösung des Falles am Ende. Selbst die Tiere haben ihren Platz in der Geschichte, auch wenn sie gar nichts mit der Kriminalhandlung zu tun haben: der Hund, der sich nach altem Ritual von seinem Lager erhebt; Studers verständnisvolles Maultier, auf dem er durch die Wüste reitet, oder die zutrauliche Gazelle im Bette des Fremdenlegionärs. Der Leser läßt sich gern ablenken, aber die Geschichte wird dadurch nicht spannender.

Studers Methode, geduldig abzuwarten, bis sich vielleicht etwas Aufschlußreiches ereignet, trägt ebenfalls nicht dazu bei, die Spannung aufzuheizen. Oft unterlaufen ihm Fehler, nicht nur, weil ihm keine Schar von Hilfskräften zur Seite steht wie dem Kommissar in Paris. Über die Fehler wundert er sich nicht; er ist ein bescheidener Mann, der seine Grenzen kennt. Was er tut, ist nichts Besonderes, „nüt Apartigs", wie er gern sagt.

Nein, Wachtmeister Studer ist kein Kommissar Maigret und sein Schöpfer kein zweiter Simenon. Doch Friedrich Glauser hat selber dazu beigetragen, daß solche Vergleiche angestellt wurden. In einem „Offenen Brief", den er am 25. 3. 1937 aus Frankreich an die ‚Zürcher Illustrierte' schickte, schrieb er: „Bei einem Autor habe ich all das vereinigt gefunden, was ich bei der gesamten Kriminalliteratur vermißt habe. Der Autor heißt Simenon, und er hat einen Typus geschaffen, der, obwohl er einige Vorläufer hatte, nie mit einer solchen Leidenschaftlichkeit gesehen worden ist: der Kommissar Maigret."

Anlaß des Briefes war der in der Zeitschrift erschienene Artikel eines anderen Krimi-Autors, der „Zehn Gebote für den Kriminalroman" aufgestellt hatte. An diesen Stefan Brockhoff, inzwischen längst vergessen und nicht einmal mehr in Nachschlagewerken zu finden, richtete Glauser seinen Brief und wies ihm überzeugend nach, daß die erlassenen Gebote keineswegs neu sind, sondern die altbekannten Regeln des Londoner ‚Detection Club'.

Auf den folgenden Seiten erläutert er, warum er dieses Regelwerk für unrealistisch und gekünstelt hält. Simenon hat sich nie daran gehalten, und er selber auch nicht. Der Kriminalroman ist, wie er mit Überzeugung demonstriert, eng verwandt mit „seinem salonfähigen Bruder, der sich kurzweg ‚Roman' nennt und darauf Anspruch erhebt, zu den Kunstwerken zu zählen". Beide haben das gemeinsam, was Glauser als die „Hauptanforderungen" für jeden Roman bezeichnet: „Fabulieren, Erzählen, Darstellen von Menschen, ihrem Schicksal, der Atmosphäre, in der sie sich bewegten." Ausdrücklich wendet er sich gegen Detektivgeschichten, die als „Zwitterding zwischen einem Kreuzworträtsel und einem Schachproblem" konstruiert sind.

Friedrich Glauser ging es nicht nur darum, mehr Freiheiten für die Schreiber von Kriminalromanen zu fordern, es ging ihm auch um eine Verteidigung der Gattung. „Spotten Sie nicht über den Kriminalroman!" läßt er schon in seinem Erstling die Nervenärztin Madge streng rufen, „Sie sind heutzutage das einzige Mittel, vernünftige Ideen zu popularisieren."

Ob die mahnende Stimme gehört wurde? Erhard Jöst glaubt es, wie sein Aufsatz über Friedrich Glauser (in ‚die horen'; 1987) zeigt. Für ihn ist der Schöpfer des Wachtmeisters Studer „einer der wichtigsten Wegbereiter des modernen Kriminalromans". Dagegen spricht, wie mir scheint, daß Glauser zu seinen Lebzeiten nicht viele Leser und später nicht viele Nachahmer fand. Er selber hat sich wohl auch kaum als ‚Wegbereiter' gesehen. Am Ende jenes „Offenen Briefes" bedankt er sich bei Georges Simenon: „Was ich kann, habe ich von ihm gelernt. Er war mein Lehrer – sind wir nicht alle jemandes Schüler?"

Friedrich Glauser war ein guter Schüler, und das ist viel. Bernhard Schlink, der den ersten ‚Glauser' verliehen bekam, ist niemandes Schüler. Sein preisgekrönter Krimi „Die gordische Schleife" ist eine merkwürdige Mischung aus Werkspionage

(Stichwort: Kampfhubschrauber) und einer sich über zwei Kontinente erstreckenden Liebesgeschichte, eine ebenso merkwürdige Mischung aus guten Einfällen und Klischeevorstellungen. Der Titel ist noch das Beste – das Ganze jedoch eher „nüt Apartigs", wie Wachtmeister Studer sagen würde.

14. Maurizius, Deruga und andere Fälle

Am Anfang des modernen Kriminalromans stehen nicht nur die großen Namen Chesterton, Sayers, Christie, Simenon, lösen nicht nur Pater Brown, Lord Peter, M. Poirot und Kommissar Maigret verzwickte Fälle. Es gab noch viel mehr Detektive, die privatim oder im Dienst der Polizei mit bewunderswertem Scharfsinn brillierten.

„Dieses summende Geräusch bedeutet etwas. Es gibt kein solch summendes Geräusch, das immerfort summt und summt, wenn es nicht etwas bedeutet. Wenn man ein Summen hört, muß auch jemand summen, und der einzige Grund, den ich für ein summendes Geräusch kenne, ist der, daß da eine Biene ist. Und der einzige mir bekannte Zweck, eine Biene zu sein, ist, Honig zu machen. Und der einzige Zweck, Honig zu machen, ist, daß er von mir gegessen wird."

Jeder Bären- und Kinderfreund wird an dieser vorsichtig abwägenden, praxisnahen Deduktion gleich den großen Denker Winnie the Pooh erkannt haben. Aber wer weiß schon, daß Poohs geistiger Vater sich auch ernsthaft mit dem Lösen schwieriger Probleme beschäftigte? Alan Alexander Milne, 1882 in London geboren, arbeitete nach einem Studium in Cambridge als Journalist und schrieb neben seinen unsterblichen Büchern um Pooh den Bär mehrere Detektivgeschichten, ein Theaterstück über ein perfektes Alibi („The Fourth Wall"; 1928) und einen Kriminalroman, „Das Geheimnis des roten Hauses" („The Red House Mystery"; 1922).

Mit leichter Hand mischt A. A. Milne hier Unheimliches und Heiteres in dem ironisch-geistreichen Stil, mit dem er auch seine Artikel für den ‚Punch' schrieb. Die rätselhaften Vorgänge in einem jener für rätselhafte Vorgänge prädestinierten englischen Landhäuser bieten nach fast neunzig Jahren immer noch ein reines Lesevergnügen. Bei der Lösung des Mordfalles spielt die Identifizierung des Opfers eine entscheidende Rolle. Der Amateurdetektiv Anthony Gillingham hat es schwer, und der Leser genießt das Verwirrspiel. Er bemerkt nicht die sieben Fehler, die Raymond Chandler dem Autor in seinem Essay „Die simple Kunst des Mordes" („The Simple Art of Murder"; 1944) ankreidete. Chandler war kein Freund verzwickter Plots, kein Freund des klassischen Kriminalromans.

In demselben Essay spottet er auch über die phantasievollen, wirklichkeitsfernen Verwicklungen in den Romanen des Iren Freeman Wills Crofts. Er berichtet genüßlich von einer Geschichte, „worin der Mörder mit Hilfe von Schminke, einem auf Sekundenbruchteile berechneten Zeitplan und mancherlei hochriskanten Manövern den Mann darstellt, den er gerade ermordet hat, und ihn so lebendig vom Schauplatz des Verbrechens wandeln läßt". Berühmt wurde der Ire trotzdem. Sein früher Kriminalroman „The Cask" (1920) ist heute vergessen, doch Inspektor Robert French war vom ersten Tag seines Auftretens an ein Publikumsliebling.

F.W. Crofts wies seinem Detektiv einen Arbeitsplatz in Scotland Yard an, nachdem er selber vom heimischen Dublin nach England übergesiedelt war. Der Inspektor löst seine Fälle zwar nicht mit dem Elan eines Sherlock Holmes; seine Erfolge verdankt er Geduld und gesundem Menschenverstand. Davon zeugen „Inspector French's Greatest Case" (1924), „The Loss of the Jane Vosper" (1936) und „Anything to Declare" (1957).

An dem berühmtesten amerikanischen Detektiv der ‚Golden Twenties' hatte Raymond Chandler offenbar nichts auszusetzen. Dabei ist Philo Vance keineswegs ein Vorläufer der hartgesottenen amerikanischen Detektive, der ‚tough guys'. Mr. Vance ist ein feiner Herr, sehr gebildet, sehr geistreich, sehr wohlhabend – und ein unverbesserlicher Snob wie sein Schöpfer. Der angesehene Kunstkritiker W. H. Wright legte sich den wohlklingenden Namen S. S. Van Dine zu, als er anfing, Krimis zu schreiben. Wright, der ein Magazin mit dem bezeichnenden Titel „The Smart Set" herausgab, wollte seinen Namen nicht entweiht sehen auf Büchern, die den ästhetischen Grundsätzen des Autors zu widersprechen schienen.

Alle zwölf Romane, in denen Philo Vance mit scharfsinnigen Schlußfolgerungen glänzt, tragen im Titel den Namen des jeweiligen Falles, von „The Benson Murder Case" (1926) über „The Scarab Murder Case" (1930) bis zum letzten Fall, „The Winter Murder Case" (1939).

Jeder Krimi-Fan kennt Miß Marple, aber wer erinnert sich noch an Miß Silver? Die ständig strickende alte Jungfer erblickte noch zwei Jahre vor ihrer berühmten Kollegin das Licht des Goldenen Zeitalters. Als die in Indien geborene Patricia Wentworth „Die graue Maske" („Grey Mask"; 1928) veröffentlichte, eroberte sie sich mit ihrer kleinen, aber zähen und scharfsinnigen Privatdetektivin rasch eine anhängliche Lesergemeinde. „Miss Silver bleibt länger" („Miss Silver Comes to Stay"; 1949) – der Titel ließe sich als Motto über den lang anhaltenden Erfolg der Autorin und ihrer Heldin setzen. Bis zu ihrem Tod im Jahr 1961 erschienen 31 Romane mit Miss Silver, vierzig weitere mit männlichen und anderen weiblichen Spürnasen.

Mrs. Wentworth, die eigentlich eine Mrs. Turnbull war, schrieb viel und offensichtlich mit Vernügen. Ihr Stil ist gepflegt, kluge Bemerkungen wechseln mit ironischen Pointen und witzigen Einfällen. So entlarvt einmal ein Kater namens Abimelech die Mörderin (in „Poison Pen"; 1957). In diesem wie in den meisten späten Kriminalromanen erliegt die Autorin der Neigung, Fakten, Personenbeschreibungen und selbst Dialoge zu wiederholen. Der Leser fühlt sich als Dümmling behandelt und wünscht sich, Inspektor Abbot von Scotland Yard möge seine alte Freundin Miss Silver ab und zu zur Ordnung rufen.

Während in England, Frankreich und Amerika sich die verschiedensten Kriminalschriftsteller in den verschiedensten Formen versuchten, erschienen auch im Fernen Osten die ersten Detektivgeschichten. In Japan erregte 1922 „Nisen-doka" Aufsehen, die Geschichte um eine Zwei-Sen-Münze als Corpus delicti in einem Kriminalfall. Ihr Verfasser wählte ein Pseudonym, doch er tat es aus anderen Gründen als Mr. Wright in Amerika. Mit dem Namen Edogawa Rampo huldigte er seinem großen Vorbild, E. A. Poe; ,Edogawa' ist die in der japanischen Silbenschrift größtmögliche Annäherung an den Vornamen Edgar.

In Rußland hoben die Wegbereiter der neuen Gattung ein anderes Vorbild auf ihren Schild. Schon 1921 hatte sich eine Gruppe gebildet, die sich die ,Serapionsbrüder' nannte, als Zeichen der Verbundenheit mit dem deutschen Romantiker E. T. A. Hoffmann, dessen leidenschaftlich bewegte Mord-Novelle sie bewunderten. In Japan und Rußland gab es bald zahlreiche Autoren, die durch stilistisch anspruchsvolle, sachlich fundierte Kriminalromane das Neue in alte Erzähltraditionen einfügten und so gesellschaftsfähig machten.

Als der Kriminalroman begann, das weite Feld der Literatur für sich zu erobern, stand ein Land im Abseits: Deutschland. Im Volk der Dichter und Denker mochte offenbar kein Schriftsteller, der etwas auf sich hielt, seine Feder wetzen zur Beschreibung von so vulgären Themen wie Mord und Totschlag. Und das Volk selber, das nicht dichtete und dachte, war zufrieden mit einem deutschen Sherlock Holmes, einem deutschen Arsène Lupin, mit den billigen Heldentaten eines Nick Carter, mit den zahllosen Übersetzungen, die seit der Jahrhundertwende den deutschen Büchermarkt überschwemmten.

Immerhin gab es in Deutschland zwei Kriminalfälle, die nach dem Ersten Weltkrieg über die Grenzen hinaus bekannt wurden und in die Literaturgeschichte eingingen, die Fälle Deruga und Maurizius. Ricarda Huch und Jakob Wassermann haben beide nur je ein Buch geschrieben, das man zur Gattung des Kriminalromans zählen kann; kein Literaturkenner käme auf den Gedanken, sie als Kriminalschriftsteller zu (de)klassifizieren.

„Der Fall Deruga" ist Ricarda Huchs letzter Roman. Als er 1917 erschien, konnte die Dreiundfünfzigjährige auf ein großes dichterisches Werk und auf ein ungewöhnliches Leben zurückblicken. Als jüngstes Kind einer wohlhabenden Kaufmannsfamilie in Braunschweig geboren, überraschte Ricarda mit für damalige Zeiten kühnen Zukunftsplänen. Sie wollte weg aus ihrer Heimatstadt, wo sie die Irrungen und Wirrungen einer Liebesgeschichte festzuhalten drohten, die Liebe zu ihrem Vetter und Schwager Richard Huch. Die Tochter aus gutem Hause strebte nicht nur ganz entschieden weg aus diesem allzu guten Haus, sie verkündete ebenso entschieden ihr nächstes Ziel: das Studium der Geschichte.

Für eine Frau war das damals in Deutschland unmöglich, aber die kleine Schweiz war emanzipiert. In Zürich promovierte Ricarda Huch, ähnlich wie Dorothy Sayers in England, 1892 als eine der ersten Frauen zum Dr. phil. Nach der Veröffentlichung ihres Romans „Erinnerungen von Ludolf Ursleu dem Jüngeren" heiratete sie den italienischen Arzt Ceconi und lebte mit ihm einige

Jahre in Triest, wo auch ihre Tochter geboren wurde. Die Ehe scheiterte, Ricarda heiratete ihren alten Jugendfreund Richard Huch und kehrte nach Braunschweig zurück. Auch diese Ehe scheiterte, die Tochter aus erster Ehe blieb bei ihrem Vater in Italien.

1914 vollendete Ricarda Huch ihr wohl bedeutendstes Werk, eine Geschichte des Dreißigjährigen Krieges. Drei Jahre später erschien „Der Fall Deruga". Die kritischen Kritiker lehnten das kleine Werk ab, ein Kriminalroman sei einer Ricarda Huch nicht würdig. Das Urteil der Autorin war noch härter: „Ich habe meinen Zweck erreicht und für die Schundgeschichte von Ullstein 20 000 Mark bekommen." Das Geld brauche sie für ihre Tochter, hatte sie Freunden erklärt, „es wäre ja schöner gewesen, ich hätte das nicht nötig gehabt".

Sehen wir uns die „Schundgeschichte" zunächst als das an, was zu sein sie vorgibt, als einen Kriminalroman. Die Handlung führt den Leser gleich in medias res, in eine Gerichtsverhandlung. Angeklagt ist der italienische Arzt Deruga; er soll seine geschiedene Frau im Affekt getötet haben. Der Staatsanwalt hofft, den Angeklagten eines schwereren Verbrechens überführen zu können, des vorsätzlichen Mordes aus niederen Beweggründen, da Dr. Deruga der Alleinerbe seiner ehemaligen Frau ist. Ihre gemeinsame Tochter war schon früh gestorben.

Das vergangene Geschehen wird in der Gerichtsverhandlung lebendige Gegenwart, in den Aussagen der Zeugen und des Angeklagten, ähnlich wie in den Kriminalromanen des E. St. Gardner Jahrzehnte später. Während bei Gardner die sachliche Atmosphäre des Gerichtssaals den Stil des Autors ebenso bestimmt wie die Worte der Zeugen, läßt Ricarda Huch den Leser die Nüchternheit des Schauplatzes vergessen. Er erlebt, mit den Zuhörern im Gerichtssaal, die Geschichte einer leidenschaftlich bewegten Ehe und weiß, daß die Geschichte nicht gut ausgehen kann. Jeder, den er sprechen hört, hat seine eigene Sprache und wird so zu einer unverwechselbaren Persönlichkeit.

Selbst das Publikum im Saal wird in die Beschreibung der Gerichtsverhandlung einbezogen. Die lüsterne Neugier der guten Bürger richtet sich auf den Angeklagten, der rückhaltlos erzählt, wie es zu der Scheidung kam, und mit der Mitteilung überrascht, daß seine Frau unheilbar krank war. Mit Befriedigung nimmt man zur Kenntnis, wie sich dieser Dr. Deruga in Widersprüche verwickelt, wie er schließlich zugeben muß, am fraglichen Tag seine geschiedene Frau besucht zu haben. Er gesteht freiwillig, daß er gewisse Vorbereitungen getroffen hatte, daß alles nach Plan ablief. Sein Geständnis ist eine willkommene Sensation: ja, er hat seiner Frau mit einer Spritze den Tod gegeben.

Aber der Angeklagte weiß dem Gericht überzeugend darzulegen, daß es der ausdrückliche Wunsch der Frau war, die er immer noch liebte, von der Hand dessen zu sterben, den sie immer noch liebte. Zeugenaussagen bestätigen seine Darstellung. Das Urteil lautet: Tötung auf Verlangen. Deruga wird freigesprochen, doch er ist des Lebens überdrüssig und begeht Selbstmord.

So zusammengefaßt, ist „Der Fall Deruga" ein spannender und an Überraschungseffekten reicher Kriminalroman. Die ausgedehnte, eher ethische als juristische Diskussion über das Recht des Menschen, den Zeitpunkt seines Todes selber bestimmen zu dürfen, das Recht des Freundes, dabei Hilfe zu leisten, macht den Roman gerade heute zu einer erregenden Lektüre. Doch ein im üblichen Sinne spannender Krimi ist er gewiß nicht. Schon auf Seite 56 (von insgesamt 193 Seiten) erfährt der Leser aus Derugas Mund, er habe seine Frau auf ihren Wunsch getötet. Auch ist die Haltung des Angeklagten während des Prozesses nicht dazu angetan, gespannte Unruhe zu verbreiten. „Sagen Sie", fragt er seinen alten Freund, den Justizrat, „kann ich heute nachmittag während der Sitzung nicht lesen, oder noch lieber schlafen? Das Zeug langweilt mich unbeschreiblich; Sie könnten mir ja einen Stoß geben, wenn ich mich betätigen muß."

Die Gleichgültigkeit Derugas gegenüber denen, die über sein Schicksal zu entscheiden haben, könnte als erster Hinweis auf seinen Lebensüberdruß gedeutet werden, aber sein Selbstmord bleibt trotzdem wenig überzeugend. Wenig überzeugend, und das heißt hier überraschend unrealistisch, wird auch der Ablauf der Gerichtsverhandlung geschildert. Kaum einmal wird der Angeklagte unterbrochen, wenn er sich in seiner leidenschaftlichen Selbstdarstellung verliert oder wenn er alltägliche Begebenheiten erzählt, die ihm wichtig scheinen, für die Beweisführung jedoch ohne Belang sind. Der Richter läßt ihn reden, ebenso wie er die Zeugen reden läßt, wenn sie mit ihren schweifenden Erinnerungen oder plötzlichen Temperamentsausbrüchen das Publikum im Saal zum Lachen bringen.

Die scheinbaren Mängel in der Darstellung lassen erkennen, was „Der Fall Deruga" in Wahrheit ist: die verzweifelte Geschichte von zweien, die sich lieben und es doch nicht miteinander aushalten können:

„Deruga, du bist eben
so schön als wunderlich.
Man kann nicht ohne dich
und auch nicht mit dir leben. "

Diese Widmung zitiert eine Zeugin, um die Beziehung der Eheleute zu charakterisieren. „Es ist ein Epigramm", erklärt sie dem Gericht, „das Lessing auf eine gewisse Klothilde gemacht hat. " Der Name Deruga fügt sich ebenso glatt in das Versschema ein wie der Name von Ricarda Huchs erstem Mann, Ceconi. Alle ihre Biographen sind sich einig: in keinem ihrer Romane finden sich so viele Bezüge auf ihr eigenes Leben wie hier. Daß der großen Historikerin nicht ganz wohl war in ihrer Haut nach solcher Selbstenthüllung, ist verständlich, aber eine „Schundgeschichte" ist ihr bekanntester Roman darum noch lange nicht.

„Der Fall Maurizius" ist, wenn auch aus ganz anderen Gründen, ebenfalls nicht wirklich ein Kriminalroman. Jakob Wassermann schrieb ihn 1928 nach einem wahren Fall, den er jedoch ähnlich für seine Zwecke umdichtete, wie er das schon einmal mit einer Fall-Geschichte getan hatte, in seinem Roman „Caspar Hauser oder Die Trägheit des Herzens" (1908).

Dabei wirkt der Fall Maurizius, ähnlich wie der Fall Deruga, auf den ersten Blick wie ein Kriminalroman. Es ist die Geschichte eines Justizirrtums, der erst nach neunzehn Jahren aufgeklärt wird. Der Aufklärer ist ein junger Mann, der sich schon früh in der Schule als Detektiv betätigte. Er deckte einen Schul-Justiz-Irrtum an einem unbeliebten jüdischen Mitschüler auf, „so daß sie den damals Vierzehnjährigen den Sherlock Holmes in Taschenformat nannten".

Als Etzel Andergast sich mit dem Fall Maurizius zu beschäftigen beginnt, ist er immer noch ein Detektiv in Taschenformat: sechzehn Jahre alt, gefesselt an die Schule und ein strenges Vaterhaus. Beide Fesseln muß er erst abstreifen, bevor er den verwischten Spuren nachgehen kann. Vom Vater als vermißt gemeldet, von der Polizei gesucht, reist er in eine fremde Stadt, muß er sich in einer ihm fremden sozialen Schicht zurechtfinden, bis er schließlich auf die von Anfang an geahnte Wahrheit stößt. Leonhart Maurizius ist wegen eines Mordes, den er nicht begangen hat, zu lebenslangem Zuchthaus verurteilt worden. Der Hauptbelastungszeuge hat einen Meineid geschworen und gesteht Etzel den Mord.

Ungewöhnlicher als die Gestalt des jugendlichen Detektivs ist ein anderes. Der wahre Gegner, den er verfolgt und vor dem er gleichzeitig flieht, ist sein Vater, der für den Justizirrtum verantwortliche Staatsanwalt Andergast. Nicht der Kriminalfall Maurizius steht im Mittelpunkt, wie es der Titel verspricht, sondern die breit angelegte Darstellung eines Vater-Sohn-Verhältnisses, belastet auf der einen Seite durch Unverständnis, Intoleranz und eine fast unmenschliche Kälte, auf der anderen Seite durch Freudschen Vaterhaß und die leidenschaftliche Auflehnung gegen die heuchlerische Selbstgefälligkeit der Gesellschaft. Der Fall Maurizius ist geklärt, aber einen rettenden Ausweg, ein versönliches Ende gibt es nicht.

Lange nach dem Erscheinen von Jakob Wassermanns Roman griff Henry Miller das Thema wieder auf: „Maurizius Forever" (1946) – also: Maurizius und kein Ende. Inzwischen sind seit dem Erscheinen von Wassermanns Roman weitere vierzig Jahre vergangen. Die Ungerechtigkeit der irdischen Gerechtigkeit, die Fragwürdigkeit jeglicher Wiedergutmachung getanen Unrechts ist ein Thema, das uns heute ebenso stark bewegt wie den Juden Jakob Wassermann im Jahr 1928. Er wußte, wovon er sprach, wenn er die Vorurteile, die Intoleranz der Gesellschaft anprangerte, die Trägheit des Herzens, die den Menschen hinnehmen läßt, was unabänderlich scheint.

Wassermanns über vierhundert Seiten lange Anklage hat für den heutigen Leser an Überzeugungskraft verloren, weil uns ihr pathetischer Stil und die allzu oft, allzu deutlich formulierte Absicht des Autors stören. Doch die Absicht ist gut, und da, wo Wassermann nicht in das uns so verdächtig gewordene Pathos verfällt, in den Dialogen, bleiben seine Worte unvergeßlich. In dem Gespräch zwischen dem Gefängniswärter Klakusch und dem Gefangenen Maurizius heißt es: „Wenn ein Richter urteilt, so urteilt er als Mensch über einen Menschen, und das darf nicht sein... Und wie ist's denn mit der Strafe? wandte ich ein. Strafe ist doch notwendig, war da, seit die Welt steht. Er beugt sich zu mir herunter und raunt: Dann muß man die Welt austilgen und Menschen machen, die anders denken."

In demselben Gespräch fällt wenig später die Frage: „Ist denn eine Tat der Mensch? Nein, gab ich ihm zur Antwort. Eine Tat ist nicht der Mensch, und darin liegt der ganze Irrtum." Das ist gesprochen aus dem Geist Schillers, der den „Verbrecher aus verlorener Ehre" zu rechtfertigen suchte und die „Seelenkunde" pries, „weil sie den grausamen Hohn und die stolze Sicherheit ausrottet, womit gemeiniglich die ungeprüfte aufrechtstehende Tugend auf die gefallne herunterblickt; weil sie den sanften Geist der Duldung verbreitet, ohne welchen kein Flüchtling zurückkehrt, keine Aussöhnung des Gesetzes mit seinem Beleidiger stattfindet, kein angestecktes Glied der Gesellschaft von dem gänzlichen Brande gerettet wird."

Es gibt noch eine dritte deutsche Mordgeschichte, aber sie wurde nicht so bekannt wie „Der Fall Deruga" und „Der Fall Maurizius": der Roman „Der Meister des Jüngsten Tages" (1923). Sein Autor, Leo Perutz, wurde 1884 in Prag geboren, ein Jahr nach Kafka, kam jedoch schon als Siebenjähriger nach Wien. Er schrieb viele Romane, von denen nur ein Titel überlebt hat: „Wohin rollst du, Äpfelchen"? Als Perutz anfing, berühmt zu werden, vertrieb ihn das Hitler-Regime aus der Welt der deutschen Sprache, die er liebte und meisterhaft handhabte. Im Exil verstummte seine Stimme; er starb 1957.

Einen „hervorragenden Geschichtenerzähler" nannte ihn Friedrich Torberg und faßte sein Urteil in einem geistreichen Bild zusammen: „Leo Perutz – das Ergebnis eines literarischen Fehltritts von Franz Kafka mit Agatha Christie." Doch Charakterzüge des ungleichen Elternpaares lassen sich nur in einem einzigen der Romane nachweisen.

„Der Meister des jüngsten Tages" beginnt wie ein Krimi. Unter seltsamen Umständen kommt in Wien der Hofschauspieler Bischoff ums Leben. Seine Freunde, unter ihnen der Ich-Erzähler, können nicht an einen Selbstmord glauben; die Polizei schließt einen Mord nicht aus. Ein kleiner Kreis von Verdächtigen wird verhört. Es stellt sich heraus, daß einer von ihnen, Rittmeister Yosch, ein Motiv hatte, den Schauspieler aus dem Weg zu räumen – er liebt dessen Frau.

Bald nach dem Beginn der polizeilichen Ermittlungen überstürzen sich die Ereignisse. Es gibt weitere unerklärliche Selbstmorde und neue Spuren, denen die Freunde auf eigene Faust nachgehen. Die Entdeckung eines jahrhundertealten Manuskripts, geschrieben vom „Meister des jüngsten Tages", führt sie auf den richtigen Weg. Es ist ein Weg in die düsteren Abgründe mittelalterlicher Geheimlehren, deren Auswirkungen auf die Gegenwart unheimliche, immer phantastischere Formen annehmen. Nach einer Jagd von fünf Tagen wird der Mörder entdeckt, aber nicht verhaftet. Er ist nicht aus Fleisch und Blut, lebendig nur noch in jenem alten Manuskript.

Der Roman endet wie eine klassische Detektivgeschichte mit einem langen Aufklärungsgespräch in der Villa des ersten Opfers. Der Ich-Erzähler, der nur um Haaresbreite selber dem Tod entging, erfährt jetzt erst die Hintergründe und eine mögliche medizinisch-psychologische Erklärung der Todesfälle.

Agatha Christies fiktive Rolle als Mutter kann durch eine Inhaltsangabe sichtbar gemacht werden. Um Kafkas Vaterschaft zu erkennen, muß man den Roman schon selber lesen, muß sich mitziehen lassen in die düsteren Visionen und farbenprächtigen Traumbilder, die als beängstigende Wirklichkeit den Charakter einer außergewöhnlichen Geschichte bestimmen. Erst dann wird deutlich, daß auch dies kein früher Kriminalroman ist.

Teil 3
Der klassische Kriminalroman

15. Das enge Korsett der Spielregeln

Classici, Klassiker, wurden im alten Rom die ranghöchsten Bürger der Stadt genannt. Heute nennt jede Nation die Blütezeit ihrer Literatur die klassische Epoche, ihre großen Dichter Klassiker.

Taschenbuchverlage, die einen nicht mehr taufrischen Krimi neu auflegen und ihren Lesern schmackhaft machen wollen, verleihen ihm zu diesem Zweck gern das Prädikat klassisch. Suggeriert wird die Vorstellung von überragender Qualität, von ehrwürdig Altem. Oft sind die so angepriesenen Romane kaum älter als dreißig Jahre, und das Attribut bedeutet hier lediglich: nicht neu.

Wenn Kritiker der Gattung den ‚klassischen‘ Kriminalroman ablehnen aus Gründen, die sich auf den Inhalt beziehen, wird die Sprachverwirrung deutlich. Der klassische Krimi ist nur ein sogenannter Klassiker. Er ist nicht Produkt einer Blütezeit, nicht an eine bestimmte Epoche gebunden. Im angelsächsischen Sprachraum nennt man ihn schlichter, sachlicher „the orthodox detective story". In der deutschen Fachliteratur wird oft eine ähnliche Bezeichnung gewählt: der traditionelle Kriminalroman.

Alle Bezeichnungen meinen kein Werturteil. Sie betonen das Festhalten an einer Tradition des Erzählens, wie sie sich in den ersten Detektivgeschichten von E. A. Poe und Conan Doyle als praktikabel erwiesen hatte.

Schon in den frühen zwanziger Jahren machte man sich daran, Regeln für die aufblühende Gattung festzusetzen. S. S. Van Dine, der sich mit seinem Amateurdetektiv Philo Vance einen Namen gemacht hatte, war der erste Gesetzgeber. In einer langen Liste stellte er zusammen, was ihm wichtig erschien. Sein höchstes Gebot ist die Fairneß dem mitratenden Leser gegenüber. Ihm müssen im Lauf der Handlung alle Indizien mitgeteilt werden, er muß alle Tatsachen kennen, die dem Detektiv die Lösung des Falles ermöglichen. Für Van Dine war eine solche Forderung selbstver-ständlich, er nannte sie ein ‚gentleman's agreement'.

Voraussetzung dafür ist ein nach den Gesetzen der Logik aufge-bautes Plot. Alle Erzählelemente müssen sich diesem Ziel unter-ordnen. Van Dine hielt deshalb eine tiefergehende Charakterzeich-nung der Personen für überflüssig. Es genüge, meinte er, wenn ihre Handlungen dem Leser ‚plausibel' erschienen. In diesem Zusammenhang kritisierte er die Neigung einiger Autoren, eine Liebesgeschichte in das kriminalistische Geschehen einzuflechten. R. A. Freeman ließ seinen Dr. Thorndyke frei von amourösen Versuchungen einen Fall nach dem anderen abwickeln, doch den Nebenpersonen erlaubte er hin und wieder, in Liebe glücklich zu werden. Seiner Meinung nach widersprach das nicht den Spiel-regeln. Er schrieb 1924 einen Aufsatz über „The Art of the Detective Story", in dem er die Gattung abgrenzt gegen die „crime story". Letztere schildert, nach seiner Definition, atemraubende Verbrechen und turbulente Abenteuer, erstere hingegen bietet dem Leser geistige Genugtuung („intellectual satisfaction"). Eine malerische Szenerie, feinziselierte Charakterporträts sind nur er-laubt, wenn sie der Entwicklung und Verdeutlichung des Plots dienen. Sie müssen geopfert werden, verlangte Freeman, wenn sie das „intellektuelle Interesse" des Lesers ablenken.

Vier Jahre später mischte sich Monsignore Ronald A. Knox in die Debatte. Der zum Katholizismus konvertierte Priester hatte in Oxford Theologie studiert und sechs Kriminalromane veröffent-licht. Ihm ging es nicht mehr um ein ‚gentleman's agreement'; streng und seinem Beruf angemessen nannte er seine Forderungen „The Ten Commandments of Detection". Das wichtigste seiner zehn Gebote ist für Knox das ‚fair play'. Dazu gehört ebenfalls, betonte er, daß der Täter früh in die Handlung eingeführt wird. Und selbstverständlich darf sich nicht am Ende der Detektiv als Täter entpuppen, wie es der zu Recht vergessene Autor einer frühen Kriminalnovelle („The Big Bow Mystery"; 1892) sich auszudenken gewagt hatte.

Auch Dienstboten erklärte Monsignore Knox für tabu, was Schuldfähigkeit anlangt. Nicht aus Menschenfreundlichkeit erließ er dieses Gebot, sondern weil die Lösung „zu leicht" wäre. Außer-dem hätte die Existenz eines mörderischen Dieners gegen ein anderes Gebot verstoßen. Täter und Opfer müssen der gleichen

Gesellschaftsschicht angehören. An diese konservativ-unsoziale Regelung hielten sich alle nach ihm kommenden ‚Klassiker', und das bedeutete auch, der Mörder durfte kein professioneller Killer sein.

Monsignore ächtete auch jeden übernatürlichen Eingriff in das verbrecherische Geschehen. Gottes Wege sind nicht die des irdischen Gerechtigkeitssuchers. Selbst Ahnungen und Eingebungen („unaccountable intuition") sind dem Detektiv nicht erlaubt – solche Tricks wären nicht fair.

Im Jahr 1928 wurde alles, was bisher an Regeln aufgestellt worden war, sozusagen legalisiert. In London wurde der ‚Detection Club' gegründet. Er existiert heute noch, auch wenn er inzwischen zum Dining-Club für Krimi-Kritiker, Verleger und Autoren geworden ist. Der erste Präsident war G. K. Chesterton. Mitglied kann man nur auf Empfehlung werden; es ist eine Ehre, der illustren Vereinigung anzugehören.

Wie ernst es den Gründungsmitgliedern mit der Einhaltung der ihnen auferlegten Regeln war, ist nicht recht auszumachen. Bei ihrem Eintritt mußten sie feierlich schwören, ihre Detektive einem strengen Reglement zu unterwerfen. Chesterton, der das Absurde liebte, der sich von seinen Kritikern vorwerfen lassen mußte, seine Geschichten nie ganz ernst zu nehmen, Chesterton war sicherlich am Wortlaut des Eides nicht ganz unschuldig. Der Detektiv muß das Verbrechen selbständig aufklären, ohne Hilfestellung durch „göttliche Offenbarung, weibliche Intuition, faulen Zauber, Hokuspokus, Zufall oder einen Akt Gottes". Im englischen Text liest sich die Eidesformel noch hübscher. Streng verboten sind „Divine Revelation, Feminine Intuition, Mumbo-Jumbo, Jiggery-Pokery, Coincidence or the Act of God".

Ich hätte gern Dorothy Sayers oder Agatha Christie gesehen, wie sie die Hand feierlich zum Schwur erhoben. Es war sicher ein großer Spaß. Von Miß Sayers ist überliefert, daß sie im Club kräftig wetterte gegen Autoren, die das verbotene ‚love interest' in ihre Kriminalromane einschmuggelten. Je weniger Liebe, desto besser, urteilte sie klipp und klar. Das hinderte sie keineswegs daran, später ihren Lord Peter in eine Liebesgeschichte zu verwickeln, die sich, als Fortsetzungsroman sozusagen, durch mehrere Bücher zieht.

Trotzdem hielten sich die meisten ‚Klassiker' an die im ganzen doch sinnvollen Regeln. Auch nach dem Zweiten Weltkrieg haben sich viele Autoren gefunden, denen das Spiel offenbar Spaß macht, die es auf ihre Weise neu spielen. Viele Neuerscheinungen der letzten Jahre zeigen, daß es nicht an Reiz verloren hat. Die typischen Strukturelemente haben wir schon an Agatha Christies erster Detektivgeschichte aufgezeigt. Hier genüge eine kurze Zusammenfassung.

1. Der Mord als das die Handlung auslösende Moment geschieht gleich am Anfang oder noch vor dem Einsetzen der Erzählung.

2. Der Kreis der Verdächtigen ist eng begrenzt.

3. Die Forderung des ‚fair play‘ gilt als erfüllt, wenn dem Leser keine wichtigen Informationen vorenthalten werden.

4. Erlaubt, ja notwendig ist jedoch die absichtliche Irreführung des Lesers durch falsche Spuren, die sogenannten ‚red herrings‘.

5. Im Mittelpunkt des Geschehens steht der Detektiv, der Amateur oder Polizist sein kann.

6. Der ihm zugesellte Freund, möglichst dümmlichen Geistes, ist hilfreich für den Leser, aber kein Muß für den Autor.

7. Ein Muß ist dagegen die große Schlußszene, in welcher der Detektiv den Mörder überführt – bei Mangel an Beweisen durch eine Falle, die er dem Täter stellt.

8. Damit die Rekonstruktion des Verbrechens die Spannung nicht abreißen läßt, baut der raffinierte Autor kurz vor Toresschluß einen ‚double twist‘ ein, die letzte, großangelegte Täuschung der versammelten Verdächtigen – und des Lesers.

Die Liste liest sich wie ein Kochrezept. Man nehme die angegebenen Ingredienzien, würze das Ganze zum Schluß mit einer Prise Gänsehaut, und fertig ist ein schmackhafter Eintopf. Wer jedoch einmal einen schlechten Krimi dieser Art vorgesetzt bekam, weiß, wie schwer es ist, eine glaubwürdige und in sich stimmige Geschichte zu erfinden und zu einem befriedigenden Ende zu führen. Auch Dame Agatha hat im Alter einige allzu geschwind gekochte Eintöpfe auf den Tisch gestellt (etwa: „Postern of Fate"; 1973).

Schon die so einfach klingende Forderung nach einem kleinen Kreis von Verdächtigen birgt Tücken. Das, was der Autor sich ausdenkt, soll realistisch sein oder wenigstens scheinen. Polizeiberichte zeigen jedoch, daß im allgemeinen bei einem Mordfall nur ein oder zwei Personen tatverdächtig sind. Bei dem wohl erregendsten deutschen Prozeß der letzten Jahre stand von Anfang an fest, daß nur einer, Vater oder Mutter, die Kinder der Familie Weimar getötet haben konnte. Ein klassischer Krimi ließe sich aus einem solchen Fall nicht konstruieren.

Auf der anderen Seite gibt es in der kriminalistischen Wirklichkeit eine große Zahl von Tötungsdelikten, bei denen der Kreis der mutmaßlichen Täter unübersehbar weit gespannt ist. Raubüberfälle, Sexualverbrechen, politisch motivierte Mordanschläge oder der Amoklauf eines Irren gehören in diese Kategorie. Auch solche Verbrechen eignen sich nicht als Thema für einen klassischen Kriminalroman. Detektiv und Leser hätten keine Chancen, nur mit Hilfe ihrer kleinen grauen Zellen den Täter zu eliminieren. Für Autoren, die eine andere Form des Kriminalromans bevorzugen, ist das mühsame ‚leg work' der Polizei oder die Psyche eines Triebtäters sehr wohl ein Thema.

Wenn dem Leser in einem Roman von Agatha Christie ein Mörder vorgestellt wird, der seine Opfer in alphabetischer Reihenfolge erledigt („The ABC Murders"; 1936), sollte er mißtrauisch werden. „Die Morde des Herrn ABC" dienen nur der Tarnung für den einen, sorgfältig geplanten Mord, sind nicht die Tat eines besonders systematischen Massenmörders.

Der Krimi-Klassiker steckt in einer Zwickmühle. Er darf nicht zu viele, aber auch nicht zu wenige Verdächtige erfinden. Bei der geforderten kleinen Zahl muß er für jeden einzelnen Verdächtigen ein Motiv bereit haben, muß ihn zur Tatzeit in der Nähe des Tatorts sein lassen und ihm Zugang zur Tatwaffe geben. Selbst wenn ihm als Mordprojekt die nicht ganz neue Idee eines reichen Erbonkels mit einer großen Verwandtschaft vorschwebt, ist die überzeugende Darstellung von sieben oder acht mordlustigen Nichten und Neffen fast ein Ding der Unmöglichkeit.

Dazu kommt erschwerend die erzähltechnische Notwendigkeit, alle verdächtigen Personen rasch nacheinander einzuführen und in Kurzcharakteristiken lebendig werden zu lassen. Glückt dem Autor das nicht, muß der Leser verwirrt zurückblättern. Verständnisvolle Verlage setzen deshalb manchmal vor das erste Kapitel eine Liste der Hauptpersonen mit kurzen Erklärungen ihrer Eigenheiten. Dabei ist Vorsicht geboten. Es darf nicht zu viel verraten werden, denn schließlich befindet sich auch der Mörder unter den dramatis personae.

Eine andere Art der Hilfestellung geben kleine Zeichnungen, die der Autor selbst in den Text eingebaut hat. Da gibt es Skizzen von einzelnen Zimmern, Grundrisse von ganzen Landhäusern und Schiffen, zierliche Landkarten mit Flüssen, Dörfern und Schleusen, damit wir uns auch ja alles genau vorstellen können im fairen Spiel. Schon 1908 hatte Mary R. Rinehart in ihrem Krimi „Die Wendeltreppe" („The Circular Staircase") einen Plan des Landhauses mitgeliefert, das Schauplatz des Geschehens ist – mit allen Fenstern, Türen und Treppen, schön numeriert, Nr. 8: die Wendeltreppe.

Wenn der Autor alle Fährnisse glücklich umschifft hat und sich seinem Ziel nähert, stellen sich ihm die wohl gefährlichsten Klippen in den Weg. Er wird gebeutelt zwischen Scylla und Charybdis, hin- und hergerissen zwischen der Notwendigkeit, den Tathergang lückenlos aufzuklären, und der Sorge, den Leser durch zu viele Details zu langweilen oder zu verschrecken. Nur wenigen Autoren gelingt es, in vorsichtig getarnten Erklärungen einen Teil der Lösung vorwegzunehmen, so daß sich der Leser daran erinnert und plötzlich alles ins rechte Lot gerückt sieht. Dann sind keine seitenlangen Erklärungen mehr nötig.

Einen spannenden, in sich schlüssigen und überzeugenden klassischen Kriminalroman zu schreiben fordert dem Autor viel ab: Phantasie, Logik, Kombinationsvermögen, Menschenkenntnis, faktisches Wissen auf verschiedenen Spezialgebieten – und die Kunst, mit Worten umzugehen. Die Einhaltung der Spielregeln bedeutet ein zwar selbstgewähltes, aber darum nicht weniger einengendes Korsett. Ein immer gleiches Erzählschema nützt sich schnell ab, wenn nicht dem Schreiber in der Ausführung des Einzelnen Neues einfällt. Aber was ist neu? Exotische Gifte waren schon zu Zeiten der Damen Sayers und Christie im ‚Detection Club' ausdrücklich verboten. Beim Mordmotiv scheint die Auswahl an Varianten noch geringer. Manche Autoren glauben ihre Leser mit einem ausgeklügelten, nie dagewesenen Alibi zu erfreuen, aber die Überraschung endet nur allzuleicht in Verwirrung.

Solche und andere Hindernisse, die der Krimi-Schreiber in einem großen Gedankenhürdenlauf nehmen muß, sollen in den nächsten Kapiteln im einzelnen beschrieben werden, illustriert mit Beispielen aus der kaum noch zu übersehenden Fülle von ‚klassischen' Werken.

16. Der Tatort

Die Frage nach dem Warum wiegt, wenn es um Mord geht, schwerer als die schlichte Frage nach dem Wo. Der Ort des Verbrechens scheint oft vom Zufall abzuhängen. Der eifersüchtige Ehemann erschießt seinen Rivalen dann, wenn ihm der schon lange drückende Kragen platzt. Das kann im Schlafzimmer passieren oder vor der dunklen Haustür oder auch an einem lauschigen Platz im Park.

In der fiktiven Welt des klassischen Kriminalromans geht es anders zu. Der Mörder folgt einem genau ausgetüftelten Plan, auch wenn er vor Eifersucht halb wahnsinnig ist. Wenn er die eigene Haut retten will, braucht er ein kunstvoll gesponnenes Alibi. Dabei spielt für den planenden Mörder das Wo eine ebenso große Rolle wie das Wann – beides ist nicht zu trennen.

Für den planenden Autor ist die Wahl des Tatortes aus anderen Gründen wichtig. Sucht er sich zu diesem Zweck ein altes, abgelegenes Landhaus, ergibt sich aus dieser Wahl eine bestimmte, meist unheimliche Atmosphäre. Verlegt er das mörderische Geschehen in das College einer Universität, ist die Atmosphäre eher nüchtern, gefährlich nüchtern. Außerdem muß er ein breites Fachwissen parat haben. Läßt er seinen Detektiv in Slums, Hafenvierteln, billigen Absteigen und Kneipen herumschnüffeln, macht er sich das Leben nur scheinbar leichter. Er muß sich auskennen in der Lebensart von Dirnen, Gaunern und Zuhältern und ihre Sprache sprechen.

Auf so niedrigem Niveau bewegen sich die Klassiker des Krimis äußerst ungern. Der altehrwürdige englische Landsitz hatte sich schon bei Wilkie Collins und Conan Doyle als besonders geeignete Brutstätte für Mord und Totschlag bewährt. Selbst Charles Dickens ließ seinen Inspektor Bucket in „Bleakhouse" die Spur des Verbrechens bis zum düsteren Herrenhaus von Lord und Lady Deadlock zurückverfolgen.

Ein solcher Landsitz läßt sich ohne weiteres auch in andere Länder verlegen, zum Beispiel nach Amerika, wie es M. R. Rinehart vorgemacht hatte. Landsitze nach englischem Muster wurden beliebt bei Krimi-Autoren. Die unheilschwangere Dunkelheit der verwinkelten Korridore, die einsame Lage des weitläufigen

Gebäudes, unerklärliche Geräusche aus leerstehenden Zimmern – all das lockte viele von ihnen. Doch die Vorliebe für Unheilschwangeres führte weg vom klassischen Kriminalroman, hin zu einer Gattung, die meist mit dem Begriff ‚romantic thriller‘ vage umrissen wird.

Die ‚Klassiker‘ bemühen sich, Gruseleffekte zu vermeiden, auch wenn sie den Schauplatz in ein altes Landhaus oder ein noch älteres Schloß verlegen. Ein frühes Beispiel haben wir in Milnes „The Red House Mystery" kennengelernt. Die Ausnahme, die die Regel bestätigt, ist der gebürtige Amerikaner und Wahlengländer John Dickson Carr alias Carter Dickson alias Carr Dickson. Der Verfasser von über achtzig Kriminalromanen wird uneingeschränkt zu den großen Klassikern gezählt, obgleich er immer wieder der Versuchung erlag, die Leser das Gruseln zu lehren. Das verraten schon die Titel seiner Bücher: „Die Straße des Schreckens" („The Lost Gallows"; 1931), „Der Club der Masken" („The Waxworks Murders"; 1932), „Der Flüsterer" („He Who Whispers"; 1946), „Das Skelett" („The Skeleton in the Clock"; 1948) oder „Die verschlossene Tür" („Dead Man's Knock"; 1958).

In dem Roman „Tod im Hexenwinkel" („Hag's Nook"; 1933) erleben wir den ersten Auftritt des Amateurdetektivs Dr. Gideon Fell, der hier eine Serie unheimlicher Mordfälle mit Hilfe seines jungen Freundes Rampole aufklärt. Am Ende löst sich aller Hexenspuk in nichts auf. Die Idee des Autors, den Mörder eine schaurige Familienlegende um ein altes Schloß als Tarnung für seine Verbrechen benutzen zu lassen, rechtfertigt erzähltechnisch das vielfältige Gruselzubehör. Doch dem Leser geht es dabei leider wie dem Mann, dem John Dickson Carr einen seiner Romane widmete: „The Man Who Could not Shudder" (1940). Es schaudert ihn nicht, auch wenn er sich noch so viel Mühe gibt.

Im Laufe der Jahrzehnte hat der Mord im Landhaus an Reiz verloren. Er wurde zu einer vom Aussterben bedrohten Spezies. Die begrenzte Zahl von Verdächtigen ließ sich auch anderswo unterbringen, an einem weniger abgenutzten Schauplatz. Selbst die wohl größte Liebhaberin alter Landsitze, Agatha Christie, hielt es schon 1935 für angebracht, mit der Zeit zu gehen. Hercule Poirot, der eigentlich nur Züge für sichere Verkehrsmittel hält, muß als zufällig anwesender Passagier einen Mord im Flugzeug („Death in the Clouds") an Ort und Stelle aufklären. Wem das zu modern erschien, dem blieben die dem Landhaus in jeder Beziehung nahestehenden englischen Pubs. Wenn der Autor das Wirtshaus in schauriger Einsamkeit ansiedelte, stand es dem Landhaus kaum nach. Victor Gunn machte „Das Wirtshaus in Dartmoor" („The Painted Dog"; 1955) zu einem passenden Schauplatz, an dem Chief Inspector Cromwell, genannt Ironside, alle Geheimnisse um den ermordeten Wirt enträtselt und am Schluß den Goldschatz findet, den der Alte dort versteckt hatte.

Ein Schiff ist auch ein geeigneter Tatort für den Krimi-Klassiker, vor allem, wenn der Autor ein kleines Schiff nimmt und es mit einer Handvoll Passagiere bestückt, gut sortiert nach Alter, Geschlecht, Beruf und Charakter. Wenn er dann noch den Eigner zum Opfer wählt, bleibt nur eine kleine Gruppe von Verdächtigen an Bord. Diese klassische Situation erfand C. P. Snow mit seinem Roman „Mord unterm Segel" („Death Under Sail"; 1932). Auch dieser frühen Detektivgeschichte ist ein Lageplan beigegeben, „Finbows Skizze der ‚Sirene'", schön genau gezeichnet mit Kajüte und Salon, mit WC und Waschraum (wichtig zum Abwaschen der Blutflecken), mit Plicht und Mannschaftsraum, „nicht benutzt", denn die „Mannschaft" besteht aus den sechs Gästen des Schiffseigners. Einer von ihnen ist der Ich-Erzähler, der zur Lösung des Falles seinen Freund, den Amateurdetektiv Finbow, hinzuzieht. Der findet bald heraus, daß alle an Bord, Mann wie Frau, Grund hatten, den Kapitän zu hassen.

„Du denkst doch nicht etwa, sie hätten alle fünf den Plan, Roger umzubringen, miteinander ausgeheckt und wüßten alle Bescheid?" fragt der Ich-Erzähler besorgt seinen Freund. Aber Finbow weist diese Theorie als „phantastisch" weit von sich: „Natürlich könnte so etwas vorkommen, aber doch nicht in diesem Fall!"

Nein, nicht in diesem Fall, nicht an Bord der ‚Sirene', aber vielleicht anderswo, etwa an Bord eines Luxuszuges? Agatha Christies Roman „Der rote Kimono" („Murder on the Orient Express"; 1934) läßt die Vision eines Gemeinschaftsmordes durch mehrere Personen fiktive Wirklichkeit werden.

Charles Percy Snow verfaßte seinen ersten und einzigen Kriminalroman im Alter von sechsundzwanzig Jahren. „Wenn ich ein zweites Leben zur Verfügung hätte", schrieb der Vierundfünfzigjährige 1959 im Vorwort zu einer Neuauflage, „würde ich gern weitere Kriminalromane schreiben" – aber er brauchte sein Leben

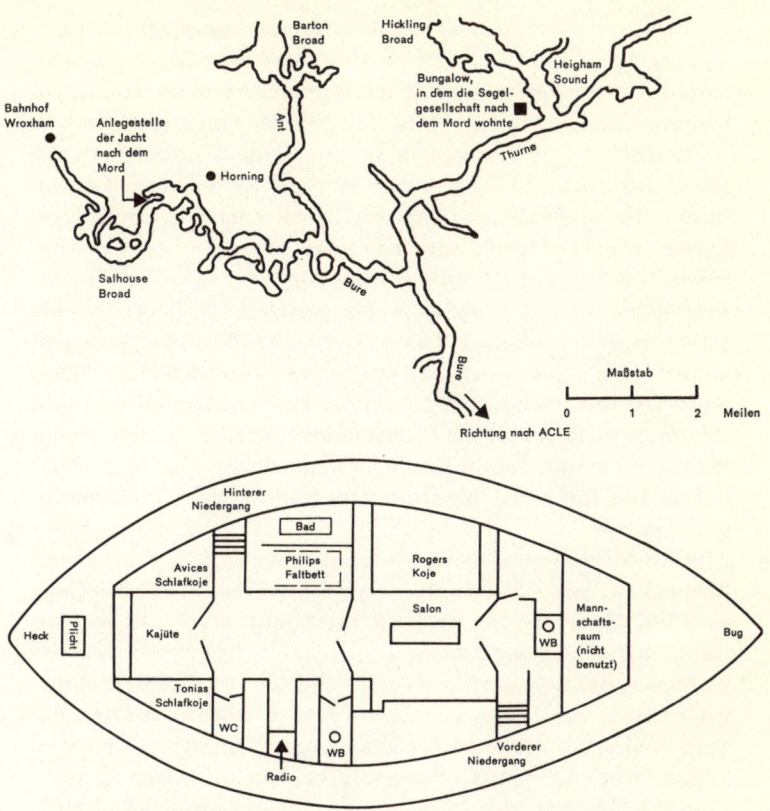

*Die beiden Skizzen verwendet Detektiv Finbow in Charles Percy
Snows Roman „Mord unterm Segel", um den Mord an Bord der
„Sirene" zu illustrieren*

für das, was ihm wichtiger war. Zwanzig Jahre lehrte er Physik in
Cambridge, wurde unter Harold Wilson parlamentarischer Staats-
sekretär im Ministerium für Technologie und schrieb einen elf-
bändigen, chronikartigen Romanzyklus. Wie schade! denkt der
Krimi-Fan unwillkürlich und wünscht sich statt dessen elf weitere
Morde von C. P. Snow. Denn „Mord unterm Segel" ist ein kleines
Meisterwerk, noch heute überzeugend in der Charakterzeichnung
und in der Darstellung eines ungewöhnlichen Mordmotivs.

133

Sein allererster Roman wurde nie gedruckt, „glücklicherweise", sagt der Autor rückblickend. „Im Alter von einundzwanzig Jahren hatte ich bereits einen Roman geschrieben, der unter Studenten und Studentinnen an einer Universität in der Provinz spielte."

Die Zahl der Professoren unter den Krimi-Schriftstellern ist erstaunlich hoch, vor allem in England, aber auch in den USA. So ist es nicht verwunderlich, daß viele ihrer Krimis in einem College spielen. Der erste große Kriminalroman dieser Art war Dorothy Sayers' „Aufruhr in Oxford" („Gaudy Night"; 1935). Das Universitätsmilieu scheint zunächst wenig geeignet als Tatort, da die klassische Beschränkung auf einen kleinen Kreis von Verdächtigen schwer aufrechtzuerhalten ist. Die Zahl der Lehrenden und Studierenden ist verwirrend groß. Bei genauerem Hinsehen gliedert sich jedoch die unübersichtliche Menge in überschaubare Gruppen von Menschen, die auf engem Raum zusammenleben, sich aneinander reiben und trotz aller akademischen Freiheit vielerlei Zwängen unterliegen.

Bruce Montgomery, besser bekannt unter seinem Pseudonym Edmund Crispin, schuf den unvergeßlichen Amateurdetekiv Gervase Fen, Professor der Anglistik in Oxford, der Stadt, die der Autor aus seinen eigenen Studentenjahren kannte und liebte. Crispins erster Roman „Mord vor der Premiere" („The Case of the Gilded Fly"; 1944; amerikanischer Titel: „Obsequies at Oxford") zeugt von seiner Liebe zu der alten Universitätsstadt – und von seiner Liebe zur Musik. Professor Fen, einem großen Musikkenner, gelingt es, den Mörder auf recht ungewöhnliche Weise dingfest zu machen. Das zweite Mordopfer, ein Organist, wird tot vor seiner Orgel aufgefunden. Der Professor sieht gleich, daß die gezogenen Register nicht den Noten entsprechen: Ihre Anfangsbuchstaben verraten den Namen des Mörders. Das ist der exzentrische Einfall eines Autors, der sich immer wieder selber übertrifft im Erfinden ungewöhnlicher Situationen. Bei einem „Mord im 1. Stock" („The Moving Toyshop"; 1946) läßt er einen ganzen Spielzeugladen samt Inventar über Nacht verschwinden.

Im Laufe der Jahre steigern sich Professor Fens Abenteuer ins Skurrile. In Crispins letztem Roman, „Der Mond bricht durch die Wolken" („The Glimpses of the Moon"; 1977), wird Fen von einem Journalisten gefragt, ob er nicht dessen Fälle in Buchform herausgeben dürfe. Der Professor wehrt entschieden ab, das mache schon ein anderer: „Crispin schreibt sie auf, in seiner eigenen, grotesken Weise." Eine Fußnote zu diesem Satz erläutert: „Ich habe dieses Dialogfragment nur auf Fens persönliches Verlangen hin übernommen. E. C."

Während die alten Landhäuser aussterben, wächst und gedeiht das College als Tatort für Mord und Totschlag. Im Jahr 1978 erschien der erste Kriminalroman einer Serie, die im – fiktiven – Balaclava Agricultural College im Osten der USA spielt. Charlotte Mac Leod, in Kanada geboren, veröffentlichte bisher vier Romane dieser Serie. Schon der Titel ihres Erstlings ist ungewöhnlich: „Rest you Merry". Der deutsche Übersetzer hat ihn frei und doch treffend wiedergegeben: „Schlaf in himmlischer Ruh". Die Worte des englischen und des deutschen Weihnachtsliedes sind als Kontrast gesetzt zum mörderischen Geschehen, das sich im weihnachtlich geschmückten Balaclava College abspielt. Professor Shandy mag nicht, wie die Polizei, an einen Unfall glauben, als er eine Bibliothekarin des Instituts tot in seinem Wohnzimmer findet. Da er seine Suche nach Erkenntnis nicht nur auf sein Spezialgebiet, die Züchtung von Nutzpflanzen, beschränkt, sondern auf alles bezieht, was um ihn herum vorgeht, erweist er sich bei der Aufklärung des Mordfalles als idealer Amateurdetektiv.

Der Krimi-Autor, der sich für das College-Milieu entscheidet, läuft Gefahr, das akademische Ambiente überdeutlich zu zeichnen. Er glaubt sich um geschliffene, geistreiche Dialoge bemühen zu müssen, würzt sie mit klassischen Zitaten und verstrickt seine Akteure in gelehrte Diskussionen. Ein Ausweg aus dem Dilemma bietet sich ihm, wenn er den professoralen Detektiv zu einem genialen Exzentriker macht, der das trockene Universitätsleben allein durch seinen unorthodoxen Charakter belebt. Wie John Dickson Carr und Edmund Crispin gelang auch Charlotte Mac Leod dieser Zaubertrick.

Professor Shandy wettert aufmüpfig gegen das Merry-Christmas-Treiben auf dem Campus und führt es in grandioser Übersteigerung ad absurdum, indem er heimlich nachts auf dem Dach seines Hauses zwei lebensgroße Rentiere anbringen läßt, gräßlich illuminiert durch Ketten von flackernden bunten Glühbirnen.

Der Roman „Deadly Meeting" (1970) des in Deutschland noch unbekannten Robert Bernard spielt in einer kleinen Neuengland-Universität. Bei einem Treffen während einer Linguistenkonferenz wird ein Professor ermordet. Der Tat verdächtig sind die übrigen Fakultätsmitglieder. Aber unter ihnen ist kein Professor Fen, kein Professor Shandy, und die Diskussionen der ehrgeizigen und redegewandten Akademiker ziehen sich recht ermüdend in die Länge. Das merkte wohl auch der Autor, denn er führt, wenn auch spät, einen neuen Charakter ein, in dem allzu deutlichen Bemühen, die Atmosphäre aufzulockern. Es ist der aus England herbeigerufene Ersatzmann für den Ermordeten. Der Mann ist eine Frau, Dame Millicent, nicht nur eine Kapazität auf ihrem Fachgebiet, dem Mittelalter, sondern auch eine begeisterte Amateurdetektivin. Sie stürzt ihre Kollegen von einer Verlegenheit in die andere und führt die Polizei auf Irrwege mit ihren verrückten Einfällen, die sie für wissenschaftliche Deduktionen hält. Für den gelangweilten Leser ist ihr Erscheinen eine willkommene Abwechslung, für den Literaturkritiker bedeutet es jedoch einen sichtbaren Bruch in der Erzählform und auch in der Erzählhaltung.

Der Engländer Andrew Taylor verzichtete in seinem Roman „Caroline Minuscule" (1982) auf eine künstliche Auflockerung akademischer Sachlichkeit. Der ehemalige Cambridge-Student wählte die Historische Fakultät seiner eigenen Universität als Schauplatz für seinen ersten Kriminalroman. „Caroline Minuscule" ist nicht der Name einer exotischen Dame, sondern die wissenschaftliche Bezeichnung für eine bestimmte Form mittelalterlicher Handschriften. Als eine führende Autorität auf diesem Gebiet ermordet wird, stellt sich heraus, daß in dem alten Dokument ein Hinweis auf einen Diamantenschatz versteckt ist. Die moralisch weniger Gefestigten unter den Studenten und Professoren machen sich auf die Schatzsuche, die sich jedoch als recht gefährlich erweist.

In diesem Krimi geht es weniger um das Aufspüren des Mörders als um die wissenschaftliche Sichtung der ‚clues', die das Manuskript dem Fachmann bietet. Da bleibt kein Platz für liebenswerte Exzentriker; der Reiz des Buches liegt auf einem anderen Feld. Die „New York Times" nannte das Erstlingswerk des jungen Autors einen sehr ungewöhnlichen Roman, „with sharply etched characters and a rather shocking amorality". Einer der „scharf umrissenen Charaktere" ist der Student Dougal, der sich zunächst zufällig, dann aber mit wachsendem Eigen-Willen auf den Pfad des Bösen begibt. Sein Gewissen hatte er schon immer als „an obliging, biddable organ" angesehen, und er sieht auch jetzt keinen Grund, „das Gespenst der Moral" heraufzubeschwören. Es geht um viel Geld. Am Ende steht nicht die Belohnung der Guten und die Bestrafung der Bösen. In diesem College-Krimi wird die heile Welt des klassischen Kriminalromans auf den Kopf gestellt.

Auch Colin Dexter studierte in Cambridge, und seine Kriminalromane spielen häufig im Universitätsmilieu. In „Die schweigende Welt des Nicholas Quinn" („The Silent World of Nicholas Quinn"; 1977) beschreibt er die Intrigen innerhalb einer staatlichen Prüfungskommission, wie er sie aus eigener Erfahrung kannte – er gehörte selber zur Prüfungskommission der Universität Oxford. Seinem Roman stellte er einen Lageplan des Instituts voraus, eine jener kleinen nostalgischen Skizzen, die schon fast ausgestorben schienen.

Englands berühmteste Universitäten, Oxford und Cambridge, sind offenbar geeignete Bildungsstätten für zukünftige Krimi-Autoren. Nicholas Blake, in Irland geboren, studierte in Oxford und hielt dort später Vorlesungen über Poetik. 1964 folgte er einem Ruf an die Harvard University. Er veröffentlichte zahlreiche Lyrikbände und literaturkritische Aufsätze, leitete einen bedeutenden Verlag und wurde 1968 von der Königin zum ‚poet laureate' ernannt. Berühmt wurde er unter seinem wahren Namen: Cecil Day Lewis. Schon seinen ersten Krimi („A Question of Proof"; 1935) hatte er unter dem Pseudonym Nicholas Blake veröffentlicht, das er bis zu seinem Tod im Jahr 1972 beibehielt. Er schrieb zwanzig Kriminalromane, in denen er, bis auf wenige Ausnahmen, dem in seinem ersten Buch vorgestellten Detektiv treu blieb: Nigel Strangeways. Er gab ihm eine Biographie mit auf den Weg, die Züge seiner eigenen trägt.

Cecil Day Lewis war noch nicht lange Professor in Harvard, als er sich eine Mordgeschichte ausdachte, die im amerikanischen Universitätsmilieu spielt. Das Opfer ist Professor Josiah Ahlberg, ein Altphilologe; zu den Verdächtigen zählen drei Professoren, eine Doktorandin und ein Dichter. „Der Morgen nach dem Tod" („The Morning after Death"; 1966) gibt viele Rätsel auf, und natürlich gibt es nur einen Fachmann, der sie lösen kann, den guten alten Nigel Strangeways, der sich gerade auf einer Reise durch Neuengland befindet. Neben seiner detektivischen Arbeit bleibt ihm genügend Zeit, Land und Leute halb kritisch, halb bewundernd zu betrachten. Deutlicher in seiner Kritik ist der englische Dichter, der nicht nur deshalb der Polizei und den Universitätsmitgliedern verdächtig erscheint. Er lehrt, wie der Autor, als Gastdozent für Poetik an der Universität.

In diesem seinem letzten Kriminalroman nimmt sich C. D. Lewis auch die Zeit, Kritisches über die Gattung zu sagen, zu deren Bestand er als Nicholas Blake beigetragen hat – „was die Stellung des Kriminalromans in der Literatur anlangt". Nigel findet, das alles sei keine Literatur, sondern nur Unterhaltung. Seine Gesprächspartnerin, eine Professorengattin, stimmt ihm zu: „Ich habe nichts für Leute übrig, die aus einem Kriminalroman eine Übung in makabrer Psychologie machen möchten. Seine Vorzüge liegen in der ständigen Variation der Realität. Aber die Kriminalautoren haben heutzutage immer den Ehrgeiz, Variationen von ‚Schuld und Sühne' zu schreiben, ohne auch nur ein Körnchen von Dostojewskis Talent zu besitzen. Sie haben den Mut zur eigenen Phantasie verloren und möchten gern als ernsthafte Autoren betrachtet werden."

Kritisches läßt der Autor seinen Helden auch über dessen eigenen Beruf sagen: „Die Zeiten des Privatdetektivs sind vorbei. In der Wirklichkeit ebenso wie im Roman. Bei schweren Verbrechen richtet nur ein erfahrenes Team von Berufskriminalisten etwas aus." Nigel Strangeways' resignierende Worte treffen sicherlich auf die „Wirklichkeit" zu, doch in der Welt fiktiver Verbrechen leben die Privatdetektive munter weiter, wie zahlreiche Neuerscheinungen der letzten Jahre zeigen. Und der das Teamwork der Polizei beschreibende ‚roman policier' ist keineswegs zur dominierenden Form des Kriminalromans geworden.

Der, wie ich meine, nach Stil, Charakterzeichnung und Plot beste College-Krimi spielt wie C. D. Lewis' Roman „Der Morgen nach dem Tod" ebenfalls an einer Universität im Osten der USA. Geschrieben wurde er von einem Professor für Biochemie in Boston. Isaac Asimow, in Rußland geboren, schon als Kind nach Amerika verpflanzt, ist als Autor von wissenschaftlich fundierten und spannenden Science-fiction-Romanen bekannt. Er schuf einen Computer-Detektiv, der einen verblüffenden Kontrast zur „Denkmaschine" des Jacques Futrelle bildet. Der freundliche Olivaw ist menschlicher als Futrelles Professor S. F. X. Van Dusen mit seinen seelenlosen Deduktionsmethoden.

Asimows einziger Kriminalroman ohne jeden Hauch von Science-fiction ist „Experiment mit dem Tod" (1958 zuerst unter dem Titel „The Death Dealers", später als „A Whiff of Death" erschienen). Tatort ist ein Chemielabor, der Ermordete ein dort arbeitender Doktorand, der Hauptverdächtige dessen Doktorvater, Professor Brade. Der Kreis der Verdächtigen ist klein; nur die mit den Experimenten des Studenten Vertrauten kommen als Täter in Frage.

Einen Berufsdetektiv gibt es nicht. Der Hauptverdächtige, Professor Brade selber ist es, der den Mord aufklärt, da er keine andere Möglichkeit sieht, den Verdacht der Polizei zu entkräften. Eine solche Motivierung der detektivischen Spurensuche – Selbsterhaltungstrieb statt Lust am Puzzle-Spiel – hat mich stets mehr überzeugt als die unermüdliche Tätigkeit der Serien-Detekive, die der Autor immer wieder über Leichen stolpern lassen muß. Der Charakter des Detektivs wider Willen steht im Mittelpunkt von Asimows Roman. Während der verzweifelten Bemühungen um die Aufklärung des Mordes ändert sich Brade. Aus einem angepaßten Beamten, der ängstlich auf eine gesicherte Karriere bedacht ist, wird ein Mensch, der am Schluß von sich sagen kann: „Das Komische ist, daß ich nach all diesen Jahren endlich das Bewußtsein der Sicherheit habe. Was aus meiner Stellung wird, ist mir völlig gleichgültig; ich habe Sicherheit an der einzigen Stelle, auf die es ankommt: hier drin." Und er klopfte sich an die Brust.

Brade überführt den Mörder mit einem Trick, einem biochemischen, versteht sich, denn der Mörder ist ein Kollege. Das Ritual der großen Enthüllungsszene am Ende ist schon allein deshalb aufgelockert, weil der „Detektiv" Amateur ist. In einem vertraulichen Gespräch unter vier Augen teilt Brade seine Schlußfolgerungen dem – übrigens sympathisch gezeichneten – Polizeibeamten im eigenen Arbeitszimmer mit.

Natürlich gibt es im klassischen Kriminalroman auch noch andere Schauplätze als die hier beschriebenen. Beliebte Tatorte sind Pfarrhäuser, Golfplätze und das Theater: der Mord auf der Bühne oder hinter den Kulissen. Die Szenerie trägt bei zum besonderen Charakter jeder einzelnen Geschichte. Der große Erfolg der Krimis von Hansjörg Martin in den sechziger Jahren beruhte sicherlich auch auf dem Novum, daß ein deutscher Autor es wagte, auf deutschem Boden morden zu lassen. Kommissar

Klipp löst seine Fälle in den kleinen Dörfern und Städten Schleswig-Holsteins oder auf den nordfriesischen Inseln („Einer fehlt beim Kurkonzert"; 1966), in der beschaulichen Landschaft, die zur zweiten Heimat des gebürtigen Leipzigers wurde.

Der klassische Detektivroman hat „ein Schema und zeigt seine Kraft in der Variation. Kein Kriminalromanschreiber wird die leisesten Skrupel fühlen, wenn er seinen Mord im Bibliothekszimmer eines lordlichen Landsitzes vorgehen läßt, obwohl das höchst unoriginell ist... Wer, zur Kenntnis nehmend, daß ein Zehntel aller Morde in einem Pfarrhof passieren, ausruft: ‚Immer dasselbe!', der hat den Kriminalroman nicht verstanden. Er könnte ebensogut im Theater schon beim Aufgehen des Vorhangs ausrufen: ‚Immer dasselbe!' Die Originalität liegt in anderem. Die Tatsache, daß ein Charakteristikum des Kriminalromans in der Variation mehr oder weniger festgelegter Elemente liegt, verleiht dem ganzen Genre sogar ästhetisches Niveau. Es ist eines der Merkmale eines kultivierten Literaturzweiges." Dies Loblied auf den Krimi schrieb kein Geringerer als Bertolt Brecht.

17. Der Detektiv

Die hagere Gestalt Sherlock Holmes', sein kantiges Profil und seine Pfeife sind unsterblich. Das methodische Vorgehen des Meisters, die genaue Beobachtung scheinbar unwichtiger Einzelheiten und die Kunst der Analyse blieben Vorbild für alle klassischen Spurensucher. Seine Persönlichkeit, sein ‚Typ' ist jedoch bei neueren Autoren nicht mehr gefragt. Eine naheliegende Erklärung bietet sich an: Jeder Krimi-Autor möchte einen Detektiv in die Welt setzen, der sich deutlich unterscheidet von den Heerscharen anderer Detektive, der in Aussehen und Charakter unverwechselbar und, hoffentlich, unvergeßlich ist.

Für mich, den Leser, steigt und fällt ein Kriminalroman mit der Persönlichkeit seines Helden. Der Charakter des Detektivs prägt den Charakter der Geschichte. Seine besondere Art zu argumentieren, seine Redeweise, seine Gedanken und Gefühle geben den Ton an für den Stil und die Grundstimmung des Romans.

Als die junge Agatha Christie ihren ersten Kriminalroman plante, dachte sie an alle Detektive, die sie in Büchern kennengelernt und bewundert hatte. „Da war Sherlock Holmes, der eine und einzige – nie würde ich mit ihm wetteifern können", erzählte sie später in ihrer Autobiographie. „Da war Arsène Lupin – aber war er ein Verbrecher oder ein Detektiv? Da war der junge Journalist Rouletabille in ‚Das Geheimnis des gelben Zimmers' – das war die Art Person, die ich gerne erfinden würde: jemand, den man noch nicht vorher benutzt hat. Wen könnte ich nehmen? Einen Schuljungen? Ziemlich schwierig. Einen Wissenschaftler? Was wußte ich von Wissenschaft? Dann fielen mir unsere belgischen Flüchtlinge ein..."

So entstand Hercule Poirot, als eine gelungene Mischung aus persönlich Bekanntem und detektivisch noch nie „Benutztem". So entstanden, aus ähnlichen Überlegungen, die anderen Detektive anderer Autoren, die vornehmen Gentlemen, die groben Klötze, die schnoddrigen Vielredner und die ganz gewöhnlichen braven Polizeibeamten.

Die lange Reihe der Gentleman-Detektive wird angeführt von Lord Peter Wimsey, dicht gefolgt von Albert Campion. Im Alter von fünfundzwanzig Jahren erfand Margery Allingham den Detektiv, den sie für die meisten ihrer Kriminalromane als zentrale Gestalt beibehielt. In „The Crime at Black Dudley" (1929) läßt sie ihn nur am Rande mitwirken. Doch schon in „Mystery Mile" (1930) hält der schlanke junge Mann aus bestem britischen Adel die Zügel straff in seiner Aristokratenhand, auch wenn er zum Schluß in die Falle des Gangstersyndikats tappt und beinahe, aber eben doch nur beinahe, umgebracht wird. So kann er in achtzehn weiteren Romanen seine wachsende Geschicklichkeit im Umgang mit Verbrechern unter Beweis stellen.

Der gewissenhafte Leser weiß, daß Mr. Campion im Jahr 1900 geboren wurde, und hat mit Anteilnahme den Werdegang des Amateur-Detektivs verfolgt. Er hat miterlebt, wie aus dem abenteuerlustigen, oft recht exzentrischen Wirrkopf ein ruhiger, stets höflicher und einfühlsamer Mensch wurde, den immer wieder sorgenbeladene Menschen, meist aus seiner eigenen Gesellschaftsklasse, um Rat und Hilfe bitten. Oft sind es Freunde oder gute Bekannte (wie in dem Roman „Dancers in Mourning"; 1937, oder in „Flowers for the Judge"; 1936), die seinen Beistand suchen – vielleicht liegt es daran, daß von Mr. Campions Honorar nie die Rede ist. Der Leser erfährt, daß Campion erst spät, während des

Zweiten Weltkrieges, heiratet. Die Geburt eines Sohnes, Rupert, wird angezeigt, und auch Rupert begleitet uns, wachsend, weiter, bis wir ihn 1968 an der Harvard-Universität studieren sehen.

Margery Allingham starb schon zwei Jahre vorher, aber ihr Ehemann, Ph. Youngman Carter, in England bekannt als Herausgeber des ‚Tatler‘, schrieb noch zwei weitere Campion-Romane. Das fiel ihm offenbar nicht schwer, hatte er doch schon lange mit seiner Frau zusammengearbeitet.

Mit dem sich wandelnden Campion wandelte sich auch der Charakter der Romane. Die frühen sind voll von Action-Szenen und auch skurrilen Einfällen, die des Lesers Phantasie und Einfühlungsvermögen gelegentlich überfordern. Dann geht es ruhiger zu, die Handlung wird nach bewährtem klassischem Muster gestrickt. Die Sprache ist ausgewogen; ungewöhnliche Vergleiche beleben die Charakterzeichnungen mit Ironie und Humor. In den späten Romanen, mit einem Campion in der Rolle des guten Familienvaters, als geschätztem Freund von Scotland Yards Inspektor Stanislaus Oates, wird über lange Passagen das Geschehen nicht mehr direkt geschildert, sondern in Dialogen aufbereitet, so daß es nur sichtbar wird durch die Augen des jeweiligen Sprechers.

Albert Campion ist, wie die meisten klassischen Detektive, ein Serienheld. Das hat seine Vor- und Nachteile. Der Leser freut sich, einen guten alten Bekannten wiederzutreffen, aber der Autor muß sich jedesmal aufs neue bemühen, seinen Detektiv vorzustellen für die Leser, die neu hinzugestoßen sind. So gebraucht Margery Allingham immer wieder die stereotype Formel „der junge Mann mit dem blassen Gesicht und der Hornbrille", um ihren Helden sichtbar werden zu lassen – auch dann noch, als er strenggenommen schon siebenunddreißig Jahre alt ist (in „Dancers in Mourning"; 1937). Immer wieder neu vorstellen muß sie auch Campions Diener, Mr. Magersfontein Lugg, einen Ex-Safeknacker und Ex-Sträfling. Denn Mr. Lugg ist nicht nur für seinen Herrn eine wichtige Hilfe, wenn es um Verbindungen zur Unterwelt geht, er ist darüber hinaus eine erzähltechnisch wichtige Figur. Ohne seine elefantenhafte Gestalt, sein derbes Cockney-Englisch, seine schlechten Manieren und aufsässigen Sprüche wäre die blasse Vornehmheit Mr. Campions manchmal schwer zu ertragen. Campion ist so edel-bescheiden, daß er „niemals seinen wahren Namen und seinen Adelstitel gebrauchte", wie die Autorin besonders in den späteren Romanen betont, etwa in „Die Spur des Tigers" („The Tiger in the Smoke"; 1952).

Roderick Alleyn, der nächste in der Reihe der Gentleman-Detektive, schämt sich seiner adligen Abstammung nicht. Die in Neuseeland geborene Ngaio Marsh ließ den aristokratischen Schnüffler 1934 („A Man Lay Dead") zum erstenmal die Bühne betreten, die oft eine wirkliche Bühne ist. Ngaio – der Name bedeutet ‚Blühender Baum' – war Schauspielerin und Dramaturgin und blieb während ihres langen Lebens dem Theater verbunden. Ihre Liebe zu Shakespeare und zur Malerei, eine Liebe, die sich mit großer Sachkenntnis verbindet, ist in allen ihren Romanen spürbar. Denn auch Roderick Alleyn ist ein Kenner der englischen Literatur und zitiert gerne Shakespeare. Als er schließlich, nach längerem Junggesellendasein, die berühmte Malerin Troy heiratet, bekommt er Gelegenheit, auch sein kritisches Verständnis der modernen Malerei unter Beweis zu stellen.

So wundert es nicht, daß er von niemandem für das gehalten wird, was er ist: ein Polizist. Ngaio Marsh war klug genug, ihren Helden zum Polizeibeamten zu machen. Nur so hat er Anlaß, in rund dreißig Romanen ein Verbrechen nach dem anderen aufzuklären, während Albert Campion in einigen Romanen pausieren muß, weil ein Privatdetektiv seltener mit Morden zu tun hat. Roderick Alleyn hingegen ist als Beamter von Scotland Yard beruflich mit Mord befaßt. So konnte die Autorin ihrem Helden bis zu ihrem Tod (1982) treu bleiben, wie ihr letzter Kriminalroman, „Grave Mistake" (1979) beweist; der grobe deutsche Titel „Zwischen Sarg und Grube" läßt nicht ahnen, welch gelungenes Wortspiel bei der Übersetzung geopfert werden mußte (grave mistake = schwerer Fehler = Grabesfehler).

Alleyns Charakter ist von Anfang an festgelegt. Er vergißt nie seine guten Umgangsformen, ist höflich bei der Befragung von Verdächtigen und freundlich zu seinen Untergebenen, besonders zu seinem engsten Mitarbeiter, Inspektor Fox, den er häufig liebevoll ‚Foxkin' nennt. Das gehobene sprachliche Niveau des aristokratischen Polizisten bestimmt den Stil aller Romane von Dame Ngaio Marsh, die 1966 den „Order of the British Empire" erhielt. Da ist kein Platz für einen dümmlichen Watson, der mit seinen Worten alles ins Triviale hinabzieht. Alleyns Freund und Helfer ist ein junger Journalist, Nigel Bathgate, klug, eifrig und stets gut informiert. Wenn er sich selber spöttisch ‚Watson' nennt, macht er damit den Unterschied zu allen vorherigen Watson-Figuren um so deutlicher.

In die Liste der berühmten Gentleman-Detektive gehört als vorläufig – und vermutlich endgültig – letzter Sir John Appleby, ein pensionierter hoher Beamter der Londoner Metropolitan Police. Auch er ist inzwischen ein alter Herr, der seinen ersten Fall 1936 löste. Michael Innes hat, wie Ngaio Marsh, in seinen zahlreichen Kriminalromanen nur diesen einen Detektiv agieren lassen. Daher weiß der Innes-Fan alles über den vornehmen Herrn, der immer mit Sir John angeredet wird. Er kennt auch die Gattin, Lady Judith Appleby, eine berühmte Bildhauerin, die dem englischen Landadel angehört. Sir John liebt die derbe Ausdrucksweise der ‚landed gentry'; darin liegt sein Charme. So nennt er Lady Judiths Familie „total plemplem" („completely dotty"), und das wirkt erfrischend nach der gewählten Ausdrucksweise der anderen adligen Detektive.

Dabei kann es der Autor, was Bildung anlangt, durchaus mit den schriftstellernden Damen aufnehmen. John Innes Macintosh Stewart – so lautet der volle Name – wurde, wie der Name dem Kundigen verrät, in Schottland geboren, studierte in Oxford und lehrte englische Literatur an verschiedenen Universitäten. Daher mischt verständlicherweise Sir John geistreiche Aperçus in seine kunstvoll derbe Sprache und brilliert mit Zitaten.

In einigen der späteren Romane steigert sich die Liebe des Autors zu geistreichen und ironisch pointierten Einfällen ins Skurrile, so daß die eigentliche Krimi-Handlung daran zu ersticken droht. Das zeigt sich in „Ein sicherer Hafen" („Honeybath's Haven"; 1977), am deutlichsten jedoch in dem Roman „Appleby's Answer" (1973). Das Plot ist wirr, um nicht zu sagen „completely dotty". Eine alte Jungfer, spezialisiert auf geistliche Mordfälle, ist auf Themensuche für ein neues Buch. Eines ihrer früheren Werke heißt „Murder in the Cathedral", ohne Rücksicht auf T. S. Eliot, wie der Autor ironisch anmerkt. Sie hört von dem rätselhaften Tod eines Dorfgeistlichen und gerät am Tatort in eine Reihe von unheimlichen Zwischenfällen. Eine klare Linie in der Handlungsführung zu entdecken gelingt auch dem wohlmeinenden Leser nicht. Der „Mord" entpuppt sich als ein clever getarnter Selbstmord. Der erpresserische Bösewicht, auf dessen Konto der Selbstmord geht, endet schmählich. Hinterrücks wird er von einer Ziege in eben den Brunnen gestoßen, in den sich sein Opfer gestürzt hatte.

Und Sir John Appleby? Er hat eigentlich nichts zu tun und erscheint daher erst auf Seite 77, in der Mitte des Buches, um die scheinbar unheimlichen, im Grunde aber eher läppischen Rätsel zu lösen. Es gab schließlich nur ein bißchen Erpressung, und wenn die tatkräftige Ziege nicht gewesen wäre, hätte die Geschichte keinen befriedigenden Abschluß finden können. Sir John ist eine überflüssige Figur.

Als Enthüller von Geheimnissen schneidet er besser ab in „Bilde, Künstler, morde nicht" („The Mysterious Commission"; 1974) und in „Christmas auf Candleshoe" (eine nicht gerade originelle Übersetzung des englischen Titels „Christmas at Candleshoe"; 1953). Doch auch in diesen beiden Krimis bleibt gelegentlich ein unangenehmer Nachgeschmack von zuviel Reichtum an Geist und von allzu dick aufgesetzten satirischen Glanzlichtern. Michael Innes wird von den Engländern zu den großen „Klassikern" gerechnet – aber mit dem klassischen Kriminalroman, wie er im Laufe der Jahre definiert wurde, haben die puzzle-fernen Abenteuer Sir Johns wenig gemeinsam.

Wie sehr die Persönlichkeit des Detektivs den Charakter des Romans bestimmt, zeigt sich bei den Autoren, die nicht nur einen einzigen Detektiv vorführen. Ein gutes Beispiel ist Rupert Croft-Cooke, der unter dem Pseudonym Leo Bruce über dreißig Kriminalromane geschrieben hat – mit zwei ganz bewußt auf Kontrast angelegten zentralen Figuren. „Auch Angler sterben" („Death of Cold"; 1956) und „Tod am See" („Death by the Lake"; 1971) spielen auf dem Lande. In beiden Romanen steht Carolus Deene im Mittelpunkt, ein freundlicher alter Junggeselle, von Beruf Historiker, dessen Neugier und logisches Denkvermögen sich nicht nur auf das Entziffern rätselhafter Textstellen in mittelalterlichen Handschriften, sondern auch auf rätselhafte Mordfälle richten. Seine ältliche Haushälterin hat immer wieder Anlaß, sich über das blutige Hobby ihres Herrn aufzuregen. Der Leser genießt eine beschauliche und doch spannende, in sich geschlossene Geschichte, erfreut sich an fein gezeichneten Charakteren, flüssigen Dialogen und einer liebevollen Beschreibung der ländlichen Szenerie. In dem Krimi „Tod am See" ist die verblüffende Lösung, die Mr.

Deene in der großen klassischen Schlußszene enthüllt, zwar etwas langatmig, aber überzeugend in der Beweisführung.

Wenn jedoch Sergeant Beef das kriminalistische Feld beherrscht, bleibt kein Raum für psychologische Feinheiten und das logische Aufarbeiten von Indizien. Beef ist ein Mann der Tat, der ungehobelten Taten, ein Nicht-Denker, ein großer Trinker und ein großer Esser. Anders als der kultivierte Menschenfreund Carolus Deene scheint er dazu verdammt, von einem Fettnäpfchen ins andere zu stapfen. Die beabsichtigte komische Wirkung auf den Leser verpufft jedoch schon nach dem dritten Fettnäpfchen. Erträglich werden die Krimis um Sergeant Beef durch einen erzähltechnischen Trick. Leo Bruce wählt als Ich-Erzähler einen Mr. Townsend, der Beef bei allen Aktionen begleitet und die Fehler des Un-Detektivs sarkastisch-tadelnd kommentiert. Wie Watson und Hastings schreibt er auf, was er erlebt, doch seinem literarischen Ehrgeiz steht die Persönlichkeit des Sergeanten im Weg, und er ist daher ständig um eine Image-Verbesserung seines zweifelhaften Helden bemüht.

Trotz aller Anstrengungen des Autors, auf diese Weise ein gebrochenes Charakterbild zu entwickeln, bleibt Beef der, der er ist: ein primitiver, ungehobelter Klotz, der mit seinen ekligen Eßmanieren, seinen abgedroschenen Phrasen und seinem rüden Umgangston alle Beteiligten, den Leser eingeschlossen, vor den Kopf stößt. Unweigerlich gibt er den Ton an, auf den die Erzählung gestimmt ist. Der Kontrast zu den feinen Gentleman-Detektiven ist vom Autor gewollt. In „Ein Fall ohne Ende" („Case with no Conclusion"; 1939) schiebt er eine literarische Anspielung ein, wie sie im klassischen Kriminalroman schon immer beliebt war. Beef macht sich lustig über einen Detektiv, der einen Mordfall in Mayfair gelöst hat, in dem exklusiven Kreis von Kunden eines eleganten Modesalons. Für den Fachmann ist die Anspielung klar. Gemeint ist der ein Jahr zuvor erschienene Krimi „Mode und Morde" („The Fashion in Shrouds"; 1938) von Margery Allingham. Auf Sergeant Beefs spöttische Bemerkung klagt sein Biograph Townsend: „Aber Beef, Sie wollen doch nicht behaupten, daß Sie der richtige Mann gewesen wären, in diesem Fall zu ermitteln? Dazu braucht man Zartgefühl, Takt, Savoir-faire. Er war für Miss Allinghams Albert Campion genau das Richtige."

So ist es. Bestimmte Fälle erfordern bestimmte Detektive. Verständlicherweise verlieren Edel-Detektive wie Campion und Alleyn an Reiz, wenn man ihnen häufig begegnet, und es ist verständlich, wenn andere Autoren versuchen, ein Kontrastprogramm zu entwerfen. Doch muß auch der mittelmäßigste Detektiv wenigstens so viele kleine graue Zellen besitzen, daß man ihm den erfolgreichen Abschluß eines Falles zutraut.

Auch Inspektor Wilfred Dover von Scotland Yard hat mehr Glück als Verstand, wenn er einen Fall als gelöst zu den Akten legen kann. Joyce Porter erfand diesen anderen Anti-Helden 1964 und war sich des Erfolgs ihrer Erfindung so sicher, daß sie gleich zu numerieren anfing. „Dover One" (deutscher Titel: „Der Fall mit der kühlen Rothaarigen") nannte sie ihren Erstling. Nach „Dover Two" und „Dover Three" gab sie das Zählen auf, schrieb aber munter weiter, bis zu „Ein Trostpreis für Dover" („Dover Beats the Band"; 1980). Im ganzen hält sie sich an die Spielregeln des klassischen Kriminalromans, doch ihr Liebling Dover ist bestenfalls eine Parodie, schlechtestenfalls eine unerträglich dumme Figur.

Daß ein origineller Detektiv weder dumm noch skurril zu sein braucht, bewies Phoebe Atwood Taylor schon 1931 mit Asey Mayo, den seine Freunde den ‚Kabeljau-Sherlock' nennen, nach dem Schauplatz seiner detektivischen Tätigkeit, dem amerikanischen Cape Cod (cod = Kabeljau). Der ehemalige Seemann ist sechzig Jahre alt, als er das Licht der Krimi-Welt erblickt. In seinen Methoden erinnert er an die gleichfalls alt geborene Miß Marple. Seine vielfältigen Erfahrungen – er ist in Wirklichkeit ein reicher Mann und in jeder Gesellschaftsschicht zu Hause – haben ihn zum Menschenkenner gemacht. Er zieht psychologische Parallelen, die ihn von einem harmlosen Verkäufer oder einem gutmütigen Dorfwirt zum gesuchten Mörder führen.

Asey Mayo redet munter und lässig daher, nennt Dr. Watson respektlos „diesen dumpfen Typ, den Sherlock Holmes immer mit sich herumgeschleppt hat" und läuft am liebsten mit abgewetzten Cordhosen und einer alten Schiffermütze herum. Bis zum Jahr 1951 löst er über zwanzig Fälle, die sich auf dem engen geographischen Raum abspielen, wo er – wie die Autorin – sich zu Hause fühlt. Für die in Boston geborene Phoebe A. Taylor war Cape Cod ein idealer Schauplatz für neuenglische Aristokraten und spleenige Typen, das Personal ihrer heiter ironischen Krimis, die sich heute noch frisch wie am ersten Tag lesen. Das beweist die deutsche Neuausgabe ihres ersten Romans mit dem Kabeljau-Sherlock im Jahr 1986: „Kraft seines Wortes" („The Cape Cod Mystery"; 1931). Das Buch fand offenbar so viel Anklang bei deutschen Lesern, daß der Verlag zwei Jahre später einen weiteren Krimi der bisher bei uns unbekannten Autorin herausgab: „Ein Jegliches hat seine Zeit" („The Mystery of the Cape Cod Tavern"; 1934).

Wenn ein Kriminalroman im Milieu der großen Trusts spielt, wenn es um Geld und Börsenspekulationen geht, muß der erfolgreiche Detektiv Spezialkenntnisse besitzen. Das weibliche Autoren-Duo, das unter dem Pseudonym Emma Lathen auch in Deutschland bekannt wurde, machte einen Finanzfachmann zur zentralen Gestalt, John Putnam Thatcher, Vizepräsident der ‚Sloan Guaranty Trust Company'. Das erste Gemeinschaftswerk der beiden Amerikanerinnen erschien 1961: „Freitag, der Dreizehnte" („Banking on Death"). Die meisten Titel der inzwischen schon recht stattlichen Reihe verraten dem Leser, es geht um das große Geschäft mit dem Geld und seinen oft mörderischen Konsequenzen: „Mord – und die Kasse stimmt" („Accounting for Murder"; 1964), „Gift für die Börse" („Death shall Overcome"; 1966) oder „Und dann verschwand er mit dem Geld" („Come to Dust"; 1968).

Die beiden Autorinnen, Mary J. Latsis und Martha Hennissart, haben ihren Pseudo-Nachnamen sinnvoll zusammengebastelt: Lat-hen, beide gleichberechtigte Partner. Wie auch bei anderen Autoren-Duos (Ellery Queen, Boileau/Narcejac, Sjöwall/Wahlöö, Fruttero/Lucentini) bleibt das Geheimnis der Arbeitsverteilung ein Rätsel, das zu lösen der Leser vergeblich seine Phantasie bemüht. Es ist offenbar nicht so, daß die eine das Fachwissen beisteuert, während die andere die Handlung ausdenkt und sie in Worte umsetzt. Beide Damen haben nach ihrem Studium in Harvard als Finanz- und Rechtsberaterinnen gearbeitet. In ihrer Krimi-Serie um Mr. Thatcher porträtieren sie eine von Männern beherrschte, harte, rücksichtslose Welt, in der Frauen nichts zu sagen haben. Nur gelegentlich sorgt eine kleine Liebesgeschichte für Abwechslung und wirkt eher wie ein Zugeständnis an Leser, die auch in einem Krimi ab und zu einer Frau begegnen möchten.

Die Reihe der klassischen Detektive soll beschlossen werden mit einer Gestalt, die, was Aussehen und Geschäftstüchtigkeit anlangt, gar nichts mehr gemein zu haben scheint mit Sherlock Holmes, dem hageren, dem finanziell unabhängigen Gentleman. Nero Wolfe, dem Fernsehpublikum besonders deutlich vor Augen, ist ein Zweizentnermann, ein Genußmensch, der nur das Feinste vom Feinen auf dem Tisch duldet. Wie schon viele Kollegen vor ihm, ist auch er ein Pflanzenfreund, aber er begnügt sich nicht mit dem Züchten von Rosen oder Kürbissen, er hegt und pflegt Edleres, jeden Tag vier Stunden nach einem genauen Zeitplan: Orchideen. Nur im äußersten Notfall verläßt er sein graues Backsteinhaus in der West 35th Street, New York, und bewegt sich auch sonst nur ungern vom Fleck.

Aber es ist gerade Nero Wolfes Unbeweglichkeit, die ihn zum wahren Nachfolger der frühen Meisterdetektive macht. Wie sie absolviert er seine Arbeit im Lehnstuhl. Rex Stout, der es im Gegensatz zu den meisten Kriminalschriftstellern nie für nötig hielt, ein Pseudonym zu benutzen, erfand seinen ,armchair detective' schon in den frühen dreißiger Jahren („Fer-de-Lance", 1934; deutscher Titel: „Ein dicker Mann trinkt Bier"). In den über fünfzig Romanen, die Rex Stout bis zu seinem Tod im Jahr 1975 veröffentlichte, darf der übergewichtige Faulenzer Nero Wolfe nur neunmal pausieren. Während überall in den Vereinigten Staaten schon die harten Burschen die Fäuste und wüste Reden schwingen, ist dieser Privatdetektiv ein Feind aller Gewalt und des nachlässigen Umgangs mit Worten.

Das könnte eintönig werden für den Leser, wenn da nicht Archie Goodwin wäre, Mr. Wolfes rechte Hand und, sozusagen, sein rechtes Bein. Er ist zuständig für die Kleinarbeit, für das lästige ,leg-work'. Der muntere, unermüdliche Archie, der kein Blatt vor den Mund nimmt und deshalb oft von seinem Chef getadelt wird, ist der Ich-Erzähler aller Nero-Wolfe-Romane. Seine respektlose Art zu sprechen und auch zu denken bestimmt den Charakter der Erzählung, mehr als die massige Gestalt seines Herrn und Meisters. Er bleibt liebenswert und glaubwürdig, selbst wenn er mit den Klienten um Honorare feilscht – als Sekretär kennt er schließlich die hohen Lebenskosten des umfangreichen Haushalts mit Koch und Gärtner, gar nicht zu reden vom Honorar für die je nach Bedarf angeheuerten zusätzlichen Privatdetektive. Mit dem Fall „Tödliche Zigarren" („A Family Affair"; 1975) endet die erfolgreiche Karriere von Nero Wolfe und Archie Goodwin.

18. Das Alibi

Anderswo gesehen zu werden, während man heimlich an einem bestimmten Ort Übles tut, ist der verständliche Wunsch eines jeden Übeltäters. Kann er nachweisen, daß er zur Tatzeit nicht am Tatort, sondern ‚alibi‘, ‚anderswo‘, war, ist er aus dem Schneider. Die alten Römer konnten nicht ahnen, daß ihr unscheinbares Alltagswort einmal große Bedeutung in der juristischen Fachsprache erlangen würde. Erst seit dem Anfang des 19. Jahrhunderts findet es sich in Gerichtsurteilen, wo der Nachweis der Abwesenheit vom Tatort als Unschuldsbeweis gilt.

Seine wahre Blütezeit erlebte das Alibi im klassischen Kriminalroman. Kluge Mörder – dumme sind hier unerwünscht – haben selbstverständlich ein hieb- und stichfestes Alibi, und der Detektiv muß ebenso selbstverständlich diesen festen Schutzpanzer durchlöchern können. Damit das überzeugend gelingt, muß der Krimi-Autor, bevor er zu schreiben beginnt, den Zweikampf in seinem Kopf durchgespielt haben. Er darf es sich dabei nicht zu leicht machen. Selbst ein unerfahrener Leser würde hellhörig, wenn ihm acht Verdächtige vorgestellt werden, von denen nur einer ein Alibi vorweisen kann. Das muß der Mörder sein! denkt er in mißtrauischem Frohlocken. Wehe dem Autor, wenn der Leser am Ende recht behält.

Glaubwürdiger und rätselhafter zugleich wirkt es, wenn sich alle Verdächtigen nicht besinnen können, wo sie sich zur Tatzeit aufgehalten haben. Wer weiß schließlich noch genau, wo er sich am mehrere Wochen zurückliegenden Tag X um 21.35 Uhr aufhielt? Hat der Detektiv dagegen einen noch ganz ‚frischen‘ Mord zu untersuchen, können in der Regel alle Beteiligten angeben, wo sie waren, doch sind ihre Aussagen nicht immer nachprüfbar. Krimi-Autoren haben deshalb eine Vorliebe für arme Unschuldige, die zur kritischen Zeit bei einer Dame weilten, deren Namen sie ehrenhafterweise nicht nennen wollen, oder für ebenso arme Einzelgänger, die allein im Bett lagen und keinen Zeugen dafür beibringen können.

„Ein Waschraum ist, nebenbei bemerkt, ein recht gutes Alibi; man setzt keinem Menschen mit diesbezüglichen Fragen zu", doziert Professor Fen in Crispins Krimi „Mord vor der Premiere"

(„The Case of the Gilded Fly"; 1944), wo der Mörder vor Zeugen einen Gang zur Toilette simulierte.

Wie sich die Sache auch abspielen mag, der klassische Detektiv weiß nach einiger Zeit, wer wann wo war. Aber weiß es auch der Leser? Ihm schwindelt der Kopf vor den vielen, sich oft überschneidenden Zeitangaben, und er ertappt sich bei dem Versuch, sie zu überspringen. Der Autor scheint das vorausgesehen zu haben und ruft ihn zur Ordnung, indem er ihm eine Zeittabelle vorsetzt. Alle Verdächtigen sind da übersichtlich, mit Namen, Uhrzeit und Aufenthaltsort, aufgeführt. Viele der englischen Kriminalromane enthalten solche Tabellen; sie finden sich, neben den beliebten Tatortskizzen, schon bei Dorothy Sayers und Agatha Christie. Auch Edmund Crispin hält es für notwendig, dem Leser auf diese Art Hilfestellung zu geben. Er läßt nicht Professor Fen, sondern dessen Adlatus Bathgate die Fleißarbeit verrichten, die Fen halb wohlwollend, halb ironisch lobt. Den guten Krimi-Schreiber erkennt man auch daran, wie er solch trockene Lektüre in die Handlung einbaut und wieweit es ihm gelingt, den Leser zum Mitdenken anzuspornen. Oft wirkt eine solche Liste eher abschreckend als hilfreich; wir überspringen sie mißmutig und suchen den Punkt, an dem die Handlung wieder einsetzt.

Die Romane, in denen das falsche Alibi des Mörders nur durch die Entschlüsselung verzwickter Zeitangaben geknackt wird, fand ich meistens enttäuschend. So erging es mir mit Dorothy Sayers' „Fünf falsche Fährten" („Five Red Herrings"; 1931), wo der Mörder sich ein raffiniertes Alibi beschafft, nachdem er ausgiebig die schottischen Eisenbahnfahrpläne studiert hat. Eine dem Krimi vorangestellte Landkarte mit Straßen und Eisenbahnlinien gibt dem gewissenhaften Leser die Möglichkeit, den Weg des Mörders mit dem Finger zu verfolgen. Das ist alles sehr gekonnt und zeugt vom großen Arbeitseifer der Autorin, die sich im Vorwort ausdrücklich beim Stationsvorsteher von Gatehouse und bei den Schalterbeamten von Kircudbright bedankt, ihren Helfern bei den Vorarbeiten. Doch das ändert nichts daran, daß ich einen Krimi nicht gerne mit dem Finger auf der Landkarte und einem Auge auf dem Fahrplan lese.

Aus dem gleichen Grund enttäuschte mich auch der Roman „Spiel mit dem Fahrplan" („Ten to sen"; 1958), der 1987 erstmalig in einer deutschen Ausgabe erschien. Sein Verfasser, Seicho

Matsumoto, ist der bekannteste unter den klassischen japanischen Krimi-Autoren. Er wurde oft gerühmt wegen der kunstvollen Schlichtheit seiner Sprache, wegen des klaren Aufbaus der Handlung und seiner originellen Plots. Der „Nestor des japanischen Kriminalromans" versteckte die Lösung seiner bekanntesten Mordgeschichte in einem Fahrplan. Der 1909 geborene Matsumoto hat es sich noch schwerer gemacht als Dorothy Sayers, indem er auch die Abfahrtszeiten von Güterzügen in die Kalkulation einbezog.

Der Beamte, der den als ungelöst ad acta gelegten Fall eines Doppelmordes wieder aufrollt, muß für seinen Indizienbeweis kreuz und quer durch Japan reisen, bis er den entscheidenden Hinweis auf dem Tokioter Hauptbahnhof findet. In diesem Krimi muß der Leser Tabellen studieren, die noch verzwickter aussehen als ein normaler Fahrplan. Er huscht verärgert über die Zahlenreihen hinweg, denn im Prinzip hat er den Trick des Mörders schon durchschaut – schließlich wird der Sachverhalt im eigentlichen Text genau beschrieben. Die Einzelheiten glaubt er dem Autor unbesehen, auch ohne Quellenstudium. So liest er, kaum überrascht, die „Anmerkung", die Matsumoto als Kleingedrucktes unter den letzten Satz des Romans schreibt: „Die im Text angeführten Fahrzeiten der Züge und Flugzeuge stammen aus den Fahrplänen von 1957, als sich der Fall zutrug."

Mir sind Mörder lieber, die sich auf einfache Weise ein Alibi zurechtzimmern. Da gibt es viele, die zu Gift greifen und es einem Medikament beimischen, das ihr Opfer regelmäßig einnimmt. Das ist praktisch, denn man braucht sich nicht um ein Alibi zu bemühen; zur Todeszeit des Unglücklichen ist der Täter weit entfernt und wirklich „anderswo". Aber Einfaches ist im klassischen Kriminalroman eigentlich nicht sehr beliebt.

„Alibi" ist der deutsche Titel von Agatha Christies Roman „The Murder of Roger Ackroyd" (1926). Dr. Sheppard, der Ich-Erzähler, kann beweisen, daß er sich zur Tatzeit nicht in der Nähe des Opfers aufhielt. Nachdem er seinen Freund und Patienten Roger Ackroyd verlassen hat, hört der Sekretär einige Zeit später die Stimme seines Herrn durch die verschlossene Tür des Arbeitszimmers, und für diese Zeit hat der Arzt ein lückenloses Alibi. Aber Hercule Poirot kommt ihm auf die Schliche. Sheppard benutzte ein Diktaphon, das er, als geschickter Bastler, mit Hilfe eines Zusatzgerätes auf einen Zeitpunkt einstellte, wo er weit weg vom Tatort war.

Dieser Trick war 1926 etwas ganz Neues. Obgleich der Phonograph schon 1877 von Edison erfunden wurde, brauchte er fast fünfzig Jahre, um sich einen Ehrenplatz in der Krimi-Wirklichkeit zu erobern. Zehn Jahre später wurde das Grammophon erfunden. Mit ähnlicher Zeitverzögerung tauchte es 1927 als Alibi-Hilfe auf, in der „Mordakte Kanarienvogel" („The Canary Murder Case"). S. S. Van Dine demonstriert, wie Philo Vance den Mörder anhand einer Schallplatte überführt, die er im Zimmer der Ermordeten gefunden hat. Zum Beweis läßt er noch einmal die lauten Schreie ertönen, die für die Menschen in der Nähe des Mordzimmers den Zeitpunkt der Tat markierten. Der Detektiv zeigt damit, wie leicht es für den Täter war, nach dem – lautlosen – Mord die Platte aufzulegen und dann ruhig das Zimmer zu verlassen. So konnte er alibiträchtig mit dem Portier plaudern, bis die Schreie durch die verschlossene Tür zu ihnen drangen.

Die zuletzt vorgestellten Alibi-Tricks aus der Frühzeit des klassischen Kriminalromans mögen dem heutigen Leser allzu durchsichtig erscheinen, vor allem in einer knappen Inhaltsangabe. Erst wenn er die Romane selber liest, merkt er, wie viel sich die Autoren einfallen lassen mußten, um das Zauberkunststück glaubhaft darzustellen. Sie mußten eine Fülle von Einzelinformationen einerseits verständlich, andererseits möglichst unauffällig in die Erzählung einfließen lassen, so daß bei der großen Enthüllungsszene auch dem technisch nicht versierten Leser alles klar wird.

Es ist manchmal nützlich und zeitsparend, alte Kriminalromane zu kennen. Hört der Kenner den Titel „Alibi: Mozart", braucht er sich den Film, den das deutsche Fernsehen im Oktober 1987 präsentierte, gar nicht erst anzusehen. So gewinnt er eine Stunde Zeit für bessere Unterhaltung, während der Kommissar schwer arbeitet, um dann am Ende die Schallplatte mit Mozarts Marsch „alla turca" zu entdecken, die das Alibi der Mörderin zerstört. Der ermordete berühmte Mozartinterpret hatte andere Noten auf dem Flügel stehen, und der musikalische Kommissar kann mit einem Blick einen feurigen Marsch von einem zierlichen Menuett unterscheiden – und außerdem kann er lesen: der Titel steht über dem Stück. Da konnten Hercule Poirot und Philo Vance vor über sechzig Jahren doch neuartigere und größere Triumphe feiern.

19. Fair play

Die Karten offen auf den Tisch zu legen ist das oberste Gebot für den klassischen Krimi-Autor. Er darf dem Leser keine Indizien vorenthalten, die für die Lösung des Falles gebraucht werden. Andererseits will und darf er es ihm nicht zu leicht machen. Erlaubt sind zwei Tricks, mit denen sich Stolpersteine in das detektivische Hindernisrennen einbauen lassen. Der erste ist einfach für den Autor, ärgerlich für den Leser. Am entscheidenden Punkt der Ermittlungen hüllt sich der Detektiv plötzlich in Schweigen. Nicht einmal dem Freund und Helfer teilt er seine Schlußfolgerungen mit. Das bedeutet keine Verletzung des sportlichen ‚fair play', aber ein guter Schriftsteller erfindet Gründe für die Schweigsamkeit seines Helden. Da gibt es etwa den gewissenhaften Detektiv, der sich seiner Sache nicht sicher genug ist, als daß er seinen Verdacht in Worte fassen möchte. Da gibt es den Mißtrauischen, der die treuherzige Naivität seines Watson für verräterisch hält. Da gibt es den selbstlosen Helden, der keinen anderen, als Mitwisser, in Gefahr bringen will. Und da gibt es den Wortkargen, der auch ohne besonderen Anlaß schweigt. Damit sind die Möglichkeiten einer einigermaßen glaubhaften Erklärung erschöpft.

Der Aufbau des zweiten Hindernisses ist für den Autor wesentlich mühsamer. Er muß falsche Spuren auslegen, die so verlockend wirken, daß der Leser ihnen folgt. Wir erinnern uns an Wilkie Collins, der als erster die Kunst der Irreführung konsequent in seinen Kriminalromanen anwandte.

Vor solchen Fallstricken warnt Dorothy Sayers den Leser mit dem Titel eines ihrer Krimis: „Five Red Herrings" (1931). Der deutsche Titel „Fünf falsche Fährten" macht klar, was mit den roten Heringen gemeint ist. Die merkwürdigen Fische sind sozusagen das Gegenteil des Fadens der Ariadne, mit dem der Verirrte sicher aus dem Labyrinth herausfindet. Der Ausdruck stammt aus der Jägersprache. Bei der Fuchsjagd wurde häufig ein Bücking quer über die Fährte gezogen, um die Meute abzulenken. Dieser tückische Trick mit dem rötlichen Räucherfisch wurde als Metapher in die Alltagssprache übernommen. ‚Er zieht einen Bücking über den Weg', sagt man im Englischen, wenn jemand einen Gesprächspartner von einem unangenehmen Thema weglocken will. Schließlich gelangte der ‚red herring' als klassisches Requisit auch in den Kriminalroman.

Der Leser braucht eine gute Nase, wenn er die falschen Fährten aufspüren will. Er weiß, das Spiel ist fair, auch wenn er seine Gewinnchancen vielleicht nicht sehr hoch einschätzt. Sein Spieleifer erreicht den Höhepunkt, wenn der Augenblick der Wahrheit naht und der Autor durchblicken läßt: mein Detektiv hat die Lösung des Rätsels gefunden, und du, mein Leser, müßtest sie jetzt auch parat haben!

Nur ein Gegenspieler spricht wirklich so und kennzeichnet haarscharf den Punkt, an dem alle Indizien offen auf dem Tisch liegen: Ellery Queen. Der Gentleman-Detektiv betreibt neben verschiedenen Hobbys auch die Schriftstellerei. Er verwandelt die Fälle, die er zusammen mit seinem Vater, Richard Queen von der New Yorker Kriminalpolizei, gelöst hat, in spannende Romane, auf deren Titelblatt sein Name als Autor erscheint. Hinter ‚Ellery Queen' verbirgt sich ein Autoren-Doppel, die Vettern Frederic Dannay und Manfred B. Lee. Die beiden Amerikaner ließen ihr gemeinsames Kind Ellery rund vierzig Fälle bearbeiten, mit einem Riesenerfolg auch in finanzieller Hinsicht. Über 150 Millionen Bücher wurden bisher verkauft, und der Verkauf geht weiter, obgleich der eine Vetter 1971 starb und der andere inzwischen weit über achtzig Jahre alt ist.

Schon der erste Krimi mit Ellery Queen und von Ellery Queen, „Der mysteriöse Zylinder" („The Roman Hat Mystery"; 1929), enthält die berühmt gewordene Aufforderung an den Leser, den Schuldigen zu benennen. Gegen Ende des Buches, zwanzig Seiten vor dem Schluß, ist ein „Zwischenspiel" eingeblendet, „in welchem der geneigte Leser höflichst um Aufmerksamkeit gebeten wird". Ein fiktiver Herausgeber erklärt dem so freundlich Angesprochenen, Mr. Ellery Queen stimme mit ihm überein, „daß der wachsame Leser, der nun Kenntnis von allen sachdienlichen Fakten hat, zu diesem Zeitpunkt des Geschehens bereits zu eindeutigen Schlußfolgerungen... gekommen sein sollte". Die beiden entscheidenden Fragen werden präzisiert: Wer tötete Monte Field? Wie wurde der Mord ausgeführt?

Bis zum Jahr 1935 erschienen acht weitere Romane von Ellery Queen, immer mit der eingeschobenen Aufforderung zum Mitraten. Man erkennt sie am Titel, der das Wort ‚Mystery' enthält, von „The Dutch Shoe Mystery" (1931) über „The Siamese Twin Mystery" (1933) bis zu „The Spanish Cape Mystery" (1935). Die beiden Autoren hielten sich so konsequent an die Regeln des ‚fair play' wie niemand vor ihnen oder nach ihnen. Es ist nicht bekannt, warum Dannay und Lee nach sechs Jahren des Erfolgs die Herausforderung an den „wachsamen Leser" aufgaben. Ellery Queen blieb weiterhin den Tätern auf der Spur, doch seine Fälle wurden immer verzwickter, so daß ein erfolgreiches Mitraten kaum noch möglich ist.

In einem anderen Medium ließen die beiden Vettern die altvertraute Aufforderung neu erklingen. In den Jahren 1939 bis 1948 lief in den USA eine Hörspiel-Serie, „Ellery Queens Abenteuer", die jede Woche einmal gesendet wurde. Ihr ungeheurer Erfolg beruhte nicht zuletzt auf der im spannendsten Augenblick eingeschalteten Pause zum Mitraten, bevor die große Schlußszene mit der Lösung aus dem Radio ertönte. Die 1939 geborene Idee lebte im Jahr 1987 im deutschen Fernsehen wieder auf. „Wer erschoß Boro?" fragte Herbert Reinecker die Zuschauer auf dem Höhepunkt des gleichnamigen Films. Die hatten es leichter als damals Ellery Queens Radiohörer. Sie bekamen nicht nur eine Denkminute zum blitzschnellen Kombinieren, sondern durften eine Woche lang grübeln, bis ihnen an einem zweiten Fernsehabend die Lösung vor den Augen flimmerte. Außerdem konnten sie in jedem Laden und an jedem Kiosk ein farbenprächtiges Buch kaufen, als zusätzliche Orientierungshilfe, mit den Photos der Hauptpersonen, ihren Lebensdaten, mit Vernehmungsprotokollen, Briefen und natürlich mit Tatortphotos, en gros und en détail. Mit solcher Unterstützung konnte man schon dem Täter auf die Spur kommen – und konnte Herbert Reinecker demonstrieren, wie man einen Krimi zum klassischen ‚fair play' aufbaut.

Die Idee des Mitratekrimis war also nicht neu, und nicht neu war auch die Idee des Mitratebuchs. Im Jahr 1936 hatten die beiden Engländer Dennis Wheatley und J. G. Links das Lesepublikum mit einem ungewöhnlichen Buch überrascht. „Der Mörder von Miami" („Murder off Miami") sollte hier vom lesenden Amateurdetektiv identifiziert werden, allein mit Hilfe des zur Verfügung gestellten Materials. Die ausführliche Lösung am Ende war weise verschlossen.

Im ersten Satz der „Vorbemerkung" verkündet das Autorenduo stolz: „Wir haben die Ehre und das Vergnügen, dem Publikum zwischen diesen Buchdeckeln etwas vorzustellen, was wir für einen völligen Neubeginn in der Krimi-Literatur halten. Diese Akte enthält Fernschreiben, handschriftliche Dokumente, Photos, Polizeiberichte, Strafregister und sogar Photos von Beweisstücken wie Haaren, einem Stück des blutbefleckten Vorhangs usw. in der Reihenfolge, wie sie der Polizei zugingen und die vollständige Ermittlungsakte bildeten."

Wheatley und Links nennen ihr Gemeinschaftswerk eine „vollständige Ermittlungsakte", und das bedeutet, wir haben es hier nicht mit einem Roman zu tun. Es gibt keine fortlaufende Handlung, der Leser muß das Geschehen selber aus den einzelnen Dokumenten rekonstruieren. „Photographien lebender Menschen ersetzen die Beschreibung der Personen im gewöhnlichen Kriminalroman", erklärten die Autoren. Drei weitere Bücher nach dem gleichen Prinzip folgten und wurden Bestseller („Who Killed Robert Prentice?", 1937; „The Malinsay Massacre", 1938; „Herewith the Clues", 1939).

Julian Symons, der große Historiker des Kriminalromans und jetzige Präsident des Londoner „Detection Club", klammert die vier „Werke" aus seiner Geschichte der Gattung aus. Eine Zusammenstellung von Bildern und Dokumenten sei schließlich keine Literatur, sagt er in „Am Anfang war der Mord" („Bloody Murder"; 1972). Gegen eine solche kategorische Verurteilung läßt sich, wie ich meine, einiges einwenden. Nicht an das Wort gebundene Zutaten hatten schon immer zum klassischen Krimi-Rezept gehört: Tatortskizzen, kleine Landkarten, Briefe, Tagebuchauszüge und jene beliebten, meist zerrissenen Zettel mit rätselhaften Wortfragmenten oder einer Geheimschrift. Ein Geschehen nur in Dokumenten darzustellen ist eine Form der Literatur, wie die zahlreichen Briefromane des 18. Jahrhunderts zeigen. Dorothy Sayers schrieb einen Kriminalroman „The Documents in the Case" (1930), deutsch: „Die Akte Harrison". Schließlich, und das ist mein Haupteinwand gegen Symons' hartes Verdammungsurteil, mußten auch Wheatley und Links dem Leser einen nachvollziehbaren Handlungsablauf darbieten. Das gelang ihnen überzeugend in oft seitenlangen Tagebucheintragungen, zusammenhängenden Zeugenaussagen und ausführlichen Zeitungsartikeln. Die jeweiligen Schreiber haben ihren eigenen Stil und werden auch ohne die beigefügten Photos zu deutlichen Charakteren.

Der deutsche Leser kann sich selbst davon überzeugen. Der DuMont Buchverlag begann 1983, die geschmähten Werke in einer guten Übersetzung herauszugeben, liebevoll aufgemacht als ein prächtiges Riesen-Paperback, und nicht einmal teuer. Hier läßt sich nun der Mechanismus des fairen Ratespiels genau beobachten. In der „Vorbemerkung" versichern die Autoren, das Rätsel werde so präsentiert, wie es der ermittelnde Detektiv erlebte, „ohne zusätzliche oder irreführende Informationen". Das klingt so, als gäbe es keine roten Heringe, aber sie sind nur besonders listig getarnt.

Ein großes Photo zeigt den Hauptverdächtigen in dem „Geheimnis um Schloß Malinsay", den Deutschen Oscar Gründl, an seinem Schreibtisch. Man erkennt deutlich, daß Herr Gründl mit der linken Hand schreibt – und der Mörder ist ein Linkshänder, wie die Polizei herausgefunden hat. Der Leser, bereit zur Verhaftung des Herrn Gründl, sieht sich genasführt, wenn er den Lösungsteil aufschlitzt. Leutnant Schwab von der New Yorker Polizei erklärt in einem Brief an den lieben Mr. Wheatley und den lieben Mr. Links, wie es zu dem falschen Verdacht kommen konnte: „Gründl war keineswegs Linkshänder. Das Photo ... wurde verkehrt herum abgezogen – einem Amateurphotographen passiert es sehr leicht, das Negativ falsch herum aufzulegen. Das ist gesichert durch die Tatsache, daß Gründls Rock auf dem Bild falsch herum geknöpft ist: mit dem rechten Teil über dem linken." Unfair wäre das Spiel der beiden Autoren gewesen, wenn man auf dem Photo den Schreibenden von hinten gesehen hätte. Die roten Heringe führen in die Irre, dürfen aber keine falschen Informationen geben.

Den Vorwurf, sich nicht an die Regeln des ‚fair play' gehalten zu haben, mußte sich ausgerechnet die Meisterin des klassischen Detektivromans, Agatha Christie, gefallen lassen, als sie 1926 „The Murder of Roger Ackroyd" veröffentlichte. Der Ich-Erzähler Dr. Sheppard ist der Mörder, wie er selber am Ende gesteht. Leser und Kritiker riefen empört: Betrug! In dem „Author's Foreword" von 1948 weist Dame Agatha den Vorwurf des „cheating" mit offensichtlichem Vergnügen weit von sich. Sie weiß, daß es fair zuging, und sie betont, daß es ein Spiel mit Worten ist, mit

Oscar Gründl, der Linkshänder? Das Photo des Hauptverdächtigen im Mordfall Malinsay ist das entscheidende Indiz für den ermittelnden Leser. „Das Geheimnis um Schloß Malinsay" in der Buchreihe „DuMonts Criminal-Rätsel" ist ein „Denkspiel für Profis und Amateurdetektive"

sorgfältig plazierten Worten und Wendungen, die der aufmerksame Leser hätte durchschauen können.

Die Verteidigungsrede der Autorin ist eigentlich überflüssig, denn sie läßt sie im letzten Kapitel ihres Romans den Mörder selber halten. Es ist überschrieben: „Apologia". Hier spricht der inzwischen überführte Dr. Sheppard über seine Aufzeichnungen und erklärt auch das Motiv für seinen kunstvoll formulierten Bericht: er habe ihn eines Tages veröffentlichen wollen als Zeugnis für Hercule Poirots Versagen. Obgleich er nun selber als Versager dasteht, gesteht Sheppard mit der Eitelkeit des Mörders, daß er mit sich als Schreiber sehr zufrieden ist. Wie habe ich das doch großartig hinbekommen! triumphiert er und zitiert im folgenden mehrere Beispiele seiner raffinierten Täuschungsmanöver, Täuschungen mit mehrdeutigen Worten, mit Zeitangaben, die Lücken im Ablauf des Geschehens erkennen lassen.

An einer entscheidenden Textstelle – Sheppard hat gerade mit dem Butler die Leiche entdeckt – heißt es: „Ich tat das wenige, was noch zu tun war." Der brave Leser stutzt nicht und fragt sich nichts. Das „wenige" war das schnelle Entfernen des Diktaphons mit der Stimme des Ermordeten, während der Doktor den Butler zum Telefon geschickt hat. Dies Beispiel genüge. Am besten liest man das Buch ein zweites Mal, um die vielen kleinen und großen Anspielungen und bewußten Auslassungen selber zu entdecken. Das Lesevergnügen ist dann noch größer als bei der ersten Lektüre.

Es ist kein Zufall, daß dieser frühe Krimi seine Autorin mit einem Schlag berühmt machte und auch auf dem Theater als „Alibi" ein langes Leben hatte. Dame Agathas zweiter berühmter Versuch, ihr listiges Spiel mit den Regeln des ‚fair play' zu treiben, ist schwerer zu rechtfertigen, meine ich. Der Einfall, nicht nur einen Mörder, sondern gleich ein ganzes Mörderkollektiv auf das Opfer loszulassen, ist in „Der rote Kimono" („Murder on the Orient Express"; 1934) zwar psychologisch hinreichend motiviert und auch erzähltechnisch vorbereitet, aber der Text enthält wenig greifbare Indizien für die schockierende Lösung.

Eine 1983 in Amerika erschienene Sammlung von Interviews mit berühmten Kriminalschriftstellern („The Craft of Crime"; deutsch: „Mord ist ihr Geschäft"; 1986) enthält auch ein Gespräch mit Ruth Rendell, in dem es, unter vielem anderen, um die Möglichkeit des ‚fair play' geht. Ruth Rendell weiß genau, wo die

Grenzen liegen, hat sie doch neben vielen klassischen Kriminalromanen auch ganz anderes, Unklassisches über Mord und Totschlag geschrieben. In ihren Geschichten um Inspektor Wexford
geht es fair zu, betont die Autorin, aber die Charaktere sind ihr
wichtiger als das Spiel mit den Indizien. Da das Geschehen immer
aus der Sicht des Inspektors geschildert wird (etwa in: „Murder
Being Once Done", 1972; deutscher Titel: „Die Tote im falschen
Grab"), erfährt der Leser mit ihm die entscheidenden Fakten, ohne
daß das Ratespiel sich in den Vordergrund schiebt.

Ruth Rendell bekennt sich in dem Interview zum ‚fair play' und
wird daraufhin von dem Interviewer John C. Carr an einen Kritiker
des klassischen Kriminalromans erinnert: „Raymond Chandler hat
einmal gesagt, es sei unmöglich, fair zu spielen, und soweit ich
mich erinnern kann, machte er diese Bemerkung im Zusammenhang mit einigen kritischen Auslassungen zu Agatha Christie."
Ruth Rendell hält Chandlers Bemerkung für falsch, seine Kritik
für unbegründet. „Der Leser würde merken, daß dahinter die
Absicht steht, ihn zu täuschen."

Sie räumt jedoch ein, im Grunde wollten die Leute die Lösung
gar nicht vorher herausfinden. „Sie möchten am Ende sagen
können: ‚Warum habe ich nicht daran gedacht?' Das macht eben
das Vergnügen aus." Sie räumt noch mehr ein und gesteht, sie sei
es allmählich leid geworden, immer wieder ähnliche Plots zu
konstruieren, sie ziehe es eigentlich vor, „nicht nach herkömm-
lichem Schema zu schreiben". Das ist zweifellos auch der Grund,
warum viele gerade der neueren Krimi-Autoren sich von der
klassischen Form abwenden und Neues ausprobieren.

20. Das Motiv

Die klassische Detektivgeschichte, wie sie von E. A. Poe und Conan
Doyle vorgezeichnet wurde, wurzelt in einer bestimmten Welt-
und Menschenanschauung, ohne die sie nicht lebensfähig wäre.
Sie zeigt einen Kosmos im ursprünglichen Sinn des Wortes, ein
geordnetes System, in dem sich alle Veränderungen nach dem
Prinzip von Ursache und Wirkung vollziehen.

Die Frage nach den Ursachen haben sich Menschen gestellt, seit
sie angefangen haben zu denken. Das Bedürfnis, sich eine Erschei-

nung erklären zu können, ein Ereignis auf vorher Geschehenes zurückzuführen, aus Gegenwärtigem auf Zukünftiges zu schließen, ist dem Menschen offenbar angeboren. Die klassischen Detektive, und wir mit ihnen, vertrauen unbeirrt dem alten Kausalitätsprinzip, auch wenn die moderne Physik seine allgemeine Gültigkeit bestreitet. Nur wenn das Handeln eines Menschen vernünftigen Überlegungen entspringt, können Sherlock Holmes und seine Nachfolger das aus Ursache und Wirkung gestrickte Gebilde aufdröseln und den Faden bis zu seinem Anfang zurückverfolgen, zu dem Motiv des Täters, dem Motor, der das mörderische Geschehen in Bewegung setzte.

Nur selten gestattet ein Krimi-Autor dem Mörder mehr als ein einziges Motiv – ein überzeugendes Beispiel, die Ausnahme von der Regel, liefert Nicholas Blakes Roman „Schluß des Kapitels" („End of Chapter"; 1957). „Alle Dinge haben ein paar Ursachen", stellte Goethe vor über zweihundert Jahren im „Götz von Berlichingen" fest und ließ den Liebetraut diese Erkenntnis erläutern. Doch ein Zusammenspiel von mehreren Beweggründen paßt nur schlecht in die Welt des klassischen Detektivromans. Wer davon überzeugt ist, daß der Mensch nicht immer folgerichtig handelt, von verschiedenen dunklen Zwängen zu der einen unwiderruflichen Tat getrieben wird, der wendet sich anderen Erzählformen zu.

Der Krimi-Klassiker findet sich an Mord-Motive gebunden, die für den Verstand einsichtig gemacht werden können. Sie lassen sich an den Fingern abzählen. Da ist der tiefverwurzelte, zerstörerische Haß; da ist die enttäuschte Liebe, die ins Gegenteil umschlägt; da droht die Vernichtung der eigenen Existenz durch Erpressung; und da ist, last und am häufigsten, die Gier nach Geld, Besitz und Ansehen in der Gesellschaft.

Vielschichtige, einander überlagernde oder gar widerstreitende Gefühle und Beweggründe darf es hier nicht geben. Das Motiv des Täters muß klar umrissen sein und überzeugend wirken. Es ist erstaunlich, wieviel Zeit und Mühe selbst die Großen unter den Krimi-Autoren auf die Erstellung von Alibis, die Beschreibung ausgefallener Mordmethoden verwenden und wie selten es ihnen gelingt, ein Motiv zu erfinden, das aus dem Rahmen des Üblichen fällt, das sich nicht mit wenigen Worten beschreiben ließe.

Als ein Beispiel für viele stehe hier der Londoner Peter Cheyney, der, selber Inhaber eines Detektivbüros, mehrere fiktive Kollegen zur Ermittlungsarbeit in die obligate englische Szenerie schickte, den munter-kessen Slim Callaghan zu einem Mord im Landhaus, in „Nach Ihnen, meine Damen" („Uneasy Terms"; 1946), oder den mit lässiger Eleganz gekleideten Terence O'Day auf die Rennbahn, in „So oder so ist das Leben" („One of Those Things"; 1949). Aber wen Cheyney wohin auch immer schickt, es geht um Geld. Fünfzehn Jahre lang schrieb er Krimis, die Millionenauflagen erreichten. Er erfand fünf Detektive, aber keinen unvergeßlichen Mörder.

Unvergeßlich ist die tragische Gestalt des alten Professors in Isaac Asimows „Experiment mit dem Tod" („A Whiff of Death"; 1958). Er bringt einen Studenten um, weil der „für seine Arbeit Phantasieergebnisse benutzte". Das scheint kein angemessenes Motiv – falls es überhaupt angemessene Mord-Motive gibt –, und der Student war dazu nur der Schüler eines Schülers. Aber gerade deshalb fühlte der angesehene Wissenschaftler sich in seiner übersteigerten Berufsehre verletzt, sah er die Tradition wissenschaftlicher Arbeit in seinem Institut befleckt.

Der Autor, der ein ungewöhnliches Motiv wählt, muß es von langer Hand vorbereiten, damit es überzeugt: in kunstvoll gesponnenen Dialogen, wo ein kleines Wort zum Verräter wird, in der Beschreibung von Gesten, die den Sprecher entlarven, und in nur scheinbar unwichtigen Bemerkungen des Detektivs. Schon früh hat C. P. Snow in seinem einzigen Kriminalroman, „Mord unterm Segel" („Death Under Sail"; 1932), vorgemacht, wie man ein ungewöhnliches Mordmotiv gleich zu Beginn in die Handlung einführt, verborgen zwischen den farbigeren Details des Lebens an Bord. Im Verlauf des Geschehens werden die Charaktere des Mörders und seines Opfers immer deutlicher gezeichnet. Die Gäste auf der Segelyacht erkennen allmählich, daß Dr. Mills nicht der freundliche, stets zu Scherzen aufgelegte Gastgeber ist, daß es viele Gründe gibt, den Arzt zu hassen. Wie beiläufig wird mehrfach die Angst des jungen Staatsbeamten Christoph erwähnt, die Angst vor einer medizinischen Untersuchung, die über seine Eignung für eine brillante Karriere entscheidet. Privatdetektiv Finbow findet schließlich heraus, daß Dr. Mills, eifersüchtig auf den jungen Mann, ihn erpreßte, seine Verlobung zu lösen, andernfalls werde er der Gesundheitsbehörde mitteilen, daß er Christoph vor Jahren wegen einer schweren Krankheit behandelt hat.

Eine Erpressung, bei der es ebenfalls nicht um Geld geht, ist das Motiv für einen „Mord erster Klasse" („A Murder of Quality"; 1962). John Le Carré, dem Leser als Autor ungewöhnlicher Spionageromane bekannt, hat hier einen reinen Kriminalroman geschrieben, der „klassisch" ist im Aufbau, in den Methoden des Detektivs, den zahlreichen falschen Fährten und der verblüffenden Lösung. Der unscheinbare kleine Mann mit dem freundlichen Namen Smiley hält sich in privater Mission in der ‚Carne School' auf, einer fiktiven Eliteschule in England. Seine Tätigkeit als Agent des britischen Geheimdienstes wird nur nebenbei erwähnt, und sie kann ihm auch nicht helfen. Es ist eine Schulgeschichte, in deren mörderisches Geschehen Lehrer und Schüler gleichermaßen verstrickt sind.

Smiley findet die Lösung. In kühle Worte zusammengefaßt, lautet sie: Ein alternder Lehrer hatte ein viele Jahre zurückliegendes Liebesverhältnis zu einem Schüler. Die Frau eines Kollegen erfuhr davon – und mußte sterben. Sterben mußte auch ein anderer Schüler, der zufällig Mitwisser des Mordes wurde. Lange bevor der alte Lehrer Smiley die beiden Morde gesteht, hatte er ihm etwas anderes gestanden, seine Zuneigung zu dem ermordeten Jungen: „In ganz Carne war er das einzige, was ich liebte." „Liebte?" fragt Smiley zweifelnd. Unvergeßlich ist mir die leise Antwort des Mörders: „For God's sake, why not?"

Glaubhaft wird das Motiv erst, wenn man die Geschichte in Ruhe liest, sich vom turbulenten Schulleben mitreißen läßt, die Intrigen und den Klatsch im Lehrerzimmer mit anhört, bis man schließlich wie die Schüler die mittelalterlichen Hausregeln fürchtet. Ein Kritiker des Romans merkte tadelnd an, der Eindruck, den der Leser von dieser englischen Musterschule erhalte, sei „äußerst schlecht". Doch gerade dieser Eindruck ist vom Autor beabsichtigt. Hier setzt sich ein Fachmann mit einem starren, überalterten Schulsystem auseinander, in dem die Keime gefährlicher Probleme gedeihen wie auf einem besonders guten Nährboden. Homosexualität war dort seit jeher das größte Problem und ist es immer noch. David Cornwell, der unter dem Pseudonym John Le Carré schreibt, war mehrere Jahre ‚assistant master' in Eton, bevor er in den ‚Foreign Service' eintrat.

Am Ende soll noch einmal die Altmeisterin der trickreichen Erfindungen, Agatha Christie, zu Wort kommen. Schon in „13 bei

Tisch", deutschen Fernsehzuschauern als „Mord à la carte" bekannt („Lord Edgware Dies"; 1933), entwickelte sie ein verblüffendes Motiv für einen Mord. Lord Edgware muß sterben, weil ein begehrenswerter Junggeselle ein fanatischer Katholik ist, der nie eine geschiedene Frau heiraten würde, aber gegen die Witwe eines ermordeten Lords nichts einzuwenden gehabt hätte.

Das schockierendste Mordmotiv, das mir je in einem Kriminalroman begegnet ist, findet sich in Agatha Christies „Das krumme Haus" („Crooked House"; 1949). Josephine möchte Ballettunterricht haben, aber ihr Großvater, ein Familientyrann, erlaubt es nicht. Sie vergiftet ihn deshalb mit Nasentropfen. Josephine ist elf Jahre alt.

Wer eine solche Story für psychologisch unglaubwürdig hält, lese den Roman zweimal – ein übrigens in jedem Fall untrügliches Rezept zum Testen eines Krimis auf seine Qualität. Das Kind, altklug, ohne gleichaltrige Spielgefährten, vorlaut, eitel und ohne Respekt vor den Erwachsenen, taucht wie ein Kobold immer wieder auf, erst als Randfigur, dann immer öfter im Vordergrund des Geschehens. Der Ich-Erzähler, und mit ihm der Leser, hält Josephine für das mutmaßliche zweite Mordopfer. Der Verdacht richtet sich gegen die Erwachsenen der großen Familie, die viel stichhaltigere Gründe als das Kind haben, den alten Leonidas umzubringen.

Nur anfangs scheinen sie alle eine glückliche Familie, die da im „Crooked House" zusammenleben. Sehr bald wird sichtbar, was unter der glatten Oberfläche verborgen liegt. Nichts ist in Wirklichkeit glatt, nichts gerade, alles ist ,crooked' wie die Giebel, die Schornsteine und die zahlreichen Anbauten des alten Hauses. ,Crooked', krumm, ist auch der Charakter seines Besitzers, der sich als gerissener Geschäftsmann immer gerade noch innerhalb der Grenzen der Legalität bewegte, sein ganzes Leben lang, ein Häkchen, das sich beizeiten krümmte, aber doch nicht wirklich ein ,crook'. Der alte Leonidas erkennt als einziger in der Familie die verbogene Seele seiner Enkeltochter, die er zu schützen versucht, indem er sie vor der Welt abschirmt. Es gelingt ihm nicht, Josephine vor dem Bösen in ihr selbst zu bewahren. Die Erwachsenen begreifen erst am Ende, was geschehen ist, als sie Josephines Tagebuch entdecken und die erste Eintragung in ihrer kindlich ungeformten Handschrift lesen: „Today I killed grandfather."

Am Schluß wartet auf den Mörder seine Strafe, die gewöhnlich mit dem Beiwort ‚gerecht' geschmückt wird. So will es Justitia, und so will es der klassische Detektiv. Der Autor, der einen ungewöhnlichen Mörder mit einem ungewöhnlichen Motiv auf dem Papier lebendig werden läßt, macht es sich schwer. Oft weckt er mit der Gestalt seiner Phantasie das Mitgefühl des Lesers, vor allem, wenn er auch seinem Detektiv Mitgefühl gestattet. Welchen Schluß kann er sich ausdenken, der Justitia und den Leser gleichermaßen befriedigt?

Agatha Christie sorgt für eine Art höherer Gerechtigkeit. Das Kind kommt bei einem Autounfall ums Leben, zusammen mit seiner Großtante, die den Wagen absichtlich in einen Steinbruch steuert. Sie opfert sich, um Josephine ein schreckliches Leben in Erziehungsanstalten zu ersparen.

C. P. Snow findet einen ähnlichen Ausweg. Detektiv Finbow gibt dem jungen Mörder Gelegenheit, Selbstmord zu begehen, ehe die Polizei ihn verhaften kann.

Nicholas Blakes Kriminalroman endet ebenfalls mit einem Selbstmord. Der Mörder flieht, verfolgt von der Polizei und dem Detektiv Nigel Strangeways. Ohne helfen zu können, muß Nigel mit ansehen, wie der alte Mann zum Bahnhof läuft, wo gerade eine schwere Lokomotive hereindonnert. „Er rannte auf sie zu, als wäre sie seine Rettung, nicht sein Untergang, und warf sich vor die eisernen Räder."

Isaac Asimow beschreibt die Verhaftung des Professors, deutet jedoch an, daß der völlig Verwirrte als nicht zurechnungsfähig in eine psychiatrische Anstalt eingewiesen wird.

John Le Carré macht es sich schwerer. Keine dramatische Schlußkatastrophe entzieht den Mörder der irdischen Gerechtigkeit. Er wird verhaftet „und ohne Zeremonie in ein wartendes Auto geschoben". Smiley hört den alten Lehrer verzweifelt um Hilfe schreien: „They'll hang me!" Le Carré gibt seinem Detektiv – und dem Leser – Zeit zum Nachdenken, Zeit, an das Hanfseil zu denken, das einem Menschen von einem anderen Menschen um den Hals gelegt wird. Smiley denkt weiter, an Büchners Märchen von dem verlassenen Kind, das allein in einer leeren Welt lebt, Zuflucht sucht bei Sonne, Mond und Sternen und sie nicht findet. Als es zur Erde zurück will, gibt es keine Erde mehr.

Und Smiley denkt über die Beweggründe des Mörders nach. Er

versucht Klarheit zu finden, „zum hundertsten Male, über die Dunkelheit des Motivs im menschlichen Handeln" („the obscurity of motive in human action") und kommt immer wieder nur zu dem einen Schluß: „Es gibt keinen konstanten, verläßlichen Punkt, nicht einmal in der reinsten Logik oder dem dunkelsten Mystizismus; am wenigsten aber in den Motiven von Menschen, wenn sie zu gewalttätigem Handeln getrieben werden."

Mit solchen Gedanken sprengt John Le Carré die Grenzen des klassischen Kriminalromans. Die heile Welt, in der der Detektiv die durch Mord gestörte Ordnung wiederherstellen kann, weist Sprünge auf, und nicht nur für Smiley. Mancher klassische Detektiv, von Lord Peter über Professor Fen zu Roderick Alleyn, fühlt sich am Ende eines glanzvoll abgeschlossenen Falles niedergeschlagen, hilflos, bedrückt von Schuldgefühlen und einer Verantwortung, der er nicht gewachsen ist, erschüttert von Zweifeln am Sinn seiner Arbeit. Die Sprünge in der scheinbar heilen Welt werden nicht immer trügerisch übermalt, wir müssen nur genauer hinsehen.

Teil 4
Variationen über ein klassisches Thema

21. „Ach wenn's mir doch gruselte!"

„Geräuschlos glitten die Hände in dem zwielichtigen Dunkel des Schuppens umher. Sie steckten in schwarzen Lederhandschuhen, und sie tasteten ruhig, geduldig und unendlich vorsichtig. Eine Sense lehnte in einer spinnwebverhangenen Ecke. Die geschmeidigen schwarzen Finger der einen Hand schlossen sich um den Griff und schoben sie geräuschlos an die Wand."

So beginnt Ursula Curtiss' Kriminalroman „The Second Sickle" (1950). Der deutsche Titel sagt dem unwissenden Leser, was der wissende schon längst ahnt: „Ein Mörder schleicht ums Haus". Der englische weist spannungsfördernd darauf hin, daß noch eine zweite Sichel als rustikales Mordwerkzeug eine entscheidende Rolle spielen wird.

Ich weiß nicht, wie viele Krimis der Amerikanerin U. Curtiss ich in meinem Leben gelesen habe. Rückblickend kommt es mir so vor, als wäre es immer derselbe gewesen. Immer war es dunkel oder doch wenigstens neblig, die Bäume rauschten drohend, ein Unwetter braute sich zusammen, und die Käuzchen schrien. Und immer schlich ein Mörder ums Haus, während drinnen eine junge Frau saß, ängstlich und hilflos, wie Frauen nun einmal sind, in Erwartung des Unheils, das nicht lange zaudert.

Der erste Roman, „Stimme aus dem Dunkel" („Voice out of Darkness"; 1948), gibt schon mit seinem Titel den Ton an für zwanzig weitere Gruselgeschichten der Autorin, etwa: „Der Mörder steht vor meiner Tür" („Don't Open the Door"; 1968), „Schritte im Nebel" („The Deadly Climate"; 1954), „Schatten an der Wand" („The Stairway"; 1957) oder „Das unheimliche Grauen" („The Menace Within"; 1979). Die Übersetzer haben sich viel Mühe gegeben, die etwas sachlicheren englischen Titel in unheilschwangeres Deutsch umzusetzen. So braucht der Leser nicht erst prüfend herumzublättern, bevor er sich zum Kauf des Buches entschließt. Der Titel sagt, was ihn erwartet: Gänsehaut und gesträubte Haare als angenehme Begleiterscheinung bei der abendlichen Einschlaflektüre.

Da bleibt nicht Zeit für hellwaches Rätselraten. Der Krimi-Fan braucht keine Minderwertigkeitskomplexe zu entwickeln, wenn er wieder einmal den Täter erst auf der letzten Seite kennenlernt – niemand erwartet hier von ihm, daß er eigenhändig aus den Puzzlesteinen das Bild zusammensetzt. Wenn hier menschliche Ur-Instinkte ins Spiel kommen, so ist es nicht der steinzeitliche Jagdtrieb, sondern die ebenso alte Angst vor geahntem Unheil.

Diese Grusel-Abart gehört noch zur Gattung Kriminalroman. Auch hier steht am Anfang der Mord, werden ein paar Indizien angedeutet, ein paar Verdächtige vorgestellt. Doch nicht die Suche nach dem Täter ist das entscheidende Stimulans, auch wenn der Held, der meist eine Heldin ist, sich gelegentlich fragt, wer da wohl ums Haus schleichen könnte. Heldin und Leser bewegt nur eins: Wird die Hilflose, in letzter Minute gerettet, ihr Glück finden mit einem der zuverlässigen, unerschrockenen Männer, die schon lange im Hintergrund parat standen? Sie wird. Die Polizei spielt, wenn überhaupt, nur eine Chargenrolle. Die Heldin muß die schlimmen Stunden und Nächte allein durchstehen; Hilfe, vor allem polizeiliche, ist grundsätzlich fern.

Diese Variante des Krimis ist nicht neu. Sie wurde 1908 von Mary Roberts Rinehart erfunden und im Englischen meist ‚mystery story‘ genannt. „Die Wendeltreppe“ („The Circular Staircase“) füllte offenbar eine Marktlücke und fand zahlreiche Nachahmer, vor allem in den Vereinigten Staaten. Während bei M. R. Rinehart die Schilderung drohenden Verhängnisses durch kleine ironische Anmerkungen verfeinert wird, ist für solche geistreichen Bemerkungen in den späteren Werken der Gruselschule kein Platz. Ironie schafft Abstand, und das will der ‚mystery writer‘ gerade vermeiden. Sein Wunschtraum ist die kritiklose Identifikation des Lesers mit Held oder Heldin, bis der Unglückliche schließlich den Mörder um das eigene Haus schleichen hört.

Mignon G. Eberhart gehört, auch wenn sie in den USA „America's Agatha Christie“ genannt wird, nicht zur Schule der Klassiker. Die Plots ihrer Kriminalromane sind leicht zu durchschauen; die Erzähltechnik erinnert an die der alten Had-I-but-known-school. Der Seufzer „Hätte ich das doch alles vorher gewußt!“ hilft auch zur Verstärkung von Gruseleffekten, die der Amerikanerin ebenso am Herzen liegen wie der Engländerin Elizabeth Ferrars, einer nicht ganz so routinierten Stimmungsmacherin.

„The Patient in Room 18" (1929) ist M. G. Eberharts erster Krimi. Er verrät die Vorliebe der Autorin für das Krankenhaus als Tatort. Bis 1982 („The Unknown Quantity") veröffentlichte sie über fünfzig Krimis, in denen eine Detektivin auftritt oder auch ein Polizeibeamter, O'Leary, der sich gerne bei seinen Ermittlungen von einer ältlichen Krankenschwester helfen läßt. Nurse Sarah Keate erfreute sich großer Beliebtheit, nicht nur bei der Polizei, sondern auch bei Kinogängern. Zwischen 1935 und 1938 entstanden sechs Filme um die detektivische Schwester.

In M. G. Eberharts frühem Krimi „Keiner will's gewesen sein" („Murder of my Patient"; 1933) löst Nurse Keate den Mord an ihrem Patienten im Alleingang. Sie berichtet selber über den Fall. „Es ist ja nun endgültig vorbei. Aber ich möchte doch erzählen, was alles passierte, bis ich das Haus der Thatchers wieder verließ", heißt es gleich auf der ersten Seite des Romans. Aus der Perspektive des zurückblickenden Ich-Erzählers ergeben sich viele Gelegenheiten für düstere Vordeutungen und Klagen über zu spät erkannte Indizien: „Rückblickend hätte ein Hinweis oder ein Wort der Schlüssel zu dem dunklen Geheimnis sein können, das uns so bald schon umhüllen sollte", oder: „Heute scheint es mir unglaublich, daß ich von Anfang an den Schlüssel zu dem Puzzle in den Händen hielt und es nicht merkte." Dem Leser scheint es auch unglaublich.

Im dunkeln bleibt vor allem, warum Nurse Keate die lange Geschichte überhaupt erzählt. Von ärztlich-schwesterlicher Schweigepflicht hält sie offensichtlich nicht viel. Ihre detektivischen Abenteuer vertragen sich nicht recht mit ihrem Beruf. „Mein Ruf als Krankenschwester ist nicht mehr sehr gut", klagt sie gleich im ersten Satz ihrer Aufzeichnungen. Die Patienten werden rebellisch, wenn sie den Namen Sarah Keate hören: „Sie war in zu viele Morde verwickelt." Bei dieser Sachlage wäre es für die Autorin dringend nötig gewesen, einen Grund für die berufsschädigende Erzählfreudigkeit der Nurse zu erfinden. Ein guter Schriftsteller, der sich an einen Roman in der ersten Person Singular wagt, muß wenigstens den Versuch machen, die Motivation seines Ich-Erzählers klarzustellen, wie es Agatha Christie sehr überzeugend in „Alibi" tut.

M. G. Eberhart gibt auch keine Erklärung, warum die ältliche Krankenschwester nicht spätestens dann die Polizei ruft, als ihr eigenes Leben durch mörderische Umtriebe in Gefahr gerät. Der Leser findet während der Lektüre oft Gelegenheit zum Kopfschütteln. Er billigt weder die waghalsigen Unternehmungen Miß Keates noch ihre naive Gutgläubigkeit, denn er selber ist ja nur allzu gut unterrichtet über das nahende Unheil. Hilflos und verärgert über den Unverstand der Heldin, huscht er schnell über die Seiten, dem beruhigenden Ende entgegen.

Nicht alle Leser sind kritische Leser. Es gibt viele, die Freude haben an einer chronischen Gänsehaut und sich langweilen bei der Verstandesakrobatik der klassischen Detektive. Für solche Leute bieten sich die ‚romantic thriller' genannten Schauerromane als genußvolle Lektüre an. Sie sind oft in vergangenen Zeiten angesiedelt, wegen des prächtigeren Lokalkolorits einerseits und der zeitbedingten Hilflosigkeit und Abhängigkeit der zentralen Gestalt, die immer eine Frau ist. Obgleich auch hier die Erzähltechnik des ‚Had-I-but-known' vorherrscht, ähneln diese Melodramen eher den englischen Romanen des 18. Jahrhunderts, den ‚Gothic novels'. Aber der ‚romantic thriller' ist ein billiger Aufguß der alten Schauerromantik. Die Gespenster dürfen keine echten Gespenster mehr sein, sondern werden am Ende als Mörder aus Fleisch und Blut entlarvt. Die Schlösser sind ebenso austauschbar wie die Heldinnen, und auch die Autoren sind austauschbar. Erwähnt werden soll nur ein Name, der für viele steht: Victoria Holt. Ihre Bücher sind stapelweise in Kiosken und Kaufhäusern zu finden und werden offenbar auch stapelweise gekauft. Hier ist der abwertende Begriff Trivialliteratur gerechtfertigt. Der Klappentext des mir vorliegenden Werkes, „Das Schloß im Moor" („Kirkland Revels"; 1962), lockt mit den Worten „Für Catherine bringt jeder Tag neues Entsetzen und neue Rätsel".

Nichts gegen Entsetzen, obgleich man mit ihm nicht Scherz treiben soll, nichts gegen Schaudern, das doch der Menschheit bester Teil ist. Aber welches Entsetzen, welches Schaudern ergreift die Leser wirklich bei all diesen Romanen? Auch der gutwillige unter ihnen wird nie das „Entsetzen" der Heldin mitfühlen können, denn für eine so weitgehende Identifikation ist die Charakterzeichnung zu schablonenhaft. Auch lähmt das ständig dräuende Unheil die Bereitschaft zum Mitgefühl.

Der nicht ganz so gutwillige Leser ist nicht bereit, sich mitreißen zu lassen durch solch primitive Versuche, ihn das Gruseln zu lehren. Sehnt er sich nach den Schrecken einer Welt, in der die vertrauten Ordnungsprinzipien nicht mehr gelten, muß er sich anderen Kriminalromanen zuwenden, den Büchern von Patricia Highsmith, P. D. James oder Ruth Rendell.

Wenn ich Krimis von U. Curtiss und Mignon E. Eberhart lese, fühle ich mich in der Haut jenes jungen Mannes, der auszog, das Fürchten zu lernen. Die Gebrüder Grimm erzählen, überraschend ausführlich, die Geschichte des Dümmlings, der so dumm war, daß es ihm nie gruselte. „Wenn abends beim Feuer Geschichten erzählt wurden, wobei einem die Haut schaudert, so sprachen die Zuhörer manchmal ‚ach, es gruselt mir!' Der jüngste saß in einer Ecke und hörte das mit an und konnte nicht begreifen, was es heißen sollte. ‚Immer sagen sie, es gruselt mir! es gruselt mir! Mir gruselt's nicht: das wird wohl eine Kunst sein, von der ich auch nichts verstehe.'"

Der Dümmling wandert in die weite Welt, in der Hoffnung, diese Kunst doch noch zu lernen. Er läßt sich auf verschiedene Abenteuer ein, um sich zu gruseln, aber es gelingt ihm nicht, weder unter dem Galgen, wo sieben Gehenkte im Wind baumeln, noch im Spukschloß, wo ihn ein reiches Angebot an Schrecknissen überfällt. Auch hier versagt der Unglückliche. Er genießt das makabre Schauspiel mit heiterer Abenteuerlust und fühlt allenfalls Mitleid mit den armen Gespenstern. Am Ende der dritten Nachtwache im Schloß ist ihm klar: „Es will mir nicht gruseln, hier lerne ich's mein Lebtag nicht."

„Das Märchen von einem, der auszog, das Fürchten zu lernen" endet, wie es Märchen zusteht, glücklich. Der Dümmling bekommt die Königstochter zur Frau und wird selber König. Doch so vergnügt er auch mit seiner jungen Frau ist, immer hört sie ihn murmeln: „Ach wenn's mir doch gruselte." Das ärgert sie verständlicherweise, und sie sinnt auf Abhilfe. Der letzte Satz des ungewöhnlichen Märchens heißt nicht: „Und wenn sie nicht gestorben sind, so leben sie heute noch", sondern: „Ja, nun weiß ich, was Gruseln ist."

Was den Dümmling, nach so viel vergeblichem Mühen, die Kunst des Gruselns lehrte, war etwas ganz Einfaches, eine Kleinigkeit, ohne viel Aufwand in Szene gesetzt. Die Königin zieht ihrem schlafenden Mann nachts die Bettdecke weg und schüttet über ihm einen Eimer mit Wasser aus, in dem viele kleine Fische zappeln. Und die Moral von der Geschicht? Nicht ein Riesenaufgebot an Gespenstern, Särgen, Galgen und Leichen bewirkt den Gruseleffekt, sondern der unverhoffte kleine Schrecken in einem scheinbar friedlichen Augenblick, der Schock plötzlicher Kälte, der Schauder auf der Haut bei der Berührung mit etwas Unbekanntem. Doch solche Kleinkunst beherrschen nur wenige Krimi-Autoren. Es muß wohl daran liegen, daß sie in ihrer Kindheit nicht Grimms Märchen gelesen haben.

22. Reisen in die Vergangenheit

Es war einmal ein Schneider in Indien, der stach im Vorbeigehen einem Elefanten mit seiner Nähnadel in den Rüssel. Als er nach sieben Jahren demselben Elefanten an einem Brunnen begegnete, erkannte das Tier seinen Peiniger sofort und bespritzte ihn mit einer Ladung Wasser aus seinem Rüssel.

An diese alte Lesebuchgeschichte erinnert Mrs. Oliver ihren Freund Hercule Poirot: „Ich muß Kontakt aufnehmen mit einigen Elefanten." Die beiden haben es übernommen, einen Mordfall aufzuklären, der schon mehr als zehn Jahre zurückliegt, und sind deshalb auf der Suche nach Menschen, die das sagenhafte Gedächtnis der Dickhäuter besitzen. Die Geschichte dieser schwierigen Suchaktion nannte Agatha Christie „Elefanten vergessen nicht" („Elephants Can Remember"; 1972).

Während im wirklichen Leben Verbrechen nach einem so langen Zeitraum nur selten wieder aufgerollt werden, liegt die Aufklärungsrate in der fiktiven Welt der Detektive deutlich höher. Wenn sie sich eines verjährten Falles annehmen, lösen sie ihn auch. In „Mord ist ein schweres Erbe" („A New Lease of Death"; 1967) stellt Ruth Rendell ihrem Inspektor Wexford eine schwierige Aufgabe. Er muß einen Fall wieder aufnehmen, den er selber vor sechzehn Jahren als junger Polizeibeamter erfolgreich abgeschlossen hatte; der Mörder war hingerichtet worden.

Beide Geschichten gehören zur Gattung des klassischen Kriminalromans, doch fordert das Thema eine Abwandlung des gewohnten Schemas mit dem Mord am Anfang und der Überstellung des Täters an die Polizei als Abschluß. Ein Autor, der die Wiederaufnahme eines alten Falles beschreibt, hat mit Schwierigkeiten zu kämpfen, die erst auf den zweiten Blick sichtbar werden. Zunächst muß er überzeugend etwas motivieren, was im klassischen Kriminalroman keiner Motivation bedarf: Warum übernimmt der Detektiv den Fall? Sein Auftraggeber muß ihn davon überzeugen können, daß hier und jetzt die Existenz Lebender durch Vergangenes bedroht wird. Agatha Christie und Ruth Rendell finden, wohl nicht zufällig, das gleiche zwingende Motiv. Das Glück eines jungen Paares steht auf dem Spiel. Das eine Mal versagt die zukünftige Schwiegermutter ihre Einwilligung zur Heirat, wenn die Mutter der Braut eine Mörderin war. Das andere Mal fürchtet ein anglikanischer Geistlicher, daß sein einziger Sohn die Tochter eines hingerichteten Mörders liebt.

Eine weitere Schwierigkeit liegt darin, daß der Autor eine andere Art von Spannung aufbauen muß. Es gibt kaum ‚action‘ im üblichen Sinn. Da müssen alte Polizeiakten durchgesehen, vergilbte Zeitungen durchblättert und Zeugen aufgespürt werden, die sich, elefantengleich, an längst Vergangenes erinnern. Meist sind es Kleinigkeiten, die von der Polizei nicht beachtet oder nicht entdeckt worden waren. Poirot wundert sich, als er von einem Hund erfährt, der seine geliebte Herrin plötzlich anknurrte und sie mehrmals biß. Wexford wundert sich, daß die Frau des Mörders ihrer Tochter wiederholt versicherte, ihr Vater sei kein Mörder, und doch mit keinem Beweis für diese Behauptung herausrückte. Bei einer solchen Erzählweise kann es keine roten Heringe geben, die den Leser in die Irre führen; er kann allenfalls mit dem Detektiv überlegen, welche neu entdeckten Einzelheiten für die Ermittlung wichtig sind und wo die Polizei Fehler gemacht haben könnte.

Eine letzte Schwierigkeit bei der Konstruktion des Plots bildet der Schluß. Der Fall ist abgeschlossen, und was geschehen ist, kann nicht ungeschehen gemacht werden. In beiden Romanen geht es nicht um die Geschichte eines Justizirrtums, auf den der mitfühlende Leser hofft. Um was kann es dann aber gehen? Das Wort ‚höhere Gerechtigkeit‘ drängt sich auf und erweist sich, wie so oft, als vage und unbefriedigend. Am Ende steht nicht der Triumph des Detektivs, das Glück der Unschuldigen. Die Enthüllung der Vergangenheit bringt den Betroffenen die gewünschte Wahrheit, aber es ist eine von Wehmut und Trauer überschattete Wahrheit, mit der sie leben müssen.

Bei Agatha Christie erfährt die junge Braut, daß ihr Vater zwei Frauen liebte, ihre Mutter und deren Schwester. Die eine wird zur Mörderin der anderen, und der Ehemann tötet in Verzweiflung die Mörderin seiner Frau. Danach tötet er sich selbst. Das Wort ‚tragisch' fällt. Ruth Rendell hat es nicht nötig, es auszusprechen. Dabei scheint ihre Lösung des Plots auf den ersten Blick billig. Das Mädchen ist nicht die Tochter eines Mörders, quod erat demonstrandum, und Inspektor Wexford hat keinen Falschen an den Strang geliefert, ein auch ihn befriedigendes Ergebnis der Untersuchung. Aber die Geschichte des zu Recht verurteilten Mörders ist eine düstere Geschichte. Bedrückender noch ist das Geständnis seiner Witwe nach so vielen Jahren des Verschweigens und der Angst vor Entdeckung. Auch jetzt noch wagt sie ihr fürchterliches Vergehen kaum auszusprechen: Ihre Tochter ist ein vor der Ehe geborenes Kind eines anderen Mannes. Auf die Wahrung des bürgerlichen Scheins bedacht, gefangen im Netz der moralischen Grundsätze einer vergangenen Zeit, läßt sie lieber das Mädchen im Glauben, ihr Vater sei ein Mörder, als ihr und ihrem zweiten Mann die Schmach einer unehelichen Geburt einzugestehen. In diesem Roman ist jede Figur unverwechselbar und unvergeßlich. Die Mutter, der Stiefvater, der Pfarrer, das junge Paar – keiner ist mehr der, der er vorher war. Doch den Akten der Polizei wird nichts Neues hinzugefügt. Es war schon immer ein klarer Fall.

Eine ganz andere Art von Vergangenheitsbewältigung ist das Thema von Josephine Teys Roman „Alibi für einen König" („The Daughter of Time"; 1951). Die in Schottland geborene Elizabeth MacKintosh wählte ein Pseudonym, als sie 1929 ihren ersten Kriminalroman schrieb, „Der Mann in der Schlange" („The Man in the Queue"). Sie behielt es bei für die sieben weiteren Romane, die sie bis zu ihrem Tod im Jahr 1952 schrieb, dem Jahr, in dem ihr letztes Buch erschien („The Singing Sands"). Das ist eine bescheidene Zahl, gemessen an der Schreibfreudigkeit anderer Krimi-Autoren. Dafür hat jede Geschichte ihre eigene Atmosphäre, die Charaktere sind fein gezeichnet, es gibt kein starres Handlungsschema. Die zu lösenden Probleme sind ebenso ungewöhnlich wie die Lösungen. Selbst wenn sich einmal am Ende herausstellt, daß die vermeintliche Mordgeschichte keine Mordgeschichte ist (in „To

Love and Be Wise"; 1950), wird die Hoffnung der Leser auf Spannung nicht enttäuscht.

In einem Buch, das einzigartig in der Kriminalliteratur dasteht, sucht Josephine Tey ein Alibi für den König, der in die Geschichtsbücher als gewissenloser Mörder seiner beiden Neffen einging. Sie zitiert alte Briefe und Dokumente als Zeugnisse einer gefährlichen Geschichtsklitterung – und schreibt doch keinen historischen Roman, sondern einen echten Krimi.

Inspektor Grant von Scotland Yard, dem Leser schon aus anderen Büchern bekannt, langweilt sich im Krankenhaus, wo er einen Dienstunfall auskurieren muß. Seine detektivische Reise in die Vergangenheit fängt an, als er ein Porträt Richards III. mit den Augen des kritischen Polizeibeamten zu betrachten beginnt. Sieht so ein Mörder aus?

Die auferzwungene Bettruhe gibt ihm die Muße, einer fünfhundert Jahre alten Geschichte auf den Grund zu gehen. Allerdings braucht er für seine Recherchen Helfer, die ihm das nötige Untersuchungsmaterial anliefern: eine Krankenschwester, eine alte Freundin und einen jungen amerikanischen Geschichtsstudenten, der sich mit Feuereifer in die neue Aufgabe stürzt. Die drei Mitstreiter sind keine schattenhaften Randfiguren; sie werden ebenso lebendig wie die Gestalten einer lange vergangenen Zeit.

Es gibt keine Tatortbesichtigungen, keine Zeugen, die man aushorchen könnte, keine atemberaubenden Verfolgungsjagden. Und doch fühlt sich der Leser einbezogen in die erregende Suche nach der Wahrheit, die eine Tochter der Zeit ist. „Truth is the daughter of time" – dieses alte englische Sprichwort setzte die Autorin vor ihren Roman, der gleich nach seinem Erscheinen von der Kritik als ernst zu nehmender Beitrag für die historische Forschung gewertet wurde.

Agatha Christie, Ruth Rendell und Josephine Tey lassen ihre Detektive von der Gegenwart aus den Weg zurück in die Vergangenheit gehen. Eine zweite Gruppe von Autoren wählt einen anderen Weg. Ein ganz neues Krimi-Gefühl stellt sich ein, wenn der Detektiv selber in einer vergangenen Zeit lebt. Der Leser findet sich unvermittelt in einer fremden Welt, mit der er erst allmählich vertraut wird.

Als Gaboriau 1863 seinen Monsieur Lecoq in den Nachwirren der Französischen Revolution agieren ließ, war das kein großer

Schritt rückwärts. Einen sehr viel kühneren Schritt wagte Agatha Christie mit der Darstellung einer Mordgeschichte, die fast viertausend Jahre zurückliegt. „Rächende Geister" („Death Comes as the End"; 1945) scheinen ihre Hand im Spiel zu haben, als nacheinander vier Bewohner eines großen Landgutes in Theben auf unerklärliche Weise sterben. Am Ende muß die junge Witwe Reniseb, die im Mittelpunkt der Erzählung steht, erkennen, daß nicht übernatürliche Kräfte für die Morde verantwortlich sind, sondern daß der Schuldige ein Mitglied ihrer eigenen Familie ist.

Agatha Christie, reiselustige Frau eines Archäologen, erwarb auf zahlreichen Expeditionen mit ihrem Mann genügend Sachkenntnisse, um das alte Ägypten mit seinem Totenkult und der Furcht vor bösen Geistern, auch mit seinem Alltagsleben, auferstehen zu lassen. Schwieriger war es, eine Kriminalgeschichte zu schreiben, in der es keine Detektive geben kann, keine technischen Hilfsmittel zur Aufklärung von Verbrechen und keine Polizei. Sie erfand den Gutsverwalter Hori, der klüger, vorurteilsfreier ist als die anderen und Licht in das düstere Geschehen bringt. An die großen Schluß-szenen des klassischen Kriminalromans erinnert Horis Gespräch mit Reniseb, in dem er ihr mit weit ausholender Genauigkeit seine Beobachtungen und Schlußfolgerungen mitteilt. Er hat den Mörder mit seinem Pfeil erschossen, um einen weiteren Mord zu verhindern. So stellt er, und auch das ist ‚klassisch', die Ordnung der Welt wieder her.

So weit wie Dame Agatha hat sich kein Krimi-Autor in die Vergangenheit zurückgewagt. Es dauerte vierzig Jahre, bis das Thema wieder aufgenommen wurde, und die Reise zurück ist nur eine kurze Reise. Mit „Dear Laura" (1973) enthüllt die Engländerin Jean Stubbs „das tödliche Geheimnis einer viktorianischen Ehe" – so jedenfalls verspricht es der deutsche Untertitel. Auch der englische Klappentext läßt auf ein Schauerdrama alter Schule schließen: „A romantic novel of suspense".

Das Oberhaupt einer wohlhabenden Londoner Familie wird tot aufgefunden: Theodore Crozier, Ehemann einer schönen jungen Frau und Vater dreier wohlgeratener Kinder. Inspektor Lintott von Scotland Yard ist mit dem Fall befaßt, da Verdacht auf Giftmord besteht. Er löst ihn zu seiner eigenen Befriedigung und zur Erleichterung der Familie. Mr. Crozier hat Selbstmord begangen. Der Verdacht gegen die schöne Witwe und den leichtsinnigen, aber charmanten Bruder des Toten hat sich nicht bestätigt. Denn der Inspektor fand heraus, daß Theodore Croziers Liebe, die einzige Liebe seines Lebens, einem sechzehnjährigen Jungen galt, dessen „Erzieher" den reichen Geschäftsmann erpreßte.

Es gelingt Lintott, die homoerotischen Neigungen des angesehenen Geschäftsmannes bei der Gerichtsverhandlung zu vertuschen. Die junge Witwe ist frei für eine zweite, ebenso standesgemäße, aber vielleicht glücklichere Ehe. Dem Inspektor, nicht jedoch dem Leser, bleibt der Schock erspart, in der lieben Laura eine zornige, klug planende Mörderin kennengelernt zu haben.

Jean Stubbs hat für diesen Krimi, der offenbar ihr einziger geblieben ist, sorgfältige Recherchen angestellt. Sie gibt eine bis in die kleinsten Details getreue Beschreibung Londons am Ende des 19. Jahrhunderts, die jedoch nie Selbstzweck, sondern in die Kriminalhandlung eingebunden ist. Der Aufbau ist klassisch streng. Eine Art Vorspiel („Intrusion") führt in die eigentliche Geschichte ein, die in drei Teile gegliedert ist („Outer Worlds", „Inner Worlds", „Conclusions"). Jedem Kapitel ist ein Zitat viktorianischer Dichter, Philosophen oder Politiker vorangestellt, das inhaltlich zu den jeweils geschilderten Ereignissen in Beziehung steht. So wird ein Abstand geschaffen, der Raum zum Nachdenken gibt. Aus dem gleichen kühlen Abstand sind die Personen gezeichnet. Niemand ist liebenswert. Nicht einmal die unterdrückte, gedemütigte, verzweifelte Laura ist als Identifikationsobjekt geeignet. Um so stärker fühlt sich der Leser hineingezogen in die verborgenen Schrecknisse einer nur auf die Wahrung des Scheins bedachten bürgerlichen Gesellschaft.

Neben diesem auf eine ungewöhnliche Weise fesselnden Roman wirkt Julian Symons Reise ins viktorianische London seltsam farblos. „Billard mit dem Mörder" („The Detling Secret"; 1982) ist ein nach den klassischen Regeln gebauter Kriminalroman, dessen Handlung sich vor dem als Kontrast gedachten Hintergrund realer politischer Konflikte abspielt. Die Personen sind als Typen angelegt: Sir Arthur Detling, ein Konservativer der alten Schule, sein Schwiegersohn, Parlamentsmitglied der Liberalen, eine frauenbewegte Tochter und eine Handvoll irischer Terroristen. Das Plot ist verwickelt und enttäuscht am Ende.

Die viktorianischen Detektivromane der Engländerin Anne Perry enttäuschen aus einem anderen Grund. Langatmige Be-

schreibungen alltäglicher Nichtigkeiten, im Stil der Gesellschafts-
romane des 19. Jahrhunderts, drängen die kriminalistische Handlung in den Hintergrund. „Der Würger von der Cater Street"
(„The Cater Street Hangman"; 1984) macht Inspektor Thomas Pitt
bei seinem ersten Auftritt als Serienheld arg zu schaffen. Die
Aufklärung der mysteriösen Mordfälle verblüfft nicht nur ihn. Als
ein zweiter Jack the Ripper entpuppt sich am Ende die nette
Pfarrersfrau von nebenan – eine psychologisch und erzähltechnisch nicht geglückte Tour de force.

Ein dritter Jack the Ripper treibt im Herbst des Jahres 1888 sein
blutiges Unwesen unter den Damen der Pariser Halbwelt, bis ihm
Inspektor Dobrowsky das Handwerk legt, nach dem letzten, besonders grausamen Mord im Etablissement der Madame Stephanie.
Etienne, Dobrowskys Freund und dümmlicher Watson, ist des
Lobes voll: „Inspektor – ich bewundere Sie. Verglichen mit Ihnen
ist Sherlock Holmes ein Anfänger." Er irrt. Inspektor Dobrowsky
ist kein zweiter Sherlock Holmes und der Verfasser des Kriminalromans „Eine gefährliche Begegnung" (1985) kein zweiter Conan
Doyle. Die falschen Spuren sind allzu deutlich ausgelegt, die
Indizien eher verwirrend als zwingend. Sprache und Stil sind
allenfalls das, was man gern ‚gepflegt' nennt, stellenweise schwül-
stig. „Das Zimmer war vom Kamin her bläulich erhellt. Auch auf
dem Flur schien nun mattes Licht. Es war die erste Leiche, die er
sah. Sie trug nur ein dünnes Hemd und einen roten Pantoffel am
linken Fuß. Der Körper leuchtete wie Marmor bis zu den Hüften,
dann kam die furchtbare Zerstörung, als wäre ein Götterbild in
Blut getaucht."

Der Krimi „Eine gefährliche Begegnung" wäre der Erwähnung
nicht wert, wenn er nicht von einem Schriftsteller stammte, den
deutsche Literaturfreunde als einen ganz anderen kennen, gerühmt wegen seines kühlen, präzisen Stils, seiner ästhetischen und
sinnbildhaften Betrachtungsweise. Es ist Ernst Jünger, Jahrgang
1895, und seine in die Literaturgeschichte eingegangenen Werke
liegen weit zurück: „In Stahlgewittern" (1920) und „Auf den
Marmorklippen" (1939). Seinen ersten und einzigen Kriminalroman veröffentlichte er im Alter von neunzig Jahren.

Reisen in die Vergangenheit sind ein beliebtes kriminalistisches
Unternehmen geworden. Besonders attraktiv sind frühmittelalter-
liche Klöster. Drei Autoren stellen einen detektivischen Mönch

vor, der sich neben seinen klösterlichen Pflichten als erfolgreicher Aufklärer von Mord und Totschlag betätigt: der Italiener Umberto Eco in „Der Name der Rose" („Il nome della rosa"; 1980), die Engländerin Ellis Peters in ihren Kloster-Krimis um Bruder Cadfael und E. M. Allison in „Der Tod des Bruder Anselm" („Through the Valley of Death"; 1983). Hinter dem letzten Namen verbirgt sich ein amerikanisches Ehepaar, das hier offenbar eine Serie um den scharfsinnigen Bruder Barnabas startet, der in einer Zisterzienserabtei in Yorkshire lebt, Anno Domini 1379. Es scheint gewagt, noch einen Mönch auf die Spurensuche zu schicken, vor allem da sich der Erstling von „E. M. Allison" nach Stil, Charakterzeichnung und Aufbau nicht mit den Romanen von Ellis Peters und Eco messen kann.

Vier Jahre nach dem Erscheinen von Ecos Bestseller „Der Name der Rose" warb der englische Verlag von Ellis Peters für ihren neuesten Kloster-Krimi („Dead Man's Ransom"; 1984) mit dem dickgedruckten Slogan: „In the best selling tradition of THE NAME OF THE ROSE". Mir scheint das ein ebenso fragwürdiger wie dummer Spruch. Umgekehrt wird der sprichwörtliche Schuh daraus. Denn Ellis Peters gebührt das literarische Erstgeburtsrecht. Schon fünf Jahre vor Ecos Roman schrieb sie die erste Detektivgeschichte, die in einem mittelalterlichen Kloster spielt („A Morbid Taste for Bones").

Umberto Eco erwähnt seine Vorgängerin nicht, obgleich er eine „Nachschrift zum ‚Namen der Rose'" („Postille à ‚Il nome della rosa'"; 1983) herausgab, in der er ausführlich die Entstehung seines Werkes, den Arbeitsprozeß und auch „Die Metaphysik des Kriminalromans" beschreibt. So unwahrscheinlich es klingt: die Übereinstimmungen müssen zufällig sein.

Immerhin war Ellis Peters schon in den fünfziger Jahren als Verfasserin von Krimis im klassischen Stil bekannt geworden. „Der Tod und die lachende Jungfrau" („Death and the Joyful Woman") wurde als bester Kriminalroman des Jahres 1961 mit dem Edgar-Allan-Poe-Preis ausgezeichnet. Nach dem Erfolg ihrer Bücher mit dem sympathischen Sergeant George Felse und seinem sechzehnjährigen Sohn Dominic als einem eigenwilligen und klugen Watson machte sie Bruder Cadfael zum Serienhelden. Wie bei den klassischen Detektiven ist mit seinem ersten Auftritt alles Wissenswerte festgeschrieben: Alter, Wohnort, Persönlichkeit,

Arbeitsmethoden, Zeit. Bruder Cadfaels Adresse ist das Benediktinerkloster in Shrewsbury/Shropshire. Er ist etwa fünfzig Jahre alt und hat in seiner Jugend als Soldat und Seemann die Welt kennengelernt, bevor er sich hinter Klostermauern zurückzog. Die vielfältigen Erfahrungen helfen ihm bei seiner detektivischen Tätigkeit. Die persönlichen Erfahrungen der Autorin wiederum kommen den Cadfael-Romanen zugute. Da sie eine Zeitlang als Apothekenhelferin arbeitete, läßt sie ihren Mönch in einem „Herbarium" Heilkräuter züchten und Tränke brauen, welche „die Schmerzen der Seele ebenso lindern wie die Schmerzen des Körpers".

Bruder Cadfaels segensreiches Wirken fällt in die Mitte des 12. Jahrhunderts. Ellis Peters hatte ihre literarische Arbeit nach dem Zweiten Weltkrieg mit historischen Romanen begonnen, also war sie gut gerüstet für eine detailgetreue Wiederbelebung einer bewegten Zeit, die auch in ihren Krimis mehr ist als nur der farbenprächtige Hintergrund für Rachefeldzüge, Mord und Totschlag.

Mit der Gestalt des menschenfreundlichen Benediktinermönchs, dem es auch bei der Aufklärung von Gewaltverbrechen um die Heilung der Seele geht, gewann Ellis Peters rasch ein fasziniertes Lesepublikum auch außerhalb Englands. Mit „The Pilgrim of Hate" (1984) konnte ihr Verlag stolz „The Tenth Chronicle of Brother Cadfael" ankündigen. Der besondere Reiz der Krimis liegt in den begrenzten Möglichkeiten eines Detektivs, dem keine Verbrecherkartei, keine Polizeidienststelle, kein chemisches Labor und keine Fingerabdruckexperten bei seiner Arbeit helfen können. Oft sind es Kleinigkeiten, die ihn auf die richtige Spur bringen, wie im „Hochzeitsmord" („The Leper of Saint Giles"; 1981) das Blumensträußchen auf der Kappe des ermordeten Edelmannes. Der seltene „Blaue Steinsame" führt den pflanzenkundigen Mönch auf den Weg des Mörders.

Bruder Cadfael fühlt keinen Triumph, wenn er den Täter findet, aber auch keinen Widerspruch zu seinem Beruf, der mehr ist als ein Beruf. „Der Umgang mit der Welt ist uns auferlegt, um uns zu mahnen und die Festigkeit unseres Glaubens zu prüfen. Die Torheit und Schlechtigkeit der Menschen stellt Gottes Gnade nicht in Frage." So spricht der Abt des Benediktinerklosters; Bruder Cadfael selber ist kein Freund von großen Worten – desto lieber glaubt man ihm seine unerschütterliche Bindung an Gott.

Die in sich ruhende Welt des Mönchs spiegelt sich in der geschlossenen, abgerundeten Form der Romane. Sie sind klar im Aufbau, und jeder einzelne hat ein besonderes Thema neben der eigentlichen Krimi-Handlung, wie etwa die Behandlung von Lepra-Kranken in „The Leper of Saint Giles". In der von Männern beherrschten Kloster- und Kriegswelt kommen die Frauen nicht zu kurz. Auch der Leser kommt nicht zu kurz, denn die nach und nach auftauchenden Indizien reizen zum Mitdenken und Mitraten – ein trotz der mittelalterlichen Verkleidung klassischer Kriminal-roman. Vielleicht sind Reisen in die Vergangenheit sogar deshalb beliebt, weil der Leser hier nicht mit den immer komplizierter werdenden Methoden moderner Polizeiarbeit konfrontiert wird. Die Schlußfolgerungen des Mönchs sind immer verständlich und gründen sich auf die Anschauung.

Auf den ersten und auch noch auf den zweiten Blick bietet Umberto Ecos Roman „Der Name der Rose" ebenfalls Klassisches. Wie Ellis Peters hat er Skizzen des Klosters und seiner Umgebung beigefügt, die den Tatort graphisch verdeutlichen. Der Mönchs-Detektiv heißt William von Baskerville und stammt aus England, wo die Baskervilles Jahrhunderte später durch ihren Geisterhund und einen anderen Detektiv weltweit berühmt wurden. Bruder William hat einen jungen Schüler, Adson von Melk, der als ein eifriger, wißbegieriger und gar nicht dummer Watson an den Gedanken seines Lehrers teilhat und ihn bei seinen Ermittlungen unterstützt. Wie der echte Watson erzählt Adson die ganze Geschichte in der Ich-Form, im mittelalterlichen Chronikstil, ver-steht sich. Doppelt verfremdet wird die Handlung dadurch, daß Adson seine Erlebnisse im hohen Alter aufschreibt, ein weise und klug gewordener Adson, der mit Verwirrung die Verwirrungen seiner Jugend zu begreifen sucht.

„Nicht zufällig fängt das Buch an, als ob es ein Krimi wäre (und täuscht den naiven Leser auch weiterhin, bis zum Schluß, weshalb er womöglich gar nicht merkt, daß es sich hier um einen Krimi handelt, in dem recht wenig aufgeklärt wird und der Detektiv am Ende scheitert)." Diese Aussage des Autors über sein Werk scheint mir widersprüchlich. Der Inhalt der Klammer hebt auf, was der Haupt-Satz beinhaltet: Das Buch ist also in Wirklichkeit gar kein Krimi.

Sehen wir uns die Krimi-Bestandteile etwas genauer an. Da

kommt Anno Domini 1327 der gelehrte Franziskanermönch und Ex-Inquisitor William von Baskerville in eine Cluniazenserabtei in den Apenninen. Als Abgesandter des Kaisers hat er eine hochpolitische Mission zu erfüllen. Doch bald schon beschäftigt ihn eine andere, nicht vorgesehene und freiwillig übernommene Aufgabe weit mehr: die Suche nach einem gefährlichen Mörder.

Während der sieben Tage und Nächte, die William in der Abtei verbringt, geschehen unheimliche Dinge. Er wird Zeuge mehrerer unerklärlicher Todesfälle innerhalb der weitläufigen Klosteranlage. Die Leiche eines Mönchs wird zerschmettert auf den Felsen entdeckt: Mord oder Selbstmord? Ein anderer Mönch liegt tot in einem großen Bottich mit frischem Schweineblut, ein dritter wird ertrunken in einer der Wannen des Badehauses gefunden. Ein weiteres „überaus blutrünstiges Ereignis" erschreckt die Mönche. Einer von ihnen liegt „in einem Meer von Blut mit zerschmettertem Schädel" im Laboratorium. Jetzt gibt es keinen Zweifel mehr: unter ihnen befindet sich ein Mörder.

William von Baskerville macht sich auf die Spurensuche. Er befragt die Mönche, sammelt Indizien, macht sich an die Entzifferung geheimnisvoller Zeichen und Inschriften, wagt sich in das Labyrinth der alten Bibliothek vor und gelangt schließlich an sein Ziel. Er weiß, wer der Mörder ist.

Spätestens an diesem Punkt merkt der Leser, daß hier nicht auf klassische Weise die alte Ordnung der Welt wiederhergestellt wird. In der siebten Nacht geht das Kloster in Flammen auf, die wertvolle Bibliothek verbrennt, mit ihr der Mörder, so daß am Ende „dank allzu viel Tugend die Kräfte der Hölle siegen". Diese paradoxe Interpretation liefert der Autor in seinem sieben Seiten langen Inhaltsverzeichnis, dessen Lektüre dringend zu empfehlen ist. Es ist ein kleines Kunstwerk für sich. Die Kapitel, jedes nach Tagen und Stunden gegliedert, werden ausführlich in dem heiter ironischen Stil alter Inhaltsübersichten zusammengefaßt, so daß der Leser den Roman plötzlich mit neuen Augen sieht, aus dem Abstand, den jede Art von Ironie erzwingt.

Da erfahren wir etwa („4. Tag, Vesper"), wie „William seine Methode enthüllt, durch eine Reihe sicherer Irrtümer zu einer wahrscheinlichen Wahrheit zu gelangen" oder („5. Tag, Nona") daß „Recht gesprochen wird und man den beklemmenden Eindruck hat, daß alle im Unrecht sind".

183

*Der mittelalterliche Mönch als Detektiv: William von Baskerville
in Umberto Ecos „Der Name der Rose", hier verkörpert von Sean
Connery im gleichnamigen Film. Photo: Bob Willoughby*

Die Entlarvung des Mörders bringt keine Befreiung vom Unrecht. Es war ein fanatischer Greis, der das Ende der kirchlichen
Vorherrschaft fürchtete. Sein Mordmotiv ist ungewöhnlich, von
keinem Leser auch nur zu ahnen. Er wollte ein altes Manuskript
des Aristoteles vor den Augen der Mönche verbergen, weil der
Philosoph darin das Lachen des Menschen als etwas Göttliches
preist. Der Alte sieht jedoch im Lachen den Anfang vom Ende: Es
verrät den Zweifel an Gott und seiner Kirche. Der Greis erreicht
sein Ziel, wenn auch im Tod. Das ketzerische Manuskript geht
durch die Flammen auf immer verloren.

Alles in diesem Roman ist Zeichen und Symbol. Das ist kein
zufälliges Beiwerk. Umberto Eco ist Professor für Semiotik an der
Universität von Bologna. Er veröffentlichte zahlreiche wissenschaftliche Arbeiten über den Sinn und die Deutung von Zeichen
in Theorie und Praxis wie auch über die Ästhetik des Mittelalters.

Beim Nachdenken über Scherz, Satire, Ironie und tiefere Bedeutung sollte man nicht den Arbeitstitel des Buches vergessen: „Die Abtei des Verbrechens". Wie Eco in der „Nachschrift zum ‚Namen der Rose'" erklärt, verwarf er den ursprünglichen Titel, „denn er fixierte die Aufmerksamkeit des Lesers allein auf die Kriminalhandlung und war geeignet, bedauernswerte, ausschließlich auf harte Reißer erpichte Käufer zum Erwerb eines Buches zu verführen, das sie enttäuscht hätte".

Das war vorsorglich und freundlich gedacht vom Autor. Ich fürchte jedoch, die Zahl der Leser, deren „Aufmerksamkeit allein auf die Kriminalhandlung" gerichtet ist, liegt höher als veranschlagt. Die Dunkelziffer muß gewaltig sein – wer gibt schon gern zu, daß er schnell über die langen theologischen und wissenschaftlichen Diskussionen hinweggehuscht ist, nicht die zahlreichen lateinischen Zitate im Anhang nachgeschlagen hat. „Die Abtei des Verbrechens" alias „Der Name der Rose" ist ein schöner Krimi und lohnt die Strapazen einer Reise in die Vergangenheit.

23. Andere Länder, andere Sitten

Reisen in ferne Länder sind für Krimi-Autoren ebenso reizvoll wie Reisen in die Vergangenheit. Es verlockt, den Londoner Nebel gelegentlich gegen die sonnigen Strände der Karibik oder Mallorcas auszutauschen; man muß dem Leser schließlich Neues bieten. Agatha Christie ließ Miß Marple „A Caribbean Mystery" (1964) lösen oder Hercule Poirot einen „Murder in Mesopotamia" (1936) aufklären. Doch nur wenige Autoren haben es gewagt, ein fremdes Land mit einem einheimischen Detektiv und einheimischen Verdächtigen zum serienträchtigen Schauplatz von Verbrechen zu machen. Andere Länder haben nicht nur andere Sitten, sondern auch andere Gesetze, eine anders organisierte Polizei, andere Methoden der Verbrechensbekämpfung und vielleicht gar andere Vorstellungen von Gut und Böse. Da genügt nicht die Information, daß die Tokioter Polizei olivgrüne Uniformen trägt. Man muß schon ein bißchen mehr wissen.

Selbst eine Schriftstellerin wie Ngaio Marsh, die sich in zwei Ländern zu Hause fühlte, ließ ihren Inspektor Alleyn nur zwei Fälle in Neuseeland, ihrer eigentlichen Heimat, lösen („Colour Scheme"; 1943, und „Died in the Wool"; 1945). Ein dritter Krimi

(„Death of a Peer"; 1940) beginnt mit einem ‚Prelude in New Zealand'. Doch die grünen Täler und Berge Neuseelands, das Naturschauspiel blubbernder heißer Quellen, die malerischen Bräuche der Maoris sind im Grunde nur eine schöne Staffage. Inspektor Alleyn bleibt auch in der Fremde der, der er immer war, ein vornehmer englischer Gentleman, und folgt bei seinen Ermittlungen den altbewährten Methoden von Scotland Yard.

Arthur W. Upfield war der erste, der einen rundum exotischen Detektiv in einer langen Folge von Auftritten auf eine durchaus wörtlich zu nehmende Spurensuche schickte. Schon als Neunzehnjähriger war der junge Engländer nach Australien ausgewandert und ernährte sich dort, mehr schlecht als recht, indem er sich auf den großen Farmen als Schafhirte, Koch und Mann für alles verdingte. Auch als Goldsucher hatte er nicht viel Glück, doch sein abwechlungsreiches Wanderleben brachte ihm Erfahrungen, die er später in literarische Münze umwandeln konnte. Als er 1926 seinen ersten Krimi veröffentlichte, hatte er sich für seine zweite Heimat als Schauplatz entschieden und sich damit selber für Zukünftiges festgelegt.

Seine englischen Jugendsünden – Groschenromane im Stil von Nick Carter und Sexton Blake – lagen in weiter Ferne, und so schuf er einen edleren Helden, Napoleon Bonaparte. Er gab ihm eine Biographie mit auf den Weg, die den unaufhaltsamen Aufstieg des Mannes mit dem stolzen Namen deutlich macht. Das Findelkind, als Halbblut mit dem Makel unfeiner Geburt behaftet, fand zielstrebig den Weg nach oben. Napoleon Bonaparte studierte, was oft von seinen lesenden Bewunderern übersehen wird, mit Erfolg Geisteswissenschaften und könnte die Buchstaben M. A. hinter seinen Namen setzen, wenn er nicht schließlich die ihm gemäße Lebensaufgabe bei der Polizei in Queensland gefunden hätte.

In dem Roman „Die Leute von nebenan" („An Author Bites the Dust"; 1948) darf der Detektiv seine literarischen Kenntnisse verwerten und den Mord an einem berühmten Autor aufklären. Seine eigentlichen Arbeitsfelder sind jedoch der australische Busch, die einsamen Täler und Dörfer und die heiligen Orte der Ureinwohner, die er als Halbblut ebensogut versteht wie die weißen Australier.

Bony, wie ihn seine Freunde nennen, gerät auf seiner Verbrecherjagd immer wieder auf Spuren der Aborigines und ihrer unheimlichen Riten, vorzugsweise bei Neumond zelebriert, sogar „Viermal bei Neumond" („Murder Must Wait"; 1953). Er faßt die Ur-Waffe Australiens, den Bumerang, mit fester Hand in „Bony und der Bumerang" („The Barrakee Mystery"; 1929) und bedient sich bei seiner Arbeit der eingeborenen Spurenleser, bei deren unheimlichen Fähigkeiten jeder Indianer vor Neid erblassen muß. Einmal fällt Bony beinahe dem „Todeszauber" („The Bone is Pointed"; 1938) zum Opfer, als er aus der Ferne zum magisch-schaurigen Dahinsiechen verurteilt wird, mit Hilfe von zugespitzten Knochen und zauberkräftigen Adlerklauen.

Arthur W. Upfield bewunderte Conan Doyle und hatte sich in seinen Teenagerjahren selber an einem Krimi im Stil des Meisters versucht. Doch die Gestalt, die ihn berühmt machte, ist kein australischer Sherlock Holmes. Napoleon Bonaparte ist klug und zieht die rechten Schlüsse zur rechten Zeit, aber er ist in erster Linie ein Mann der Tat. Upfields Sprache ist die Sprache seines Helden, der keine schönen Worte macht und sich immer knapp und sachlich ausdrückt. Alle Bony-Romane leben von den farbenprächtigen Schilderungen des urtümlichen Australien und einem spannenden Handlungsablauf, weniger vom kunstvollen Spiel mit Indizien und falschen Fährten. Napoleon Bonaparte verfolgt seine eigene Fährte, und der Leser tut gut daran, ihm blindlings zu folgen.

Der zweite exotische Detektiv in der eigentlich gar nicht exotischen Geschichte des Kriminalromans ist Inspektor Ganesh Ghote in Bombay. Seit 1964 hat H. R. F. Keating eine Reihe von Krimis mit dem kleinen, bescheidenen und nicht sonderlich erfolgreichen Polizeiinspektor veröffentlicht. In keiner der mir vorliegenden Kurzbiographien fand ich einen Hinweis auf persönliche Erfahrungen des Autors mit dem Land, das er doch so gut kennt, mit Indien. Keating wurde 1926 in England geboren und arbeitete als Rundfunktechniker, bevor er Kurzgeschichten und Kriminalromane zu schreiben begann. Vom Rundfunk sattelte er zum Journalismus um, schrieb für die ‚Times' und ist jetzt fest etabliert als freier Schriftsteller.

Woher auch Keatings Indienkenntnisse stammen mögen, er ist ein echter Wahlverwandter. Mit Sachkenntnis und Einfühlungsvermögen schildert er ein modernes Indien mit seinen sozialen Problemen, dem Elend der Armen und einer bestechlichen Polizei.

Die Kritik ist unaufdringlich und wird nie zum Selbstzweck, denn es ist Inspektor Ghote, mit dessen Augen wir das Land sehen. Es taucht natürlich auch all das auf, was der Indienreisende erwartet. Da erscheint ein Fakir, der unklugerweise glaubt, auf dem Wasser wandeln zu können („Inspector Ghote Plays a Joker"; 1969); da heißt es „Finger weg von heiligen Kühen" („Inspector Ghote Breaks an Egg"; 1970), und einmal darf Ghote sogar den Mord an einem Maharadscha aufklären, den „Tod einer hochgestellten Persönlichkeit" („Murder of the Maharajah"; 1980). Im allgemeinen werden dem kleinen Inspektor jedoch Aufgaben zugeteilt, mit denen er keine Lorbeeren ernten kann. Er erwartet auch keinen Siegerkranz, aber als er eines Tages zu Spitzeldiensten gegen seine eigenen Kollegen eingesetzt wird, geht das dem sonst so geduldigen Ghote zu weit. Während der Arbeit an dem unerfreulichen Fall, in „Inspektor Ghote sucht die undichte Stelle" („Bats Fly Up for Inspector Ghote"; 1974), ist er dicht davor, den Polizeidienst zu quittieren. Er bleibt sich selber treu – und das bringt ihm die Sympathie solcher Leser ein, die leise Töne mehr schätzen als laute ‚action'.

Von Tony Hillerman, Professor für Journalismus an der Universität von New Mexico, wissen wir, warum er ein fremdartiges Milieu für seine Kriminalromane wählte. Die Eltern, Farmer in Oklahoma, schickten ihren Sohn als Tagesschüler auf ein Internat für Indianerkinder. Das war nicht leicht, aber er lernte viel, vor allem außerhalb der Schulstunden: „Ich war ein Ein-Mann-Minderheitenproblem, und ich weiß seitdem, wie es den Angehörigen einer rassischen Minderheit zumute ist." Er kennt die alten Rituale der Navajo-Indianer, der Zuñi und der Hopi und hat es gelernt, die Welt mit ihren Augen zu sehen.

Ihnen, den aus dem angestammten Land ihrer Väter Vertriebenen, widmete er sein bisher bestes Buch, „Der Wind des Bösen" („The Dark Wind"; 1983). Jim Chee, Officer der Navajo Tribal Police, klärt einen Fall von Rauschgiftschmuggel auf, den geschäftstüchtige weiße Händler zur besseren Tarnung in das Reservat verlegt haben. Chee findet die Schuldigen, gegen die Intrigen des FBI und seines Vorgesetzten; er erwartet kein Lob und erhält keines.

Wie alle seine Kollegen in der Stammespolizei ist Jim Chee selbst Indianer und also auch ein guter Spurenleser. Seine Fähigkeiten in dieser Kunst sind nicht so spektakulär wie die des Napoleon Bonaparte in Australien, doch gerade deshalb überzeugen sie. Gute Beobachtungsgabe, Einfühlungsvermögen und Geduld führen ihn zum Ziel. Nur einmal, am entscheidenden Punkt der Ermittlungen, fällt es ihm schwer, sich in die Denkweise eines anderen zu versetzen. Der Mörder ist ein Weißer, der den Tod seines in den Rauschgiftschmuggel verstrickten Sohnes rächte. Rache – der Leser hört es mit Staunen – ist dem Navajo-Indianer fremd.

Das Gesetz der Indianer ist nicht das Gesetz des weißen Mannes. Wo beide Welten aufeinanderstoßen, kann es zu tödlichen Konflikten kommen. Alle Kriminalromane des Tony Hillerman illustrieren solche Konflikte. In „Schüsse aus der Steinzeit" („Dance Hall of the Dead"; 1973) findet der Navajo-Polizist Leaphorn den Mörder, kann ihn aber nicht überführen, weil der letzte Beweis fehlt. Anders als die klassischen Detektive stellt er dem Mörder, der übrigens wieder ein Weißer ist, keine Falle. Er weiß, was geschehen ist, und vertraut auf das ungeschriebene Gesetz seiner Rasse: Wer ein Tabu bricht, wird mit dem Tod bestraft. So stirbt der Mörder durch die Hand der Indianer, weil er zufällig Zeuge eines geheimen Rituals wurde – eine Tat, die nach dem Gesetz der Weißen nicht einmal ein kleineres Vergehen bedeutet.

In den meisten Kriminalromanen, die den Leser in fremde Länder entführen, überwiegen die leisen Töne, ganz als ob die Wahl eines anderen Tatortes den Autor vorsichtiger, behutsamer einen Schritt vor den anderen setzen ließe.

Janwillem van de Wetering, 1931 in Rotterdam geboren, reiste als junger Mann durch die Welt, lernte Afrika, Südamerika und Australien kennen und lebte fast zwei Jahre in einem buddhistischen Kloster in Japan. Nach seiner Rückkehr tat er neun Jahre lang Dienst bei der Amsterdamer Polizei. Dann ließ er Holland für immer hinter sich und wanderte in die Vereinigten Staaten aus, wo er seinen ersten Kriminalroman, „Outsider in Amsterdam" (1975), in englischer Sprache veröffentlichte. Die Geschichte spielt sich an den Grachten und Brücken seines ehemaligen Reviers ab, und diesem Schauplatz blieb der Weltenbummler in seinen Krimis treu. Wer Adjutant Grijpstra und Brigadier de Gier einmal kennengelernt hat, vergißt sie ebensowenig wie ihren Vorgesetzten, den alten Commissaris, obgleich der nicht einmal einen Namen hat.

Seiner ungewöhnlichen Vita nach gehört Wetering zu den Autoren, die prädestiniert scheinen für Krimis mit exotischem Flair. Fernöstliches ist in seinen Kriminalromanen wie eine leise Hintergrundmusik immer präsent, trotz des holländischen Lokalkolorits. Nur einmal bringt ein „Ticket nach Tokio" („The Japanese Corpse"; 1977) eine Dienstreise nach Japan.

Ein durch und durch fernöstliches Krimi-Unternehmen ist allein „Inspektor Saitos kleine Erleuchtung" („Inspector Saito's Small Satori"; 1985), ein schmales Bändchen von „Kriminalstories", wie es in der deutschen Ausgabe heißt. Es liest sich fast wie ein Roman, denn die kurzen Geschichten werden zusammengehalten durch die zentrale Gestalt des jungen Polizeibeamten in Kioto. Nur selten ist das Thema Mord. Bei der eindrucksvollsten Erzählung geht es um einen verschwundenen heiligen Stock, den Inspektor Saito für seinen Onkel suchen muß. Wenn er an offiziellen Fällen arbeitet, zieht er häufig ein kleines Buch aus der Tasche, das er zur Erklärung seiner Hypothesen benutzt, sehr zum Ärger von Kollegen und Vorgesetzten. Es ist nicht das „Handbuch für Untersuchungsrichter" des Österreichers Hans Groß, das klassische Detektive so gern zitieren, das selbst Inspektor Ghote in Indien immer zur Hand hat – es sind die „Parallelfälle unter dem Birnbaum", ein japanisches Handbuch für Rechtswissenschaft aus dem 13. Jahrhundert, also „das absolut Neueste", wie der Hauptkommissar höhnisch kommentiert.

Fast jede der Geschichten liefert einen Parallelfall zu den sechshundert Jahre alten richterlichen Entscheidungen. Wie sich hier Altes mit Neuem überzeugend verbindet, sich viel ehrwürdige Tradition in sparsam eingesetzte Action-Szenen mischt, bereitet ein außergewöhnliches Krimi-Vergnügen, so daß sich der Leser einen ganzen schönen langen Roman mit dem jungen, Zigarette rauchenden Inspektor im Kimono wünscht.

Superintendent Tetsuo Otani von der Kriminalpolizei in Kobe ist ein solcher Romanheld, aber seine Karriere als Detektiv hat gerade erst begonnen. Der Engländer James Melville, wie Wetering 1931 geboren, lebte lange Jahre in Japan, als Diplomat in Sachen Kultur und Erziehungswesen. Er veröffentlichte bisher fünf Romane um den ältlichen, glücklich verheirateten Otani. Die Titel verraten dem Leser – lockend oder warnend –: hier geht es um Japanisches („The Chrysanthemum Chain", „The Ninth Netsuke", „A Sort of

Samurai", „Death of a Daimyo" und „Ways of Zen"), um Mord in fernöstlicher Verkleidung.

,The Times Literary Supplement' lobt Melvilles Kriminalromane als gut konstruiert, subtil ausgearbeitet und humorvoll. Englischer Humor, leise, getragen vom Understatement, macht die Lektüre von „Death of a Daimyo" (1984) zu einem besonderen Vergnügen. Die Geschichte um den Tod eines Daimyo, wie im Japanischen ein Gangsterboß genannt wird, spielt teils in England, teils in Japan, und das macht ihren Reiz aus. Superintendent Otani ist zu einem Privatbesuch nach Cambridge gekommen, doch er wird wider Willen in einen Mordfall verwickelt, da das Opfer ein Japaner ist. Erst allmählich spürt er die Verbindung zum Daimyo auf, dem im Japan langsam sterbenden alten ,Paten'. Entsprechende Kapitelüberschriften benennen die wechselnden Schauplätze („Chapter 1: London", oder „Chapter 16: Kobe") und helfen dem Leser bei der Orientierung, ebenso wie die vorangestellte Liste der „principal characters", übersichtlich gegliedert in zwei Gruppen: „In England", „In Japan".

Erstaunlich schnell findet sich der Leser zurecht im Hin und Her der Schauplätze. Selbst die japanischen Namen klingen ihm nach kurzer Zeit vertraut, und er braucht nicht mehr vorne nachzuschlagen, im ,Who's Who' der Personen. In den mit leichter Hand geschriebenen Dialogen und der spannenden Handlung ist viel Wissenswertes über Japan eingestreut. Das Besondere an diesem Roman ist die Umkehrung der üblichen landeskundlichen Informationen. Melville schildert nicht, was der Europäer erstaunlich findet an fremder Kultur und fremden Lebensgewohnheiten. Er schildert Otanis Erlebnisse in England aus dessen Sicht, und so sieht der Leser mit den Augen des Japaners die merkwürdigen Gerichte, die Tischsitten, das Verhalten der Frauen, vergleicht mit Otani das Fremde mit dem Vertrauten. So sieht er sich selber mit fremden Augen, schwankend zwischen Heiterkeit und nachdenklichem Besinnen.

Eine uns fremde Kultur, aber nicht ein fremdes Land bildet den Hintergrund der sieben Kriminalromane mit dem Rabbiner David Small. Harry Kemelman, Professor am State College in Boston, hatte seine Krimi-Laufbahn mit Geschichten im Universitätsmilieu begonnen. Doch nicht mit dem Anglistikprofessor Nicky Welt und dessen detektivischen Abenteuern gelang ihm das, was man bei

Popsängern den großen Durchbruch nennt. Rabbi Small errang gleich bei seinem ersten Auftritt Lorbeeren. Über „Am Freitag schlief der Rabbi lang" („Friday the Rabbi Slept Late"; 1964) schrieb die ‚New York Times' begeistert und hoffnungsvoll: „Wenn sich daraus eine Serie entwickelt, könnte dies das wichtigste Debüt eines Detektivs der letzten Jahre werden."

Die Hoffnung trog nicht. Nach dem Gesetz, wonach er angetreten, arbeitete sich der Rabbi im Laufe der Jahre durch die sieben Wochentage: „Am Samstag aß der Rabbi nichts" („Saturday the Rabbi Went Hungry"; 1966), „Am Sonntag blieb der Rabbi weg" („Sunday the Rabbi Stayed Home"; 1969), „Am Montag flog der Rabbi ab" („Monday the Rabbi Took Off"; 1972), „Am Dienstag sah der Rabbi rot" („Tuesday the Rabbi Saw Red"; 1974), „Am Mittwoch wird der Rabbi naß" („Wednesday the Rabbi Got Wet"; 1976), „Der Rabbi schoß am Donnerstag" („Thursday the Rabbi Walked Out"; 1978).

Damit hatte sich eigentlich das Gesetz der Serie vollendet, aber Kemelman schob noch eine weitere Folge nach: „Eines Tages geht der Rabbi" („Someday the Rabbi Will Leave"; 1985). Immer geht es ihm um mehr als den jeweiligen Kriminalfall. In jedem der Romane bietet er seinen Lesern Bemerkenswertes über das Leben einer kleinen jüdischen Gemeinde in Neuengland, Nachdenkliches über den Talmud, die alten Traditionen in der Familie und der Synagoge – und das nicht nur en passant. Was wir an den sieben Wochentagen vom Rabbi lernen, ist ein erstaunlich umfangreiches Pensum und doch nie langweilig. Am Donnerstag erklärt David Small einem nicht-jüdischen Mitbürger die Besonderheiten seiner Religion. Der Mörder kann für seine Tat nur auf Erden büßen; die Strafe Gottes trifft ihn nicht. Auf der anderen Seite wird im Talmud kein Lohn für gute Taten versprochen. Denn nur wer frei, unbeeinflußt von einem drohenden Jüngsten Gericht, zwischen Gut und Böse die Wahl hat, kann wahrhaft moralisch handeln.

Am Freitag macht der Rabbi seinem Freund, dem Polizeichef, den Unterschied zwischen christlichem und jüdischem Glauben klar. „Ihr habt einen Himmel und eine Hölle, die mithelfen, das Unrecht im Leben auf dieser Erde ins Recht zu setzen. Unser Volk hat nur die eine Chance." Daraus ergibt sich, auch wenn der Rabbi es nicht ausspricht, eine verstärkte Verpflichtung, den Schuldigen auf Erden sühnen zu lassen.

Am Sonntag erläutert er die Grundsätze der talmudischen Denkschulung an konkreten Beispielen, etwa die Beurteilung der Glaubwürdigkeit von Zeugenaussagen: In der jüdischen Rechtsprechung wird das Miggo-Prinzip angewandt, „es beruht auf der psychologischen Wahrscheinlichkeit, daß sich niemand eines schwerwiegenderen Verbrechens schuldig bekennt, wenn er sich damit aus der Affäre ziehen kann, ein leichteres zuzugeben".

Das ist einleuchtend, denn es ist logisch. An allen Wochentagen, das heißt, bei allen sieben Mordfällen, folgt Rabbi Small den Gesetzen der Logik und erweist sich so, trotz Gebetsriemen und Gebetsmantel, als echter Verwandter der klassischen Detektive.

„Geh nicht zur Mikwe" („The Ritual Bath"; 1986) ist der jüngste Krimi, der in einer jüdischen Gemeinde spielt, und der Autor ist nicht Harry Kemelman. Ein „Allroundtalent" hat ihn geschrieben, wie es in der Verlagsankündigung der deutschen Ausgabe heißt. So vorgestellt wird die Amerikanerin Faye Kellerman, und als Begründung für das etwas zweifelhafte Lobeswort heißt es weiter: „Zahnärztin, Musikerin, Gitarrenbauerin, Mutter von drei Kindern, Ehefrau eines Psychologen und Autorin. Sie lebt in Los Angeles und schreibt an ihrem nächsten Kriminalroman."

Bevor er mit der Lektüre ihres ersten Krimis beginnen kann, muß sich der Leser durch eine zwei Seiten lange „Erklärung der jiddischen und hebräischen Ausdrücke, soweit ihre Bedeutung nicht aus dem Text hervorgeht" hindurcharbeiten, von „alav bashalom – Friede über ihm" bis „talmudchachan – Gelehrter (in den rabbinischen Wissenschaften)". So erfahre ich, daß die „Mikwe" ein rituelles Bad ist. Voller Mißtrauen mache ich mich ans Lesen – Mißtrauen vor einem „Allroundtalent", Mißtrauen vor einem Roman, der eigentlich nur ein billiger Abklatsch der Geschichten um Rabbi Small sein kann.

Mein Mißtrauen verwandelt sich bald in Staunen und schließlich in Bewunderung für die bisher unbekannte Autorin. Sie ist, neben ihren anderen Talenten, eine geborene Geschichtenerzählerin, versteht sich auf die Konstruktion eines Plots und seine überzeugende Auflösung und vermittelt Wissenswertes über eine uralte, überraschend fremdartige Kultur. Die Mordgeschichte um die unheimlichen Ereignisse in der Mikwe ist nur verständlich, wenn man die Bedeutung der Riten kennt, den Ablauf der Zeremonie und die kleinen, alltäglichen Aufgaben der Helferin in der

Badeanlage. Eine Frau, Rina Lazarus, steht im Mittelpunkt der Handlung, und schon allein dadurch entsteht eine andere Atmosphäre als in den Romanen mit Rabbi Small. Es kommt hinzu, daß der Detektiv kein Jude ist. Die unsentimental erzählte Liebesgeschichte zwischen Detective Peter Decker und der strenggläubigen Rina Lazarus verdeutlicht das Aufeinanderprallen zweier Welten, von denen die eine, uns fremde, fremder ist als das fernste Japan Matsumotos oder Upfields australischer Busch.

24. Prozesse, nicht à la Kafka

Im klassischen Kriminalroman sind keine Rollen vorgesehen für Richter, Staatsanwalt und Verteidiger – überflüssige Figuren, die nicht einmal als Statisten Verwendung finden. Der Meisterdetektiv, so will es die Tradition, leistet immer ganze Arbeit. Er sammelt die Indizien, verhört die Zeugen, schließt die Beweiskette und überführt den Täter so effektvoll, daß der Arme gar nicht anders kann als ein Geständnis abzulegen oder sich eine Kugel in den Kopf zu schießen. Ein Prozeß wird stattfinden, irgendwo im leeren Raum nach der letzten Seite, aber neue Erkenntnisse kann er nicht bringen. Das Urteil ‚schuldig' steht schon lange fest.

Es gibt einige Krimi-Autoren, die eine solche Art der Vorverurteilung nicht mitmachen. Auch ihnen geht es um die Darstellung eines Verbrechens, das dem Leser Rätsel aufgibt und ihn als Mitspieler in die Aufklärung des Falles einbezieht. Sie ersetzen den Detektiv durch einen Anwalt, der ebenso klug und überdies mit allen juristischen Wassern gewaschen ist. Mit diesem Rollentausch ändert sich der Charakter des Kriminalromans. Er lebt von einer anderen Spannung und verlangt eine andere Erzähltechnik.

Nur in der Anfangsphase wird das Geschehen in einem chronologischen Ablauf geschildert. Wie bei Conan Doyle setzt die Handlung mit dem Besuch des Klienten ein, der Rat und Hilfe sucht bei einem Sachverständigen. Da dieser Sachverständige nun ein Strafverteidiger ist, nehmen die Ermittlungen einen anderen Verlauf. Sie führen schnell und geradlinig zum Prozeß, in dem sich der Kriminalfall Teilchen für Teilchen entfaltet, auf verschiedenen Zeitebenen, anvisiert aus immer wieder neuen Blickwinkeln. Nach den oft widersprüchlichen Aussagen der Zeugen, den bohrenden

Fragen des Staatsanwalts, den Einwürfen des Verteidigers und den Erklärungen des Angeklagten nimmt das Verbrechen schließlich Gestalt an in den großen Plädoyers. Den Abschluß bildet der Urteilsspruch.

Die Darstellung eines Kriminalfalles durch die Geschichte seines Prozesses war 1917 etwas Neues gewesen, als Ricarda Huch ihren Roman „Der Fall Deruga" veröffentlichte. Erst fast dreißig Jahre später machte diese Erzählform Schule, als Erle Stanley Gardner den ersten seiner Krimis über den Staranwalt Perry Mason („The Case of the Velvet Claws") schrieb. Bis zu seinem Tod produzierte er über achtzig Romane, in denen er seinen Helden gegen die Borniertheit der Polizei und die Trägheit des Justizapparates kämpfen läßt. Perry Mason ähnelt seinem Autor, der selber einen guten Ruf als Strafverteidiger hatte und sich besonders derer annahm, die aus sozialen Gründen, wegen ihrer Rasse oder ihrer Nationalität in der Gesellschaft benachteiligt waren. Gardner gründete 1948 eine private Institution, um denen zu helfen, die keinen Ausweg mehr wußten. „Letzte Zuflucht" („The Court of the Last Resort"; 1958) nannte er die Sammlung von Fällen, mit denen er sich bei dieser Arbeit befaßt hatte. Mehrfach erreichte er eine Wiederaufnahme des Verfahrens, gelegentlich einen Freispruch seines Mandanten.

Sein Alter ego Perry Mason dagegen ist immer erfolgreich, wenn es gilt, einen Angeklagten freizupauken. Die Staatsanwälte in Los Angeles fürchten seine Attacken, die um so überraschender kommen, je gründlicher sie vorbereitet sind. In Paul Drake, dem Inhaber eines Detektivbüros, hat er einen stets einsatzbereiten Freund und Helfer für die lästige Kleinarbeit, das ‚leg-work'. Mit von der Partie ist Della Street, Masons Privatsekretärin, die ihrem Chef nicht nur im Büro, sondern auch auf der Spurensuche zur Seite steht.

Naive Leser lauern auf ein liebevolles Wort, eine zärtliche Geste, aber die schöne Della und der, den sie ‚Chef' nennt, fallen nie aus ihren vorgezeichneten Rollen. Die einzige Funktion der jungen Dame scheint darin zu bestehen, mit ihrem weiblichen Charme die eher düstere Übermacht der juristischen Männerwelt etwas aufzuhellen. Für den Autor mag noch ein zweiter Grund mitgespielt haben. Seine Romane wurden schnell Bestseller, er brauchte sechs Sekretärinnen und sechs Pseudonyme, unter denen er andere Serien mit anderen Helden veröffentlichte. Seine Chefsekretärin aber war über lange Jahre eine Dame, die Della Street in vielem ähnelte. Anders als Chef Mason heiratete Chef Gardner seine Angestellte, allerdings erst nach achtunddreißig Jahren. Da war es wohl nur recht und billig, daß er ihr gleich in seinem ersten Krimi mit Perry Mason ein Denkmal setzte, das er auch in allen folgenden Werken liebevoll pflegte.

Della Street vermag jedoch nicht wirklich Licht in die von Männern beherrschte Welt der Justiz zu bringen. Wenn es darauf ankommt, hat sie nichts zu sagen. Denn jeder Roman nähert sich zielstrebig seinem Höhepunkt, dem Prozeß. Leser wie ich fürchten den Augenblick, wo die unterhaltsamen Aktionen in den Straßen von L. A. ein Ende finden und der Gerichtssaal zum Tatort wird. Dann läuft das feierliche Ritual der Prozeßordnung ab, begleitet von den altehrwürdigen Höflichkeitsfloskeln der Hauptdarsteller, den Einsprüchen und den abgelehnten Einsprüchen, dem Zitieren von Paragraphen. Spannung entsteht erst wieder, wenn das blitzende Wortgefecht zum erbitterten Kampf wird – auch wenn die Feindseligkeiten nie den Rahmen der vorgeschriebenen Rollen sprengen.

Auf dem Höhepunkt der dramatischen Auseinandersetzung werden Rede und Gegenrede immer kürzer, wie in der griechischen Stichomythie. Über längere Passagen fehlt das erklärende ‚fragte er‘, ‚antwortete er‘. Die gelegentlichen Einschübe – „Mason lächelte kalt“, „Mason verbeugte sich“ – lesen sich wie Regieanweisungen zu einem Theaterstück. Im Kreuzverhör blitzen die Degen, die Treffer werden gezählt. Der siegreiche Anwalt empfängt den Lorbeerkranz, der Angeklagte ist frei.

Ich atme auf, denn nun folgt der erholsame Schluß. Perry Mason, Della Street und Paul Drake feiern in dem netten Restaurant in Gerichtsnähe den Sieg. So geht es in allen Romanen zu, deren Titel mit „The Case of...“ anfangen, auf diese Weise abgehoben von den anderen Serienprodukten des Autors. Die deutschen Herausgeber hielten das für überflüssig, und so gibt es „Ärger wegen Francis“ („The Case of the Sulky Girl“; 1953), „Die Fächertänzerin“ („The Case of the Fan-Dancer's Horse“; 1947) oder etwa „Perry Mason und das ambulante Aktmodell“ („The Case of the Reluctant Model“; 1962). Die Titel klingen verlockend, doch vor meinen Augen verschwimmen alle Romane um Perry Mason in das Grau eines einzigen Gerichtssaales, wo die Frage nach der Wahrheit weniger ein menschliches als ein juristisches Problem ist.

Während sich in den USA Staranwalt Mason/Gardner ein ständig wachsendes Heer von Bewunderern eroberte, erschien 1940 in England „Das Urteil der Zwölf" („The Verdict of Twelve"). Raymond Postgate, der nach einem Studium in Oxford durch wissenschaftliche Arbeiten bekannt geworden war, schrieb nur noch zwei weitere Kriminalromane („Somebody at the Door"; 1943, und „The Ledger is Kept"; 1953), die nicht viel Aufsehen erregten.

Erregend, auch nach fünfzig Jahren, ist sein Erstling, die Geschichte von den zwölf Geschworenen. Sie ist zugleich auch die Geschichte des Verbrechens, über das sie zu Gericht sitzen, und die Geschichte ihres Urteilsspruches. Oft als ,klassischer Kriminalroman' gepriesen, zeigt das Buch jedoch schon auf den ersten Blick, daß hier Neues gedacht und in eine neue Form gebracht wurde. Drei Teile gliedern das Geschehen: „Die Geschworenen", „Der Fall", „Verhandlung und Urteil".

Im ersten Teil werden die Lebensgewohnheiten der Geschworenen, zwei Frauen und zehn Männer, erzählt, in der Reihenfolge, wie sie der alte Gerichtsdiener vereidigt. Wir sehen sie zunächst mit seinen erfahrenen, rasch prüfenden Augen, dann aber wechselt unmerklich die Perspektive. Ein allwissender Erzähler enthüllt die geheimen Gedanken, Gefühle und Erinnerungen der Menschen, die über Leben und Tod einer wegen Kindesmord angeklagten Frau zu entscheiden haben. Der zweite Teil schildert den Fall, nicht wie er vor Gericht aufgerollt wird, sondern als eigenständige, in sich geschlossene Darstellung. Der dritte Teil folgt dem Ablauf der Verhandlung und schließt mit der Verkündung des Urteils.

Die Klarheit des Aufbaus täuscht nicht einen Augenblick darüber hinweg, daß hier ein dunkles Gewebe von widerstreitenden Gefühlen, Vorurteilen und Ressentiments ausgebreitet wird. Nicht die Angeklagte steht im Mittelpunkt, sondern die Gruppe der angesehenen Bürger, die für das ehrenvolle Amt sorgfältig ausgesucht wurden. Der Leser sieht hinter die Fassade ihrer Respektabilität, erkennt den rechtschaffen gewordenen kleinen Betrüger, den selbstgefälligen religiösen Fanatiker, die verbitterte Jüdin, deren Mann in London von Gangstern vor ihren Augen totgeschlagen wurde, den Oxforder Altphilologen, dessen Gedanken ihn als

Alkoholiker mit homoerotischen Neigungen enthüllen. Und er sieht Mrs. Atkins, die als junges Mädchen vorsätzlich einen Mord begangen hat, ohne dabei entdeckt zu werden.

Mit der Geschichte der Mary Atkins, der Geschichte eines verjährten, ungesühnten Verbrechens, beginnt der Roman. Die Schockwirkung dieses Anfangs verliert sich etwas über dem spannend erzählten Mordfall, um den es in der Gerichtsverhandlung geht. Sie setzt erneut ein im letzten Teil und steigert sich bis zum Ende. Hier läuft alles anders, als man es aus Fernseh-Krimis mit dem inzwischen beliebt gewordenen Geschworenen-Thema gewöhnt ist. Der Verteidiger sitzt lässig auf seinem Stuhl, in der begründeten Hoffnung auf einen Freispruch für seine Mandantin. Der Staatsanwalt denkt an das Mittagessen, der Richter schläft meistens.

Als sich die Geschworenen zur Beratung zurückziehen, zeigt sich, daß es eine klare Mehrheit für einen Freispruch gibt; die letzten Zweifler werden bald umgestimmt. Nur Mrs. Atkins bleibt bei ihrer Meinung: „Ich weiß, daß sie eine Mörderin ist." Schon früher hatte sie manchmal gedacht, wie der Leser und nur der Leser weiß, „daß es außerordentlich komisch wäre, wenn sie Geschworene in einem Mordprozeß würde. Wenn also eine, die wußte, wie man es machte, zu Gericht sitzen würde über jemanden, der es nicht wußte."

Nach ihren Gründen befragt, gibt Mrs. Atkins ängstlich nach und fügt sich dem Urteil der übrigen elf. Alle sind mit dem Freispruch zufrieden: die Angeklagte, der Staatsanwalt, der Richter und der Verteidiger, der das entscheidende Indiz für die Unschuld seiner Mandantin liefern konnte. Sie hat ihren kleinen Neffen nicht aus Habgier ermordet, er wollte die verhaßte Tante mit vergiftetem Salat umbringen. Unglücklicherweise erwischte er beim Essen eine zu große Portion und starb qualvoll nach langen Tagen, während seine Tante mit leichten Vergiftungserscheinungen davonkam.

Der raffinierte Mordplan eines Kindes ist nicht der letzte Schock für den Leser. Der Roman endet mit einem kurzen „Nachspiel". Gleich nach dem Prozeß gesteht die Freigesprochene ihrem Verteidiger, sie habe das alles schon immer gewußt, habe ihren Neffen dabei beobachtet, wie er das Gift über eine bestimmte Stelle des Salats streute, und danach habe sie das Ganze kräftig umgerührt.

Im Prozeß habe sie lieber geschwiegen, erklärt sie unbefangen. „Manche Leute sind so kleinlich, daß sie behaupten könnten, wenn ich ihn die Sache essen ließe, sei das so viel wie Mord." Das Entsetzen ihres Anwalts bemerkt sie nicht. Er weiß, daß er nichts tun kann. Damit endet die Geschichte einer unvollkommenen Welt und einer unzulänglichen Gerechtigkeit. Das englische Gesetz verbietet es bekanntlich, jemanden ein zweites Mal wegen des gleichen Delikts anzuklagen.

„Ich habe das Geld. Ich bin freigesprochen, und ich kann nicht wieder vor Gericht gestellt werden!" ruft der Mörder Leonard Vole triumphierend am Ende des Prozesses und umarmt seine Geliebte. Wenige Sekunden später ist er tot, erstochen von seiner Ehefrau Romaine, der „Zeugin der Anklage". Agatha Christie schrieb 1954 ihre Kurzgeschichte gleichen Titels („Witness for the Prosecution") in ein Theaterstück um. Fast so erfolgreich wie „Die Mausefalle", erlangte das Stück Weltruhm in der Verfilmung Billy Wilders. Romaine, das ist und bleibt Marlene Dietrich in der Titelrolle, undurchschaubar, kühl und selbstbewußt, bis sie am Ende in einem gewaltig auflodernden Feuer ihre wahren Gefühle zeigt, die mehr sind als die Verzweiflung einer eifersüchtigen Frau. Leonard Vole, das ist Tyrone Power, leichtsinnig, liebenswert, aalglatt und gewissenlos. Der Verteidiger ist Charles Laughton, unvergeßlich seine mächtige Gestalt, sein rundes Gesicht mit den aufgeworfenen Lippen und den kritisch zusammengekniffenen Augen.

Wie „Das Urteil der Zwölf" ist auch Agatha Christies „Zeugin der Anklage" die Geschichte eines Justizirrtums, eines Irrtums, durch den nicht ein Unschuldiger verurteilt, sondern der Mörder freigesprochen wird. Anders als Raymond Postgate ist die Klassikerin des Kriminalromans um die Wiederherstellung der irdischen Gerechtigkeit bemüht. Romaine bekennt sich gleich nach ihrer Tat schuldig für den Mord an „dem einzigen Mann, den ich je liebte". Nach ihren Worten „Guilty, my lord" fällt der Vorhang.

Das ist die Art Schluß, die man gern theatralisch nennt. Doch im Theater muß Theatralisches erlaubt sein. Der Roman „Das Urteil der Zwölf" endet mit leisen Tönen, und nicht weniger eindrucksvoll. Die dramatische Form scheint naheliegend, fast zwingend für die Darstellung eines Kriminalprozesses. Der Gerichtssaal wird zur Plattform für Personen, die ihren festen Standpunkt haben, auch im wörtlichen Sinn: auf der Anklagebank, im Zeugenstand, vor oder hinter den Schranken des hohen Gerichts. Der Autor verschwindet in seinen Figuren, die ihr eigenes Leben miteinander und gegeneinander führen. Wie praktisch ist es für ihn, gerade wenn er ein Krimi-Autor ist, daß hier nur das gesprochene Wort gilt. Es gibt keinen Erzähler, der sich winden muß, um ja nichts vorzeitig zu verraten über die Glaubwürdigkeit des Sprechenden. Es gibt deshalb nicht die stereotypen Wendungen, ohne die auch gewiefte Krimischreiber nicht auskommen können: „Er schien überrascht von der Nachricht", „Sein Entsetzen wirkte echt" oder „Sie müßte eine gute Schauspielerin sein, wenn ihre Trauer gespielt wäre".

Die Beschränkungen, denen der Bühnenautor unterworfen ist, liegen auf der Hand. Auch wenn die aristotelischen Einheiten der Zeit und des Ortes schon von Shakespeare ad acta gelegt wurden – große Sprünge sind nicht ratsam, weder von Ort zu Ort noch von Zeit zu Zeit. Agatha Christie läßt den zweiten Akt ihres Dramas sechs Wochen nach dem ersten einsetzen, eine Lücke, die, nicht gerade elegant, in der Szenenübersicht mit drei Worten überbrückt wird. Unter den Tisch fallen muß manches, was für viele Krimi-Autoren offenbar das Schreiben erst zum Vergnügen macht: kleine ironische Seitenhiebe, geistreiche literarische Anspielungen, fein gezeichnete Stimmungsbilder und das geheime Zwiegespräch mit dem Leser.

So kommt es wohl, daß es nicht mehr Kriminalstücke gibt, obgleich eine ganze Reihe von Autoren den Detektiv in einen Rechtsanwalt verwandelt haben. Der Engländer Cyril Hare läßt Francis Pettigrew als detektivischen Anwalt in Gerichtsverhandlungen für die gute Sache streiten, in „Das Gericht zieht sich zur Beratung zurück" („Tragedy at Law"; 1942) und in „Mord – Made in England" („An English Murder"; 1951). Doch in dem Krimi „Erschlagen bei den Eiben" („The Yew Tree's Shade"; 1954) hat sich Pettigrew schon in den Ruhestand zurückgezogen, wie sein Autor, der selber Rechtsanwalt und Richter war.

Auch seine Landsmännin Sara Woods ist juristisch vorgebildet; sie arbeitete mehrere Jahre bei einem Rechtsanwalt. So machte sie ihren einzigen Krimi-Helden zum ‚barrister'. Ihr erster Roman legt schon das Thema fest: „Die Verhandlung ist eröffnet" („Bloody Instructions"; 1962). Den nun schon bekannten Schauplatz ihrer vielen anderen Romane verraten die deutschen Titel mehr als die englischen: „Die Zeugen widersprechen sich" („And Shame the Devil"; 1967) oder „Mord nach Prozeßbeginn" („Let's Choose Executors"; 1966). Ihre zentrale Gestalt Antony Maitland ist oft der englische Perry Mason genannt worden, doch die Ähnlichkeit liegt mehr im Beruf als im Charakter. Sara Woods beschreibt Maitland als einen noch jungen, angenehm bescheidenen Anwalt, dem sie zwecks größerer Menschlichkeit eine reizende Frau und einen schrulligen alten Onkel beigesellt hat. Sir Nicholas Harding ist ein berühmter Strafverteidiger, den der Neffe immer wieder wegen seiner eigenen Fälle konsultiert. Die Schilderungen des kurzweiligen Familienlebens der drei, die zusammen ein altes Haus bewohnen, sind mir deutlicher in Erinnerung als die Prozeß- szenen. Diese bilden immer den Abschluß der Romane, wiegen aber weniger schwer als Perry Masons pompöse Auftritte im Gerichtssaal.

Der Amerikaner Henry Slesar hat in den wenigen Kriminal- romanen, die er neben Hunderten von Kurzgeschichten veröffent- lichte, einen Rechtsanwalt die Rolle des Detektivs übernehmen lassen. Mike Carr ist ein freundlicher, kluger Mann, der sich mit dem Polizeichef der kleinen Stadt gut versteht. Bei den arg ge- heimnisvollen Vorgängen um „Die siebte Maske" („The Seventh Mask"; 1969) steht er im Mittelpunkt der turbulenten Szenen um eine theatralisch arrangierte Massenerpressung. Er kann den schwierigen Fall aufklären, aber der anschließende Prozeß ist ohne Bedeutung.

In Deutschland weniger bekannt ist der Amerikaner Aaron Marc Stein, der unter verschiedenen Pseudonymen verschiedene Krimi- Serien schrieb. Als Hampton Stone läßt er zwei junge New Yorker Staatsanwälte die alte Doppelrolle Holmes–Watson munter und unkonventionell mit neuem Leben füllen. Die Rolle des Watson, und damit auch des Ich-Erzählers, übernimmt der ruhige Mac, der seinen temperamentvollen Freund und Kollegen Gibson oft brem- sen muß, wenn ‚Gibby' auf seiner Jagd nach der Wahrheit die Hindernisse der lästigen Legalität überspringen möchte.

Die Titel dieser Serie folgen alle dem gleichen rhythmischen Schema („The Corpse in the Corner Saloon", 1948; „The Corpse Who Had too Many Friends", 1953; „The Funniest Killer in Town", 1967). Sprachgefühl, lebendige Dialoge und eine bewegte

Handlung lassen den Leser fast vergessen, daß die Akteure Respektspersonen im Reich der Justitia sind.

Als Mac und Gibby auf Long Island einen geruhsamen Angelurlaub genießen wollen, werden sie in einen ländlichen Mordfall verwickelt. Mit Erfolg klären sie, sozusagen privatissime, die dörflichen Turbulenzen um einen „Tod im Ententeich" („The Strangler Who Couldn't Let Go"; 1956). Den Schluß der Geschichte bildet die Rekonstruktion des Verbrechens in einer Dreierkonferenz, an der die beiden Anwälte und der alte Richter des Distrikts teilnehmen. Da fallen keine großen Worte über Recht und Gerechtigkeit, nur die Fakten zählen. Alle drei sind sich einig in dem unerschütterlichen Glauben an den Sinn der Gesetze in einem demokratischen Staat.

Kafkaeske Verstrickungen in schuldlose Schuld, das Gefühl der Ohnmacht vor einer unbegreifbaren höchsten Instanz können kein Thema sein, wenn Fiktion den Anspruch erhebt, Wirklichkeit widerzuspiegeln. Justitia waltet ihres Amtes mit verbundenen Augen, auch wenn die Welt darüber zugrunde geht. Selbst bei E. St. Gardner, dem konsequentesten Prozeß-Berichterstatter, nimmt die Schilderung der Verhandlung immer nur einen Teil der Erzählung ein. Und der Leser ist dankbar, daß im Krimi, anders als in der Wirklichkeit, kurzer Prozeß gemacht wird.

In den letzten zehn Jahren sind mir nur zwei Kriminalromane begegnet, die einen Mordfall in Form einer Gerichtsverhandlung aufrollen. Beide stammen von deutschen Autoren, beide ähneln sich in der Kritik an einer nicht unfehlbaren Institution und beide haben als zentrale Figur einen Nicht-Juristen. Daraus ergibt sich eine andere Perspektive, ein anderer Schwerpunkt. Auch hier wird der Prozeßablauf genau geschildert, doch der Leser erlebt ihn aus der Sicht eines persönlich Betroffenen, wie es Margery Allingham in ihrem Kriminalroman „Für Jugendliche nicht geeignet" („Flowers for the Judge") 1936 vorgemacht hatte. Während sie ihren Privatdetektiv Albert Campion an einer Gerichtsverhandlung im altehrwürdigen Londoner ‚Old Bailey' teilnehmen läßt als Freund und Beistand der Angeklagten, in einer für klassische Privatdetektive eher ungewöhnlichen Rolle, führt Friedhelm Werremeier seinen Kommissar Trimmel häufig im Gerichtssaal vor. Bevor er sich dem Kriminalroman zuwandte, hatte der Journalist Werremeier mehrere kriminologische Sachbücher veröffentlicht. Durch die

‚Tatort'-Filme mit Walter Richter in der Hauptrolle wurde Kommissar Trimmel ein beliebter Serienheld, der von der Kritik als ‚der deutsche Maigret' gefeiert wurde. Wie sein großer Vorgänger scheut er jedes Pathos und hat ein Herz für die kleinen Leute mit ihren kleinen Vergehen. Bei großen Verbrechern kennt der Leiter der Hamburger Mordkommission keine Gnade und streitet mürrisch-unwirsch für die Gerechtigkeit auf seinen Streifzügen durch ein Hamburg, das als Tatort ähnlich lebendig wird wie Simenons Paris.

Der Leser kennt aus zahlreichen Romanen die Namen von Trimmels Mitarbeitern und auch die Namen von Justizbeamten: den Staatsanwalt Portheine, den Verteidiger Dr. Loissen und den psychiatrischen Gutachter Prof. Dr. Kemm, der als „Der Richter in Weiß" (1971) in den Prozeßverlauf eingreift. Werremeier entläßt seinen Kommissar nicht, wie die meisten seiner Krimi-Kollegen, mit der Entlarvung des Täters. Häufig muß Trimmel in der Hauptverhandlung als Zeuge aussagen.

„Trimmel und Isolde" (1980) ist die kunstvoll gebaute Geschichte eines Mordprozesses. Im Präsens geschriebene Kapitel beschreiben den Prozeßverlauf, in regelmäßigem Wechsel mit Kapiteln, die im Imperfekt die Vorgeschichte des Falles in einzelnen Szenen beleuchten. Verknüpft werden die Rückblenden nur durch Wortassoziationen. „‚Makabre Geschichte!' sagt Trimmel, ‚total verrückt!'" – so endet das erste Kapitel. Das zweite beginnt: „Gleich der Anruf, der die Sache ins Rollen brachte, war makaber. ‚Ich bin... bin tot...', flüsterte eine Frau in den Apparat."

Das Mordopfer ist die wagnersüchtige Isolde, erschlagen mit einer Wagner-Büste, der Angeklagte ihr Ehemann, von der Boulevardpresse kurz und lüstern „der Tristan-Mörder" genannt, Kronzeugin der Anklage die zehnjährige Tochter der beiden, Isolde Nr. 2, die vermutlich den Täter erkannt hat, jedoch die Aussage verweigert. Der Prozeß endet mit dem Freispruch des Angeklagten, da die Indizien nicht für eine Verurteilung hinreichen.

„Düstere Würde bis zuletzt, sagt sich Gerber. Würde sogar noch dann, wenn andere Leute sich schämen müßten, mit so viel Arbeit so wenig erreicht zu haben. Im Zweifel für den Angeklagten, klar. Man bekennt, daß man glaubt, daß man nichts glauben kann. Ist die Justiz nicht doch eine Religion mit umgekehrten Vorzeichen?" Gerber ist Journalist und engagierter Prozeßberichterstatter, ein

Kollege des Angeklagten und ein alter Freund Trimmels. Der Kommissar zweifelt bis zuletzt an der Richtigkeit des Urteils, aber Gerber weiß, daß es ein Fehlurteil ist. Durch eine zufällige Frage, die der Polizei nicht eingefallen war, hat er die Wahrheit herausgefunden. Aber es ist zu spät, er kann sein Wissen nicht einmal Trimmel enthüllen, da er in seinen Zeitungsartikeln überzeugend die Unschuld des Angeklagten verteidigt hatte.

„Gerber möchte aufspringen und schreiend verkünden, daß hier doch Schwachsinn verkündet wird. Daß er es besser weiß und daß die Wahrheit außerdem so entsetzlich nahe gelegen hat." Aber er springt nicht auf und schreit nicht. Der Mörder ist frei und nimmt vor dem Gerichtsgebäude seine kleine Tochter in die Arme, für die er das Sorgerecht erhalten hat. Trimmel sieht der rührenden Begrüßungsszene zu, hilflos und voller Angst um Isolde.

Auch der Verfasser des zweiten deutschen Prozeß-Krimis ist Journalist. Horst Bieber, Jahrgang 1942, promovierter Philologe und Redakteur einer großen deutschen Wochenzeitung, hat eine Reihe von Kriminalromanen veröffentlicht. In seinem zweiten Roman, „Wrozeks Meineid" (1985), spielt sich der entscheidende Teil des Geschehens im Gerichtssaal ab. Gleich auf der ersten Seite wird der Privatdetektiv Joachim Wrozek vorgestellt, der als Kronzeuge in einem Mordprozeß vorgeladen ist. Mit seinen Augen sehen wir das alte Gerichtsgebäude: „Die doppelt mannshohe Justitia schaute, griesgrämig trotz ihrer gewaltigen Augenbinde, auf den Trubel herunter und schien nicht wenig Lust zu verspüren, Schwert und Waage in die Menge zu werfen." Auch das Innere des Gebäudes sieht der Leser mit Wrozeks Augen: „Die steife, kalte Pracht wirkte... einschüchternd, trotz der unübersehbaren Zeichen von Verfall. Sie symbolisierte die Macht der Justiz, nicht die der Gerechtigkeit, und selbst Wrozek, der sich häufiger in diesem wilhelminischen Bau aufhielt als die Mehrheit der Steuerzahler, empfand noch immer ein rational nicht begründbares Unbehagen, so, als wäre er schuldig oder zumindest verdächtig, sobald er den Schritt über die Schwelle getan hatte."

Im letzten Teil des Romans wird für den Zeugen Wrozek aus dem Irrealis reale Wirklichkeit. Er steht zum zweitenmal vor Gericht, diesmal als Angeklagter. Ihm wird schwerer Diebstahl und Meineid vorgeworfen, der Meineid des Kronzeugen. Wrozek ist unschuldig, und Wrozek wird freigesprochen. Was will man mehr. Doch es ist nicht die Dame Justitia, die ihm den Weg in die Freiheit öffnet, sondern Fortuna, die ihm mit einem Augenzwinkern das kleine Schlupfloch am Ende der Sackgasse zeigt. Er wird freigesprochen, weil eine Verurteilung des Kronzeugen eine Wiederaufnahme des ersten Prozesses bedeutet hätte – und einem Wiederaufrollen der alten Mordgeschichte stehen die sehr persönlichen Interessen des Staatsanwaltes im Wege. Sein Streben nach Macht, sein politischer Ehrgeiz sind größer als sein Streben nach Gerechtigkeit.

Einer von Wrozeks Lieblingsfilmen, so erfährt der Leser beiläufig, ist „Zeugin der Anklage". Während einer Regenpause in der Observierungsarbeit sieht er sich den Film zum sechstenmal an und trifft dort zufällig eine Richterin aus dem Mordprozeß. Beide lieben den Film und unterhalten sich hinterher über die Unterschiede zwischen englischer und deutscher Strafjustiz. Mir hätte es besser gefallen, wenn Wrozek und die reizende Richterin sich bei der Lektüre von „Bleakhouse" nähergekommen wären. Der trübe Londoner Nebel, der den trostlos langen Prozeß in Dickens' Roman einhüllt, hätte besser zu der Geschichte von Wrozeks Meineid gepaßt, zu dem Prozeß, in dem es nur noch um den Ehrgeiz und das Honorar der Justizbeamten geht – besser als die klare Logik und die heile Welt einer Agatha Christie.

25. Das am Schwanz aufgezäumte Pferd

Die bisher vorgestellten Spielarten des Kriminalromans haben bei aller Verschiedenheit eines gemeinsam: Sie beginnen mit der Entdeckung eines Verbrechens, dessen Hintergrund erst auf den letzten Seiten enthüllt wird. Die zentrale Figur ist der Detektiv, ob er nun privatim oder als Polizeibeamter ermittelt. Sein Gegenspieler, der Mörder, tritt nur kurz ins volle Rampenlicht, am Ende des Geschehens. Wie er zu Werke ging, welche Triebfedern ihn bewegen, seine geheimen Wünsche und Ängste werden auf wenigen Seiten rekapituliert. Hier erst nehmen die schattenhaften Umrisse seiner Gestalt Form an.

Mehrere Lesestunden lang war er lediglich einer unter mehreren Verdächtigen, vielleicht sogar ein besonders harmloser Verdächtiger, ein netter Mensch. Dann werden uns die Augen geöffnet, und wir sehen einen Fremden. Der plötzliche Schwenk macht nicht nur die Leser schwindlig, die sich, tadelnswert passiv, weigerten mitzurätseln und den Nervenkitzel der Spannung genossen. Auch der gewissenhafte Leser hat Schwierigkeiten, seine meist doch eher vagen Vorstellungen im lückenlosen Resümee des Detektivs wiederzufinden. Oft bleiben die Unschuldsmiene und das Unschuldsgebaren des Bösewichts fester auf der Netzhaut haften als das verzerrte Gesicht des Mörders, der, in die Enge getrieben, seine Schuld gesteht. Es ist schwer, beide Bilder zur Deckung zu bringen, und nicht immer gelingt es dem Leser. Der Mörder bleibt eine verschwommene, seltsam blasse Figur, die nur in Ausnahmefällen Mitgefühl weckt. Schließlich ist er ohne Zweifel böse, auch wenn man es eigentlich nicht bemerkt hat.

Wir vergessen den Übeltäter schnell, wohingegen sich die strahlende, aber doch im Grunde langweiligere Gestalt des Detektivs fest in unserem Gedächtnis eingegraben hat. Nur selten werden wir verführt, über den Täter und seine Tat nachzudenken, sie zu begreifen und sie, vielleicht, zu verstehen. Schließlich fordern Krimis nicht gerade zu nachträglichem Meditieren heraus – oder sie müßten anders geschrieben sein.

Es gibt ihn, den anderen Krimi, und nicht erst, seit Patricia Highsmith ihren mörderischen Liebling Tom Ripley einem überraschten Publikum ans Herz legte. Die Anfänge liegen weit zurück. Nachdem R. A. Freeman einige Jahre lang die Fälle des Dr. Thorndyke in bewährter klassischer Manier beschrieben hatte, versuchte er sich in einer neuen Erzähltechnik. Mit „The Singing Bone" veröffentlichte er 1912 eine Sammlung von Geschichten um den detektivischen Gerichtsmediziner, die seine alten Leser verwirrte. Gleich auf der ersten Seite wird der Mörder vorgestellt, der noch kein Mörder, aber fest entschlossen ist, einer zu werden. Wir lernen seine Lebensweise kennen, seine Gefühle und Gedanken und schmieden mit ihm zusammen den Mordplan, der allmählich Gestalt annimmt. Dann naht der Augenblick, wo er seine Vorbereitungen abgeschlossen hat und zur Tat schreitet.

Freeman hat diese Erzähltechnik nie wiederholt – wohl mit gutem Grund. Es ist schwierig, eine Spannungskurve aufzubauen, wenn es kein Geheimnis zu enträtseln gibt. Zunächst fühlt sich der Leser in die bange Erwartung des Mörders einbezogen, ob der Plan gelingen wird. Doch mit dem Auftritt Dr. Thorndykes ändert sich die Blickrichtung. Nicht mehr der Täter steht im Mittelpunkt des Geschehens, sondern, wie eh und je, der Detektiv. Eine neue Spannungskurve muß entwickelt werden, aber es läßt sich kaum vermeiden, daß sie flacher ausfällt als die erste. Nur eine Frage bleibt offen: Wird es Thorndyke gelingen, den Täter zu entdecken, und wenn ja, wie? Doch die Frage ist nur so offen wie eine angelehnte Tür. Thorndykes Erfolg ist, wie der aller klassischen Detektive, nur allzu gewiß. Ein kleiner Trost bleibt dem Leser. Er weiß Bescheid und kann in seiner Allwissenheit dem im dunkeln tappenden Fachmann mit geheimer Schadenfreude Fehler bei der Spurensuche ankreiden. Wenn man „The Singing Bone" heute liest, bleibt das zwiespältige Gefühl, ein nicht ganz geglücktes Experiment miterlebt zu haben.

Immerhin: mit der Umkehrung des üblichen Handlungsablaufs war etwas Neues entstanden: die erste ‚inverted story'. Freeman hatte das Pferd am Schwanz aufgezäumt, um auf unkonventionelle Weise rückwärts zu reiten. „Das heißt der rechte Meister Klügle", spottete schon Martin Luther, „der das Roß am Hintern zäumen kann und reitet rücklings seine Bahn." Doch gerade moderne Krimi-Autoren lockt der Rückwärtsritt als eine nachahmenswerte Kunst.

Die ersten Nachahmer, beide Engländer, sind heute vergessen. A. B. Cox und Roy Vickers schrieben um 1930 neben ihren Kriminalromanen gelegentlich auch ‚umgekehrte Geschichten'. Es waren eher halbherzige Versuche, von der konventionellen Erzähltechnik abzurücken. Erst viel später wurde die neue Idee folgerichtig zu Ende gedacht.

„Ich mag gute Detektivgeschichten. Aber sie beginnen an der falschen Stelle. Sie beginnen mit dem Mord. Doch der Mord ist das Ende. Die Geschichte fängt lange vorher an – manchmal Jahre vorher, mit all den Beweggründen und den Ereignissen, die bestimmte Leute zu einem bestimmten Ort und zu einer bestimmten Zeit an einem bestimmten Tag bringen." Hier spricht nicht ein Verächter des klassischen Kriminalromans. Es ist Agatha Christie, die ihr eigenes Strickmuster kritisch unter die Lupe nimmt. Sie legt die Worte einem alten Rechtsanwalt in den Mund, der mit ein paar Kollegen am Kaminfeuer über einen gerade abgeschlossenen Prozeß plaudert.

Mit dieser Kaminfeuerszene beginnt, ganz unspannend, einer

ihrer besten Kriminalromane: „Kurz vor Mitternacht" („Towards Zero"; 1944). In dem „Prolog, 19. November" überschriebenen Anfang liefert die leicht hingeworfene Bemerkung des Mr. Treves die gedankliche Grundlage für die ungewöhnliche Form der Geschichte. Die einzelnen Schritte sind markiert durch Datumsangaben, vom Einsetzen der eigentlichen Handlung am 11. Januar bis zum Herbst desselben Jahres. Die Wege aller beteiligten Personen führen hin zu dem einen Punkt, wo das geplante Verbrechen Wirklichkeit werden soll, „towards zero", der Stunde Null im Countdown des Täters.

Die Klassikerin Christie geht jedoch nicht so weit, ihren Lesern seinen Namen und den seines Opfers zu verraten. Das bewährte Ratespiel geht weiter, wenn auch mit anderen Regeln. Der zunächst verwirrte Leser atmet auf, als endlich ein Mord geschieht, aber dazu mußte er erst neunzig Seiten hinter sich bringen. Erleichtert begrüßt er das Einschreiten von Scotland Yard, verkörpert in einer ihm schon bekannten Figur, Superintendent Battle. Nun wird alles seinen gewohnten Gang gehen, hofft er, und er täuscht sich nicht. Der tüchtige Battle klärt den Fall auf, auch ohne die Hilfe seines Freundes Poirot, den er allerdings auf Seite 109 ausdrücklich vermißt.

Ein Vergleich mit Freemans „Singing Bone" scheint nahezuliegen, doch die Ähnlichkeit verschwimmt bei näherem Hinsehen. Agatha Christie führt wieder einmal ihre Leser an der Nase herum. Der für sie obligatorische ‚double twist' ist in diesem Krimi die notwendige Folge der am Anfang entwickelten Theorie. In der klassischen Schlußszene vor den fünf Verdächtigen entwickelt Superintendent Battle die Gedanken des alten Rechtsanwaltes, die er für seine eigenen hält. Der Mord, erklärt er, ist das Ende der Geschichte, nicht ihr Anfang. Die Stunde Null ist jetzt und hier. Der eigentliche, lang geplante Mord ist nicht der Tod jenes ersten, unwichtigen Opfers, sondern die mit diesem Mord einkalkulierte Verurteilung eines Unschuldigen – der Mord durch die stellvertretende Hand des Henkers.

Battle vereitelt den Plan im letzten Augenblick durch die Überführung des Täters und verhindert so einen Justizirrtum. Das vorgesehene Opfer und der unschuldige Hauptverdächtige finden auf der letzten Seite zueinander. Ende gut, alles gut.

Der Weg „Towards Zero" wurde weiter verfolgt, besonders von

Krimi-Autoren, die sich nicht der klassischen Tradition verpflichtet fühlen. Seit 1950 schreibt der Franzose Pierre-Louis Boileau zusammen mit seinem Landsmann Thomas Narcejac Kriminalromane, die dem gleichen Prinzip folgen und sich durch ungewöhnliche Einfälle, oft recht makabrer Art, auszeichnen. „Mensch auf Raten" („... et mon tout est un homme"; 1965) ist eine beklemmende Vision chirurgischer Kunststücke und errang den „Prix de l'humour noir".

Die Roman-Welt des Autoren-Duos ist ein dunkles Labyrinth – der Vergleich taucht im Text immer wieder auf –, in dem kein Faden der Ariadne den Ausweg finden hilft. Ähnlich oft taucht das Bild eines Netzes auf, das, engmaschig, erstickend, über den Unschuldigen geworfen wird, während die Schuldigen höhnisch den Todeskampf ihres Opfers betrachten. Die Polizei ist kein Freund und Helfer und agiert allenfalls am Rande des Geschehens.

„Tote sollten schweigen" („Celle qui n'était plus"; 1952) schildert ein grausames Spiel, das zwei Freundinnen treiben. Die Geschichte wird erzählt aus der Sicht ihres Opfers, eines Mannes, der sich für den Mörder seiner Frau hält und sich immer mehr verstrickt in das Netz, das Frau und Freundin über ihn ausgeworfen haben. Nicht sein Mordplan und die vermeintliche Ausführung stehen im Mittelpunkt, sondern die kunstvollen Inszenierungen der beiden Frauen, die ihn am Ende dahin bringen, wo sie ihn haben wollen. In der Stunde Null ihres teuflischen Plans begeht er Selbstmord. Das nicht ganz unschuldige Opfer ist tot, seine Frau streicht, ebenfalls nach Plan, die Lebensversicherung ein und reist mit der Freundin wohlgemut in eine glückliche Zukunft.

Die meisten Krimis von Boileau/Narcejac sind nach dem gleichen Schema gebaut. Am Anfang steht der Wunsch eines keineswegs immer unsympathischen Menschen, einen anderen zu töten, aus guten Gründen, versteht sich. Es folgt der Mordplan, das Auswerfen der Netze, die Verstrickung und der Tod des Opfers. Wie bei Agatha Christie wird dem Leser die Identität des Drahtziehers, des Netzewerfers erst am Schluß enthüllt.

Trotz der psychologischen Feinheiten in der Charakterzeichnung liegt das Schwergewicht, der besondere Reiz der Romane auf ihrer düster-unheimlichen Atmosphäre, die den Leser nicht zu Atem kommen läßt. Er identifiziert sich, ob er will oder nicht, mit der zentralen Figur und wird so hineingezogen in den Sog einer Furcht vor Ungreifbarem, vor unerbittlich näherrückendem Unheil. Mit dem Ich-Erzähler in „Das Geheimnis des gelben Geparden" („Maléfices"; 1961) fühlt er die dumpfe Angst vor einer nahenden Katastrophe. „Um und um wird ihn schrecken plötzliche Furcht, daß er nicht weiß, wo er hinaus soll." Diese Worte aus dem Buch Hiob sind dem Roman vorangestellt und könnten als Motto vor allen Kriminalromanen der beiden Franzosen stehen.

Wenn der Leser aufatmend das Buch zuklappt, fühlt er sich etwas beschämt wegen der Ängste, die er ausgestanden hat. Wie leicht ist es doch, denkt er zurückblickend, uns Schrecken einzujagen, wenn uns mit wieder lebendig gewordenen Leichen, ums Haus schleichenden Geparden oder bis zur Unkenntlichkeit verstümmelten Unfallopfern zugesetzt wird. Am eindrucksvollsten bleibt deshalb der einzige Roman, in dem das Grauen nicht in solch billigen Schrecknissen fühlbar wird, sondern in kleinen, alltäglichen Szenen. War der Lichtschalter nicht immer an der anderen Seite der Tür? Woher kommt der Piniengeruch im Garten, wenn es gar keine Pinien in der Nähe gibt? Stand auf diesem Beet nicht eigentlich ein kleiner Pfirsichbaum?

„Die Gesichter des Schattens" („Les visages de l'ombre"; 1953) ist die Geschichte eines reichen Industriellen, der bei einem Unfall sein Augenlicht verloren hat und für einen Erholungsurlaub von seiner Frau in sein vertrautes altes Landhaus gebracht wird. Doch bald kommen ihm Zweifel, ob er sich wirklich in seinem Haus befindet oder in einer fast fehlerfrei nachgebauten Attrappe. Er ahnt in seiner Finsternis, daß etwas nicht stimmt, begreift mit wachsender Gewißheit, daß ein Verbrechen geplant ist, dessen Opfer er selber sein wird. Aber wer sind die Urheber, und was ist ihr Ziel?

Wieder wird die Geschichte aus der Sicht des Opfers erzählt, aus der „Sicht" eines Blinden, der noch nicht gelernt hat, sich in der neuen, unsichtbaren Welt zurechtzufinden. Mit ihm wird der Leser zum Blinden, der mit unbeholfen tastenden Fingern Vertrautem wiederbegegnet, den Unbekanntes entsetzt. Die Identifikation ist vollkommen, auch wenn oder gerade weil nicht in der Ich-Form erzählt wird. Der allwissende Erzähler verleiht der Gestalt des Blinden durch seine unsichtbare Anwesenheit mehr als nur einen Hauch subjektiver Wahrheit.

Neben der Beschreibung von Gerüchen, Geräuschen und durch

den Tastsinn faßbar gewordenen Gegenständen und kurzen Dialogen ist das vorherrschende Stilmittel der innere Monolog, eine Erzähltechnik, in der die Gedanken eines Menschen laut werden, ohne daß sie in Anführungszeichen oder in indirekter Rede erscheinen. Fast unmerklich gleitet die gewohnte Erzählweise über in das Einswerden des Erzählers mit seiner Figur: »Wieder hörte Hermantier die Tropfen des Rasensprengers prasseln... Was für eine absurde Szene! Zu glauben, daß man eine Katze streichelt, die man gern hat, und plötzlich merkt man, daß das, was man da an sich drückt, Gott weiß was ist... eine Fälschung, Nachahmung, Illusion.«

Das Ende des Romans ist ohne Licht, wie Hermantiers Welt. Die Stunde Null ist angebrochen. Das hilflose Opfer wird bei klarem Verstand ins Irrenhaus eingewiesen, mit ärztlichem Zertifikat und freundlicher Hilfestellung der Polizei. Die lustige Witwe bleibt winkend zurück.

Wie schon die Titel der Kriminalromane von Boileau/Narcejac verraten, ist „Das Leben ein Alptraum" („La vie en miettes"; 1972), tritt „Der Tod nach Terminplan" ein („Délirium"; 1972), stehen im Mittelpunkt die Opfer, „Les victimes" (1964; deutscher Titel: „Die Frau, die es zweimal gab").

Eine reine Lesefreude, ohne jeden Schauereffekt, ist Michael Innes' Roman „Carson's Conspiracy" (1984), eine kunstvoll inszenierte und mit heiterer Ironie erzählte ,inverted story'. Der Aufbau folgt Freemans klassischer Zweiteilung. Im ersten Teil, „Carl Carson", wird die Entstehung des Plans geschildert, aus der Sicht des Planers. Aus dem Plan wird eine ,conspiracy', als Mr. Carson einen Helfer anwirbt. Die „Verschwörung" ist eigentlich eine recht harmlose Angelegenheit, kein Mord steht im Regieplan. Es geht um die fingierte Entführung einer fingierten Person mit einer fingierten Lösegeldübergabe – es geht um Mr. Carsons eigenes Geld, mit dem er vor Gläubigern und einer leicht irren Gattin ins Ausland entfliehen will.

Im zweiten Teil, „John Appleby", tritt der im Ruhestand lebende Chef von Scotland Yard in Aktion, denn Mr. Carson ist sein Nachbar. Trotz der Zweiteilung bricht die Spannung nicht ab. Der Leser weiß nicht, ob der Plan geglückt ist, und fragt sich, ob Sir John seinem Nachbarn auf die Schliche kommen wird. Der Schluß überrascht mit einem gut vorbereiteten und daher überzeugenden

‚double twist'. Erst auf der vorletzten Seite gibt es eine Leiche, die einzige, nicht vorgesehen in Mr. Carsons Plan, denn es ist seine eigene. Ein paar Zeilen später wird der Mörder festgenommen. Keine Erklärung ist notwendig. Der Mit-Verschwörer ermordet den Haupt-Verschwörer – ein verständliches Vorgehen für mordgewohnte Krimi-Leser. Die größte Überraschung ist ein dritter ‚twist', dessen Grundidee der Autor, auch wenn er das nicht erwähnt, in dem Drama: „Wer hat Angst vor Virginia Woolf?" fand. Wie Michael Innes jedoch die Geschichte eines nur in der Phantasie existierenden Sohnes umwandelt in das verblüffende und verblüffend heitere Ende des Kriminalromans, das ist sein eigenes Kunststück.

Ein heiteres Ende ist die Ausnahme. Die Grundtonart der ‚inverted story' ist in Moll. Die Story zeichnet einen Weg nach, der den Wanderer unabwendbar in eine Sackgasse führt. Unter den deutschen Krimi-Autoren hat Hans Werner Kettenbach diesen Weg am eindrucksvollsten beschrieben. Der Kölner Journalist promovierte mit einer Arbeit über Lenins Imperialismusbegriff und veröffentlichte in den letzten Jahren mehrere Kriminalromane, die in ihrer klaren, erbarmungslos enthüllenden Sprache und den ungewöhnlichen Plots fast den Rahmen der Gattung sprengen. „Minnie oder Ein Fall von Geringfügigkeit" (1984) und „Schmatz oder Die Sackgasse" (1987) folgen dem Bauplan der ‚inverted story'.

In den Untertiteln der beiden Romane zieht der Autor ein ironisch abwiegelndes Fazit des Geschehens. Für den Deutschen Dr. Wolfgang Lauterbach, mit dem Auto unterwegs im Süden der USA, ist die Geschichte von Minnie, der kleinen Anhalterin, schmuddelig, vertrauensvoll und schwarz, „ein Fall von Geringfügigkeit". Er ist froh, mit heiler Haut davongekommen zu sein, und verdrängt alle Gedanken an Minnie, die ihm dabei half, an Minnie, die er in der Zelle des Sheriffs zurückließ. Mir ihrer Verhaftung endet die eigentliche Handlung, der Verhaftung einer Unschuldigen. Dr. Lauterbach fliegt erleichtert zurück nach Frankfurt und kann schon wieder mit der Stewardeß flirten: „Meine Freunde nennen mich Wolf", und er fügt hinzu: „Aber deshalb sollten Sie sich vor mir nicht fürchten." Der Roman schließt mit der lachenden Antwort der Stewardeß: „Warum sollte ich mich vor Ihnen fürchten?"

Der Mensch ist dem Menschen ein Wolf. Die Worte des englischen Philosophen Thomas Hobbes aus dem „Leviathan" (1651), ‚homo homini lupus', könnten als Motto über dem Roman stehen, und sie passen auch auf Kettenbachs „Schmatz oder Die Sackgasse". Rücksichtslos bekämpft der eine den anderen, um seine Stellung im Rudel zu halten. Das Rudel ist hier die Gruppe der Angestellten in einer hochqualifizierten Werbeagentur mit Millionenumsätzen. Die zentrale Figur des Romans ist der Texter Uli Wehmeier, dessen Existenz in der Firma durch Intrigen der Mitarbeiter und die erniedrigenden Schikanen des neuen Creative Directors Nowakowski bedroht ist. „Herr Nowakowski als Leiche: Das mußte ein beglückender Anblick sein. Beruhigend. Entspannend." So beginnt „Schmatz", und so beginnt Uli Wehmeiers Mordplan, als eine zunächst nicht ganz ernstgenommene, trostspendende Vorstellung. In inneren Monologen, aus verschiedenen Perspektiven beschreibt der Autor die Charaktere und die hektische Arbeit der Werbetexter, festgehalten im Titel des Romans: ‚Schmatz', der zugkräftige und so schön zweideutige Name für ein Hundefutter.

Der Mordplan nimmt konkrete Formen an, immer noch als beglückendes Spiel der Phantasie, mit Alibi, Tatortwahl und Mordmethode. Doch als die festgesetzte Stunde Null naht, läuft alles anders ab, die Ereignisse überstürzen sich. Wehmeier hat kein Alibi, und er kann nicht, wie geplant, einen Selbstmord Nowakowskis vortäuschen. Er hat Glück, es fällt kein Verdacht auf ihn, doch er erkennt, daß er am Ende einer Sackgasse angelangt ist, und stellt sich der Polizei.

„Schon lange hat niemand mehr – zumindest in der deutschen Literatur – so erbarmungslos und so unterhaltsam zugleich den Zustand unserer Welt beschrieben", urteilte ‚Die Zeit' nach dem Erscheinen von Kettenbachs Roman: „‚Schmatz' – ein literarisches Ereignis".

In der Vorbemerkung zu seinem ersten Kriminalroman „Grand mit Vieren" (1978) betont Hans Werner Kettenbach, daß die Personen „nicht wirklich existieren". Er schränkt im folgenden die – übliche – Schutzbehauptung ein, sie seien „zwar nicht völlig frei erfunden", und nur wenig sei erfunden an dem Milieu. „Aber die Personen ebenso wie das Milieu wurden umkonstruiert nach den gängigen (wenn auch umstrittenen) Gesetzen der Detektivgeschichte... Die Wirklichkeit ist weniger dramatisch als die Detektivgeschichte. Sie ist weder so bösartig noch so anheimelnd. Sie schürzt ihre Knoten langsamer, weniger hektisch, meist viel verwickelter und oft so würgend unauflöslich, wie es keiner Detektivgeschichte verträglich wäre und es kein Leser ertrüge." Diese Überlegungen erklären vielleicht, warum der Autor sich in seinen folgenden Krimis von der traditionellen Form gelöst und der ,inverted story' zugewandt hat.

Mischformen gibt es selten. Die Engländerin Sheila Radley, zu Unrecht in Deutschland bisher wenig bekannt, erfand mit Inspektor Quantrill eine klassische Detektivgestalt, die klassische Puzzles löst, in „Viele Neider sind der Schönen Tod" („The Chief Inspector's Daughter"; 1981) oder in „Fate Worse than Death" (1985). Für ihren Krimi „A Talent for Destruction" (1982) wählte sie eine ungewöhnliche Bauform. Drei Teile gliedern das Geschehen. Nur im ersten und dritten Teil werden die Ermittlungen des Chief Inspectors beschrieben, während im Mittelteil die Geschichte des Mordfalles, als eigenständige Handlung, erzählt wird. Der kurze Epilog besteht aus einer Szene, die sich nach dem Abschluß der Ermittlungen, zeitlich und räumlich getrennt, in Amerika abspielt und die Skrupellosigkeit des wirklich Schuldigen enthüllt, eines jungen Mädchens mit ,Talent zur Zerstörung'.

Die einzige ,inverted story', die Geschichte machte, ist James M. Cains „The Postman Always Rings Twice" aus dem Jahr 1934. Das Buch wurde sofort eine Sensation. Zwei feindliche Lager bekämpften sich erbittert – auf der einen Seite rühmte man die realistisch harte Sprache und die aufrüttelnde Beschreibung eines kaltblütigen Mordes; auf der anderen Seite empörte man sich über den vulgären und abstoßenden Stil des Autors und über die fehlende Moral einer Geschichte, die ein Verbrechen zu glorifizieren scheint. Auch offiziell wurde dem Roman der Prozeß gemacht, vor den Gerichtsschranken im puritanisch-strengen Boston. Die Anklage – heute kaum verständlich – lautete auf Pornographie (,obscenity').

Der Bannstrahl aus Boston konnte nicht verhindern, daß das Buch weiter gedruckt wurde. In Europa wurde man aufmerksam auf J. M. Cain, der sich bisher nur als Journalist einen Namen gemacht hatte. Albert Camus las, bewunderte und setzte seine Bewunderung in Dichtung um. Für seinen Roman „L'étranger"

(1942) benutzte er die Grundidee des „Postman" wie auch die Erzählform als Modell.

Cain wählte die Ich-Erzählung als den direkten Weg, Tat und Täter in greifbare Nähe zu rücken. Frank Chambers, ein junger Landstreicher und Gelegenheitsarbeiter, schreibt mit einfachen, oft unbeholfen klingenden Worten seine Geschichte in der Todeszelle auf, in der Hoffnung auf eine vielleicht doch noch mögliche Rechtfertigung und Rettung in letzter Minute. Es ist die Geschichte seiner Liebe zu einer Frau, um derentwillen er den Mord an ihrem Ehemann begangen hat, mit ihrer tatkräftigen Unterstützung. Er schildert den Augenblick ihrer ersten Begegnung, den Mordplan, den mißglückten Versuch, endlich das Gelingen, das neue Leben zu zweit und ein Glück, das nicht lange dauert.

Die letzten Worte seiner Niederschrift sind die letzten seines Lebens: „Da kommen sie. Pater McConnell sagt, Gebete helfen. Wenn ihr so weit gekommen seid, schickt eins rauf, für mich und Cora, und macht, daß wir zusammen sind, wo immer das ist." Frank Chambers wird hingerichtet für einen Mord, den er nicht begangen hat, für Coras Tod, der nur ein Autounfall war. Einmal war er davongekommen, doch er hat „Die Rechnung ohne den Wirt" gemacht – so heißt der deutsche Titel des Romans. Der englische klingt besser und ist besser. Dort ist die Symbolik dick aufgetragen, hier wie durch einen Schleier zu ahnen: „Der Postbote klingelt immer zweimal".

Von Cains achtzehn Kriminalromanen ist nur noch ein zweiter berühmt geworden: „Den Haien zum Fraß" („Double Indemnity"; 1943), vielleicht, weil er dem Erzählschema des ersten folgt. Auch hier ist der Mörder der Erzähler seiner eigenen Geschichte, die er kurz vor seinem Tod beendet.

In der konsequent durchgeführten ‚inverted story' braucht kein Detektiv den Täter und sein Motiv aus Indizien herauszufiltern, dem Leser wird kein Puzzlespiel vorgesetzt. Er kennt ja die Geschichte von Anfang an. Das Pferd ist nicht am Schwanz aufgezäumt, der Ritt geht nicht rückwärts. Am Anfang zu beginnen, am Ende aufzuhören ist die naheliegende, die natürliche Erzählweise; der klassische Kriminalroman ist das Kunstprodukt.

26. Der Mini-Krimi

Bertolt Brecht sah „in der Variation mehrerer festgelegter Elemente" die Voraussetzung für das „ästhetische Niveau" der Gattung Kriminalroman. Die in den letzten Kapiteln beschriebenen Abwandlungen der klassischen Form zeigen, wie sich mit der Verschiebung inhaltlicher Akzente auch andere Erzählstrukturen ergeben. Diese Wandlungsfähigkeit ist zweifellos ein Grund für die Unsterblichkeit des Kriminalromans.

Weit größere Änderungen in Bauform und Erzählweise sind notwendig, wenn ein Verbrechen auf den wenigen Seiten einer Kurzgeschichte geschildert wird. Fast alle großen Krimi-Autoren haben neben Romanen auch kurze Geschichten geschrieben, die sie, wenn sie Engländer oder Amerikaner sind, ‚detective stories', wenn Italiener, ‚storie criminali' nennen. Und wenn sie Deutsche sind, nennen sie die Kinder ihrer mörderischen Phantasie ‚Kriminalstories'. Nie hat jemand Regeln für diesen Mini-Krimi aufgestellt; die Vielfalt der Möglichkeiten macht es dem Beobachter schwer, einen gemeinsamen Nenner zu finden.

Vielleicht liegt es an dieser Schwierigkeit, daß die Kriminalgeschichte ein Stiefkind der Literaturkritik ist. Und doch hatte alles mit ihr angefangen, mit Edgar Allan Poe, dem ‚Erfinder' der Kurzgeschichte, mit den Detektivgeschichten Arthur Conan Doyles und Gilbert Keith Chestertons. Später nannte man ‚detective stories' auch die vier langen Romane, die Sir Arthur außer den Abenteuern Sherlock Holmes' veröffentlicht hatte. So kam es, daß sich in den zwanziger Jahren der Begriff ganz allgemein als Gattungsbezeichnung für den Kriminalroman einbürgerte. Auch im Deutschen können wir einen Roman eine Geschichte nennen – und verwischen damit die Grenzen zwischen zwei Erzählformen, die sich nicht nur durch ihre Länge unterscheiden.

In der Literaturwissenschaft sind die Grenzen klar abgesteckt. Jedes Handbuch literarischer Fachbegriffe liefert eine Definition der Kurzgeschichte. Sie setzt unvermittelt, ohne Einleitung, mit einer alltäglichen, harmlos anmutenden Szene ein und behandelt eine Episode im Leben eines Durchschnittsmenschen. Unversehens bricht das ‚Unerhörte' in die Alltagswelt ein und führt zu einer Schicksalswende. Straff durchkomponiert, sind alle Erzählschritte ausgerichtet auf den unerwarteten, überraschenden, oft erschütternden Schluß, der vieles offenläßt und den Leser zum Weiterdenken zwingt.

Auf den ersten Blick scheint diese Definition auch für die kurze Kriminalgeschichte zu gelten. Das ‚Unerhörte' tritt als Verbrechen ein. Das Plot ist einfach geknüpft und führt geradlinig zu einem überraschenden Schluß, oft in Form einer Pointe. Der ‚offene Schluß' der großen Kurzgeschichten eines Ernest Hemingway oder eines Heinrich Böll scheint jedoch ungeeignet für eine Kriminalgeschichte. Wir sind es gewöhnt, daß am Ende eines Krimis alle Rätsel gelöst sind.

Wenn im Mini-Krimi ein Detektiv die zentrale Gestalt ist, wird in der Tat nach dem letzten Satz ein deutlicher Schlußpunkt gesetzt. Doch eine große Zahl von Autoren kommt ganz ohne Detektiv aus. In solchen Geschichten ist die Schlußpointe häufig so angelegt, daß vieles offenbleibt – ob der Täter gefaßt wird, wer das eigentliche Opfer, wer der wahrhaft Schuldige ist.

Diese beiden in Aufbau und Erzählintention verschiedenen Gruppen bestehen bis heute nebeneinander fort. Doch sie sind nicht gleich alt. Im Goldenen Zeitalter der Kriminalliteratur beherrschte die in sich geschlossene ‚detective story' das Feld. Agatha Christie veröffentlichte Sammlungen von Geschichten, von Hercule Poirots frühen Fällen bis zu „Miss Marple's Final Cases". Dorothy Sayers schrieb einige Stories, in denen wir Lord Peter wiederbegegnen, andere, in denen Montague Egg, Weinhändler und Amateurdetektiv, vorgestellt wird; er durfte übrigens nicht wie sein adliger Kollege zum Helden eines Romans avancieren.

Edmund Crispin folgte in seinen kurzen Detektivgeschichten ebenfalls der klassischen Tradition. Im Vorwort zu der Sammlung „Morde – Zug um Zug" („Beware of the Trains"; 1953) bekennt er sich ausdrücklich zu „dem heutzutage zunehmend mißachteten Prinzip des Fair Play". Sein Leser, betont er, erfährt alle zur Lösung des jeweiligen Falles notwendigen Tatsachen. So können wir selber herausfinden, vorausgesetzt, wir haben gut aufgepaßt, wer den Zug überfiel und was aus dem Lokomotivführer wurde. Oft haben Crispins Geschichten eine kurze Rahmenhandlung, die dem Autor Gelegenheit gibt, durch den Mund seiner Figuren geistreich Kritisches über die klassische ‚detective story' zu äußern oder über die Verbrecher zu spotten, die noch immer nichts aus diesen Gebrauchsanweisungen für den perfekten Mord gelernt haben. Trotzdem bleibt Edmund Crispin auch in seiner letzten Geschichtensammlung, „Fen Country" (1979), den klassischen Spielregeln treu.

Christie, Sayers und Crispin lassen ihre großen Romandetektive auch in den Kurzgeschichten auftreten. Harry Kemelman macht es anders. Nicht Rabbi Small löst die Fälle in „The Nine-Mile-Walk" (1967), sondern der Privatdetektiv Nicky Welt. Im Deutschen erschien die Sammlung von acht Geschichten unter dem Titel „Quiz mit Kemelman", zum Zeichen, daß dem Leser hier etwas Neues vorgeführt wird. Quizmaster Kemelman lädt zum Mitraten ein und gibt freundliche Tips im Plauderton, die, kursiv gedruckt, jeden Text einleiten. So weist er darauf hin, daß „Ein ganz simpler Fall" keineswegs so simpel ist, wie der Titel der Geschichte vorgibt. Für simpel hält sie nur der dümmliche District Attorney, der Nicky Welt von seinem neuesten Fall berichtet. „Lesen Sie bitte mit der gleichen Aufmerksamkeit, mit der Nicky zuhört!" mahnt Kemelman seine Leser streng. „Ein Tip: Über die Auffindung der Leiche wird eine Reihe von Informationen gegeben; darunter ist eine, die Sie zum Ausgangspunkt Ihrer Überlegungen machen sollten."

Nicht nur Engländer sind die Lieferanten klassischer Mini-Puzzles. Isaac Asimow, der Bostoner Biochemieprofessor, ist ein großer Geschichtenerzähler. Seine Erstlinge erschienen in ‚Ellery Queen's Mystery Magazine', und zwei Jahre lang schrieb er für eine andere Zeitschrift monatlich ein ‚mystery'. Als „Tales of the Black Widowers" erschienen 1972 die ersten zwölf Geschichten einer Serie, die letzten unter dem Titel „Die schwarzen Witwer laden zum Bankett" (1984).

Die Szenerie ist immer die gleiche. Sechs vornehme Herren treffen sich einmal im Monat in einem feinen Restaurant. Neben der Freude an einem erlesenen Dinner und ebenso erlesenen Weinen verbindet die „Schwarzen Witwer" die Vorliebe für merkwürdige Geschichten. Die Mitglieder des exklusiven Clubs haben sich verpflichtet, ein rätselhaftes Erlebnis zu erzählen, über dessen Erklärung man dann gemeinsam diskutiert. Immer anwesend bei der abendlichen Zeremonie ist der Kellner Henry, der die Herren mit vornehmer Zurückhaltung bedient, und immer ist es Henry,

der seinen verdutzten Gästen am Ende die Lösung des ‚mystery'
präsentiert.

In seinem Vorwort zur letzten Sammlung erklärt der Professor,
„die Stories sollen Rätsel sein, bei denen alle Hinweise dem Leser
zur Verfügung stehen". Das Quiz mit Asimow hat für den litera-
risch interessierten Mitrater noch einen besonderen Reiz. Jedem
‚mystery' folgt ein kurzes „Nachwort", in dem der Autor die
Geschichte der jeweiligen Geschichte erzählt, vor allem seine
Erfahrungen mit Verlegern: Ablehnungen und die Gründe dafür,
Änderungen im Titel oder in einzelnen Sätzen.

Isaac Asimow widmete diese Sammlung „dem Gedenken an
Frederic Dannay (1905–1982), ohne den die Geschichten über die
Schwarzen Witwer nie geschrieben worden wären". Dieser Dank
an seinen zwei Jahre zuvor gestorbenen Verleger – der Name
taucht immer wieder in den „Nachworten" auf – ist nicht nur eine
pietätvolle Pflichtübung für einen Toten. Es ist der Dank an einen
Mann, der mehr für die ‚mystery story' getan hat als irgendein
anderer Verleger.

Frederic Dannay ist, sozusagen, die eine Hälfte des legendären
Ellery Queen, des Privatdetektivs und fiktiven Autors von über
vierzig Kriminalromanen. Dannay und sein Freund Manfred
B. Lee gaben neben ihren gemeinsam verfaßten Krimis seit 1941
‚Ellery Queen's Mystery Magazine' heraus, eine Zeitschrift, in der
auch junge, unbekannte Autoren die Chance erhielten, ihre Geschichten gedruckt zu sehen. Bei der Auswahl der eingereichten
Texte bewerteten die Herausgeber originelle Einfälle und ungewöhnliche Erzählformen, nicht zuletzt auch den Überraschungs-
effekt der Schlußpointe. Nach klassischem Muster konstruierte
Detektivgeschichten bilden eher die Ausnahme.

Die sehr viel freiere Form des detektivlosen Mini-Krimis läßt
dem Autor Raum für phantastische Einfälle und erzählerische
Experimente. Meist geht es um nur zwei Personen, den Täter und
sein Opfer. Cyril Hare beginnt die Geschichte „Ein perfekter
Mord?" mit der lakonischen Feststellung: „Zu einem Mord gehören mindestens zwei", die sich im englischen Titel („It Takes
Two") wiederholt. Einen Kommentar gibt der dann folgende Satz:
„Das Seelenleben des Mörders ist schon oft genug untersucht
worden; was aber einen Menschen qualifiziert, ermordet zu werden, ist ein seltener erörtertes Thema, obwohl es vielleicht interes-

santer wäre." Diese lebensgefährliche Zweierbeziehung steht im Mittelpunkt der meisten Mini-Krimis.

Zur Darstellung einer solchen Beziehung bietet sich die Ich-Erzählung an oder die Erzählung aus der Perspektive einer der beiden Figuren, als reuevolle Beichte oder stolzer Bericht. Aber es gibt auch andere Erzähltechniken. Erlaubt ist alles, was gefällt, sofern nicht die Spannung darunter leidet. Gordon R. Dicksons satirische Story „Computer streiten nicht" („Computers don't Argue") besteht nur aus Dokumenten, ohne verbindenden Text. Die ironische Tragik der Geschichte um briefeschreibende Computer liegt darin, daß jemand zum Tode verurteilt wird, der kein Verbrechen begangen hat, ein Mann, der nur ein Buch nicht bezahlen wollte, das er nie erhalten hatte.

Daß überhaupt kein Verbrechen geschieht, ist eher die Ausnahme von der Regel der Kriminalgeschichte – es sei denn, sie schildert das Mißlingen eines verbrecherischen Plans. Es muß nicht immer Mord und Totschlag sein; auch kleinere Delikte können die Katastrophe im Leben des Durchschnittsbürgers auslösen. In den ganz frühen ‚detective stories' ging es nur selten um das größte aller Verbrechen. Die kaum zu überblickende Fülle moderner Mini-Krimis läßt jedoch eine Tendenz erkennen: Mörder werden bevorzugt behandelt.

Wann der Mord geschieht, bestimmt der Autor. Er kann das Verbrechen an den Anfang setzen und die Folgen beschreiben, er kann es in der Mitte unterbringen oder am Schluß, als makabre Pointe. Fast nie kommt es zu einem zweiten Mord, anders als im klassischen Kriminalroman, wo die zweite Leiche zu den obligatorischen Requisiten zählt.

Ebenso entscheidend wie die Bauform ist die Darstellung des Täters und seines Motivs. Ungehindert von der Pflicht, Indizien zu verstecken und rote Heringe auszulegen, kann sich der Autor seinem eigentlichen Thema widmen. Ruth Rendell, Verfasserin vieler klassischer Kriminalromane, benutzte diese größere Freiheit, um das Unerklärliche zu erklären: Was bringt einen Menschen dazu, einem anderen Menschen das Leben zu nehmen? Vier Bände von Kurzgeschichten liefern Fallbeispiele.

In der Sammlung „Die neue Freundin" („The New Girl Friend and Other Stories"; 1985) geht es bis auf eine Ausnahme um Mord, um recht makabre Morde. Ruth Rendells Anteilnahme gilt

Menschen auf der dünnen Grenzlinie zwischen Normalität und Wahnsinn; „meine lieben Psychopathen" nannte sie einmal fast zärtlich ihre Helden. Da ist etwa die alte Dame, die aus einem Laden eine Uhr stiehlt, weil sie unverkäuflich ist. Aus Furcht vor Entdeckung stößt sie ihre ebenso alte Freundin vor einen herandonnernden Sattelschlepper. Oder da ist die „neue Freundin" aus der Titelgeschichte, ein schöner junger Mann in Frauenkleidern, der von seiner Freundin erstochen wird im Augenblick, wo er sich ihr als Mann nähern will. Das Abweichen von der Norm ist auch das Thema der Geschichte vom „Vatertag". Ein Mann, der seine Kinder in krankhafter Liebe für sich haben will, stürzt seine Frau von einem Felsen hinunter. Er endet im Wahnsinn.

Während in der klassischen ‚detective story' Psychopathen unerwünschte Personen sind, haben sie in der freieren Form der Kurzgeschichten einen festen Platz, oft als Täter und Opfer in einer Person. Ausdrücklich vorgestellt als Fälle für den Psychiater werden die Geschichten des Autorenduos Boileau/Narcejac in der Sammlung „Der Psychiater und andere bösartige Geschichten" (1972). Medizinisch nüchtern überschrieben sind die Fälle, mit denen sich Professor Lavarenne befassen muß: „Bewußtseinsspaltung", „Neurose", „Existenzangst", „Sinnestäuschung" und „Psychose" – Titel, die über vielen der Geschichten stehen könnten, in denen kein Detektiv die Welt wieder heil macht.

Oft bleibt der Mord ungesühnt. Wenn sich Autoren um eine ausgleichende Gerechtigkeit bemühen, lassen sie nicht die Gesetzeshüter ihres strafenden Amtes walten, sondern den Zufall. Der Täter fällt in die Grube, die er einem anderen gegraben hat. „Der rächende Zufall" („The Avenging Chance") heißt eine Kurzgeschichte von Anthony Berkeley, und auch dieser Titel paßt auf die Geschichten vieler anderer Mini-Krimi-Autoren.

Ein Meister in der Kunst, rächende Zufälle zu inszenieren, ist Henry Slesar, deutschen Fernseh-Fans durch „Die Krimi-Stunde" bekannt, in der jeweils drei seiner Kurzgeschichten für spannende Unterhaltung sorgen. Atemberaubend schnell wandelt sich die Szenerie harmlos gemütlicher Häuslichkeit ins Grauslich-Böse. Ebenso schnell folgt das Ende, das nie so kommt, wie es eigentlich kommen müßte. Es lohnt sich, nach der „Krimi-Stunde" das Buch zur Hand zu nehmen und eine der vielen hundert Geschichten zu lesen, die der große Zauberer Slesar so scheinbar mühelos aus dem

Ärmel schüttelt, mit dem leise ironischen Lächeln eines Künstlers, der seine Kunststücke nie ganz ernst nimmt.

Manche der Erzählungen haben Charakterzüge der Schauergeschichte, die man auf gut deutsch ‚horror story' nennt. Berührungspunkte ergeben sich daraus, daß der ‚horror' häufig mit einem Verbrechen zusammenhängt, wie in vielen Erzählungen Roald Dahls. Auch Robert Blochs Erzählband „Ein wirklich schlechter Freund" gehört eher in diese Gruppe, obgleich der deutsche Verlag sie als ‚Kriminalstories' ankündigt. Der Originaltitel „The King of Terrors" läßt die Nähe zum ‚horror' deutlicher erkennen. In seinen Kurzgeschichten bleibt Robert Bloch der Grundstimmung des einen Romans treu, der ihn, in der Verfilmung durch Alfred Hitchcock, berühmt machte: „Psycho" (1959).

Der Reiz vieler Mini-Krimis liegt in ihrer Kürze. „Das Interview" von Henry Slesar füllt nur knapp fünf Seiten. Andere Geschichten anderer Autoren sind deutlich länger, bis zu sechzig Seiten. Hier ist Raum für Rückblenden, für eine differenziertere Charakterzeichnung und auch für eine größere Zahl von Personen. Die Handlung verläuft geradlinig, endet jedoch selten mit einer Pointe. Zwei große Mordgeschichten sind Musterbeispiele für die längere Form der ‚short story', Graham Greenes „Das Kellerzimmer" und Somerset Maughams „Vor der Party", beide etwa fünfzig Seiten lang, beide aus der Feder ‚seriöser', berühmter Schriftsteller.

In Graham Greenes Erzählung steht ein Kind im Mittelpunkt, das in der Kellerwohnung des Dienerehepaars eine neue Welt kennenlernt. Zum erstenmal allein im großen Haus seiner Eltern, steigt Philip die Kellertreppe hinab, sieht den vornehmen Butler in Hemdsärmeln und hört staunend dem Redeschwall der stets zänkischen Mrs. Baines zu, ohne eigentlich zu begreifen, worum es bei den Streitereien geht. Er lernt auch die Nichte von Mr. Baines kennen und versteht nicht, warum Mrs. Baines böse auf das junge Mädchen ist. Das neue Leben, das Philip mit wollüstigem Schauder genießt, endet mit einer Katastrophe. Er wird Zeuge eines Mordes. Doch nicht mit dem Mord endet die Geschichte. Das verstörte Kind flieht aus dem Haus, das keinen Schutz mehr bietet, und wird von der Polizei aufgegriffen – die Polizei in einer nicht sonderlich eindrucksvollen Nebenrolle. Philips Aussage überführt Baines des

Mordes an seiner Frau, den gleichen Baines, den der Siebenjährige liebte und bewunderte. Am Ende läßt der Autor den Leser einen Blick werfen über sechzig Jahre hinweg, auf einen „greisenhaften Philip", der im Augenblick seines Todes „vielleicht die Szene wieder durchlebt: wie Baines alle Hoffnung aufgab, wie Baines den Kopf senkte, wie Baines ‚ein volles Geständnis ablegte'".

Mit leisen Tönen endet auch Somerset Maughams Kurzgeschichte. „Vor der Party" trifft die Familie Skinner letzte Vorbereitungen. Kurze Gesprächsfetzen über die Wahl des richtigen Huts und die Notwendigkeit von Handschuhen führen unversehens zum Einbruch des Ungeheuerlichen. Die ältere Tochter beichtet Eltern und Schwestern den Mord an ihrem Mann. Ihre Beichte wird nicht wörtlich wiedergegeben, sondern in einem inneren Monolog, der an keine Zuhörer gerichtet ist. Der Mord im fernen Indien wird nah und gegenwärtig, die schwüle Hitze, die trostlose Einsamkeit der ‚outstation' und der Charakter des Mannes, den die Eltern für eine gute Partie gehalten hatten. Für die angloindischen Behörden war der Tatbestand klar: Selbstmord eines Alkoholikers in einem Anfall von Delirium tremens. Aber da gibt es einen Geistlichen, der, aus Indien zu Besuch, Ehrengast auf der Party sein wird. Er hat schon unangenehme Fragen gestellt. Mr. Skinner ist Rechtsanwalt und sieht sich in einer prekären Lage. Darf er das Verbrechen seiner Tochter verschweigen? Doch er hat keine Zeit nachzudenken, der Chauffeur steht schon mit dem Wagen bereit. Mürrisch mahnt Mr. Skinner zum Aufbruch und sagt vorwurfsvoll zu seiner Tochter: „Das hättest du mir nie erzählen sollen. Das war höchst selbstsüchtig von dir." Die Geschichte schließt mit dem Satz: „Davis setzte sich ans Steuer, und sie fuhren zum Gartenfest des Pfarrers." Wie es weitergehen wird mit dieser auf die Wahrung des bürgerlichen Scheins bedachten Familie, bleibt offen. Gerade die erzähltechnisch geschickte Abrundung der Szene „Vor der Party" macht das Andauern des Konflikts deutlich.

Viele der ‚langen' Kurzgeschichten haben solch eine trügerische Geschlossenheit des Aufbaus. „Ein Mord zur rechten Zeit" zeigt ein ähnliches Bauschema, fordert auch zu einem kritischen Überdenken gesellschaftlicher Strukturen heraus und ist doch eine ganz andere Mordgeschichte. Autor ist der Berliner Soziologieprofessor Horst Bosetzky, besser bekannt unter dem geheimnisträchtigen Kürzel -ky, ein Pseudonym, das der Professor erst spät lüftete.

Am Anfang der Geschichte sehen wir den Fließbandarbeiter Moldenhauer bei seinem abendlichen Gymnastikprogramm, denn Moldenhauer ist Amateur-Boxer und strebt nach dem einträglichen Übertritt ins Profi-Lager. Am Ende sehen wir ihn wieder bei seinem schweißtreibenden Geschäft: „Er pumpte ein Weilchen wie ein startbereiter Käfer. Beim fünfzehnten Versuch gab er auf." Auch hier schließt sich der Ring in einer Anfang und Ende verbindenden Geste. Doch der Schluß scheint nur offen, Moldenhauers weiteres Schicksal ist vorbestimmt. Seine letzten Turnübungen finden auf dem Gefängnishof statt. „Der Mann, an sich unheimlich talentiert, ist erledigt", heißt es im Artikel eines Zeitungsreporters, wenige Zeilen vor Schluß der Geschichte, „man hat ihn eigentlich genauso ermordet wie diesen Herrn von der Lieth."

Der Täter also als das eigentliche Opfer? So leicht macht es sich Bosetzky nicht. Sein Held ist ein mieser Held, dem alles mißlingt, selbst sein Verbrechen. Wie in seinen Krimis benutzt der Soziologieprofessor hier eine spannende Kriminalhandlung, um die sozialen und politischen Zustände eines Landes zu kritisieren, dessen herrschendes System ihm Unbehagen bereitet. Mir gefallen -kys Kriminalstories besser als seine Romane, denn in den enggesteckten Grenzen der kleinen Form ist weniger Raum für eine sich unnötig aufblähende Gesellschaftskritik. Hier hält sie sich im Rahmen der Handlung, während sie in den Krimis unübersehbar immer wieder in den Vordergrund drängt.

Die deutschen Kriminalschriftsteller scheinen eine Vorliebe für die lange Kurzgeschichte zu haben. Irene Rodrian, die wohl bekannteste unter unseren Ladies of Crime, schrieb viele Kriminalromane und auch einige Geschichten, darunter „Platz für Seifenblasen" (1984). Es ist das Drama einer unglücklichen Ehe, des verzweifelten Ausbruchsversuchs einer Frau, die sich lieber treiben lassen möchte und doch in neue Bindungen verstrickt wird. Kein Ausweg ist in Sicht, offenbar auch nicht für die Autorin. Die ‚Kriminalstory' endet – wie praktisch! – mit einem tödlichen Autounfall.

E. A. Poe wies in seiner Beschreibung der neuen Form auf die Wichtigkeit nicht nur des Schlusses, sondern auch des ersten Satzes hin, „the very initial sentence". Den Abschluß des Kapitels über die Kriminalgeschichte mögen einige Einleitungssätze der verschiedensten Autoren bilden, um die bunte Vielfalt der Gattung zu illustrieren.

„Es war in Paris, bei Einbruch der Dunkelheit, an einem stürmischen Herbstabend des Jahres 18. ." (E. A. Poe: „Der gestohlene Brief"). „Mrs. Parch klebte gerade im Eßzimmer Schilder auf ihre Einmachgläser, als das Telefon läutete" (H. Slesar: „Das tödliche Telefon"). „Hinterher war Roger Sheringham geneigt zu glauben, daß der Gift-Konfekt-Fall, wie die Zeitungen ihn nannten, vielleicht der am vollkommensten geplante Mord war, den er je erlebt hatte" (A. Berkeley: „Der rächende Zufall"). „Es war an diesem Dienstag viel zu schönes Wetter, um an Tod und Trauer oder gar an Mord zu denken" (Hansjörg Martin: „Mit Hut und Haaren"). „,Ich bin heilfroh, daß sie tot ist', sagte der Mann" (Ed McBain: „Als Sadie starb"). „Obwohl Monate vergehen sollten, ehe sie ihr auf ihr entsetzliches Geheimnis kam, konnte Mrs. Lear die Pflanze vom ersten Moment an nicht leiden" (Ursula Curtiss: „Etwas Grünes"). „Da ich selber ein Mörder bin, hatte ich großes Interesse an einer Feststellung, die kürzlich ein bekannter Kritiker von Mordgeschichten machte, nämlich: daß die besten und anregendsten Detektivgeschichten, die heute geschrieben werden, jene sind, die mindestens ebenso nachdrücklich nach dem ,Warum' fragen wie nach dem ,Wer' und ,Wie'" (Arthur Williams: „Da ich selber ein Mörder bin...").

Teil 5
Gruppenbilder

27. Die harten Burschen

„Viele Leute haben ihre kleinen Eigenheiten. Meine war, eine geladene Kanone in der Hand zu halten, während ich schlief." Hier spricht nicht Hercule Poirot oder einer seiner klassischen Kollegen, die sich allein auf ihre kleinen grauen Zellen verlassen. Das lässig-stolze Bekenntnis stammt aus dem Mund von Race Williams, dem ersten in der langen Reihe jener hartgesottenen Detektive, die sich als ‚hard-boiled dicks' von Amerika aus die Krimi-Welt eroberten.

Carroll John Daly, der seinen Helden 1923 ins rauhe Leben treten ließ, ahnte nicht, daß er damit den ersten Schritt zur Gründung einer Schule tat, die ebensooft bewundert wie geschmäht werden sollte. Die sogenannte ‚hard-boiled-school' wird oft als eine Art Kontrastprogramm zum klassischen Kriminalroman des ‚Golden Age' gesehen. Doch ganz so einfach ist es nicht.

Als Privatdetektiv Williams seine Laufbahn begann, wirkte Privatdetektiv Poirot erst seit drei Jahren im fernen Großbritannien. Es ist unwahrscheinlich, daß C. J. Daly zu diesem Zeitpunkt Agatha Christies Krimi „The Mysterious Affair at Styles" gelesen hatte und deshalb zur Attacke gegen den Typ des ‚gentleman detective' schritt. Gewiß, er kannte Sherlock Holmes, den Stammvater all jener unglaubwürdigen vornehmen Schnüffler, und er verachtete ihn. Ein Privatdetektiv, davon war Daly überzeugt, kann nur Erfolg auf der Verbrecherjagd haben, wenn er neben dem spähenden Auge auch ein Paar kräftiger Fäuste einzusetzen hat. Ebenso selbstverständlich war es für ihn, daß ein ‚private eye' auch seelisch robust sein muß. Race Williams ist nie bedrückt wie manche seiner von des Gedankens Blässe angekränkelten englischen Kollegen, wenn er einen Schurken der irdischen Gerechtigkeit überantwortet. Er spürt keine Skrupel, ihn, wenn Not am Mann ist, mit eigenen Händen ins Jenseits zu befördern – gelegentlich auch, wenn keine Not am Mann ist. Race Williams zeigt sich nicht nur als furchtloser Handlanger der Gerechtigkeit, sondern auch als Patriot, der sein großes Vaterland von den bösen Kommunisten und anderen üblen Elementen befreit.

Die Geschichten seiner Heldentaten erschienen in dem Magazin ‚Black Mask', in dem auch Dashiell Hammett, Raymond Chandler und E. St. Gardner ihre frühen Kriminalgeschichten veröffentlichten. Es gab viele solcher ‚pulp magazines', gedruckt auf schlechtem Papier, das schnell wieder eingestampft werden konnte zu jenem weichen, wäßrigen Brei (‚pulp'), der diesen Groschenheften ihren unfreundlichen Namen eintrug. Auch Mickey Spillane, dreißig Jahre später geboren als Daly, schrieb noch für die ‚pulps', bis er den Durchbruch in die Bestsellerlisten schaffte.

Es liegt verführerisch nahe, alle Absolventen der ‚hard-boiled-school' in den einen Brei-Topf zu werfen. Eines haben sie ohne Einschränkung gemeinsam. Sie sind durch eine wirklich harte Schule gegangen, und ich meine nicht die harte Schule des Lebens, auch wenn sie ihnen durchweg mehr Schwierigkeiten machte als ihren europäischen Kollegen. Ich denke an den damaligen Herausgeber der ‚Black Mask', einen Captain Shaw, der bis in die dreißiger Jahre hinein ein strenges Regiment führte. Er wußte, was seine Leser wollten, und nahm seine Autoren in die Zucht. Mit kräftigem Strich korrigierte er Stil und Inhalt der ihm vorgelegten Produkte, so daß sie eine zwar künstlerisch fatale, aber absatzträchtige Ähnlichkeit erhielten.

Auf diese Weise entstanden Geschichten mit schnell aufeinanderfolgenden Action-Szenen, ohne Firlefanz erzählt in kurzen, männlich kargen Sätzen und ‚four-letter-words', die jedermann verstehen konnte. Raymond Chandlers oft gerühmter Stil hat seine Wurzeln in dieser frühen Erziehung. Das eigentlich Erstaunliche ist, daß es einigen Schülern gelang, trotz der Zensur des Captain eine eigene Handschrift zu entwickeln. Erstaunlich auch, daß gerade die beiden größten unter ihnen, Hammett und Chandler, nicht zu Vielschreibern wurden, sondern ihren Ruhm mit einer Handvoll Romane begründeten.

Dashiell Hammett hinterließ, als er 1961 einsam und in Armut starb, nur fünf Romane, und die hatte er in den Jahren zwischen 1929 und 1934 geschrieben. Vier Millionen Taschenbücher wurden allein bis zu seinem Tod verkauft. Umfangreiche Neuauflagen angesehener Verlage (Penguin, Diogenes) zeigen, daß heute die

Zahl gerade der Leser steigt, die literarische Ansprüche stellen. Liebhaber des brutalen Schlagabtauschs kommen bei Mickey Spillane besser auf ihre recht billigen Kosten.

Noch zu Dashiell Hammetts Lebzeiten fanden berühmte Schriftsteller Lobesworte, die schwerer wiegen als alle Auflagenzahlen: André Gide und André Malraux in Frankreich, Somerset Maugham und Robert Graves in England, Ernest Hemingway, William Faulkner und Sinclair Lewis in den Vereinigten Staaten. Die Meister im Umgang mit der Sprache, unter ihnen drei Nobelpreisträger, lobten das Werk eines Mannes, der keinerlei Voraussetzungen, keinerlei Vorbildung mitbrachte für die Laufbahn eines Schriftstellers.

Offenbar ohne Bedauern verließ Hammett mit dreizehn Jahren die Schule und verdiente sich einen dürftigen Lebensunterhalt mit Jobs, die nur uns zahmen Europäern typisch für eine Erfolgskarriere scheinen. Er arbeitete, unter vielem anderen, als Botenjunge, Zeitungsverkäufer, Fabrikarbeiter, Stauer und Rangierer bei der Baltimore Railway Company. Auch während seiner achtjährigen Tätigkeit als Angestellter der berühmten Detektivagentur Pinkerton wird er kaum gelernt haben, daß Worte mehr vermitteln können als Informationen.

Dashiell Hammett war ein Naturtalent, das kaum der korrigierenden Hand eines Captain Shaw bedurfte, um die vielfältigen Erfahrungen seiner Jugendjahre und die Bilder seiner Phantasie Gestalt annehmen zu lassen. Er begann mit Kurzgeschichten um den ‚Continental Op', einen dicklichen, nicht mehr jungen Agenten (‚operative agent') der fiktiven ‚Continental Detective Agency'. Der dicke Held ist auch die zentrale Figur in Hammetts ersten beiden Romanen, die 1929 erschienen: „Rote Ernte" („Red Harvest") und „Der Fluch des Hauses Dain" („The Dain Curse"). Ein Jahr später, in „Der Malteser Falke" („The Maltese Falcon"; 1930) wird er abgelöst von dem Privatdetektiv Sam Spade. Über der unvergeßlichen Gestalt vergißt man leicht, daß dies Sam Spades einziger Auftritt in einem Roman bleiben sollte. In „Der gläserne Schlüssel" („The Glass Key"; 1931) spielt Ned Beaumont die Rolle des Detektivs, und in „Der dünne Mann" („The Thin Man"; 1934) wird Nick Charles, noch junger Ruheständler und einstiger Star der Trans-American Agency, in einen Mordfall hineingezogen, fast gegen seinen Willen.

Berühmt wurde Hammett mit dem „Malteser Falken", und der Roman gilt noch heute als sein Meisterwerk. Er selbst hielt „The Glass Key" für besser, doch eigentlich hielt er überhaupt nicht viel von dem, was er geschrieben hatte. Bis in die Jahre seiner Armut verbat er sich einen Neudruck der Kurzgeschichten. Er hatte schon während der Arbeit an seinem letzten Roman, „The Thin Man", zu trinken begonnen, weit kräftiger noch als seine trinkfrohen Helden. Die Jahre in Hollywood, wo seine Bücher verfilmt wurden, konnte er offenbar nur im Suff ertragen. Vielleicht hielt er auch nichts von einem Berühmtsein, das ihm keinen Schutz bot, als er 1951 aus politischen Gründen ins Gefängnis gesteckt wurde. Anders als der erste Vertreter der ‚hard-boiled-school' war Hammett ein überzeugter Marxist. Das allein schon gibt seinen Gestalten eine andere Dimension als die patriotische Schwarzweißmalerei eines Daly.

Dem heutigen Leser fällt es leichter, Hammetts Stil zu bewundern, seine Kunst, mit alltäglichen Worten Neues zu sagen, als der Handlung seiner Geschichten zu folgen. Das Plot des „Malteser Falken" ist vielschichtig, die abenteuerliche Schatzsuche nach einer kostbaren alten Skulptur beginnt erst spät, nachdem es anfangs so aussah, als ob der Mord an Sam Spades Partner das eigentliche Rätsel wäre. Das zahlreiche Personal macht es dem Leser nicht leicht, die Zusammenhänge zu erkennen. Er begreift nur, daß alle an der Jagd nach dem Falken Beteiligten böse sind und aus Geldgier auch vor Mord nicht zurückschrecken. Am Ende stellt sich heraus, daß der Falke ein falscher Falke ist, eine billige Imitation; die echte Skulptur ist unauffindbar verloren.

Die befriedigende Symbolik des Schlusses wird überlagert von einer weniger befriedigenden, vom Autor groß angelegten Szene. Sam Spade findet, recht spät, heraus, wer der Mörder seines Partners ist: die schöne Brigid, die ihn zur Falkenjagd aufforderte und seine Geliebte wurde. Sie fleht ihn um Gnade an, doch Sam, ehrenhaft und unbestechlich, schwankt nicht im tragischen Konflikt zwischen Liebe und Pflicht. Er übergibt Brigid der Polizei. Das ist lobenswert. Nicht lobenswert scheint uns heute die Rollenverteilung in dieser klassischen Tragödie. Hammetts Helden sind allesamt Männer. Umworben von verführerischen Frauen, nehmen sie sich, was ihnen über den Weg läuft, um es dann fallenzulassen. Jedes Gefühl bedeutet für sie eine gefährliche Verlockung, die Verlockung durch die alte biblische Schlange. Nicht nur Brigid, fast alle Frauen in Hammetts Romanen sind Werkzeuge des Teufels.

Die einzige Ausnahme ist der letzte Roman, „The Thin Man". Mit Nick Charles begegnen wir einem anderen Typ des Privatdetektivs und einem anderen Hammett. Nick ist klug, gebildet, gar nicht rauhbeinig, ein lebens- und trinkfroher Zyniker. Seine Frau ist ihm ebenbürtig und nicht wegzudenken aus der Geschichte, die sich geradlinig entwickelt, klar und überzeugend in einem einzigen Plot. Im Lauf seiner Ermittlungen untersucht Nick drei Mordfälle, er wird in zwei brutale Schlägereien verwickelt, aber sie werden eher unterkühlt beschrieben, wie auch die Morde nicht dargestellt werden. Hier sind keine Gangster am Werk; als Mörder entlarvt Nick den angesehenen Rechtsanwalt einer angesehenen Familie, deren Mitglieder hektisch, komplexbeladen und leicht irre umherwirbeln und von der Polizei des Mordes verdächtigt werden.

Ohne Komplexe und durchgehend sympathisch sind die drei, die der Leser gleich auf der ersten Seite kennenlernt: der Ich-Erzähler Nick Charles, seine muntere Frau Nora und die nicht weniger muntere Asta, eine Schnauzer-Dame, die auch auf englisch „a Schnauzer" ist.

Die Sonderstellung dieses letzten Romans nimmt Raymond Chandler, der Krimi-Kritiker, nur beiläufig zur Kenntnis: „Hammett schrieb zuerst (und fast bis zuletzt) für Leute, die dem Leben gegenüber eine harte, aggressive Haltung einnehmen. Sie fürchteten sich nicht vor den Schattenseiten des Daseins; sie lebten dort. Gewalttätigkeit erschreckte sie nicht; sie kannten sie von der Straße vor ihrer Haustür. Hammett gab den Mord den Leuten zurück, die Grund haben zu morden und nicht nur da sind, um eine Leiche herbeizuschaffen, Leuten, die die Mittel zum Mord in der Hand haben und nicht mit handgeschmiedeten Duellpistolen, mit Curare und mit tropischen Fischen morden. Er brachte diese Leute so zu Papier, wie sie waren, und ließ sie in einer Sprache reden und denken, die sie kannten."

Die Charakteristik, auf Hammett zugeschnitten, paßt auf alle Autoren der ‚hard-boiled-school', vor allem aber auf den Schreiber selber. Raymond Chandlers sieben Romane, die er zwischen den Jahren 1939 und 1958, bis kurz vor seinem Tod schrieb, legen Zeugnis ab von dem, was ihm als Idealform des Kriminalromans vorschwebte. 1888 in Chicago geboren, kam er im Alter von acht Jahren nach England, genoß eine englische Erziehung und kehrte erst mit einunddreißig Jahren in die USA zurück. Er verachtete die orthodoxen englischen Kriminalromane wegen ihrer künstlichen Regeln und ihrer Wirklichkeitsferne. Erst spät fing er selber zu schreiben an, mit kurzen Geschichten für die ‚Black Mask', die sich in nichts unterschieden von den Beiträgen der vielen anderen Mitarbeiter, deren Namen zu Recht vergessen sind.

Raymond Chandler wurde berühmt allein durch seine Romane. Als er sein erstes großes Werk, „Der tiefe Schlaf" („The Big Sleep"; 1939), veröffentlichte, war er einundfünfzig Jahre alt. Rasch aufeinander folgten „Lebwohl, mein Liebling" („Farewell, my Lovely"; 1940), „Das hohe Fenster" („The High Window"; 1942) und „Die Tote im See" („The Lady in the Lake"; 1943). Die letzten drei Romane erschienen in größeren Abständen: „Die kleine Schwester" („The Little Sister"; 1949), „Der lange Abschied" („The Long Goodbye"; 1953) und „Playback" („Playback"; 1958), das im Deutschen auch unter dem Titel „Spiel im Dunkeln" veröffentlicht wurde.

Die Titel, schön klingend und geheimnisvoll, verraten nichts vom Inhalt, bis auf eine Ausnahme, „The Lady in the Lake". Der Titel weist auf die Schlüsselszene des Romans – und weckt im Leser, noch Jahre nach der Lektüre, die Erinnerung an die schlimmste Wasserleiche in der an Leichen nicht armen Kriminalliteratur. Bezeichnend für Chandlers Erzähltechnik ist, wie er diese Szene beschreibt. Er beschwört den Schrecken weniger durch anatomisch-physikalische Details, sondern im langsamen Auftauchen der Leiche aus dem trüben Wasser unter dem Pier, in den Reaktionen der beiden Beobachter. Nie schildert er Gefühle, immer nur die äußeren Anzeichen: eine schnelle Bewegung der Hand, ein Schließen der Augen. Es sind Zeichen, die mehrdeutig sind und mehrdeutig sein sollen.

Jeder Roman besteht aus einer Folge von Szenen, jedes Kapitel liefert ein kleines, in sich geschlossenes Bühnenbild, vor dem nur wenige Personen agieren – oft sind es nur zwei – und wieder abtreten. Der Leser hält sich an das einzige Bindeglied zwischen den rasch wechselnden Schauplätzen und Akteuren, an Philip Marlowe.

Sein Aussehen, sein Charakter ändern sich nicht auf den sieben

Humphrey Bogart als Verkörperung Philip Marlowes

Kreuzzügen, die er im Kampf gegen die Ungerechtigkeit führt, gegen eine nicht blind, ohne Ansehen der Person urteilende Justiz, gegen eine bestechliche Polizei und eine korrupte Gesellschaft. „Aber durch die anrüchigen Straßen muß ein Mann gehen, der weder befleckt noch furchtsam ist. Der Detektiv... muß ein solcher Mann sein. Er ist der Held, er ist alles... Er muß, um eine recht abgegriffene Phrase zu gebrauchen, ein Ehrenmann sein, instinktiv, unwiderruflich, ohne sich dessen bewußt zu sein und ganz sicherlich ohne es auszusprechen."

Mit diesen Worten entwirft Raymond Chandler ganz allgemein das Idealbild eines Detektivs, doch es ist sein Philip Marlowe, dessen Bild er heraufbeschwört, des Unvergeßlichen. Unvergeßlich sind nicht seine Taten, es ist seine Art zu sprechen, sich zu bewegen, mit den Leuten umzugehen. Immer schlagfertig, nie um einen witzigen Vergleich, ein treffendes Bild verlegen, bleibt er der Sieger in allen Wortduellen. Das wäre unerträglich, wenn der Autor nicht ein wirksames erzähltechnisches Gegenmittel gefunden hätte. Immer wieder läßt er Marlowe auf Menschen treffen, die über seine Schnellrednerei (‚fast-talking‘) und sein unerschöpfliches Repertoire an beißend witzigen Bemerkungen spotten (‚Skip the wisecracks!‘). Dann wird der Held für kurze Zeit ganz brav und redet ‚normal‘, aber er tut es ungern.

Auch Marlowes Rolle als ‚tough guy‘ wird vom Autor geschickt ironisiert und dadurch erst eine große Rolle. Wenn er ihn besonders harte Drohworte schleudern läßt, antwortet der Bedrohte höhnisch: „Oh, a hard-boiled gentleman", oder es heißt: „Now let's see you do something really tough, like putting your pants on" oder „You're a tough guy. Six feet of iron man".

Wem diese Beispiele aus „Farewell, my Lovely" nicht ausreichend erscheinen als Beweis für Chandlers Sprachkunst, der lese den Anfang des 7. Kapitels aus demselben Roman. In Marlowes Büro hängt ein Kalender, auf dem Rembrandts berühmtes Selbstporträt abgebildet ist. In zehn Zeilen läßt der Autor das Bild lebendig werden und bezieht es auf den nächsten Seiten mehrmals, in leisen Andeutungen, in die Handlung ein, in Marlowes niemals ganz endendes Gespräch mit sich selbst.

In der harten Schule der Amerikaner erreichen nur Chandler und Hammett ein so hohes Sprachniveau – und James M. Cain mit seinem Roman „The Postman Always Rings Twice". In die Gruppe gehören auch die Kriminalromane von James Hadley Chase (Pseudonym für René Raymond), dem gleich in seinem ersten Buch, „Keine Orchideen für Miß Blandish" („No Orchids for Miss Blandish"; 1939), ein durchschlagender Erfolg gelang. Geboren 1906, hat er über achtzig Krimis veröffentlicht. In allen geht es hart zu, die Sprache ist hart, und die Titel sind hart: „Leichen sind lästig" („Make the Corpse Walk"; 1946), „Dame mit beschränkter Haftung" („Hit and Run"; 1958), „Gleich bist du eine Leiche" („Consider Yourself Dead"; 1978) oder „Jagt den Killer" („We'll Share a Double Funeral"; 1982). Es fällt auf, daß die deutschen Adaptionen der Titel in der Härtegrad-Skala noch einen Punkt höher liegen.

Hammett und Chandler waren die bewunderten Vorbilder von Ross Macdonald, der im Privatleben Kenneth Millar hieß. Sein erster Roman, „The Dark Tunnel", erschien 1944. Vom fünften Krimi an beherrscht Privatdetektiv Lew Archer das Feld, von „Reiche sterben auch nicht anders" („The Moving Target"; 1949) bis „Der blaue Hammer" („The Blue Hammer"; 1976). Er ist ein Wahlverwandter von Philip Marlowe, nicht nur weil er in Kalifornien lebt. Er spricht die gleiche Sprache, und er haßt die gleichen Leute. Er kämpft ebenso unbestechlich gegen die Verlogenheit und Skrupellosigkeit der mächtigen Reichen, die nur allzuoft die Polizei auf ihrer Seite haben.

Ob es um einen Öl-Boß oder um einen alternden Hollywood-Star geht, immer sind die Charaktere deutlich gezeichnet, mit ihren kleinen Schrullen und dem großen Schaden, den sie an ihrer Seele genommen haben. In Ross Macdonalds letzten Romanen überwiegt das Interesse an den irreparablen Schäden der Seele; sie sind eher den Psycho-Thrillern zuzurechnen als dem Kriminalroman im engeren Sinne, ebenso wie die Bücher seiner Frau Margaret Millar.

Der härteste aller harten Burschen ist Mike Hammer – und der, der ihn in die Welt setzte: Frank Morrison alias Mickey Spillane. Über sein zweifelhaftes Lebenswerk sollte man einen von Philip Marlowes Lieblingssprüchen setzen: Forget it. Da jedoch die Verkaufszahlen Mickey Spillane neben E. St. Gardner als den meistgelesenen Krimi-Autor in den USA ausweisen und er auch hierzulande kein Unbekannter ist, sind vielleicht doch ein paar zusätzliche Worte notwendig.

Mike Hammers erstes Abenteuer trägt den bezeichnenden Titel: „Ich, der Richter" („I, the Jury"; 1947). Der Revolver- und Messerheld gehört nicht zu den Privatdetektiven, die an eine höhere Gerechtigkeit glauben und ihr wenigstens ab und zu zum Sieg verhelfen. Er ist Richter und Jury in einer Person, und oft auch der Henker. Selbstherrlich, nie von Zweifeln geplagt, spricht er sein Urteil und vollstreckt es kaltblütig. Dem Leser bleiben keine Einzelheiten erspart, wenn Mike, den man auch wie seinen Autor Mickey nennen könnte, einem Mann die Finger bricht oder ihm seinen Ellenbogen in den Mund rammt. Beide, der Leser ebenso wie sein Held, genießen so etwas offenbar, sonst fänden sie ja wohl auch kaum zusammen. Brutalität um ihrer selbst willen, Sexszenen, die willkürlich in eine unglaubwürdige Handlung eingeschoben sind, beschrieben in einer Sprache, die nichts beschreibt als das Offensichtliche – das ist Mickey Spillane. Man sollte ihn wirklich vergessen.

Der jüngste Schüler der ‚hard-boiled-school' ist Jakob Arjouni. Seit 1987 läßt er einen schwarzlockigen Bruder Philip Marlowes durch die anrüchigen Straßen einer anrüchigen Stadt schnüffeln. Sein Name ist Kemal Kayankaya, Türke von Geburt, und die Stadt ist Frankfurt am Main. Der junge Autor, 1964 in ebendieser Stadt geboren, nannte seinen ersten Krimi „Happy Birthday Türke!". Die Geschichte beginnt vielversprechend:

„Es summte unerträglich. Immer wieder schlug meine Hand zu, doch sie zielte schlecht. Ohr, Nase, Mund – unerbittlich griff sie alles an. Ich drehte mich weg, drehte mich wieder zurück. Keine Chance. Mörderisch. Endlich schlug ich die Augen auf und ortete die verdammte Fliege."

Da ist alles beisammen: die kurzen Sätze, die oft gar keine sind, alltägliche Worte, die wiederholt werden ohne schulmeisterliche Ängste vor Wiederholungen, und die leichte Ironie, die dem Leser anderes vorgaukelt als das, was er erwartet. Da sind die bildhaften Ortsbeschreibungen wie bei Chandler, die witzig übersteigerten Vergleiche und eine Sprache, die man spricht. Der harte Slang der amerikanischen Kneipenbrüder wird zum gemütlich-harmlosen Hessisch der Äppelwoi-Trinker, und darum doch nicht weniger enthüllend.

Auch die Kritik an der Gesellschaft kommt nicht zu kurz. Sie ist, wie bei Chandler, immer in die Handlung eingebettet. Jakob Arjouni demaskiert die Selbstgerechtigkeit der guten Bürger, die Hintermänner des häßlichen Geschäfts im Bahnhofsviertel, den Polizisten, der fordernd die Hand aufhält, die Ausländerfeindlichkeit der Deutschen. Kemal Kayankaya bekommt sie am eigenen Leibe zu spüren: er heißt wie ein Türke und sieht aus wie ein Türke. Daß Deutsch seine Muttersprache ist und sein Hessisch echter klingt als das manches Hessen, hilft ihm wenig.

In Arjounis zweitem Krimi, „Mehr Bier" (1987), geht es um einen Mordfall, in den Umweltschützer und ein Industrieunternehmen verstrickt sind. Vier Mitglieder der ‚Ökologischen Front' sind angeklagt, den Vorstandsvorsitzenden der ‚Rhein-Main-Farbenwerke' heimtückisch erschlagen zu haben. Privatdetektiv Kayankaya entdeckt die Schuldigen: feine Damen und Herren mit üblen Schurken als Handlangern. Harte Schlägereien und nicht minder harte Wortgefechte wechseln, nach bewährtem Muster, miteinander ab.

Einmal läßt der Autor seinen Detektiv ins Kino gehen, ein Bogart-Film lockt. Mit diesem kleinen Detail, das für die Handlung unwichtig ist, erinnert er selber an sein großes Vorbild. Humphrey Bogart ist Philip Marlowe, seit 1949 „The Big Sleep" verfilmt wurde, sein Gesicht Marlowes Gesicht, die dunklen Augen unter dem breitkrempigen Hut, der gar nicht harte, eher traurige und mitleidige Blick. Arjouni muß sich schon den Vergleich mit Chandler gefallen lassen. Selbst wenn man abzieht, daß Frankfurt, seine Polizisten und seine Verbrecher ein paar Nummern kleiner sind als Los Angeles, auch der Detektiv ist eine Nummer kleiner geraten.

Beide, Kayankaya und Marlowe, machen sich keine Illusionen über ihren Beruf. Bei Arjouni heißt es einmal: „'ne Mischung aus Robin Hood und Bulle. Das kann doch nicht gutgehen." Ein anderes Mal läßt er seinen Detektiv eine lange Erklärung abgeben: „... Ich mache meinen Job, weil es zum Anwalt nicht gelangt hat. Ich hatte geglaubt, Privatdetektiv wäre so eine Art Hausarzt... Inzwischen weiß ich auch, es ist vollkommen egal, ob ich da bin oder nicht. Ich mache meine Arbeit so gut es geht. Das ist alles..."

Hier wird ausgesprochen, was Chandler nicht auszusprechen braucht. In „Farewell, my Lovely" beobachtet Philip Marlowe einen kleinen, rosagepunkteten Käfer, der im Polizeipräsidium auf dem Schreibtisch herumkrabbelt und dann, nach mehreren mißglückten Startversuchen, von einer Zimmerecke zur anderen marschiert. Marlowe nimmt ihn in die Hand und setzt ihn draußen ins Grüne. Er denkt, geistesabwesend, wie der Winzling ins 18. Stockwerk gelangen konnte. Ein paar Tage später fragt er sich, ob der Käfer wohl inzwischen wieder oben angelangt ist und seine sinnlose Wanderung wieder aufgenommen hat, zäh und unermüdlich. Das Bild bleibt dem Leser in Erinnerung, auch wenn er die Handlung des Romans schon lange vergessen hat.

28. Die tüchtigen Polizisten

C. Auguste Dupin und Sherlock Holmes hatten in unbekümmerter Selbstherrlichkeit das Image des Polizeibeamten festgeschrieben: dümmlich, ungehobelt, befangen in Vorurteilen. Die Abenteuer der amerikanischen ‚hard-boiled dicks‘ fügten dem Bild weitere dunkle Schatten hinzu. Gerissen, bestechlich und brutal, sind die ‚cops‘ gefährliche Gegner des Privatdetektivs in seinem Kampf für die Gerechtigkeit.

Daß eine ganze Reihe klassischer Detektive im Dienst der Polizei stehen, hellt das Bild nur hier und da ein wenig auf. Sir John Appleby, Roderick Alleyn und die anderen Gentlemen beherrschen mit ihrer starken Persönlichkeit die Szene und fühlen sich geschmeichelt, wenn man sie nicht für Polizisten hält.

Ein beliebtes Spiel meiner Kinderzeit hieß ‚Räuber und Schanditz‘. Was ein Räuber war, wußten wir, auch wenn wir nie einen gesehen hatten. Was ein ‚Schanditz‘ war, wußte ich nicht, und das Wort Gendarm hätte mir auch nicht geholfen. Es war unwichtig, wer diese unbekannten Feinde waren. Der Status des Räubers lockte als die begehrenswerte Rolle. Er durfte flüchten und sich im Farnkraut oder auf einem Baum verstecken, während die Schanditz-Partei sich nach langweiligen Warteminuten auf die mühsame Suche machen mußte. Oft gab es gar keine Gefangenen dabei. Das Suchen war nicht nur langweiliger, es war auch schwieriger als das Sich-Verstecken.

Es mag an dieser elementaren Erkenntnis liegen, daß sich der Polizeiroman erst spät zu einem eigenen Krimi-Typ entwickelte. Die Namen für diese Sonderform sind verwirrend. Die Engländer sprechen von der ‚police novel‘, während die Franzosen mit ‚roman policier‘ den Krimi schlechthin meinen. In der Fachsprache hat sich in den letzten Jahren die angelsächsische Bezeichnung ‚police procedural‘ eingebürgert für einen Kriminalroman, in dessen Mittelpunkt nicht ein Detektiv, sondern die Arbeit der Polizei steht, ihre Methoden (‚procedure‘) und das Teamwork einer aufeinander eingespielten Mannschaft.

Der Startschuß fiel in den USA, als im Jahre 1945 Lawrence Treats Roman „V as in Victim“ erschien. Er erzählt die Geschichte eines raffinierten Versicherungsbetruges und dessen Aufklärung mit den ebenso raffinierten Methoden der Polizei. Da geht es nicht nur um Beschattung von Verdächtigen und Befragen von Zeugen; die Hauptarbeit findet im gerichtsmedizinischen Labor statt. Zwei Detektive des 21. Bezirks sind die Vorarbeiter. Der Autor tat klug daran, ihnen neben den Laboraktivitäten genügend Raum für ein Privatleben und viel Action in den Straßen ihres Reviers zu lassen.

Wirklich Schule machte die neue Gattung, als rund zehn Jahre später Evan Hunter unter dem Pseudonym Ed McBain den ersten Krimi über ein anderes Polizeirevier, das 87., veröffentlichte. „Polizisten leben gefährlich" („Cop Hater"; 1956) sollte der Anfang einer langen Serie werden. Der gebürtige New Yorker hatte dabei sicher seine eigene Stadt im Sinn, doch er betont ausdrücklich: „Die Stadt auf diesen Seiten ist fiktiv. Die Leute, die Örtlichkeiten sind alle frei erfunden. Die Polizeiroutine jedoch basiert auf der heute üblichen Untersuchungstechnik."

In den frühen Romanen nimmt die Beschreibung besonderer Untersuchungsmethoden einen großen Raum ein; das Polizeilabor ist ein bevorzugter Ort zur Demonstration von Fachkenntnissen. In den späteren rücken die Fachleute selber immer mehr in den Vordergrund und gewinnen ein Eigenleben in Charakterstudien, die an Hammett und Chandler erinnern. Unter den vielen Beamten, die da mit wechselndem Erfolg und unterschiedlichen Fähigkeiten zusammenarbeiten, ist einer, der häufig als erster den entscheidenden Hinweis findet, etwa im Fall um „Kings Lösegeld" („King's Ransom"; 1964), der sich besonders mutig in Gefahren stürzt und sein Leben riskiert, in „Ein heißer Sommermorgen" („See Them Die"; 1960). Dieser eine ist Steve Carella, der trotz mancher Rückschläge nie den Glauben an den Sieg der Gerechtigkeit verliert, während viele seiner Kollegen im 87. Bezirk ihrem Job nur mürrisch oder teilnahmslos nachgehen.

Das Aufbauen einer Heldenfigur bedeutet im Grunde einen Rückschritt in der Entwicklung des ‚police procedural'. Es ist ein Kompromiß, den der Autor eingeht, um seine Leser bei der Stange zu halten, vor allem, wenn es sich um eine Serie handelt. Würde die Polizeiarbeit mit all ihrem Leerlauf, mit der unvermeidlichen täglichen Routine ungeschönt beschrieben, ohne das schmückende Beiwerk wilder Verfolgungsjagden, dann bestünde die Gefahr, daß sich der Leser ebenso langweile wie der nicht-fiktive Polizist auf seiner nächtlichen Runde durch leere Straßen. Die erzähltechnischen Grenzen der neuen Form liegen auf der Hand.

Ein harter Beruf verlangt harte Männer. Während Frauen in der Geschichte des klassischen Kriminalromans eine dominierende Rolle spielen, gibt es unter den Autoren der ‚hard-boiled-school‘ kaum Frauen, und auch nicht in der Schule der Polizisten. Dorothy Uhnak ist eine Ausnahme. 1933 in New York geboren, arbeitete sie vierzehn Jahre als Polizistin, wurde dreimal befördert und zweimal ausgezeichnet für ‚services above and beyond‘, für außergewöhnliche Leistungen in ihrem Beruf.

Schon während ihrer Zeit als ‚detective‘ fing sie an zu schreiben. In „Policewoman“ (1964) verdichtete sie ihre eigenen Erfahrungen zu einem Roman. Als sie 1973 den Dienst quittierte, erschien „Law and Order“, eine breit angelegte Familienchronik, die Geschichte der O'Malleys über drei Generationen hinweg. Nachkommen armer irischer Auswanderer, haben sie nur einen Traum, der sie am Leben hält, den Traum, erfolgreich und mächtig zu werden. Sie erreichen ihr Ziel, Großvater, Sohn und Enkel, rücksichtslos und brutal. Stolz tragen sie die Symbole ihrer Macht. Sie sind Polizisten. „Law and Order“ ist ein hartes, erschreckendes Buch.

Im Mittelpunkt der Kriminalromane, die Dorothy Uhnak auch in Deutschland bekannt machten, steht die Detektivin Christie Opara, eine junge Witwe mit einem kleinen Sohn und einer liebenswerten Schwiegermutter. Ihr Mann, der ebenfalls Polizist war, wurde das Opfer seines Berufs. In ihrem ersten Fall untersucht Christie einen „Mädchenmord mit Voranmeldung“ („The Bait“; 1968) und übernimmt freiwillig, als Köder (‚bait‘) für den Killer, die Rolle des Lockvogels. Detective Opara ist trotzdem keine Heldin. Sie hat Angst, als sie auf den Killer wartet, und sie läuft davon, als sie die Geliebte eines Rauschgiftbosses überwachen muß – sie fühlt mit Schrecken, daß sie der ungewöhnlichen Frau nicht gewachsen ist. Die nicht sehr ruhmreiche und gerade deshalb eindrucksvolle Episode steht in Dorothy Uhnaks zweitem Roman um Christie Opara, „Was zu beweisen war“ („The Ledger“; 1969).

In allen ihren Romanen, bis hin zu „Das Geständnis“ („The Investigation“; 1977), schildert sie die Polizeiarbeit genau und ohne Schönfärberei. Die ehemalige Polizistin kann wirklich schreiben, hart in den harten Szenen, einfühlsam und liebevoll in den häuslichen Szenen der kleinen Familie. Immer spürbar ist ihr

Mitgefühl mit den Zukurzgekommenen, den Benachteiligten in einer Gesellschaft, wo nur der Erfolg zählt, spürbar ihr heftiges Mißtrauen gegen alle, die rücksichtslos im Namen von Gesetz und Ordnung ihre eigenen Ziele verfolgen – das alte Thema ihres Bestsellers „Law and Order".

Wer es ganz hart mag, muß sich nach Harlem begeben, dem Schauplatz von Chester Himes' Kriminalromanen. Der Journalist, selbst ein Farbiger, begann erst mit fünfzig Jahren Krimis zu schreiben: „Fenstersturz in Harlem" („The Crazy Kill") und „Die Geldmacher von Harlem" („The Five-Cornered Square"), beide 1959 erschienen. Innerhalb von zehn Jahren folgten sieben weitere Titel, bis „Blind, mit einer Pistole" („Blind Man with Pistol"; 1969). Der Schauplatz ist immer Harlem, der Kampf immer ein Kampf aller gegen alle. Zwei schwarze Polizisten, mit den makabren Namen Coffin Ed Johnson und Grave Digger Jones, gehören zu den lichteren Gestalten im Dschungel von Hehlern, Heroinschmugglern und Killern. Oft ist es Detective Matt Walker, ein weißer Beamter der New Yorker Polizei, der für zusätzliche Leichen sorgt, schwarze Leichen, so in „Lauf, Nigger, lauf" („Run Man Run"; 1966).

Chester Himes war nie in Harlem. Die Erfahrungen einer düsteren Jugendzeit in Missouri und sieben Jahre Gefängnis lieferten ihm genügend schreckliche Bilder. Die Diskriminierung der Farbigen, der unausrottbare Rassenhaß sind das eigentliche Thema seiner Romane, sichtbar gemacht im gewalttätigen Vorgehen einer korrupten Polizei. Sie gehören nur bedingt zur Gruppe des ‚police procedural', denn die ‚normalen' Arbeitsmethoden einer ‚normalen' Polizei sind nicht anwendbar, wo die Gesetze des Dschungels herrschen.

Der Polizeiroman hat seinen Ursprung und, wie oft gesagt wird, seine eigentliche Heimat in den Vereinigten Staaten. Doch sollte man nicht übersehen, daß auch in Europa viele Autoren sich der Form annahmen und ihr neue Glanzlichter aufsetzten. Der ursprüngliche Sinn des ‚police procedural', die Arbeit der Polizei und damit die Institution selber vor den durch zunehmende Gewalttaten beunruhigten Bürgern zu rechtfertigen, ist hier nur noch in Ansätzen zu spüren. Die Kritik dominiert, auch wenn die Schwerpunkte nach Land und Autor wechseln.

Nicolas Freeling, in England geboren, in Frankreich aufgewachsen, ist in seinen Romanen um den Amsterdamer Kommissar Van der Valk mehr ein Gesellschaftskritiker im allgemeinen als ein Kritiker der Polizei. Der Kommissar braucht zwar die Unterstützung der Kollegen, aber er steht immer im Mittelpunkt des Geschehens, gleich vom ersten Roman an: „Liebe in Amsterdam" („Love in Amsterdam"; 1962). Van der Valk ist ein tüchtiger und mutiger Polizeibeamter, vor allem aber ein kritischer Beobachter seines eigenen Tuns. Er mag sich nicht fügen in die Rolle des Jägers, der den Verbrecher wie ein Tier hetzt. Zweifel plagen ihn, ob er wirklich weiß, was ein Verbrecher ist. „Ich halte nicht viel von Verbrechern", erklärt er einem verblüfften Zuhörer in dem Roman „Strike Out where not Applicable" (1967), der im Deutschen den nichtssagenden Titel „Stumpfe Gewalt" erhielt. Der Kommissar unterscheidet zwischen Menschen, die den Umständen nach Verbrecher hätten werden müssen und es doch nicht geworden sind, und den guten Bürgern, die Verbrechen begehen. Er haßt es, Menschen in Fächer einzuordnen, ihre Schicksale in Formularen aufzulisten: „Strike out where not applicable" – für den in aller Welt bekannten Behördenbefehl: „Nichtzutreffendes streichen".

„Van der Valk muß schweigen" („A Long Silence"; 1972), schweigen für immer, als ihn in Ausübung seines Berufes eine Kugel trifft. Seine Frau Arlette, dem Leser eine gute Bekannte, macht weiter – aber damit rücken Freelings Kriminalromane endgültig aus dem breitgespannten Rahmen des ‚police procedural'.

Janwillem van de Weterings Holland ist, ich möchte sagen, holländischer als Freelings Holland. Wetering beschreibt die farbige Monotonie der Landschaft und den trügerischen Frieden stiller Wasser, eine kontrastreiche Szenerie, in der die Figuren seiner Romane munter und behäbig, selbstzufrieden und zweifelnd ihren nicht immer rechtschaffenen Geschäften nachgehen. Freelings Kommissar ist Holländer, aber er könnte ebensogut ein Kollege Maigrets sein. Weterings Polizeibeamte gehören zu Holland wie die Windmühlen und die Tulpenfelder.

Der Verfasser spannender und eigenwilliger Polizeiromane erlag nicht der Versuchung, dem Leser durch eine zentrale Figur die Möglichkeit anzubieten, sich zu identifizieren. Wetering zeichnet mit wenigen klaren Strichen ein Bild auch der kleineren Rädchen im Polizeiapparat, vor allem verleiht er dem Dreigespann Leben, das seine Bücher unvergeßlich macht: Adjutant Grijpstra, Brigadier de Gier und der weise alte Commissaris mit seiner Schildkröte. Sie sind Polizisten, die ihre Arbeit meist gern tun, denen aber ihr Beruf nicht alles ist. Sie sind vorsichtig in ihrem Urteil und hüten sich vor Theorien. Die braven Bürger betrachten sie mit der gleichen Skepsis wie den Gesetzesübertreter und das Gesetz, das er übertritt.

Wie Dorothy Uhnak weiß Wetering, wovon er schreibt. Er hat neun Jahre als Polizist in Amsterdam Dienst getan. Der englisch schreibende Holländer, der in den USA lebt, ist sparsam in der Produktion von Krimis. Seit 1975, als „Outsider in Amsterdam" und „Eine Tote gibt Auskunft" („Buitelkruit") erschienen, warte ich sehnsüchtig auf jede neue Begegnung mit meinen Lieblingspolizisten. Aber nach dem Roman „Der Commissaris fährt zur Kur" („Streetbird"; 1983) gibt es in Holland nichts Neues.

In der deutschen Krimi-Szene tut sich viel auf dem beliebten Feld der Gesellschaftskritik, aber ein wirklicher ‚police procedural' ist in dem breiten Angebot der Autoren nicht auszumachen. Sie verteilen gerne Seitenhiebe auf die Polizei, Hansjörg Martin schon lange, der legendäre -ky im letzten Jahrzehnt, das Autorenduo Klugmann/Mathews seit 1984.

Allein Horst Biebers Roman „Sein letzter Fehler" (1986) gibt neben einer spannenden Krimihandlung ein Bild polizeilicher Untersuchungsmethoden, auf dem neuesten Stand des Computerzeitalters. Das Geschehen wird dargestellt aus der Sicht Richard Lewohlts, Kriminalhauptkommissar in einer fiktiven Großstadt. „Alle handelnden Personen", schreibt Bieber in einer Vorbemerkung, „die Taten, sogar die Stadt ist frei erfunden. Nur die Verhältnisse sollen an die Bundesrepublik erinnern."

Kommissar Lewohlt macht Fehler, manchmal auch, weil er sich bei seiner Arbeit lieber auf seine eigenen Recherchen vor Ort als auf die in Datenbanken gespeicherten und von Computern ausgespuckten Informationen verläßt. Immer wieder muß er sich die Kritik der Vorgesetzten gefallen lassen. Lewohlts letzter Fehler führt geradewegs zu seiner letzten Amtshandlung als Polizeibeamter. Er verfaßt sein Entlassungsschreiben und macht sich auf den Weg zum nächsten Briefkasten.

In Deutschland wurde der Polizeiroman durch die Krimis des schwedischen Ehepaars Maj Sjöwall und Per Wahlöö bekannt.

Während der Holländer van de Wetering bei uns eher unterschätzt wird, scheint mir das zehnbändige Werk der beiden Schweden eher überschätzt. Die Serie mit Kommissar Martin Beck von der ‚Riksmordkommissionen' in Stockholm begann 1965 mit „Der Tote im Götakanal" („Roseanna") und endete 1975, dem Todesjahr Per Wahlöös, mit „Die Terroristen" („Terroristerna").

Es sind Romane, die dem Krimi-Fan eine ungewöhnlich vielfältige Auswahl an Mord und Totschlag bieten. Da gibt es Massenmörder und Triebtäter und Polizistenmörder, es gibt aber auch das gute alte ‚Locked Room Mystery', in „Verschlossen und verriegelt" („Det slutna rummet"; 1973). Einen Mord in feiner Gesellschaft, mit einem engen Kreis von Verdächtigen, schildert nach klassischem Muster der Krimi „Und die Großen läßt man laufen" („Polis, polis, potatismos!"; 1970) und die ebenfalls klassischen Schwierigkeiten beim Identifizieren einer Leiche, à la Sayers und Milne.

Das alles ist, vom Standpunkt des Krimi-Kenners, nicht neu. Neu ist auch nicht die Form des Polizeiromans, neu nicht die Kritik an der Polizei. Neu ist nur das unermüdliche Rütteln an den Grundfesten des eigenen Staates, am nicht allein Wohlfahrt verbreitenden Wohlfahrtsstaat Schweden. In den frühen Romanen der beiden Autoren ist die Kritik nur hier und da, eher unterschwellig zu spüren. Trotzdem waren sie dem deutschen Herausgeber offenbar zu lang. Der Rowohlt Verlag kürzte den ersten Roman der Unbekannten aus Schweden. Erst allmählich rückte die Kritik an sozialen Mißständen in den Vordergrund und steigerte sich zuletzt ins Monumentale. Monumente haben es an sich, alles andere zu überragen, und so schrumpfen die Krimi-Zutaten mit der wachsenden Gesellschaftskritik.

Es gibt ein Maß für das, was der sehr variationsfähigen Gattung des Kriminalromans, insbesondere dem ‚police procedural', aufgebürdet werden kann. „Man spürt die Absicht, und man ist verstimmt." Gesellschaftskritik ist gut und notwendig, aber wenn eine spannende Handlung nur zu dem Zweck inszeniert scheint, diese Kritik an den Mann zu bringen, fühle ich mich, mit Wilhelm Busch, verstimmt.

Das Ende der Ära Sjöwall/Wahlöö fällt zusammen mit dem Auftauchen eines anderen Doppelsterns am eher düsteren Himmel des Polizeiromans. Carlo Fruttero und Franco Lucentini veröffent-

lichten 1972 in Italien ihr Gemeinschaftswerk „Die Sonntagsfrau"
(„La donna della domenica"). Schauplatz der bewegten und heiter
verwirrenden Handlung ist Turin, die Stadt, in der die beiden
Journalisten leben und arbeiten. Die Akteure des bunten Spiels
sind die Damen und Herren der feinen Turiner Gesellschaft, leicht
versnobt, leicht exzentrisch, oft beides, manchmal liebenswert.

Gleich am Anfang passiert ein Mord. Die Polizei macht sich an
die Arbeit, stöbert in den prächtigen Landhäusern und Parks der
Verdächtigen herum, fördert ab und zu ein Indiz zutage und
verhaftet am Ende den Mörder, der eine Mörderin ist, eine der
leicht verrückten Damen, die ich besonders gern mochte.

Nicht eine Sekunde dachte ich beim Lesen: das ist doch alles
nicht neu. Es ist alles neu, farbig, lebendig und heiter – „so schön
wie zwei Wochen Ferien in Italien", schrieb ein englischer Kritiker
nach dem Erscheinen des Buches begeistert. Die ‚Ferienerlebnisse'
bestehen aus vielen kleinen Episoden, die auch äußerlich gekenn-
zeichnet sind. Die über fünfhundert Seiten des Romans gliedern
sich in zehn Kapitel, jedes ist wieder unterteilt, die Teile sind
säuberlich numeriert. Die Kapitel haben Überschriften: „1. An
dem Dienstag im Juni, an dem" oder „8. This, sagte Professor
Bonetto (Samstag morgen)" oder „9. Das Gesetz, dachte der
Kommissar (Samstag nachmittag)".

Schauplätze und Personal wechseln atemraubend rasch. Man
läßt sich mitziehen in den Trubel, anfangs leicht verwirrt, dann das
ordnende Prinzip begreifend. Das Prinzip der Kapitelüberschriften
klärt sich schnell. Sie geben dem Leser keine Hilfestellung in
seinem Wunsch nach Orientierung und sind nichts weiter als der
Anfang des jeweiligen ersten Satzes. So beginnt „Die Sonntagsfrau" mit der Krimi-Freunde erregenden Feststellung: „An dem
Dienstag im Juni, an dem er ermordet werden sollte, sah der
Architekt Garrone häufig auf die Uhr." Zwischen der Überschrift
und dem ersten Satz steht, in die rechte Ecke gequetscht, Kleingedrucktes: „Dieses Kapitel dient der besonderen Verwirrung des
geneigten Lesers, weil es dem Kommissar Santamaria nicht anders
erging."

Das Polizeiaufgebot ist groß. Kommissar Santamaria und sein
Kollege De Palma sind nur ein Teil, aber keine kleinen Rädchen.
Santamaria ist besonders tüchtig, vor allem im Gespräch mit
verdächtigen Damen, die gleichzeitig reizend sind. Doch nicht er

steht im Mittelpunkt; der eigentliche Held ist die ganze große Stadt, die Industriestadt Turin.

Der zweite Roman der beiden Italiener, „Wie weit ist die Nacht" („A che punto è la notte"; 1979) ist nach dem gleichen Muster gestrickt wie „Die Sonntagsfrau". Statt eines verwirrenden Vorspruchs stellen die Autoren diesmal eine Art Personenregister voraus, mit der Erklärung: „Zwecks besserer Übersicht werden die Personen des Romans in einem hierarchischen Schema, analog dem Telefonverzeichnis eines Konzerns, in Gruppen zusammengefaßt. Dieses Schema gilt nur bis zu einem gewissen Zeitpunkt der Nacht." Der vorletzte Punkt in der dann folgenden Übersicht betrifft „die bei den Operationen verwendeten Automobile", der letzte, wie in einem Filmvorspann, „Spezialeffekte: Zuständig: der Große Boß".

Zum Personal gehören diesmal, neben Commissario Santamaria und seinen Kollegen, Drogenhändler und Straßenmädchen, Sektenpriester und vornehme Damen, Angestellte eines Autokonzerns – wir sind ja in Turin – und natürlich Mörder. Über allem und allen schwebt der „Große Boß". Der liebe Gott in einem ‚police procedural'? Eine groteske Vorstellung. Aber da ist er nun einmal, allgegenwärtig, unbeachtet von den einen, angerufen in Not und Verzweiflung von den anderen.

Vielleicht sind die Geschichten von der Sonntagsfrau und dem Wächter in der Nacht gar keine Krimis. Alle Ordnungen sind fragwürdig, auch die Einordnungen in literarische Gruppen und Schulen. Vielleicht spielen die Polizeibeamten in diesem polyphonen Stück nur die zweite Geige, aber sie spielen sie, unüberhörbar. Sie müssen sich auseinandersetzen mit einer Gesellschaft, die ihnen nicht immer gefällt und die sie doch schützen müssen. Sie reiben sich aneinander, im täglichen Trott des Alltags, der in diesen beiden erstaunlichen Romanen oft mehr Raum einnimmt als der Mordfall, um den es geht. Doch die Kritik stößt in alle Richtungen vor, ist nie dick aufgetragen, nie anklägerisch vernichtend.

Mich beeindruckten die kleinen Szenen, die vorsichtig gewählten Worte stärker als so manche der provozierend vorgetragenen Thesen von Sjöwall/Wahlöö. Die beiden Schweden glaubten zu wissen, daß jedes Opfer mitschuldig an seiner Ermordung sei. Santamaria ist nie ganz sicher. Niedergeschlagen schreitet er zur

Verhaftung des Mörders. „Hier ging die Jagd zu Ende. Müde, mit schleppendem Schritt näherte sich der Kommissar dem schwarzen Klavier mit den beiden leeren Messingleuchtern. Es war der Teil seiner Arbeit, der ihm am wenigsten Freude machte, der Abschluß. Zumindest in gewissen Fällen." Gelobt sei der Zweifel.

29. Die fragwürdigen Spione

Ein Detektiv ist kein Geheimagent, ein Kriminalroman kein Spionage-Thriller. Die Grenzen sind deutlich abgesteckt – und doch spazieren viele Autoren munter durch die Absperrungen. Selbst einige der Krimi-Klassiker haben die abenteuerliche Welt der Agenten betreten. Agatha Christie wagte als erste den grenzüberschreitenden Schritt, als sie Hercule Poirot 1927 auf internationale Geheimagenten ansetzte, auf „Die großen Vier" („The Big Four"). Ihr folgten später Michael Innes mit „The Secret Vanguard" (1940) und Margery Allingham mit „Traitor's Purse" (1941). Auf der anderen Seite ließ John Le Carré den britischen Agenten George Smiley in „A Murder of Quality" (1962) einen ganz unpolitischen Mordfall auf klassische Art lösen.

Eine gewisse Familienähnlichkeit zwischen Detektiv und Spion ist nicht zu übersehen. Auch Sherlock Holmes und seine Kollegen spionieren, in jenem weiteren Sinn, den das Wort nicht nur im Deutschen hat. Und selbst härteste Spione wie James Bond kommen nicht ohne graue Zellen aus. Sie ziehen Schlußfolgerungen aus Indizien und entschlüsseln Geheimschriften, wie es auch Detektive machen. Der Spionageroman lebt, ähnlich wie der Krimi, von einem Geheimnis, das erst am Ende enthüllt wird. Daraus ergeben sich Gemeinsamkeiten für den Aufbau einer Handlung, die den Leser in ständiger Spannung halten soll.

Der erste bekannte literarische Spion ist älter als Sherlock Holmes. Das wundert nicht, denn Spione gibt es, seit sich Menschen bekriegen. Auch bei kleinen Stammesfehden wurden Kundschafter gebraucht, die den Spionen aus dem feindlichen Lager ihr böses Handwerk legen mußten. Feinsinnige Unterschiede in der Namensgebung sind auch heute angebracht. Man richtet einen Spion hin; die eigenen Leute heißen Agenten. Wenn man keine Unterschiede machte, gäbe es keine Nationalhelden.

Ein solcher Held war Harvey Birch, der, getarnt als bescheidener Hausierer, im amerikanischen Unabhängigkeitskrieg als Doppelagent arbeitete. Er entsprang der Phantasie eines Mannes, den wir nur als Lederstrumpf-Geschichten-Erzähler kennen: James Fenimore Cooper, mit seinem Roman „Der Spion" („The Spy"; 1821).

Als erster moderner Spionageroman gilt „Das Rätsel der Sandbank" („The Riddle of the Sands"; 1903). Es ist das einzige Buch, das Erskine Childers geschrieben hat, und es machte ihn über Nacht berühmt. Die britische Regierung ergriff umgehend Maßnahmen, um die Schwächen in der Verteidigung der Insel zu beheben, die Childers so überzeugend und militärisch präzise in seinem Roman aufgedeckt hatte. Noch im selben Jahr wurde ein „Committee of National Defence" gegründet. Als 1914 die Bedrohung durch deutsche Schiffe Wirklichkeit wurde, setzte die Navy den Romanautor bei der Instruktion von Piloten ein.

Nach dem Krieg lebte Erskine Childers in Irland, der Heimat seiner Vorfahren und seiner Frau Molly. Er setzte sich für die Unabhängigkeit des Landes ein und mußte sich von Winston Churchill einen Verräter nennen lassen, der mit „tödlichem und bösartigem Haß" gegen sein Vaterland intrigiere. Childers sah die Gefahr, in der er lebte, hörte aber nicht auf den Rat seiner Freunde, ins Ausland zu fliehen. Bei den alten Klosterruinen von Glendalough wurde er verhaftet und am 24. November 1922 in Dublin als Feind der britischen Regierung von einem Exekutionskommando erschossen. In einem Brief, den er in der Nacht vor seiner Hinrichtung an Molly schrieb, steht der Satz: „I die loving England." Er starb, ohne zu ahnen, daß sein ältester Sohn einmal Präsident der Republik Irland werden sollte.

Die Lebensgeschichte des Mannes, der den ersten Spionageroman schrieb und als Staatsfeind erschossen wurde, hilft einen Zwiespalt zu verstehen, der in den besten Beispielen der Gattung zu fühlen ist. Das Zwiespältige ist der Charakter des Spions. Einige Autoren stellen ihn dar als einen Draufgänger ohne politisches Engagement, der wie ein mittelalterlicher Söldner dem dient, der am besten bezahlt. Andere sehen ihn als einen ehrenwerten Mann, der sein Vaterland liebt und den Tod nicht scheut. Helden sind die Spione in beiden Fällen.

Für Erskine Childers stellte sich die Frage anders. Er gab seine Antwort mit der Geschichte der beiden Segelgefährten, die auf der kleinen ‚Dulcibella' in Nord- und Ostsee herumkreuzen und dabei dem Geheimnis des Wattenmeers auf die Spur kommen. Sie entdecken die Vorbereitungen für eine deutsche Invasion, die von den ostfriesischen Inseln aus einen unbefestigten Teil der englischen Küste anvisiert. Es gelingt ihnen, einen der Urheber des Plans, einen „Herrn Dollmann", an Bord der ‚Dulcibella' zu bringen. „Herr Dollmann" ist in Wirklichkeit ein Engländer, der sein Vaterland an die Deutschen verraten hat. Er begeht Selbstmord, indem er sich in einem unbewachten Augenblick ins Meer stürzt, das Meer, das der eigentliche Held der ganzen Geschichte ist.

Carruthers, der Ich-Erzähler, und sein Freund Davies sind zwei friedliche junge Männer, die das Meer lieben und nicht besonders auf Abenteuer erpicht sind. Als ihnen allmählich der militärische Charakter der seltsamen Vorgänge im deutschen Wattenmeer klar wird, beunruhigt sie die Vorstellung, einen Spion zu verfolgen. Nicht die Angst vor möglichen Gefahren schreckt sie, sondern der unangenehme Gedanke, damit selber zu „echten Spionen" zu werden.

Der Autor nimmt sich die Zeit, seine beiden Hauptakteure Motiv und Berechtigung ihrer Aktion miteinander klären zu lassen. Am Ende eines langen Gesprächs bleibt schließlich nur ein Argument übrig, das ihre moralischen Bedenken zerstreut, „Herrn Dollmanns" Charakter als Vaterlandsverräter: „Wir als Engländer haben das Recht, ihn zu überführen, und wenn wir es nicht ohne Spionieren können, dann haben wir auch das Recht, Spione zu sein, auf eigene Gefahr." Hassenswert ist ihnen nicht der militärische Gegner. Es fällt im ganzen Roman kein unfreundliches Wort über Deutschland. Aus vielen Szenen spricht des Autors Zuneigung zu Land und Leuten. Mehrmals findet er Worte des Respekts für den Kaiser, den er in einer herrlichen Momentaufnahme als freundlichen Fluchthelfer zweier unbekannter Seeleute zeigt. Hassenswert ist nur der Verräter, der ihm dient.

Während des Ersten Weltkrieges erschien in England ein anderer großer Spionageroman, „Die neununddreißig Stufen" („The Thirty-nine Steps"; 1915) von John Buchan. Er widmete das Buch seinem alten Freund ‚Tommy':

„Du und ich, wir beide hatten immer schon eine Vorliebe für einfache Geschichten, die die Amerikaner ‚dime novel' und wir

‚shocker' nennen – abenteuerliche Geschichten, in denen die Begebenheiten jeder Wahrscheinlichkeit trotzen und sich gerade noch innerhalb der Grenzen des Möglichen bewegen. Während einer Krankheit im letzten Winter erschöpfte ich meinen Vorrat an solchen heiteren Trostmitteln und schrieb sie mir selber. Dieser kleine Band ist das Ergebnis."

Als ich das Buch jetzt wieder las, war ich überrascht, wieviel ich vergessen hatte. Deutlich in Erinnerung geblieben war mir der Flüchtling, der einsame Moore und enge Flußtäler durchquert; ich sah ihn vor mir, wie er sich in der Abenddämmerung im Heidekraut niederduckt, während über ihm das bedrohliche Summen eines Flugzeugs ertönt, das ihn verfolgt. Nur vage erinnerte ich mich an eine Treppe mit neununddreißig Stufen, die naß und glitschig ins Meer führen.

Völlig vergessen hatte ich die ersten Seiten, obgleich sie mit der genauen Beschreibung zweier besonders unangenehmer Leichen erschrecken. Vergessen hatte ich auch, wie bald sich Richard Hannay, der Ich-Erzähler, aus einem gelangweilten jungen Mann in einen richtigen Spion verwandelt, wie schnell er alles zum Handwerk Nötige lernt. Durch komplizierte Berechnungen findet er den Standort der geheimnisvollen Stufen, nachdem er einen kodierten Text entziffert hat, als hätte er sich sein Leben lang auf den Beruf des Spions vorbereitet.

Trotz des ernsten Hintergrundes – ein internationales Komplott bedroht den Weltfrieden – überwiegt in diesem frühen Spionageroman die Freude am Abenteuer. Noch während der gefährlichsten Augenblicke der Verfolgungsjagd denkt Richard Hannaye an ein Kinderspiel: „Mir kam es vor, als spielten wir Räuber und Gendarm wie die Schulbuben."

Zwischen den beiden Weltkriegen wandelte sich der Charakter des Spionageromans. Zwar bleibt der Feind der gleiche: die Deutschen oder die Russen oder beide in Personalunion. Doch die Geschichten haben die Heiterkeit des Abenteuers verloren, sie wollen ernst genommen werden wie ihre Helden, die Agenten. Erst in Eric Amblers Romanen zeichnet sich ein Wandel des politischen Weltbildes ab. Sein Engagement für den linken Flügel zeigt sich am deutlichsten in seinem Meisterwerk „Die Maske des Dimitrios" („The Mask of Dimitrios"; 1939). Der überraschte Leser begegnet hier zum ersten Mal einem sympathischen Sowjet-

Eric Ambler. Photo: Horst Tappe

agenten und einem ebenso sympathischen griechischen Kommuni-
stenführer. Die geradlinige Spannung der Abenteuergeschichte ist
aufgehoben durch eine kunstvolle Erzähltechnik. Zahlreiche Rückblenden halten den Gang der äußeren Handlung auf und bringen
die wichtigere innere Handlung unmerklich näher an ihr Ziel. Die
Gestalt des toten Dimitrios wird lebendig und bestimmt die Entscheidungen der Lebenden. Aus der wachsenden Einsicht in die
Hintergründe des Dramas entwickelt sich eine Spannung, die ohne
große Action-Szenen auskommt.

Im selben Jahr wie „Die Maske des Dimitrios" erschien Graham
Greenes Spionageroman „Jagd im Nebel" („The Confidential
Agent"; 1939). Der Autor hat sein Gesamtwerk säuberlich nach
Gattungen eingeteilt und etikettiert: „Romane, Kurzgeschichten,
Essays und Theaterstücke". Doch seine Spionageromane führte er

nicht unter den ‚novels' auf; sie bilden als ‚entertainments' eine
eigene Gruppe. Ist das etwas Gutes, solche ‚Unterhaltung', fragt
sich der Leser besorgt, und sein Sprachgefühl suggeriert ihm das
Beiwort ‚billig'. Er irrt. In allen Werken Graham Greenes ist die
Handlungsführung gleich kunstvoll, herrscht die gleiche Spannung und zieht die gleiche Sprache den Leser in ihren Bann. Nur
weil der Autor genau wußte, daß seine ‚novels' ebenso unterhaltsam sind wie seine ‚entertainments', konnte er sich das Vergnügen
dieser Scheinordnung erlauben – als kleinen ironischen Seitenhieb
gegen all jene, die große Literatur für eine ernsthafte Angelegenheit halten, bei der genießerisches Vergnügen ihrer Meinung nach
fehl am Platz ist.

Nicht nur durch die ‚entertainments', durch alle Romane Gra-
ham Greenes zieht sich wie ein Leitmotiv das Thema Flucht und
Verfolgung. Es genügt hier, an seinen berühmtesten Roman, „Die
Kraft und die Herrlichkeit" („The Power and the Glory"; 1940), zu
erinnern. Oft findet ein Rollentausch statt; der Gejagte wird zum
Jäger, der Verfolger flieht. An solchen Wendepunkten der Hand-
lung kann es geschehen, daß der bisherige Schurke plötzlich das
Mitgefühl des Lesers weckt, wie etwa der bezahlte Totschläger
Raven in „Das Attentat" („A Gun for Sale"; 1936) oder der
geheimnisvolle dritte Mann in „The Third Man" (1950).

Sichtbar wird der Rollentausch in der Gliederung des Romans
„The Confidential Agent", dessen vier Teile eigene Titel tragen.
Der erste Teil ist „Der Gejagte", der zweite „Der Jäger" überschrieben. Der letzte Satz des ersten Teils stellt klar, daß es hier um eine
Doppelrolle geht, die von demselben Akteur gespielt wird. Der
namenlose „D.", Agent eines ebenfalls namenlosen Landes, beschließt, den Spieß umzudrehen. In Empörung und Zorn über die
Unmenschlichkeit seiner Verfolger schwört er sich, von nun an
selber der Jäger zu sein.

Am unterhaltsamsten von allen ‚entertainments' habe ich
immer den Spionageroman gefunden, der eigentlich gar keiner ist:
„Unser Mann in Havanna" („Our Man in Havana"; 1958). In
einer kurzen Vorbemerkung nennt Graham Greene ihn ein
Märchen, ‚a fairy story', das in einer unbestimmten Zukunft
spielt. Doch in diesem Märchen wimmelt es von Agenten und
Unteragenten, ist der Schauplatz ein gar nicht märchenhaftes Kuba
und ein zeitgenössisches London als Sitz des Secret Service, dessen

wirklicher Chef natürlich nichts, wie der Autor versichert, mit dem Märchenchef zu tun hat.

Der wahre Märchenheld ist Mr. Wormold, von Beruf Staubsaugervertreter. Er gerät, wie so viele seiner literarischen Vorgänger, zunächst nur widerwillig in das große Spionagegeschäft. „We must have our man in Havana", erklärt ihm der beredsame Anwerber und appelliert an Mr. Wormolds Ehre und Nationalgefühl. Er offeriert ihm Geld für den Dienst am Vaterland, Geld, das der kleine Staubsaugervertreter gut gebrauchen kann. Ängstlich, schüchtern, mühsame Einwände stammelnd, weiß er nicht, wie ihm geschieht, als ihm gleich eine eindrucksvolle Dienstnummer zugeteilt wird: „59 200 Strich 5". Seine Verwirrung wächst, als ihm erklärt wird, wie er Unteragenten anwerben und vorschriftsmäßig numerieren muß: „59 200 Strich 5 Strich 1 und so weiter".

Mr. Wormold begreift, worauf es ankommt. Seine Berichte nach London sind ausführlich und inhaltsreich, die Liste der angeworbenen Unteragenten eindrucksvoll lang. Die Konstruktionszeichnungen feindlicher Geheimwaffen erfreuen in ihrer klaren Linienführung Herz und Augen des Chefs im fernen England. Als man dort, nach langer Zeit, entdeckt, daß die Unteragenten Phantasiegestalten sind, die Zeichnungen Staubsaugerteile darstellen – da naht nicht etwa die Katastrophe, sondern das glückliche Märchenende für Mr. Wormold. Die peinliche Affäre wird vertuscht, der Agent 59 200/5 weggelobt und ausbezahlt.

Die Idee, einen Anti-Spionagethriller zu schreiben, war dem Autor nicht in einem Augenblick des Übermuts gekommen, sie lag schon zehn Jahre in seiner Schublade als Filmskript. Das berichtet Graham Greene in dem 1985 erschienenen Buch „The Tenth Man", in dem er zum erstenmal drei Entwürfe für Filme veröffentlicht, unter ihnen „Nobody to Blame", eine kurze Geschichte, die im Deutschen „Niemand ist schuld" heißen könnte. Hier ist alles schon da, was den Reiz des späteren Romans ausmacht, das Plot, die Charaktere und die heitere Ironie. Mr. Tripp, ein kleiner, harmloser Mann, ist Vertreter für Singer-Nähmaschinen, das Netz seiner non-existenten Unteragenten erstreckt sich über ganz Deutschland, und die Enttarnung seiner Phantasiegestalten führt auch im Film zu einem glücklichen Ende. Mr. Tripp erhält den ‚Order of the British Empire' und wird Ausbilder für Neulinge im Secret Service. Das letzte Bild zeigt ihn vor Beginn seiner ersten

Vorlesung; das Thema heißt: „Wie man Geheimagenten im Ausland führt" („How to Run a Station Abroad").

Der Film wurde nie gedreht, obgleich der Produzent die Idee gut fand. Wie Graham Greene mit geheimem Vergnügen berichtet, legte die amerikanische Zensur, „The Board of Film Censors", ein Veto ein. Man könne keinen Film genehmigen, in dem der Secret Service verspottet wird. Es gibt keine Zensur für Romane, sagt Greene in seinen kurzen Anmerkungen zu dem Filmskript, doch habe er später erfahren von einer drohenden Klage gegen „Our Man in Havana", wegen „Verrats offizieller Geheimnisse". Auch hier spottet der Autor munter weiter: „Welches Geheimnis hätte ich denn verraten? War es die Möglichkeit, Vogelscheiße (‚bird shit') als Geheimtinte zu benutzen?"

Auch nach dem Zweiten Weltkrieg blieben die Engländer unter sich als unbestrittene Meister in der Erfindung fiktiver Agenten. Mit „Casino Royale" begann 1953 Ian Flemings Bestseller-Karriere. Elf Jahre lang, bis zu seinem Tod, beherrschte er den Markt mit einer Serie von Thrillern, deren Held James Bond durch zahlreiche Verfilmungen legendäre Berühmtheit erlangte. Seine Abenteuer wurden so auch dem weniger leselustigen Teil der Menschheit vertraut: „Dr. No" (1958), „Goldfinger" (1959) und „Octopussy" (1966) – um nur die bekanntesten Titel zu nennen.

Auch in Deutschland ist die Nummer 007 ein Markenzeichen geworden, ein Symbol für den Agenten schlechthin. Unerbittlich bringt der Held einen Feind Englands nach dem anderen zur Strecke, immer hart, oft brutal und gelegentlich im Fahrwasser des Marquis de Sade. Mit moralischen Bedenken braucht er sich nicht zu plagen – die Bösen sind immer die anderen, die Nicht-Engländer. Außerdem hat er ja seine Nummer. Die doppelte Null erlaubt dem Träger, im Dienst des Secret Service jeden umzubringen, der ihm umbringenswert erscheint. Trotz seiner dienstlichen Aktivitäten findet James Bond immer genügend Zeit, sich auch als Frauenheld zu zeigen.

Der Autor dieser englischen Wildwest-Geschichten hat sich erstaunlich leicht freigemacht von den Moralbegriffen einer konservativ-feinen Erziehung. Als Kind wohlhabender Eltern besuchte Ian Fleming Eton und die kaum weniger renommierte Militärakademie von Sandhurst. Während des Krieges arbeitete er im Secret Service der britischen Marine und stieg dann in das lukrativere Zeitungsgeschäft ein. Daß James Bond durch die Verfilmungen weltberühmt wurde, erlebte er nicht mehr.

Len Deighton, wie Ian Fleming in London geboren, aber einundzwanzig Jahre jünger, brachte nicht dessen Voraussetzungen für eine glänzende Karriere mit. Er stammte aus einfachen Verhältnissen und versuchte sich früh in den verschiedensten Berufen. Seine Erfahrungen als Koch und Kellner befähigten ihn, ein Kochbuch zu schreiben. Er schrieb auch Spionageromane, und zwar außergewöhnlich gute. Der Erfolg kam gleich mit dem ersten, „Ipcress streng geheim" („The Ipcress File"; 1962). Hier geht es nicht, wie sonst oft, um eine spektakuläre Verschwörung zu einer Weltdiktatur, sondern um ein realistischeres, aktuelles Thema: die Entführung mehrerer britischer Wissenschaftler.

Deightons vierter Roman, „Das Millionen-Dollar-Gehirn" („The Billion Dollar Brain"; 1966) übertrifft sein Erstlingswerk mit einem raffiniert gestrickten Plot, fein gezeichneten Charakteren und einem Stil, der an Raymond Chandler erinnert. Leicht hingestreute ironische Bemerkungen sorgen für Distanz; ungewöhnliche Vergleiche und witzige Übertreibungen erhöhen das Lesevergnügen an einer spannenden und glaubhaften Geschichte. Das Buch wurde verfilmt mit Michael Caine in der Hauptrolle. Es waren die Filmleute, die dem namenlosen Ich-Erzähler einen Namen gaben: Harry Palmer. Er wandert durch alle Romane, tüchtig, selbstkritisch, kein Superman à la James Bond, so auch im letzten Roman des jetzt in Irland lebenden Len Deighton: „SS-GB" („SS-GB"; 1978), ein Titel, der den Übersetzern ausnahmsweise kein Kopfzerbrechen bereitete.

Len Deighton ist es gelungen, dem durch Ian Fleming in Mißkredit geratenen Spionageroman wieder auf die Beine zu helfen. Gleichzeitig mit ihm hatte ein anderer sich der verachteten Spione angenommen: David John Moore Cornwell. Seinen ersten Roman, „Schatten von gestern" („Call for the Dead"; 1961) veröffentlichte er unter dem Pseudonym, das wir besser kennen als seinen richtigen Namen: John Le Carré. Der Dreißigjährige arbeitete damals im britischen Außenministerium, und unter Diplomaten galt es als unseriös, Romane zu schreiben. „Der Spion, der aus der Kälte kam" („The Spy Who Came in from the Cold"; 1963) wurde ein Welterfolg, zu dem die großartige Verfilmung mit Oskar Werner, Richard Burton und Claire Bloom (1963) sicherlich ihr Teil beitrug.

Schauplatz ist das geteilte Deutschland, wie auch in anderen Romanen des Mannes, der in Bern und Oxford Deutsch studierte, Etonschülern Deutsch beibrachte und als Diplomat in Hamburg und Bonn lebte. So wurde die Bundeshauptstadt zum Tummelplatz einer wilden Agentenjagd und zum Titelhelden des Romans „Eine kleine Stadt in Deutschland" („A Small Town in Germany"; 1968).

John Le Carrés Bücher wurden in viele Sprachen übersetzt, einige auch ins Russische. In Moskau fand man offenbar nichts einzuwenden gegen ein KGB, dem ein Engländer ein eindrucksvolles Denkmal setzte in der Gestalt des russischen Agenten „Karla". Er ist der große Gegenspieler von George Smiley, dem nicht mehr jungen, nicht mehr sportlich schlanken, leisen, weisen Anti-Helden in Le Carrés Agentenwelt. „Dame, König, As, Spion" („Tinker, Tailor, Soldier, Spy"; 1974) zeigt Smiley auf der Höhe seines Erfolgs. Er enttarnt einen russischen Spion, der als „Maulwurf" bis an die Spitze des Secret Service vorgedrungen war. In „Eine Art Held" („The Honourable Schoolboy"; 1977) begegnen wir einem Smiley, der sich mit Zweifeln am Sinn seiner Aufgabe plagt. Er bereut nicht den Weg, „the secret road", denn er führte zu Smileys Ziel, dem Dienst an seinem Land. Aber er klagt über die veränderten Zeiten, über den Kampf gegen einen Feind, der nicht mehr klar auszumachen, vielleicht gar kein Feind ist. Die Regeln des Spiels sind undurchschaubar geworden, das rechte Maß zwischen den Extremen ist immer schwerer zu finden. Und Smiley wollte auch als Spion ein faires Spiel.

Der Schauplatz ist diesmal, neben London, der Ferne Osten. Zwei große farbige Karten illustrieren den Roman, mit eingezeichneten Schiffslinien, handschriftlichen Notizen über Meeresströmungen, Ankunfts- und Abfahrtszeiten und diversen aufgedruckten Aktenstempeln – die jüngste Version der schon von Erskine Childers angewandten Methode, einer fiktiven Handlung geographische Wirklichkeit zu verleihen.

In einem Interview wurde John Le Carré 1974 gefragt, warum jemand, der als Schriftsteller ernst genommen werden will, Spionagegeschichten schreibt. Seine Antwort befriedigt nicht ganz, so scheint es mir: „Sie zwingen mir eine Form auf. Ich brauche Ordnung, Ordnung im Chaos. In der Form der Spionagegeschichte kann ich alles sagen, was ich zu sagen habe, was ich sagen will."

Nun gibt es aber genügend andere literarische Gattungen, die dem Schriftsteller eine „Form" abfordern: das Drama, die Kurzgeschichte, das Sonett, oder, in diesem Zusammenhang näherliegend, der klassische Detektivroman. Eher als die „Form" wird wohl die fragwürdige Gestalt des Spions für den Autor der Anreiz zum Schreiben sein, eine Herausforderung, sie auf verschiedenen Schauplätzen, in immer neuen Verwicklungen zu testen auf ihre Tauglichkeit als Romanfigur. Der Agent mit dem Spitznamen „The Honourable Schoolboy" quittiert am Ende einen Dienst, der Unmenschlichkeit verlangt. So wird er „Eine Art Held", wie der deutsche Übersetzer ihn treffend, und mit englischem Understatement, im Titel nennt.

Auch „eine Art Held" ist die zentrale Figur in John Le Carrés bisher letztem Spionageroman, „Das Rußlandhaus" („The Russia House"; 1989). Barley, ein Londoner Verleger, gescheit, liebenswert und nicht immer nüchtern, gerät zwischen die Mahlsteine des britischen und des sowjetischen Geheimdienstes – und in eine Liebesgeschichte, seine eigene. Am Ende spricht er ein leises, aber entschiedenes Nein zu allen Versuchen des Secret Service, ihn mit viel Geld und einigen guten Worten zum Schweigen zu verpflichten. Er will nichts mehr zu tun haben mit der Welt der Spione, dieser „Bastion des ewigen Mißtrauens". In Lissabon, seiner selbstgewählten Verbannung, wartet er auf den fernen Tag, an dem das KGB der Russin Katja die Reise nach Portugal gestatten wird.

Als Graham Greene den Spion Philby verteidigte, hielt ihm John Le Carré entgegen, selbst wenn das Wohl der Menschheit auf dem Spiel stehe, sei es höchst verwerflich, die Menschlichkeit zu opfern und den Tod derer, die einem vertraut haben, in Kauf zu nehmen. In den Politthrillern Brian Freemantles, vor allem in „Hartmanns Dilemma" („The Solitary Man"; 1980), ist die Welt der Geheimdienste eine Bühne geworden, auf der es keine Helden mehr gibt und jeder Sieg unausweichlich in die Niederlage führt.

Wird der Spion in der Literatur weiterleben? Die Möglichkeiten scheinen erschöpft. Die Autoren im nicht-englischen Sprachbereich sind kaum erwähnenswert. Die Franzosen Bruce und Dominique bieten nur einen schwachen Aufguß der alten Themen. Aus Österreich kommt Johannes Mario Simmels „Es muß nicht immer Kaviar sein" (1960), eine heiter-ironische Geschichte mit dem Untertitel: „Die tolldreisten Abenteuer und auserlesenen

Kochrezepte des Geheimagenten Willem Thomas Lieven". Die Kochrezepte sind dem Autor wichtiger; ihnen widmet er ein drei Seiten langes Register am Ende dieses „Spionageromans".

Der bundesdeutsche Beitrag ist betrüblich. Er besteht aus zwei Worten: Jerry Cotton. Seit 1956 arbeitet ein großes Team anonymer Autoren an der spy story made in Germany. Über tausend Folgen der Serie sind bisher erschienen, teils in billigen Heften, teils in Taschenbüchern. Die Auflagenhöhe betrug 1978 schon 250 Millionen. Die Milliardengrenze ist in Sicht. Nicht in Sicht ist die Zukunft eines guten Spionageromans in einer Zeit, wo die Verständigung zwischen den Völkern, die Überwindung nationaler Grenzen vorgebliches Ziel der Politiker ist. Was können da schon die armen Schriftsteller an Neuem bieten, das überzeugt.

30. Seelen mit Abgründen

„Ich finde die öffentlich zur Schau gestellte Leidenschaft für Gerechtigkeit ganz langweilig und künstlich, denn weder das Leben noch die Natur kümmert sich darum, ob Gerechtigkeit herrscht oder nicht." Hier spricht Patricia Highsmith, und ihr Name steht nicht zufällig als erster in einem Kapitel, dessen Gegenstand der sogenannte Psychothriller ist. Das Wort sagt wenig, auch wenn jeder damit seine eigenen Vorstellungen verbindet. Bilder à la Hitchcock tauchen vor den Augen auf: eine dunkle Hand, die sich langsam aus dem Vorhang schiebt, ein modriger Sessel, in dem die Mumie einer alten Frau ins Leere starrt.

Um jedoch eine bestimmte Form des Romans zu umreißen, taugt das Wort wenig. Es benennt den halb gefürchteten, halb ersehnten Schrecken, der die Seele in Schauder und Angst stürzt. „A faint cold fear thrills through my veins" – dieses Zitat aus Shakespeares „Romeo und Julia" setzt der Rowohlt Verlag als Motto in jedes Taschenbuch seiner Krimi-Reihe. Es sind die Worte der Julia, bevor sie zum Gifttrank greift, Ausdruck der hilflosen, kalten Furcht, die durch ihre Adern rinnt, die Angst, wahnsinnig zu werden und Romeo nie wieder zu sehen. Doch gerade solchen Schauder erlebt der Leser nur selten in den Krimis der Reihe; die vom Verlag bevorzugten deutschen Autoren können oder wollen die Seele nicht schaudern machen, auch wenn ihre Bücher als

‚thriller' vorgestellt werden. Für den echten Psychothriller jedoch wären Shakespeares Worte ein gutes Motto, für die Romane einer Margaret Millar, einer Patricia Highsmith, einer Ruth Rendell. In ihnen geht es um mehr als um vordergründige Horroreffekte.

Leichter zu erklären ist, worum es nicht geht: nicht um die Gerechtigkeit, unter deren Banner Privatdetektive, Polizeibeamte und viele Spione Nützliches leisten. Es geht auch nicht um ein Rätselspiel, zu dessen Lösung uns der Autor auffordert. Und doch rechnen wir den Psychothriller eher dem Krimi zu als etwa dem Spionageroman. Geht es hier nicht auch um die Darstellung eines Verbrechens mit den bewährten Mitteln der Spannungstechnik? Selbst diese einfache Frage läßt sich nicht für jeden Roman mit einem eindeutigen Ja beantworten. Nicht immer geschieht ein Mord, oft ist der Schuldige nicht im juristischen Sinn verantwortlich für seine Tat, und häufig hat der in Schuld Verstrickte kein Bewußtsein seiner Schuld.

Für den Psychothriller gibt es keine Regeln. Alles ist erlaubt, fast alles. Nur eines ist tabu: die Wiederherstellung einer heilen Welt. Nie soll sich der Leser mit der Hoffnung trösten können, es werde schon irgendwie zu einem guten Ende kommen. Der Phantasie des Autors sind keine Grenzen gesetzt, und die Auswahl an Themen und Figuren scheint unerschöpflich.

Es ist eine junge, aufblühende Gattung, und allein dadurch unterscheidet sie sich von allen bisher betrachteten Formen des Kriminalromans, auch von der Spionagegeschichte. Die Anfänge liegen in der Zeit nach dem Zweiten Weltkrieg. Eine bis dahin unbekannte, noch nicht dreißigjährige Schriftstellerin schockierte und entzückte 1950 ihre Leser mit der Geschichte eines genialen Mordplans. Mit ihrem Roman „Zwei Fremde im Zug" („Strangers on a Train") wurde die in Texas geborene Patricia Highsmith mit einem Schlag berühmt, das Buch schon ein Jahr später von Hitchcock verfilmt. Auch für die folgenden Romane bevorzugt die Autorin Titel, die in ihrer trügerischen Harmlosigkeit die Schockwirkung der Geschichten noch verstärken, und die Übersetzer taten gut daran, sich an den Wortlaut zu halten. „The Cry of the Owl" (1962) wird „Der Schrei der Eule", „The Glass Cell" (1964) „Die gläserne Zelle", „The Story-Teller" (1965) „Der Geschichtenerzähler". Manchmal wird sogar einfach die englische Version übernommen.

„Der talentierte Mr. Ripley" („The Talented Mr. Ripley") hatte 1955 seinen ersten Auftritt. Tom ist ein reizender junger Mann, dessen Talent darin besteht, Verbrechen zu begehen, ohne sich dabei erwischen zu lassen. Noch drei weitere Male darf er sein Talent unter Beweis stellen: „Ripley Under Ground" („Ripley Under Ground"; 1970), „Ripley's Game" („Ripley's Game"; 1974) und „Der Junge, der Ripley folgte" („The Boy Who Followed Ripley"; 1980).

Der Leser lernt Tom in wechselnden Rollen kennen, als zärtlichen Ehemann der schönen Heloise, als geachteten Schloßherrn in Frankreich, als verständnisvollen Chef der alten Haushälterin. Man kann nicht umhin, ihn gern zu mögen, auch wenn er seine anderen Rollen genauso überzeugend spielt: die des Agenten, des Fälschers, des Betrügers und des Mörders. Hypnotisiert wie das Kaninchen von der Schlange, wird der Leser eingelullt von einer Erzähltechnik, die ihn unweigerlich zur Identifikation mit der Hauptfigur treibt. Denn alles, was geschieht, wird aus der Sicht Tom Ripleys beschrieben. Der Kunstgriff der Autorin, ihren Helden nicht in der Ich-Form erzählen zu lassen, verführt den Leser dazu, als objektive Wahrheit hinzunehmen, was subjektive Gefühle und Vorstellungen eines einzelnen sind.

Die fiktive Welt der Patricia Highsmith ist ein mit deutlichen Strichen gezeichnetes Gegenbild zur Welt des konventionellen Krimis. Kein Detektiv sorgt für den Sieg von Gesetz und Ordnung, kein Rätsel ist zu lösen. Von Anfang an kennt der Leser den Mörder, besser als jede andere Figur. Mit ihm hofft er, daß die Tat ungesühnt bleibt. Die Frage nach der Gerechtigkeit stellt sich nicht; die Autorin hat sie leichthin und wirkungsvoll ausgespart.

Erst nach der Lektüre kommen die Zweifel. In einem Interview erklärte Patricia Highsmith, sie sei „interested in the effect of guilt on my hero". Doch bei genauerem Hinsehen merkt man, wie selten Schuldgefühle ihren „Helden" belasten. Tom Ripley bleibt der heitere, unbeschwerte junge Mann, auch wenn er seinen Freund Dickie Greenleaf umbringt und aus dessen Testament den eingeplanten Nutzen zieht. In einem 1986 in London gedrehten TV-Film wurde die Autorin mit ihrem Liebling konfrontiert. Nachgestellte Szenen aus den vier Ripley-Romanen wechselten mit Interview-Spots. „Ripley ist weder gut noch böse", hörte man Patricia Highsmith sagen, „er ist einfach ungewöhnlich." Wenn

Patricia Highsmith. Photo: Horst Tappe

der Interviewer mit gezielten Fragen nachhakte, wich sie aus. Oder sie stellte fest: „Es gibt keine Entschuldigung für Tom" – ein überraschendes Statement. In ihren Romanen verurteilt sie Tom Ripleys Verbrechen nicht, sondern macht sie verständlich. Sie sei gegen die Todesstrafe, betonte sie, und läßt doch ihren mörderischen Helden ungestraft Todesurteile vollstrecken. „Er ist von seiner Anlage her homosexuell, aber er lebt seine Homosexualität nicht aus" – auch dieser Widerspruch blieb stehen in dem Film-Porträt einer Frau, die scheu und zurückgezogen in einem kleinen

Dorf im Tessin lebt, allein, in der Gesellschaft vieler Katzen. Ihr Roman „Elsies Lebenslust" („Found in the Street"; 1986) wirkt seltsam blaß, trotz der Turbulenzen, die Elsie im Sündenbabel New York hervorruft, bevor sie ermordet wird. Der gefährliche Zauber, der von Tom Ripley ausgeht, wiederholt sich nicht.

Die in Kanada geborene Margaret Millar hatte seit 1941 Krimis veröffentlicht, bevor sie sich, etwa zur gleichen Zeit wie Patricia Highsmith, einer Romanform zuwandte, die ihr mehr Freiheit ließ. Wohl nicht zufällig hatte sie schon in ihren ersten Büchern einen Psychiater die Rolle des Detektivs übernehmen lassen. Mit „Liebe Mutter, es geht mir gut" („Beast in View"; 1955) nahm sie endgültig Abschied von der Welt der Detektive. Wie ein Programm fassen die Titel der nun folgenden Romane zusammen, was sie bewegt: das Gefühl der Bedrohung in „Die Süßholzraspler" („An Air that Kills"; 1957, engl. Titel: „The Soft Talkers"), die Furcht vor dem Tod in „Ein Fremder liegt in meinem Grab" („A Stranger in my Grave"; 1960) und in „Fragt morgen nach mir" („Ask for me Tomorrow"; 1976), das Böse in „Die Feindin" („The Fiend"; 1964).

Der Titel ihres ersten Thrillers heißt, wörtlich übersetzt, „Bestie in Sicht". Er enthält eine Metapher, die oft in Margaret Millars Romanen auftaucht, ein Bild für das Böse schlechthin. „Von hier an wird's gefährlich" ist die etwas farblos geratene Version des englischen „Beyond this Point are Monsters" (1970). In der Krimi-Literatur gibt es, vor allem bei Übersetzungen, viele Titel, die dem Leser rätselhaft bleiben, doch dieser wird im Text erklärt.

Der Roman beginnt nach der Ermordung Roberts, eines liebevollen Ehemannes, eines guten Sohnes, eines tüchtigen Ranchers, den seine Arbeiter schätzen. Die polizeilichen Ermittlungen ergeben ein anderes Bild. Robert hat als Junge seinen Vater getötet, als Mann seine Arbeiter schlecht behandelt und war mitschuldig am Selbstmord seiner Geliebten, einer verheirateten Frau aus der Nachbarschaft. Ermordet wurde er von einem aufgebrachten Gastarbeiter. Doch der Roman endet nicht mit dem Abschluß der Untersuchung.

Es folgen weitere Enthüllungen, von denen die Polizei nichts erfährt. Roberts Mutter gesteht ihrer Schwiegertochter, sie selber habe ihren Mann getötet, ihr Sohn sie nur gedeckt. Es bleibt offen, ob sie die Wahrheit sagt, denn in der abgründigen Liebe zu ihrem

Sohn hat die Mutter unmerklich die Grenze zum Wahnsinn überschritten. In diesem Gespräch findet sich die Erklärung des Titels. Die Worte stehen auf einer mittelalterlichen Weltkarte, die Robert in seinem Zimmer hängen hatte und die die Welt so zeigt, wie man sie sich damals dachte, flach und ringsum von Wasser umgeben. Am Rande der Karte steht, weitere Gebiete seien unbewohnbar, wegen der großen Hitze. An einer anderen Stelle heißt es einfach: „Von hier an wird's gefährlich" – „Beyond this point are monsters". Das Bild des Ungeheuers, des Monsters, wird am Ende noch einmal aufgenommen in dem Geständnis der Mutter: „Wir haben auch unsere Ungeheuer, müssen sie aber mit anderen Worten bezeichnen oder tun, als gäbe es sie nicht."

Um das Ungeheuer im Menschen geht es auch in Margaret Millars Roman „The Fiend", im deutschen Titel nur unzureichend mit „Die Feindin" übersetzt. „Fiend" bedeutet im Englischen die Verkörperung des Bösen schlechthin, den Satan – der ‚altböse Feind', wie Luther ihn nannte. Es ist die Geschichte Charlie Gowans, der als Junge ein kleines Mädchen vergewaltigt und es dabei schwer verletzt hat. Er wurde überführt, kam in psychiatrische Behandlung und mußte lange in einer Nervenklinik leben. Der Leser lernt ihn als Erwachsenen kennen und erfährt erst nach und nach die klinische Vorgeschichte.

Die Handlung setzt ein in dem Augenblick, als Charlie seinen alten Wagen neben einem Kinderspielplatz parkt. Er beobachtet Jessie, neun Jahre alt, und hat Angst um sie wegen ihrer waghalsigen Kletterübungen. Er schreibt deswegen anonyme Briefe an ihre Eltern, in denen er sie ermahnt, besser auf das Kind achtzugeben. Plötzlich ist Jessie verschwunden, eine große Suchaktion beginnt, und Charlie gerät in Mordverdacht.

Das ist nur die äußere Handlung. Bewundernswert ist die Schilderung der Kinder, Jessies und ihrer altklugen Freundin, sind die Dialoge der beiden Mädchen und die entlarvende Darstellung der Erwachsenenwelt mit den vielen Komplexen und einer die Wahrheit verdrängenden Heuchelei. Bewundernswert ist vor allem die Charakterstudie eines Mannes, der in ständiger Angst vor sich selbst lebt, obgleich er weiß, daß er seit jener unbegreiflichen Tat vor langen Jahren nichts Böses mehr getan hat.

Agatha Christie sagte einmal über Margaret Millar mit leisem, sicher nicht ganz unberechtigtem Neid: „Sie ist immer wieder anders." Mrs. Millar beweist das auch mit dem Roman „Banshee, die Todesfee" („Banshee"; 1983). Die Hauptpersonen sind zwei Kinder. Es beginnt wie ein Märchen: „Die Prinzessin hopste, begleitet von ihrem Hofstaat, über den Gartenweg." Die Geschichte der ‚Prinzessin' wird im Mittelteil zu einem Kriminalroman, als das Mädchen verschwindet und die Erwachsenen in Mordverdacht geraten, und erweist sich am Ende als eine glänzende Studie in Kinderpsychologie. Die Freundin der Verschwundenen hatte immer wieder versichert, Annamay lebe noch, und der Leser hofft mit ihr auf das Wiederauftauchen des phantasievollen, liebenswerten Kindes. Doch Annamay ist tot. Sie war nicht das Opfer eines Verbrechens, sondern starb durch einen Unfall, den ihre Freundin mitangesehen und in ihrer Verzweiflung verdrängt hat.

Wie Margaret Millar begann auch Ruth Rendell ihre literarische Laufbahn mit konventionellen Kriminalromanen, bevor sie sich dem Psychothriller zuwandte. Er bedeutet für sie eine neue, nicht abgenutzte Form, nicht aber einen Wechsel der Thematik. Schon in ihrem ersten Krimi, „Alles Liebe vom Tod" („From Doon with Death"; 1964), läßt sie Inspektor Wexford nachdenken über die Grenzen zwischen Normalität und Anomalität. Auch „Das geheime Haus des Todes" („The Secret House of Death"; 1968) ist von der unheilschwangeren Atmosphäre gezeichnet, die ihre späteren Romane prägen. An der Grenze zwischen Krimi und Psychothriller steht die mörderische Geschichte einer Analphabetin, „Urteil in Stein" („A Judgment in Stone"; 1977). Sie beginnt mit dem alles verratenden, alle klassische Tradition verleugnenden Eröffnungssatz: „Eunice Parchment tötete die Familie Coverdale, weil sie nicht lesen und schreiben konnte."

In dem Roman „Die Grausamkeit der Raben" („The Unkindness of Ravens"; 1985) löst Inspektor Wexford zwar den Mordfall, ist aber verwirrt und hilflos gegenüber einer militanten feministischen Vereinigung, die sich an den verhaßten Männern rächen will. Er hat es aufgegeben sich zu fragen, was noch ‚normales' Verhalten ist und wo die Krankheit der Seele beginnt. „Die Masken der Mütter" („The Tree of Hands"; 1984) ist die Geschichte einer Seelenkrankheit. Eine Mutter und ihre Tochter, deren Kind gestorben ist, stehen im Mittelpunkt, doch Masken tragen die beiden Mütter nur in der Phantasie des deutschen

Übersetzers, der Symbol und Alliteration offenbar für wirkungsvoller hielt als eine wörtliche Übersetzung des geheimnisvollen englischen Titels, „Der Baum der Hände".

Die Angst der einen Mutter vor der Einweisung in eine psychiatrische Klinik, die Angst der anderen vor den Wahnvorstellungen der Mutter und vor dem eigenen, nicht mehr vom Verstand geleiteten Tun überlagern eine Geschichte, in der es um kein anderes Verbrechen als eine liebevolle Kindesentführung geht. Das in den Romanen der Ruth Rendell häufig wiederkehrende Thema des beginnenden Wahnsinns erinnert an die Horror-Visionen eines Edgar Allan Poe, dem die Autorin in „Herzsplitter" („Heartstones"; 1987) ein Denkmal setzt. Erzähltechnisch ist diese Mordgeschichte ein Meisterstück von psychologischer Irreführung des Lesers, der den Vermutungen und Verdächtigungen einer jungen Ich-Erzählerin allzu gutwillig glaubt, bis zum schockierenden Ende.

Ein Jahr später, 1988, lernten deutsche Leser die Engländerin Barbara Vine kennen, mit dem Roman „Die im Dunkeln sieht man nicht" („A Dark Adapted Eye"; 1986). Er schildert die Lebensgeschichte der Vera Hillyard, „einer der letzten Frauen, die in England gehenkt wurden", so heißt es im Klappentext. Doch Vera Hillyard ist eine fiktive Gestalt, deren Schicksal von einer ebenso fiktiven Nichte nach fünfunddreißig Jahren wiederaufgerollt wird. Hinter dem neuen Namen verbirgt sich eine alte Bekannte: Ruth Rendell. Im Alter von sechsundfünfzig Jahren beschloß die Bestsellerautorin, ein Pseudonym anzunehmen, mit dem sie offenbar einen Einschnitt in ihrer schriftstellerischen Tätigkeit markieren will. Das ‚Times Literary Supplement' erklärte nach dem Erscheinen des Buches, der an das Markenzeichen ‚Ruth Rendell' gewohnte Leser solle mit dem Namen Barbara Vine darauf aufmerksam gemacht werden, daß er ein etwas anderes Buch in der Hand hält. In der Kritik des Romans heißt es zusammenfassend, er sei „freier, raffinierter, mit mehr Muße geschrieben als ihre früheren Bücher. Ein rundum fesselnder Roman."

Auch der Leser braucht mehr Muße. Die Ereignisse rollen nicht chronologisch vor seinen Augen ab, sondern in ständigem Wechsel zwischen Gegenwart und Vergangenheit. Eingeschobene Briefe, längere Stellungnahmen einzelner Familienmitglieder und vor allem die Erinnerungsbruchstücke der Ich-Erzählerin bewirken eine immer wieder andere Erzählhaltung. Schwierigkeiten hat der Leser auch mit der zahlreichen Verwandtschaft der erzählenden Nichte: Eltern, Schwestern, Halbschwestern, Onkel, Tanten, Halbtanten. Lange wird er im unklaren gelassen, für welchen Mord Vera Hillyard nun eigentlich gehenkt wurde. Als er endlich erleichtert aufatmet, weil er das Muster des kunstvollen Gewebes erkennt, den Tatablauf und das Motiv der Mörderin, erfährt er auf der letzten Seite, daß alles eigentlich ganz anders war – eine eher verwirrende Erkenntnis.

Der Roman der Barbara Vine markiert nicht wirklich einen Einschnitt im schriftstellerischen Werk der Ruth Rendell. Zwei Jahre später kehrt sie wieder zurück zu Chief Inspector Wexford, mit einem dem Aufbau nach klassischen Krimi: „Die Verschleierte" („The Veiled One"; 1988). Doch das eigentliche Thema des Romans rückt ihn in die Nähe des Psychothrillers. Im Mittelpunkt stehen drei der Figuren, die Ruth Rendell „meine lieben Psychopathen" genannt hat: der Hauptverdächtige, ein psychisch labiler junger Mann – die Mörderin, seine von neurotischen Zwangsvorstellungen beherrschte Mutter – und Wexfords rechte Hand, Inspector Burden, der im Lauf seiner fanatischen Jagd nach dem Mörder selbst ein Fall für den Psychiater wird. Die Atmosphäre ist düster und bedrückend, denn weite Strecken des Geschehens werden aus der Perspektive Michael Burdens beschrieben, der von Tag zu Tag tiefer in neurotische Wahnvorstellungen gleitet.

Mit Patricia Highsmith, Margaret Millar und Ruth Rendell wurden die erfolgreichsten Vertreterinnen des Psychothrillers vorgestellt. Zur farbigen Vielfalt der neuen Gattung haben auch andere beigetragen. Mehrere Romane der Engländerin P. D. James sind in der genauen Schilderung von Seelenzuständen und Seelenkrankheiten eher in die Gruppe der Psychothriller einzuordnen als in die des Kriminalromans. Das gilt vor allem für „Innocent Blood" (1980; deutscher Titel: „Ihres Vaters Haus"), die Geschichte eines jungen Mädchens, das, von wohlhabenden Eltern adoptiert, herausfinden will, wer sie ist. Sie erfährt es. Philippa ist die Tochter einer zu lebenslangem Zuchthaus verurteilten Mörderin. Wie sie mit diesem Wissen fertig wird, wie sie sich von ihren Adoptiveltern löst, die Mutter im Gefängnis besucht und mit ihr, nach der vorzeitigen Entlassung, glücklich zusammenlebt, ist so überzeugend geschildert, daß der mitfühlende Leser die blutige Wahrheit des Romanschlusses kaum erträgt.

Anders als die bisher genannten Autorinnen legte sich die Engländerin Celia Fremlin gleich mit ihrem ersten Roman, „Die Stunde vor Morgengrauen" („The Hours Before Dawn"; 1958), auf die Gattung des psychologischen Thrillers fest. Kühl, fast erbarmungslos, beschreibt sie kleine alltägliche Familienszenen – ein Nacht für Nacht schreiendes Baby, eine überforderte junge Hausfrau, eine Tochter, die sich verlobt – eine Welt, in die leise und unaufhaltsam das Grauen dringt, die Angst vor dem, was Menschen zu Unmenschen macht.

Die in Amerika geborene Joan Aiken siedelt ihre Geschichten im ländlich idyllischen England an als Kontrast-Tatort für Alpträume, die in Tod und Verzweiflung enden. Sie schreibt gut, ohne Sentimentalität, doch schon ihr erster Roman, „Ärger mit Produkt X" („Beware of the Bouquet"; 1966), leidet an einer Fülle sich überstürzender Ereignisse, die an die Schauerromantik der ‚Gothic Novels' des 18. Jahrhunderts erinnern. Der Durchbruch kam mit dem Thriller „Die Kristallkrähe" („The Crystal Crow"; 1967), als die Kritiker sie mit Patricia Highsmith und Margaret Millar verglichen. Das Lob scheint mir etwas hoch gegriffen. Die Erwartungen, die hier mit dem Namen Aiken verknüpft wurden, haben sicherlich damit zu tun, daß Joan, die schon mit fünf Jahren Gedichte und Schauergeschichten schrieb, die Tochter eines großen Vaters ist, des amerikanischen Schriftstellers Conrad Aiken.

Der einzige mir bekannte Psychothriller, in dem ein Gespenst auftritt, ist Guy Cullingfords Roman „Post Mortem" („Post Mortem"; 1953). Er ist in der Ich-Form geschrieben, und das Ich ist das Gespenst. Unsichtbar kann es durch Wände und geschlossene Türen spazieren, ungestört Gespräche belauschen und die Zimmer durchstöbern. Diese Aktivitäten sind notwendig, denn es geht ihm um die Aufklärung eines Mordes. Der erste Satz des Romans klingt sachlich und unverfänglich: „Ich bin ein Schriftsteller." Ebenso sachlich schildert der Ich-Erzähler im folgenden seine Besorgnis, von einem Mitglied seiner Familie umgebracht zu werden. Bald schon geschieht, was er erwartet, und er beschreibt – ein Schock für den ahnungslosen Leser – seinen eigenen Tod. Nun erst beginnt die eigentliche, die Krimi-Handlung, aus der Sicht des Gespensts, das der Schriftsteller nunmehr ist. Glücklicherweise kann er auch als Geist schreiben und seine begonnenen Aufzeichnungen fortsetzen.

Bewundernswert an dieser phantastischen Tour-de-force sind nicht nur die Idee, der geistreich-zynische Stil und die verrückten Situationen, bewundernswert ist vor allem der überraschende Schluß, der auch solche Leser befriedigt, die sich nicht mit der Existenz von Gespenstern abfinden mögen.

Hinter dem Pseudonym Guy Cullingford verbirgt sich nicht etwa ein Mann, sondern die Engländerin Constance Lindsay Taylor. Man weiß nicht viel von ihr, außer daß sie 1907 geboren wurde und seit 1952 eine Reihe von Kriminalromanen veröffentlichte. Noch in der deutschen Ausgabe von „Post Mortem", 1977, erlaubte sie dem Verlag nicht, das Inkognito zu lüften. Vorgestellt wird sie im Klappentext als „eine anonyme Thriller-Lady".

Es ist Zeit, daran zu erinnern, daß alle in diesem Kapitel genannten Romane von „Thriller-Ladies" geschrieben wurden. Seit dem Anfang der Kriminalliteratur am Ende des 19. Jahrhunderts haben Frauen eine große Rolle gespielt. Ohne sie wäre die Krimi-Landschaft grauer und eintöniger. Eine schlüssige Erklärung für die Vorherrschaft der Frauen auf diesem Feld gibt es nicht. Auffällig ist allenfalls, daß fast alle Vertreter von Spionageromanen und harten Krimis im amerikanischen Stil Männer sind. Die naheliegende Erklärung, Frauen bevorzugten den beschaulichen Mord, ‚the cozy murder' nach dem Vorbild einer Agatha Christie, wird durch die Vorliebe für den auf eine andere Weise harten Psychothriller widerlegt, der so gar nicht ‚gemütlich' ist.

Neue Thriller-Ladies werden die Abgründe der menschlichen Seele beschreiben. Die Amerikanerin Anne D. LeClaire hat mit ihrem Erstling „Herr, leite mich in Deiner Gerechtigkeit" („Land's End"; 1985) einen Roman veröffentlicht, der auf weitere Psychothriller aus ihrer Feder hoffen läßt. Auf Land's End, einer kleinen Insel nahe der amerikanischen Ostküste, leben die wenigen Bewohner in einer selbstgewählten Enklave, fern von Kultur und Zivilisation. Sie halten an ihren jahrhundertealten Traditionen und Gesetzen fest, gegen die das alttestamentarische ‚Auge um Auge, Zahn um Zahn' eine milde Form der Bestrafung ist. Hier erklingt ein neuer Ton für Leser, die bisher nur die kleinstädtische Durchschnittsfamilie als Brutstätte für Krankheiten der Seele kennenlernten.

Erwähnt werden sollte noch eine andere Schauergeschichte, die Geschichte um ein altes englisches Schloß mit dem unvergeßlichen Namen Manderley, erzählt in der Ich-Form von einer Frau, die keinen Namen hat. Einen Namen hat nur die Tote, die das Schloß und das Schicksal der Lebenden beherrscht: Rebecca. Er steht auf dem Titelblatt des Romans, den Daphne du Maurier 1938 veröffentlichte, der zwei Jahre später von Alfred Hitchcock verfilmt und in einundzwanzig Sprachen übersetzt wurde.

Es hätte nahegelegen, die Geschichte des Psychothrillers mit „Rebecca" zu beginnen. Die Geschichte eines Mordfalles, erzählt von der einzig Unbeteiligten, der einzigen Nicht-Eingeweihten, ist für viele, vor allem für Filmliebhaber, der Inbegriff des „Psycho". Doch der Leser erlebt den ersten Psycho-Thrill erst auf Seite 211; bis zu diesem Punkt ist der Roman eher eine moderne Version des Märchens vom armen Aschenputtel, das den reichen Prinzen heiratet. Die Geschichten der heutigen Thriller-Ladies sind anders konstruiert. Der erste Schock läßt nicht lange auf sich warten, und weitere Stromstöße folgen in immer kürzeren Abständen. Dem Leser wird keine Atempause gegönnt, bis ihn die letzte Katastrophe wieder in sein eigenes Leben entläßt.

Kein Requiem auf den Kriminalroman

Der Krimi wird auch in Zukunft leben, blühen und gedeihen. Selbst die Verächter der Gattung finden keine Anzeichen für den Beginn einer lebensbedrohenden Krankheit. Im Frühjahr 1988 schrieb das Börsenblatt des deutschen Buchhandels unter der Überschrift „Der Krimi im Aufwind" Merkenswertes: „Kein anderes Literaturgenre hat so viele Bücher, Filme, Hörspiele und Fernsehserien hervorgebracht wie die Kriminalliteratur. Kein anderes ist weltweit mehr verbreitet. Selbst in real-sozialistischen Staaten, wo ja nach marxistischer Lehre weder Kriminalität noch ein sich damit auseinandersetzendes Literaturgenre erfolgreich existieren dürfte, erfreut sich der Krimi wachsender Beliebtheit. Es scheint, wie Apologeten der Gattung schon lange behaupten, tatsächlich so zu sein: Die Kriminalliteratur ist die wichtigste Literatur dieses Jahrhunderts. "

Die Meinungen gehen auseinander, wenn es gilt, die Gründe für das blühende Leben des Kriminalromans zu diagnostizieren. Der streßgeplagte Mensch, meinen die einen, brauche ihn mehr denn je als harmlosen Tranquilizer. Andere tadeln ihn als Fluchtweg zu trügerischen Abenteuern – der Krimi als ‚escape literature'. Entschlossene Verteidiger der Gattung halten dagegen, der fiktive Mord könne helfen, Aggressionen abzubauen, und eine Art Seelenreinigung bewirken – der Krimi als moralische Anstalt, die den Schüler geläutert ins Leben entläßt.

Das alles ist nicht ganz falsch, aber auch nicht ganz richtig. Und die Wahrheit liegt auch nicht in der sprichwörtlichen Mitte. Der Kriminalroman ist wie alle Literatur ein Spiegel der Zeit, in der er entstand und in der er weiterlebt. In diesen Zusammenhang stellt ihn die deutsche „Zeitschrift für Literatur, Kunst und Kritik", „die horen", in den zwei Bänden, die sie 1987 der Gattung widmete („Aspekte der Kriminalliteratur"). Im selben Jahr besann sich auch der „Merkur", die „Deutsche Zeitschrift für europäisches Denken", auf die literarische Bedeutung des Kriminalromans. Das Resultat der kritischen Betrachtung ist erstaunlich: Die sogenannte postmoderne Literatur bevorzuge, heißt es dort, die Form des Kriminalromans, als Reaktion auf die allzu neuerungssüchtige Avantgarde. Ecos „Der Name der Rose" dient als Ausgangspunkt der Überlegungen, an deren Ende der Verfasser so weit gelangt ist, dem Krimi „aufklärerischen Charakter" zuzuschreiben.

Der Kriminalroman ist nicht nur ein Spiegel seiner Zeit, er ist auch ein Spiegel des Landes, in dem der Autor zu Hause ist. Edmund Crispin läßt seinen detektivischen Professor Fen einmal feststellen, daß der Kriminalroman „als einzige Literaturform die Tradition des englischen Romans hochhalte". Die Ungebrochenheit einer großen Erzähltradition ist zweifellos einer der Gründe, weshalb die klassische Detektivgeschichte in England bis heute lebendig geblieben ist. Ein Beweis sind die in den letzten Jahren erschienenen Krimis der Engländerin S. T. Haymon, „Ritualmord" („Ritual Murder"; 1982) und „Blaues Blut" („Stately Homicide"; 1984), in denen Kriminalinspektor Jury nach klassischer Manier dem Täter auf der Spur ist.

Ein anderer Grund für Englands Vorherrschaft liegt in nicht-literarischen Traditionen. Die alten Erziehungsideale der Public Schools mit dem Gebot des sportlichen Fair play und ein tiefverwurzeltes Klassenbewußtsein bildeten die Voraussetzung für jene Spielregeln, nach denen der Mörder der gleichen Gesellschaftsschicht angehören mußte wie sein Opfer und Dienstboten nicht einmal als Verdächtige herhalten durften.

Andere Länder haben andere Kriminalromane. Daß die ‚hard-boiled-school' in den Vereinigten Staaten begründet wurde, ist nicht verwunderlich in einem Land, wo die wachsende Kriminalität, die Bestechlichkeit der Polizei und die Macht der Mafia den Einsatz harter Männer erfordern. Frankreichs neuere Kriminalschriftsteller zeichnen sich aus durch feingesponnene Plots, in denen Liebe und Leidenschaft, das ‚crime passionnel', nicht zu kurz kommen. In finnischen Krimis geht es ruhiger und weniger leidenschaftlich zu. Mika Waltari schrieb mehrere Kriminalromane; berühmt machte ihn der eine, mit dem detektivisch fragenden Titel: „Warum haben Sie Frau Kroll ermordet?" („Kuka murhasi rouva Skrofin?"; 1943), der in seinem klaren, eindringlichen Stil an Knut Hamsun erinnert.

Alle Verallgemeinerungen sind leichtsinnig und fast immer gefährlich. Und doch fallen in der Kriminalliteratur eines jeden

Landes charakteristische Züge ins Auge, die sie von anderen Ländern unterscheiden. Man könnte das Personal einer Agatha Christie nicht in einem japanischen Dorf ansiedeln und Matsumotos Bahnhöfe nicht nach England verlegen. Je weiter sich der Betrachter von seinem eigenen Standort entfernt, um so deutlicher fallen die Unterschiede ins Auge.

„Die merkwürdigen Kriminalfälle des Richters Di" werden in der deutschen Ausgabe von 1987 vorgestellt als „Detektivroman um einen altchinesischen Sherlock Holmes". Der Vergleich ist irreführend. Schon viele Jahrhunderte vor Conan Doyle gab es in China Geschichten um Meisterdetektive, aus denen sich später der eigentliche Detektivroman entwickelte. Hier geht es ganz anders zu als bei Sherlock Holmes' Abenteuern. Der holländische Sinologe van Gulik, der die „merkwürdigen Kriminalfälle" übersetzt hat, beschreibt in einem Nachwort die Unterschiede und begründet sie mit dem chinesischen Volkscharakter. Fast immer wird der Täter gleich am Anfang vorgestellt, mit Namen, Verbrechen und einer Beschreibung seines Lebens vor der Tat. Zum reichhaltigen Personal der Geschichten gehören auch Kobolde und Geister, Tiere und Gebrauchsgegenstände, die vor Gericht als Zeugen aussagen. Nie wird ausgespart, was nach der Verurteilung mit dem Verbrecher geschieht: die Hinrichtung, detailliert geschildert, und die zweite Verurteilung vor der höchsten Instanz, dem Richter in der Hölle.

Die Geschichten um den Richter Di wurden am Ende des 18. Jahrhunderts aufgezeichnet. In der Volksrepublik China war der Kriminalroman lange Jahre unerwünscht, doch ein Wandel scheint sich anzubahnen. Den deutschen Zeitungsleser erreichte 1988 die erstaunliche Nachricht, daß sechsunddreißig Folgen der ‚Derrick'-Serie vom chinesischen Fernsehen gekauft wurden. Auch in der UdSSR und den anderen Staaten des ehemaligen Ostblocks wurde der Kriminalroman schon vor der historischen Wende geduldet, wenn er die Schwächen einer dekadenten Bourgeoisie bloßstellte. Im Mittelpunkt steht nicht mehr, wie in den alten russischen Erzählungen in der Nachfolge E. A. Poes, ein einzelner Held, sondern ein Kollektiv, das am Ende dem Guten zum Sieg verhilft.

Leichter zugänglich und daher auch besser überprüfbar sind für uns Kriminalromane aus der DDR. Im östlichen Teil Deutschlands waren sie schon lange nicht mehr verpönt, und einige wurden sogar im Westen veröffentlicht. Vor mir liegen zwei Taschenbücher von DDR-Autoren, das eine in Hamburg, das andere in Frankfurt a. M. erschienen: „Ich bitte nicht um Verzeihung" (1986) von Barbara Neuhaus und „Tatort Teufelsauge" (1988) von Jan Flieger. Beide Krimis waren zwei Jahre vorher ‚drüben' veröffentlicht worden, und der bundesdeutsche Leser vergaß bei der Lektüre keinen Augenblick, daß er sich in einem fremden Land befand, fremder als die Straßen von San Francisco. Es sind nicht die offenbar unvermeidlichen Abkürzungen, die ihn stören; er liest weg über VEB und ABV und HGL, stolpert nur kurz über Gespreiztes wie „die Erfüllung unserer Kennziffer für Sekundärrohstoffe" – und fühlt sich doch vage unbehaglich.

Barbara Neuhaus erzählt die Geschichte einer noch jungen Frau, die wegen Taschendiebstahls zu achtzehn Monaten Gefängnis verurteilt worden ist. Die Handlung setzt ein mit der Verhaftung und endet mit der Verbüßung der Strafe. Es ist ein Fall, wie er in jedem Lehrbuch der Psychologie stehen könnte. Beunruhigend ist die Moral von der Geschichte. Erst im Gefängnis findet die unselbständige, nicht sonderlich kluge Frau zu sich selbst, erkennt die Gründe für all das, was sie bisher in ihrem Leben falsch gemacht hat. Zellengenossinnen und die Strafaufsichtsbeamtin wirken als Helfer bei dem Prozeß des Zu-sich-selbst-Findens. So kann sie dem Staatsanwalt sagen, daß es „in Ordnung" ist, „daß ich so eine lange Strafe gekriegt habe. Nämlich das Nachdenken fällt mir schwer. Und hier habe ich Zeit dazu."

Jan Fliegers Kommissar Kellermann wird im Klappentext vorgestellt als „der sehr menschliche Held dieser an klassischen Vorbildern orientierten Detektivgeschichte aus der DDR, die ganz nebenbei ein unspektakuläres Bild vom Alltag im anderen Deutschland vermittelt". Unspektakulär sind vor allem Stil und Handlung des kümmerlichsten Krimis, den ich je gelesen habe. Jan Fliegers Wortschatz ist begrenzt, die Erzählhaltung betont sachlich-karg. Die gerühmte Menschlichkeit des Kommissars erschöpft sich in dem Versuch, sich in die Seele des Mörders hineinzuversetzen. „Unendlich schwer lebte es sich mit einem Mord auf dem Gewissen" – so läßt der Autor seinen Helden sinnieren, in einem grammatikalisch nicht ganz geglückten inneren Monolog.

Barbara Neuhaus dagegen beherrscht alle gängigen Erzähltechniken, die wechselnde Perspektive, Rückblenden, den inneren

Monolog und einen lebendigen Dialog. Sie erzählt ihre Geschichte eindringlich, ohne Pathos – und ahnte dabei wohl nicht, wie sehr ihre Leser im Westen ein Land befremden mußte, in dem die Welt selbst noch hinter Gefängnisgittern in Ordnung ist.

Die Krimi-Autoren in der DDR hielten sich an die Spielregeln, die der Staat, nicht ein freundlicher ‚Detection Club' festgelegt hatte. Trotz der steigenden Auflagenzahlen und durchweg sehr guter Honorare mußten die Schreibtischmörder im anderen Teil Deutschlands ihre Phantasie straff am Zügel führen. Tabu war jede Kritik am Staat und seinen Organen. Die fiktiven Polizisten durften zwar gelegentlich kleine menschliche Schwächen und Sorgen haben, aber im Grunde waren sie alle rechtschaffen, pflichtbewußt und unbestechlich, kurz, bewundernswert gute Menschen. Der Täter mußte natürlich böse sein, aber es war erlaubt, ihn psychologisch zu sezieren. Schließlich sollte der Leser die Triebfeder der finsteren Machenschaften erkennen können. Tabu war auch ein in westlichen Krimis beliebtes Motiv. Der Täter durfte am Ende nicht als ein Opfer der Verhältnisse, seiner sozialen Umwelt dastehen.

Selbst Randfiguren mußten, wenn sie höhere Funktionen bekleideten, eine weiße Weste vorzeigen können. Daß die Tabus nicht berührt wurden, dafür sorgten die Lektoren und die Redakteure der Verlage. Früher mußten die Autoren ihre Romane bei der Abteilung Öffentlichkeitsarbeit des Innenministeriums vorlegen. Nachdem die Kontrolle den Verlagen übertragen worden war, herrschte nicht unbedingt mehr Freiheit. Die Lektoren waren oft ängstlicher und unsicherer als die ihrer Machtmittel sicheren staatlichen Zensoren.

Schon vor Ende des Jahres 1989 hatten sich DDR-Autoren relativ offen über ihre Schwierigkeiten beim Schreiben von Krimis geäußert. Es geschah im Juni 1989 bei der ersten deutsch-deutschen ‚Criminale' in West-Berlin. Acht DDR-Autoren nahmen an dem Kolloquium teil, darunter die Ost-Berlinerin Ingeborg Siebenstädt, die ihre Krimis unter dem Pseudonym Tom Wittgen veröffentlicht. Die Teilnehmer aus der Bundesrepublik benutzten bei ihren Werkstattgesprächen mit den Kollegen aus der DDR vorsichtig Vokabeln wie konservativ oder kritisch, hüteten sich aber, aus gutem Grund, die literarischen Qualitäten eines DDR-Krimis unter die Lupe zu nehmen. In den vorgetragenen Texten gab es viele Klischees, gespreizte Wendungen in befremdlicher Nachbarschaft zu saloppen Ausdrücken der Umgangssprache.

„Im Plenum waren die Westautoren immer sehr lieb zu ihren östlichen Kollegen", schrieb einer, der dabei war, „nur im privaten Gespräch an der Bar räumte ein Schriftsteller (West) schon einmal ein, daß es für diese Art des Schreibens (Ost) bei uns nach menschlichem Ermessen keinen Markt geben kann, es sei denn der Markt der Heile-Welt-Literatur".

Nun geht es bei uns Westlern im Krimi auch ganz besonders kritisch zu. In seinem Vorwort zu einer „Bibliographie der Kriminalliteratur" (1985) spricht Friedhelm Werremeier, selber ein Krimi-Autor, von den Schwierigkeiten, die einzelnen Unterarten der Gattung gegeneinander abzugrenzen. Er zählt einige Begriffe aus dem verwirrend reichen Wortschatz auf: den „Detective-, Police-, Action-, Psycho-, Historic- und neuerdings den albernsten von allen, den Sozio-Krimi allerdeutschester Prägung".

In einem Land, dessen Bewohner sich selber den Ehrentitel ‚Volk der Dichter und Denker' verliehen, ist die Meinung weit verbreitet, gute Literatur müsse ernsthaft sein. Das heißt, sie soll den Leser aufklären über die Welt, in der er lebt, und sie soll ihn erziehen und weiterbilden, indem sie Stoff zu kritischem Nachdenken bietet. Die anrüchige Gattung des Kriminalromans bedarf, so scheinen einige Autoren zu glauben, der Aufwertung durch ernsthafte Themen. Da gibt es Krimis über Umweltverschmutzung als Folge wirtschaftlicher Interessen (J. Arjouni: „Mehr Bier"; L. Thews: „Störung der Totenruhe"), über die unheilvolle Macht großer Unternehmer und Versicherungsgesellschaften (Klugmann/ Mathews: „Ein Kommissar für alle Fälle" und „Die Schädiger"; Georg G. Kristan: „Fehltritt im Siebengebirge"), die Drogenszene (L. Thews: „Wer nicht träumt, ist tot"; Felix Huby: „Bienzles Mann im Untergrund"; Uwe Erichsen: „Höhenrausch"), Ausländerfeindlichkeit (J. Arjouni: „Happy Birthday Türke!"; -ky: „Feuer für den großen Drachen") und Krimis über den Parteienfilz in Stadt und Land (H. Bieber: „Jede Wahl hat ihren Preis"; -ky: „Älteres Ehepaar jagt Oberregierungsrat K."). Alle diese sozialkritischen Krimis – von denen nur ein paar Beispiele genannt werden konnten – erschienen in den Jahren zwischen 1984 und 1987.

Deutschland kann nicht, wie andere Länder, auf eine Tradition des Kriminalromans zurückblicken. Das liegt nicht an der Unterdrückung der Gattung durch die nationalsozialistischen Macht-haber; auch vor 1933 gab es keine nennenswerten Krimi-Autoren. Es muß an der Neigung der Deutschen liegen, die Welt verbessern zu wollen, und das ist im Kriminalroman, wie überhaupt, schwer. In einer Kurzbiographie des Rowohlt Verlages heißt es über den Autor -ky, daß er „die Leichen nicht zur gefälligen Abendunter-haltung liefert, sondern mit ihnen ausdrücklich aufklärerische Absichten verbindet". Hansjörg Martin betonte in einem Fernseh-interview 1987, daß seine Kriminalromane seine Einstellung zu Demokratie, Militarismus und gesellschaftlichen Themen reflek-tieren; „im leicht lesbaren Krimi-Text kann ich meine Botschaft überkommen lassen, ohne erhobenen Zeigefinger".

Der Liste leichtfertiger Verallgemeinerungen über Krimi-Cha-rakter und Nationalcharakter läßt sich manches entgegenhalten. Schon erwähnt wurde die überraschende Tatsache, daß der jüngste Nachfahre Philip Marlowes ein Türke ist. Für weitere Überra-schung sorgte die Amerikanerin Martha Grimes, Professorin am Montgomery College in Maryland. Der Held ihrer Kriminal-romane ist Chief Inspector Richard Jury von Scotland Yard, der vor wenigen Jahren als „The Man with a Load of Mischief" (1981; deutsch: „Inspektor Jury schläft außer Haus") sein Debüt gab. Unterstützt von seinem geistreichen Freund Melrose Plant hat er inzwischen schon eine Reihe von Fällen erfolgreich gelöst. Sein bisher letzter Fall, „I am the only Running Footman" (1986), beweist wie die vorigen, daß die klassische Detektivgeschichte nicht nur in England weiterlebt. Den umgekehrten Weg ging der Engländer James Hadley Chase, der seine Krimis in den U.S.A. ansiedelte, obgleich er die Staaten nur aus zweiter Hand kannte, aus Büchern und Landkarten. Die Sprache der ‚tough guys' lernte er aus Slang-Lexika und wurde so zu einem ‚typischen' Vertreter der amerikanischen ‚hard-boiled-school'.

Auch der jüngste Krimi nach klassischem Muster kommt nicht aus England, obgleich der Titel wie eine Übersetzung aus dem Englischen klingt: „Mrs. Chivers Tod" (1988). Auch er paßt nicht in die Klischeevorstellung landestypischer Eigenarten. Autorin ist Prof. Dr. Elisabeth Müller-Luckmann, mehrere Jahre Präsidentin der deutschen Gesellschaft für Sexualforschung und Gutachterin in großen Mordprozessen, zuletzt im Fall Weimar. Es ist eine traditionelle ‚detective story' mit einem Kommissar, der rückschauend seine Ermittlungen nach dem Mord an einer englischen Touristin schildert. Er schreibt, als Ruheständler, zum Zeitvertreib und zu seinem eigenen Vergnügen. Auch die Autorin schrieb ihre Geschichte, wie sie in einem Interview sagte, zum Zeitvertreib, während eines Urlaubs. Der Klappentext des Buches verkündet: „Die englischen ‚Ladies of Crime' haben hier erstmals eine ernsthafte Konkurrenz bekommen." Das ist eine Übertreibung.

Aus Dänemark kommen Krimis zu uns, die wenig an das Land erinnern, das wir aus Ferienreisen kennen – seine ruhigen Menschen, die friedliche Landschaft mit freundlichen Kühen. Paul Ørum, der bekannteste dänische Kriminalschriftsteller, zeigt sich in seinen Krimis als engagierter Gesellschaftskritiker. Die düsteren Titel („Die letzte Flucht", 1955; „Der Schatten neben dir", 1959; „Nach Einbruch der Dunkelheit", 1970) bereiten den Leser nur ungenügend vor auf die Schrecken einer ungewöhnlich harten Kombination von ‚sex and crime'.

In der friedliebenden Schweiz entstanden drei aufrührerische Kriminalromane, Friedrich Dürrenmatts „Der Richter und sein Henker", „Der Verdacht" und „Das Versprechen", geschrieben in den fünfziger Jahren. Sie sind in die Literaturgeschichte eingegangen als eher skurriler Seitensprung eines großen Dramatikers, als „Brotarbeit" begründet, als „Anti-Krimis" oder „Parodie des Kriminalromans" in das dichterische Gesamtwerk eingeordnet.

Ein solches Urteil kann nur ein Literaturkritiker fällen, der als einzigen Maßstab die klassische ‚detective story' kennt. In die breitgefächerten Spielarten der Gattung fügen sich Dürrenmatts Geschichten um den Kommissär Bärlach ebensogut ein wie „Das Versprechen" mit Kommissär Matthäi als zentraler Figur. Ungewöhnliche Polizeibeamte mit unkonventionellen Methoden gibt es nicht erst seit Kommissar Maigrets Erscheinen. Auch das Scheitern einer Untersuchung ist kein neues Krimi-Thema.

Außergewöhnlich, geradezu umstürzlerisch sind die Motive für Bärlachs Vorgehen. Einen Polizisten, den er des Mordes an einem Kollegen überführt hat, ohne seine Erkenntnis jemandem mitzuteilen, benutzt er als Werkzeug für einen zweiten Mord, an einem, wie es im Text heißt, „Teufel in Menschengestalt". Er wird zum Henker eines Mörders, der sich die Rolle des Richters angemaßt hatte. „Der Verdacht" zeigt einen Kommissär Bärlach, der sich freiwillig in die Hände eines anderen Teufels in Menschengestalt begibt, eines ehemaligen KZ-Arztes, um Beweise für seinen Verdacht zu finden.

Dürrenmatt legt dem Leser kein Puzzlespiel vor, da gibt es keinen Detektiv, der kühl und unbeteiligt nach Indizien sucht. Auch in seiner dritten Geschichte, „Das Versprechen", steht nicht die Suche nach Indizien im Mittelpunkt, sondern das leidenschaftliche Engagement des Kommissär Matthäi. Am Anfang seiner Ermittlungen um einen Kindsmord hat er der Mutter des Opfers „bei seiner Seligkeit" versprochen, den Täter zu überführen. Anders als im Film („Es geschah am hellichten Tag"), zu dem Dürrenmatt das Drehbuch schrieb, mißlingt der Plan des Kommissärs, den Täter in eine Falle zu locken. Die Suche nach ihm wird zum alles andere verdrängenden Motiv in Matthäis Leben. Er quittiert den Dienst, als der Fall ungelöst ad acta gelegt wird. Allein, als Privatmann, sucht er fanatisch weiter, verfällt dem Alkohol und kann keine Genugtuung fühlen, als er endlich den Mörder des Kindes findet, tot. Es ist kein Zufall, daß das Buch einen anderen Titel trägt als der Film, das Buch mit dem Untertitel „Requiem auf den Kriminalroman".

Die Frage nach der Gerechtigkeit ist das beherrschende Thema im Werk Friedrich Dürrenmatts, und seine Antwort ist in den drei Kriminalromanen die gleiche wie in seinem berühmtesten Drama, „Der Besuch der alten Dame". Er beschreibt Menschen, die als Ankläger in eigener Sache auftreten, sich selber zum Richter machen und den Schuldigen bestrafen. Immer geschieht eine schreckliche Gerechtigkeit, deren Schrecken in der Erkenntnis liegt, daß es sie nicht gibt.

Dreißig Jahre später schrieb Dürrenmatt seinen Roman „Justiz" (1985) – auch eine Mordgeschichte, in deren Mittelpunkt die Frage nach der Gerechtigkeit steht. Gleich am Anfang konstatiert der Ich-Erzähler nüchtern: „Die Gerechtigkeit läßt sich nur noch durch ein Verbrechen wiederherstellen." So beginnt eine erdrückende, verwirrende und merkwürdig geheimnislose Geschichte. Vielleicht ist es das Übermaß an makabren Szenen und zwiespältigen Figuren, das reichhaltige Angebot verschiedener Mordmotive, die sich gegenseitig immer wieder aufheben, das den Leser schließlich in eine gewisse Teilnahmslosigkeit fallen läßt. Die Enthüllung des letzten, des wahren Motivs überrascht, aber verwirrt auch – nun müßte man das ganze Buch noch einmal lesen.

„Justiz" ist kein Kriminalroman – natürlich nicht, möchte man hinzufügen. Hier kann es nicht darum gehen, was diese Mordgeschichte ‚mehr' bietet, sondern was ihr fehlt. Es ist das Geheimnis und die Erwartung seiner schließlichen Lösung, die den Reiz und die Spannung eines jeden Krimis ausmachen, ganz gleich, zu welcher Art er gehört. Auch der Roman des Österreichers Heimito von Doderer, „Ein Mord den jeder begeht" (1938), ist kein Krimi, und doch rückt das Geheimnis um einen unaufgeklärten Mord immer deutlicher in den Mittelpunkt einer Geschichte, die als Entwicklungsroman angelegt ist. Conrad Castiletz muß am Ende seines kurzen Lebens erfahren, daß der Mörder, den er so lange gesucht hat, er selber ist. Während seiner ganz privaten und heimlichen Ermittlungen ist er ein anderer geworden, ein Mann, der sich selbst erkennt. Während er sich anfangs spöttisch einen laienhaften Nachfolger Sherlock Holmes' nennt, sieht er mit wachsendem Ernst den eingeschlagenen Weg als den Weg zu sich selbst. Er ist nun fähig, die Verantwortung zu tragen für einen dummen Streich, den er als Fünfzehnjähriger mitgemacht hat. Daß er am Tag der Erkenntnis durch einen Unfall getötet wird, erscheint nicht als Strafe für die alte Schuld. Er stirbt im Augenblick, als er den höchsten Punkt seiner Entwicklung erreicht hat. Heimito von Doderers Roman ist also ein echter Entwicklungsroman – und liest sich doch wie ein Krimi, denn er lebt von einem Geheimnis, das erst auf den letzten Seiten des Buches gelüftet wird.

Es ist das Geheimnis, an das E. A. Poe im Motto seiner ersten Detektivgeschichte erinnerte: „Welches Lied die Sirenen sangen, oder welchen Namen Achill annahm, als er sich bei den Frauen verbarg – Rätselfragen, aber doch nicht jeder Lösung entzogen."

In der „Nachschrift zum ‚Namen der Rose'", im Kapitel über „Die Metaphysik des Kriminalromans", sagt Umberto Eco: „Ich glaube, daß Krimis den Leuten nicht darum gefallen, weil es in ihnen Mord und Totschlag gibt; auch nicht darum, weil sie den Triumph der (intellektuellen, sozialen, rechtlichen und moralischen) Ordnung über die Unordnung feiern. Sondern weil der Kriminalroman eine Konjektur-Geschichte im Reinzustand darstellt. Eine Geschichte, in der es um das Vermuten geht, um das Abenteuer der Mutmaßung, um das Wagnis der Aufstellung von Hypothesen angesichts eines scheinbar unerklärlichen Tatbestandes, eines dunklen Sachverhalts oder mysteriösen Befundes – wie in einer ärztlichen Diagnose oder auch einer metaphysischen Fragestellung. "

Eco stellt den Grund, warum Menschen Kriminalromane lesen, auf eine Ebene mit dem Erforschen wissenschaftlicher und metaphysischer Rätsel. Ich meine, man braucht nicht unbedingt die Metaphysik zu bemühen für ein Plädoyer der Gattung. Schon die Tatsache, daß große Schriftsteller wie Friedrich Dürrenmatt, Somerset Maugham, Ernst Jünger und Graham Greene zum Ensemble der Autoren gehören, sollte genügen für die Aufnahme des Kriminalromans in die Literaturgeschichte. Man muß nur das einzelne Werk mit den gleichen Maßstäben messen wie jeden anderen Roman.

Schon 1956 beklagte Dürrenmatt die „museale Einstellung der Literaturkritik", das „Weihrauchklima", in dem die lebendige Kunst zu ersticken droht. Gefordert werde eine Perfektion, die es nicht gibt, auch nicht bei den Klassikern, in die man sie „hinein interpretiere", wie er sagt. Er denkt dabei vor allem an die Theaterkritik, aber seine harten Worte sind Ausdruck einer tieferen Beunruhigung. Es geht ihm um das Wesen der Kunst überhaupt, um die Rolle des Künstlers in einer Zeit, die Perfektion nicht nur von Maschinen erwartet. Er stellt die entscheidende Frage und gibt seine Antwort, auch wenn sie mit einem „vielleicht" beginnt:

„Wie besteht der Künstler in einer Welt der Bildung, der Alphabeten? Eine Frage, die mich bedrückt, auf die ich noch keine Antwort weiß. Vielleicht am besten, indem er Kriminalromane schreibt, Kunst da tut, wo sie niemand vermutet." Kein Requiem auf den Kriminalroman.

Anhang

Literaturhinweise

1. Allgemeines zu Gattung und Geschichte des Kriminalromans:
Richard Alewyn: „Anatomie des Kriminalromans", 1971
Pierre Boileau/Thomas Narcejac: „Der Detektivroman" („Le roman policier"), 1967
Martin Compart/Thomas Wörtche: „Jahrbuch der Kriminalliteratur", 1989
Ernest Mandel: „Ein schöner Mord. Sozialgeschichte des Kriminalromans", 1987
Ulrich Suerbaum: „Krimi. Eine Analyse der Gattung", 1984
Julian Symons: „Am Anfang war der Mord" („Bloody Murder"), 1972
    Waltraud Wöller: „Illustrierte Geschichte der Kriminalliteratur", 1985

2. Einzelne Aspekte der Gattung:
Jens Peter Becker: „Sherlock Holmes und Co. – Essays zur englischen und amerikanischen Detektivliteratur", 1975
Raymond Chandler: „Die simple Kunst des Mordes", 1975 (engl. 1962)
„die horen – Zeitschr. für Literatur, Kunst u. Kritik": 2 Bände über den Kriminalroman, Bd. 144, Bd. 148, 1987
Jochen Vogt (Hrsg.): „Der Kriminalroman. Zur Theorie und Geschichte einer Gattung", 2 Bde., 1971

3. Zu einzelnen Autoren:
Irmela Brender: „Über Miss Marple. Biographische Skizzen", 1983 (zu A. Christie)
Irmela Brender: „Über Pater Brown", 1987 (zu G. K. Chesterton)
Agatha Christie: „Meine gute alte Zeit. Eine Autobiographie", 1978 (engl. 1977)
J. C. Carr: „Mord ist ihr Geschäft. Gespräche mit Krimi-Autoren", 1985 (engl. 1983)
Umberto Eco: „Nachschrift zum ,Namen der Rose'", 1984 (ital. 1983)
Jeffrey Feinmann: „The Mysterious World of Agatha Christie", 1975
Frank Göhre: „Zeitgenosse Glauser. Ein Porträt", 1988
Walter Lennig: „Edgar Allan Poe in Selbstzeugnissen und Dokumenten", 1959
Norbert Klugmann/Peter Mathews (Hrsg.): „Schwarze Beute. thriller-Magazin" (Aufsätze, Texte, Kurzbiographien), seit 1986

Alfred Marquart: „Über Philip Marlow", 1984 (zu R. Chandler)
Alfred Marquart: „Über Kommissar Maigret", 1983 (zu G. Simenon)
Alfred Marquart: „C. Auguste Dupin meets Edgar Allan Poe", 1988
Michael Schulte: „Das große Sherlock Holmes Buch", 1977 (Aufsätze und Texte, mit zahlreichen Abbildungen)
Kathleen Tynan: „Agatha. The Agatha Christie Mystery", 1978 (Roman)
„Simenon auf der Couch", 1985 („Sur le gril", 1956) (Protokoll eines Interviews mit fünf Ärzten)
Frank T. Zumbach: „Edgar Allan Poe", 1989

4. Lesenswerte Vor- und Nachworte:
„DuMont's Kriminalbibliothek" (bisher 10 Bände, seit 1986 erschienen), Hrsg. Volker Neuhaus
Hugh Green: „The Rivals of Sherlock Holmes", 1970
   „More Rivals of Sherlock Holmes", 1971
   „Further Rivals of Sherlock Holmes", 1973
Mary Hottinger: „Mord. Mehr Morde. Noch mehr Morde", 1985 (engl. 1983)
Marcia Muller/Bill Pronzini (Hrsg.): „Mörderische Frauen", 1985 (engl. 1983)
Friedhelm Werremeier: „Bibliographie der Kriminalliteratur" (Vorwort), 1985

5. Nachschlagewerke:
Armin Arnold/Josef Schmidt: „Reclams Kriminalromanführer", 1978 (Lexikon der Autoren, Inhaltsangaben, kurze Geschichte des Kriminalromans, ausführliche Bibliographie)
Klaus D. Walkhoff-Jordan: „Bibliographie der Kriminalliteratur 1945–1984 im deutschen Sprachraum", 1985 (Verzeichnis der Autoren und ihrer Werke, nicht der Sekundärliteratur)

6. Unterhaltsam Satirisches im Krimi-Stil:
Rolf und Alexandra Becker: „Dickie Dick Dickens. Kriminalsatire", 1984
Wolfgang G. Fienhold: „Edgar Wallatze. Der Frosch mit der Glatze", 1986
Ernst W. Heine: „Wer ermordete Mozart? Wer enthauptete Haydn?", 1984
Gabriel Laub: „Spielen Sie Detektiv! Ein literarisches Quiz für schlaue Leser", 1976
Nicholas Meyer: „The Seven-per Cent-Solution", 1974
Hans Traxler: „Die Wahrheit über Hänsel und Gretel", 1978
Jörg v. Uthmann: „Richard Wagners ‚Ring der Nibelungen' im Lichte des deutschen Strafrechts", 1968 (erschienen unter dem Pseudonym Ernst von Pidde)

7. Rate-Krimis:
DuMont's Criminal-Rätsel:
Dennis Wheatley/J. G. Links: „Der Mörder von Miami", 1983 (engl. 1936)
   „Der Mord im Landhaus", 1984 (engl. 1937)
   „Das Geheimnis um Schloß Malinsay", 1985 (engl. 1939)
DuMont's Sherlock Holmes Rätsel: „Der Hund von Baskerville", 1986
Gerald Lientz: „Mord im Diogenes Club. KrimiAbenteuerSpielBuch",
   1988 (am. 1987)
Leonore Puschert: „Sherlock Holmes Criminal-Cabinet", 1984

Abbildungsnachweise

Personenregister

Sachregister

Register der Detektive, Spione, Mörder und anderer fiktiver Helden

Henker, Mörder, Straßenräuber

Heimito von Doderer
Ein Mord den jeder begeht
Roman
28.–30. Tsd. 1977. 371 Seiten. Leinen

Lousion Veik, die schöne jüngste Tochter des Landgerichtspräsidenten Veik, ist ermordet und ihres kostbaren Schmuckes beraubt worden. Die Suche nach dem Mörder bleibt ergebnislos, und der Fall wird zu den Akten gelegt. Diese ruhen, bis der junge Conrad Castiletz, als er sieben Jahre später die Schwester der Ermordeten heiratet, eine tiefe Zuneigung zu dem Bilde der Toten faßt und, von einem seltsamen Zwang getrieben, das Verbrechen, das an seiner Schwägerin begangen wurde, aufzuklären sucht. Über dem Gedanken an die Tote vernachlässigt er seine Frau und gefährdet seine bürgerliche Existenz. Aber er ist bereits so tief in die Verstrickungen der Toten geraten, daß der Sinn seines Daseins sich nur klären kann, wenn er den Mörder findet.

Alexander Smith
Leben und Taten der berühmtesten
Straßenräuber, Mörder und Spitzbuben...
Herausgegeben von Anselm Schlösser
1987. 292 Seiten mit 14 zeitgenössischen Illustrationen
Leinen
(Bibliothek des 18. Jahrhunderts)

Henri Sanson
Tagebücher der Henker von Paris 1685–1847
Zwei Bände. Herausgegeben von Knut-Hannea Wettig
3. Auflage 1989. Zusammen 1016 Seiten mit 44 zeitgenössischen
Illustrationen. Leinen
(Bibliothek des 18. Jahrhunderts)

Verlag C. H. Beck München

Künstler illustrieren Weltliteratur

Joseph Conrad

Der Geheimagent
Eine einfache Geschichte
Mit 35 Zeichnungen von Georg Eisler und einem Nachwort
von Hans Mayer. 1988. 316 Seiten. Leinen

Bauern, Gauner, lose Weiber
165 derbe Schwänke
Herausgegeben von A. C. Baumgärtner. 107 größtenteils farbige
Holzschnitte von Günter Stiller. 1987. 240 Seiten. Leinen

Allerleilust
Hundert erotische Gedichte
Herausgegeben von Heinz Ludwig Arnold
40 Bilder von Karin Szekessy und Paul Wunderlich
2. Auflage 1988. 160 Seiten. Gebunden

Mallanāga Vātsyāyana

Kāmasūtram
Leitfaden der Liebeskunst
Buchgestaltung von Lothar Reher
3. Auflage 1990. 228 Seiten. Leinen

Giambattista Basile

Das Pentameron
oder Das Märchen aller Märchen
50 farbige Pinselzeichnungen von Josef Hegenbarth
1985. 366 Seiten. Leinen

Voltaire

Candide oder Der Optimismus
Mit 18 farbigen Bildern von Michael Mathias Prechtl
1989. 176 Seiten. Leinen

Verlag C. H. Beck München